AF288212

Autorin

Barbara Schlüter ist seit **33** Jahren selbständige Kommunikationstrainerin, Coach und Managementberaterin. Als wissenschaftliche Assistentin (damals Barbara Kroemer) am Historischen Seminar der Universität Hannover bot sie als Erste Veranstaltungen zum Thema ›Frauen in der Geschichte‹ an. Mit ihrem Sachbuch ›Rhetorik für Frauen‹ (1987) hat sie Pionierarbeit auf diesem Gebiet geleistet.

Sie lebt nach einigen Jahren im Rheinland seit 2001 wieder in ihrer Heimatstadt Hannover und auf La Palma.

Ihre historische Romanreihe um 1890 ›Vergiftete Liebe‹, ›Verheimlichte Liebe‹, ›Gerächter Zorn‹ mit Detektivin Elsa besteht aus jeweils in sich abgeschlossenen Folgen. Außerdem ist Elsa aktiv in der Hannover Erzählung (1889) Wenn der Kaiser kommt, ist Feiertag in ›Ausgerechnet zum Feiertag – historische Mord(s)geschichten‹ und in ›Ein eiskaltes Händchen‹ (Hannover 1888/89) in: Joachim Anlauf, Peter Gerdes (Hrsg) Tod unterm Schwanz, Anthologie zur Criminale 2020 in Hannover, Gmeiner Verlag.

www.dr.b-schlueter.de

Barbara Schlüter

Vergiftete Liebe

Gesellschaftsroman um 1890

www.elveaverlag.de

Kontakt:
Elvea Verlag
Am Silberbach 22
09123 Chemnitz
elveaverlag@t-online.de

Autorin: Barbara Schlüter

Layout: Uwe Köhl

Projektleitung

www.bookunit.de

ISBN: 978-3-946751-82-3

Druck: Libri Plureos GmbH, Friedensallee 273,
22763 Hamburg

Inhaltsverzeichnis

Ein Nachmittagskaffee bei den von Elßtorffs

An einem sonnigen Nachmittag, den viele genüsslich im Freien verbrachten, saß Elsa Martin so gebannt lesend in ihrem kleinen Salon, dass sie die Welt um sich herum vergessen hatte. Plötzlich hörte sie die typischen, kurztaktigen Schritte ihrer Tante auf ihr Zimmer zukommen. Blitzschnell schloss sie den Fall Leavenworth, eine spannende Geschichte über einen Mord in einem abgeschlossenen Raum, und versteckte die Lektüre in einer Schublade ihres Louis-Phillip-Sekretärs. Stattdessen zog sie einen der roten Bände aus Engelhorns allgemeiner Romanbibliothek zu sich heran, den sie zuvor wütend zugeklappt hatte, da es in einer Novelle vor frommer, demütiger, willenloser Frauenliebe nur so triefte.

Sie wollte ihre geliebte Tante Sophie mit der Lektüre nicht unnötig beunruhigen. Ihre Vorliebe für Romane über rätselhafte Verbrechen schätzte diese ebenso wenig wie Elsas Interesse an naturwissenschaftlichen und medizinischen Fragen … Tante Sophie machte sich um ihre Zukunft Gedanken, schließlich befand Elsa sich mit achtzehn Jahren längst im heiratsfähigen Alter!

Sophie von Elßtorff betrat nach kurzem Anklopfen das Zimmer. Wie bereits in Elsas frühesten Kindheitserinnerungen duftete sie dezent nach Verthiver.

»Meine liebe Elsa«, rief sie, »ich brauche deine Hilfe! Stell dir vor, die Köchin rutschte mit der vollen Kuchenplatte aus. Ausgerechnet die von dem guten königlich Kopenhagener Geschirr ist perdue – und die Stachelbeersahnebaisertorte natürlich auch! Bitte geh mit Trine sofort zum Bäcker Fahrenhorst, hole Gebäck und vor allem Tortenstücke. Welch Glück, dass wir diesen guten Konditor gleich hier in der Königstraße haben. Und danach geselle dich bitte zu uns und unterstütze mich – es kommen die Damen von der Schulenburg und von Hohberg. Du weißt, wie anspruchsvoll die beiden sind.«

Bei Einladungen nahm es Sophie mit der Gestaltung der Tischdekoration überaus genau, sie legte im wahrsten Sinne des Wortes Wert auf das Dekorum. Elsa, die sich bei ihrem Eintritt sofort erhoben hatte, umarmte Sophie und sagte: »Tante-Maman, entschuldige, es ist egoistisch, dass ich hier sitze und lese. Natürlich komme ich.«

Diese Anrede beruhte auf einem Relikt aus Kindertagen. Elsa war noch sehr jung, als die Familie die Waise, die Maximilian von Elßtorff eigens auf der fernen kanarischen Insel La Palma abgeholt hatte, aufnahm. Nach kurzer Zeit empfand sie das Ehepaar als Eltern. Mit Heinrich, dem ein Jahr älteren Sohn des Hauses, wuchs sie wie mit einem Bruder auf. Sophie und Maximilian behandelten sie wie eine Tochter. Das kleine Mädchen verstand nicht, warum Heinrich Maman sagte, während sie selbst Tante sagen sollte. Daraus entstand Tante-Maman, was auch bestens in Sophies mütterliche Gefühlswelt passte. Heute setzte Elsa diese Anrede nur noch ein, um deren zartes Nervenkostüm liebevoll zu beruhigen. Die Einladungen, die zu den gesellschaftlich üblichen Nachmittagsbeschäftigungen der gehobenen Kreise gehörten, schätzten beide wenig. Umso mehr freute sie sich, wenn sie von einigen dieser langweiligen Kaffeekränzchen Dispens erhielt.

»Keine Sorge, liebe Tante, ich gehe sofort mit Trine los. Lass den Damen inzwischen von dem Baumkuchen aus der Konditorei Kreipe servieren, außerdem den neuen Eilenriede-Cake, den Hermann Bahlsen Onkel Maximilian neulich mitgab. Da haben sie etwas zum Kosten und können sich lang und breit darüber auslassen.«

»Aber Kind«, sagte Sophie in leicht tadelndem Ton, wobei sie sich ein Lächeln verkneifen musste.

»Du siehst in dem neuen grünen Kleid übrigens superb aus, Tante – niemand käme auf die Idee, dass du kürzlich deinen vierzigsten Geburtstag gefeiert hast.«

»Aber Kind«, wiederholte Sophie, dieses Mal jedoch offensichtlich erfreut.

Elsa fegte undamenhaft fix die Treppen aus dem ersten Stock hinunter.

»Gnädiges Fräulein, so flink bin ich nicht!«, hörte sie die nach Luft japsende, füllige Trine hinter sich rufen, deren altmodisches Mieder krachte.

Kurze Zeit später öffnete Elsa stürmisch, gefolgt von dem völlig atemlosen Dienstmädchen, die Tür zu Meister Fahrenhorsts Reich. Genüsslich sogen beide den Duft von frischem Brot und Backwerk ein. Die Ehefrau des Bäckermeisters kam freundlich auf sie zu. »Gnädiges Fräulein, was darf es heute sein?«

»Uns ist ein Malheur passiert, Frau Fahrenhorst, die Köchin ließ die Tortenplatte herunterfallen, wir brauchen Torten und Kuchen – und es pressiert!«

»Ich werde alles fabelhaft dekorieren, ich weiß doch, welchen Wert Ihre Tante auf solche Dinge legt. Gibt es bei den Kuchensorten besondere Wünsche?«

»Ach ja, ich sehe gerade die wunderbare Heidelbeertorte.«

»Das nenne ich eine gute Wahl! Diese Torte schmeckt einfach köstlich! Das Rezept stammt original aus dem Gasthaus Weißes Rössl am Wolfgangsee.«

»Ach, wirklich, Frau Fahrenhorst, das werde ich den Damen erzählen. Außerdem bitte von der Mandeltorte, der Linzer Torte und der Zitronentorte. Die übrige Auswahl überlasse ich Ihnen.«

»Sie können sich wieder zu Ihrer Gesellschaft begeben, Fräulein Martin«, sagte die Bäckersfrau. »Trine und unser Lehrling kommen so schnell wie möglich. Meine Empfehlung an die gnädige Frau!«

Elsa eilte zurück. Sie sah auf ihre kleine goldene Uhr, die sie an einer Kette um den Hals trug – genau elf Minuten waren vergangen. Bereits im Flur hörte sie die näselnd herablassende Stimme von Edelgarde, Gräfin von Potocki, einer verwitweten Cousine von Sophie. Auch das noch! Diese Frau war mit ihrer Besserwisserei eine echte Plage!

Als sie den gelben Salon betrat, befand sich die Unterhaltung in lebhaftem Gange. Die Damen saßen auf gelbbezogenen Fauteuils, bequemen Armlehnstühlen und einem langen, gelbweißgestreiften Biedermeiersofa. Ein Sekretär und eine Kommode gleichen Stils verstärkten den anheimelnden Charakter des Raumes. Von hier erreichte man durch zwei hohe, verglaste Flügeltüren den repräsentativen vorderen Balkon. An dessen äußeren Ecken befanden sich stabile Halterungen, die bei feierlichen Anlässen die Fahnen aufnahmen. So manche Parade und einige Besuche des Kaisers hatte man gemeinsam mit Freunden von hier aus verfolgt.

Die durchgehende Farbwahl bei der Gestaltung des Salons – mit den Farben Gelb und Weiß zugleich auch die Hausfarben der ehemaligen hannoverschen Königsfamilie – wirkte dezent und elegant.

Der Hausherr, der Architekt Maximilian von Elßtorff, hegte traditionelle Sympathien für die Welfen, deren Reich 1866 an die Preußen fiel. Schließlich hatte er als junger Mann in der Schlacht von Langensalza gekämpft. Die Verehrung und Anhänglichkeit an das Königshaus erhielt sich bei ihm und bei vielen Hannoveranern. Die Welt jedoch veränderte sich. Vor allem, nachdem 1871 das Deutsche Kaiserreich gegründet worden war und Deutschland endlich eine Nation bildete. Neue wirtschaftliche Möglichkeiten entwickelten sich, die auch Maximilians Geschäften zugutekamen.

Wie Elsa vorausgesehen hatte, sprachen die Damen über den Eilenriede-Cake.

»Das ist einfach, aber ausgesprochen lecker«, fand die Frau Kommerzienrätin.

»Knusprig und praktisch. Auch wunderbar dabeizuhaben für eine Fahrt in der Eisenbahn«, tönte Tante Edelgarde dazwischen. Innerlich zusammenzuckend bemerkte Elsa, dass die Tante, nach der Menge von feinen Krümeln auf ihrer der Schwerkraft erlegenen Oberweite zu urteilen, bereits gründlich probiert hatte. Das schwarze Witwengewand wirkte mit einem roten Shawl und einem rotgemusterten Pompadour völlig absurd. Wahrscheinlich findet sie sich hochelegant, vermutete Elsa. Nach der Begrüßung sagte sie:»Ich finde den Cake auch wohlschmeckend. Onkel Maximilian meint, Bahlsen könnte sich zu einem richtigen Gründer mit Weitsicht und Ideen entwickeln. Jetzt hat er mit zehn Beschäftigten angefangen – wer weiß, wie viele es in ein paar Jahren sein werden!«

Einige Damen sahen Elsa etwas ungläubig an. Die Gräfin von Hohberg rümpfte gar die Nase. Prompt reagierte Tante Edelgarde: »Mein liebes Kind, eine Bäckerei wird kaum zum großen Unternehmen. Ein Kaufmann, der Gebäck herstellen will. Nun ja, es herrschen andere Zeiten, diese Kaufmänner werden eben immer wichtiger und reicher. Wie gut, dass mein seliger Gatte, der Graf von Potocki, solches nicht mehr erleben muss!«

Nur zwei Damen nickten zustimmend. Elsa hingegen schätzte Hermann Bahlsen nicht zuletzt deshalb, weil er ihr den 1888 erschienenen ersten Roman von Arthur Conan Doyle aus London mitgebracht und geschenkt hatte. ›Die Studie in Scharlachrot‹ mit dem Detektiv Sherlock Holmes und seinem Assistenten Dr. Watson hatte sie vor Spannung fiebernd in jeder freien Minute verschlungen.

»Herr Bahlsen will seinen Keks zu Ehren unseres großen Gelehrten übrigens Leibniz-Cake nennen, er meint, Eilenriede-Cake sei nur für den hiesigen Markt interessant.«

In diesem Moment trugen endlich Trine und die Köchin die Kuchenplatten herein. Elsa half den beiden und schnüffelte unauffällig, als sie neben Miene stand. Ein schwacher Geruch nach Schnaps und Pfefferminzpastillen bestätigte ihren Verdacht, dass diese nach dem Mittagessen womöglich ein Schnäpschen zu viel getrunken haben könnte. Glücklicherweise wandte die allgemeine Aufmerksamkeit sich den köstlich aussehenden Kuchenplatten und nicht der rotgesichtigen Köchin zu.

Just in diesem Augenblick meldete das Mädchen die Ankunft von Isidora, der Tochter des Malers Friedrich Kaulbach. Von ihm stammte das wunderbare Porträt der Hausherrin, das ebenfalls im gelben Salon hing. Sowohl Sophie als auch Elsa lächelten erfreut, da beide Isidora sehr schätzten. Diese entschuldigte sich für ihre Verspätung. Vor allem die Gastgeberin ansehend, sagte sie: »Ihr kennt ja Papa, wenn er malt. Ich saß ihm Modell, und er vergaß völlig die Zeit. Mama befreite mich schließlich. Sie lässt herzlichst grüßen.«

Sophie nickte ihr freundlich zu. »Sei wie immer willkommen.« Sie drehte sich wieder zu ihren Gästen: »Ich verabsäumte, Ihnen zu sagen, dass mein Sohn Heinrich noch nicht weiß, ob er später kurz hereinschauen kann. Er musste sein Medizinstudium in Berlin wegen einer schweren Unpässlichkeit des Magens unterbrechen.«

Die Damen murmelten bedauernde Worte und widmeten sich Torten und Gebäck. Das Gespräch wandte sich Isidora zu. Die Freundschaft mit der jetzt achtundzwanzigjährigen Tochter des Malers war bei den Sitzungen im Kaulbachschen Atelier entstanden. Gern war Sophie zu der inmitten eines Gartens gelegenen Villa am Waterlooplatz gefahren. Fremde bewunderten den Bau im, wie sie meinten, italienischen Stil. Dabei hatte, wie Sophie mittlerweile patriotisch betonte, der hannoversche Architekt Heinrich Tramm den Rundbogen mit Stabwerk populär gemacht.

Die Villa schenkte einst der blinde König Georg V. seinem frisch ernannten Hofmaler Friedrich Kaulbach, der damit dem Schloss schräg gegenüber wohnte.

»Wie geht es deinen Eltern, Isidora?«, fragte Sophie, die wusste, wie oft sich der gefragte Maler des Adels in den vergangenen Jahrzehnten monatelang auf Reisen befunden hatte.

»Mama und Papa fühlen sich zu Hause glücklich«, antwortete Isidora. »Und Vater genießt es besonders, hier zu sein. Immerhin ist er achtundsechzig Jahre alt.«

Da unterbrach sie Tante Edelgarde. »Sagen Sie, Fräulein Kaulbach, sind Ihre Eltern denn von unserer lieben Königin Marie im österreichischen Exil empfangen worden?«

»Ja, Papa weilte öfter dort, Maman auch einige Male.«

»Wie aufregend! Was erzählte Ihre Mutter darüber?«

»Nun, Maman fand es amüsant, dass am Hof von Gmunden alle Plattdeutsch reden, weil sich der Herrscher nur mit Personal aus dem Hannöverschen umgibt. Zutiefst bewegte es sie aber, die ehemalige Landesmutter in ihrem Salon zu erleben. Da sieht es aus wie in einem Museum, das die vielen Schätze kaum zu fassen vermag.«

»Sie meinen, der Raum ist von oben bis unten vollgestopft?«, hakte Tante Edelgarde mit ihrem üblichen Taktgefühl nach. Sie erntete von mehreren Anwesenden böse Blicke, was sie nicht einmal bemerkte.

11

»Königin Marie will eben mit und in ihren Erinnerungen leben«, ließ Isidora die boshafte Anmerkung abperlen. Einige der Damen nickten ergriffen.

Sophie wechselte geschickt das Thema. »Wie geht es dem Herrn Papa?«

»Er arbeitet gern in seinem großen Atelier und genießt es, seine Familie und seine Freunde um sich zu haben. Auch wenn es mit dem Weggang Bronsarts, unseres verehrten Intendanten des Königlichen Schauspielhauses* nach Weimar leider viel ruhiger geworden ist.«

Für Elsa hatte sich durch die Freundschaft zwischen den Ehepaaren Kaulbach und Bronsart die Welt des Theaters intensiv erschlossen. Kaulbachs und deren engste Freunde waren stets gerngesehene Gäste in der Bronsartschen Loge gewesen.

Inzwischen wurden Likörchen angeboten. In die zarten, langstieligen Gläser passte nur ein Schlückchen.

Frau von Schulenburg strich über ihren Spitzenkragen und hob ihr Gläschen. »Prost, meine Damen!«

»Na zdrowie, wie mein seliger Gatte, der Graf, zu sagen pflegte«, entgegnete Edelgarde und hob ihr Glas mit elegant abgespreiztem, kleinem Finger. Sie winkte Trine zu sich, weil sie die Flasche inspizieren wollte. Um das Etikett lesen zu können, zückte sie ihre Lorgnette. Das dekorative Stück mit Schildpatt und Gold war in Form einer Geige gefertigt. Mit geübtem Griff ließ sie das Gestell aufspringen, und zwei rechteckige Brillengläser mit Steg kamen zum Vorschein.

»Ah, Orangenlikör von Mampe aus Berlin«, stellte sie fest, nachdem sie das Etikett eingehend beäugt hatte. »Sehr bekömmlich, nicht wahr, meine Damen?«

Diese murmelten Zustimmung, und Edelgarde nutzte die Gelegenheit, sich nachschenken zu lassen. Nach fünf Stück Torte, etwas Gebäck und vier Likörchen fühlte sie sich so gestärkt, dass sie wieder lebhafteren Anteil am Gespräch nahm.

»Was werden denn unsere beiden Mademoiselles für den nächsten Wohltätigkeitsbasar der Frau Kommerzienrat für die Henriettenstiftung beitragen? Hast du schon eifrig Socken gestrickt, Elsa? Die feinen Handarbeiten gehören ja nicht so zu deinen Stärken!«

Erneut beeilte sich Sophie, den beiden jungen Damen beizustehen. »Elsa übernimmt den Verkauf der Zuckerwaren und Isidora die Wollsachen.«

---

* Dem heutigen Opernhaus

»Ja, Elsalein, die Zuckerbäckereien, das passt ja wunderbar. Da wirst du regen Zuspruch finden. Dieser Stand wird immer besonders umlagert. Auch die Herren Offiziere kaufen gern etwas Süßes. Die letzte Ballsaison verfloss ja leider erneut erfolglos.«

Isidora und Elsa blickten sich kurz aus den Augenwinkeln an und rangen um Fassung. Das leidige Thema Ehe war mal wieder angebracht worden. Bevor irgendjemand reagieren konnte, setzte Edelgarde schon erbarmungslos nach: »Macht euch recht hübsch, Kinder, und seid freundlich zu den Herren. Es werden viele Kavaliere kommen. Ihr wäret nicht die Ersten, die sich auf einem Basar einen Ehemann geangelt haben.«

Während Elsa noch nach Worten für eine geharnischte Entgegnung suchte, wechselte Frau von Strathen, die Edelgarde einen indignierten Seitenblick zuwarf, bewusst das Thema.

»Es ist in vielerlei Hinsicht im Königlichen Hoftheater ruhiger geworden. Jetzt, meine Damen, merken wir besonders, was wir verloren haben. Vor über zwei Jahren ging Bronsart nach zwanzigjährigem Wirken fort. In keiner Provinzstadt, die Hannover ja seit 1866 ist, konnte man vollendetere Aufführungen erleben als auf der Bühne des stolzen Theaters unserer einstigen Residenz.«

Diese Ausführungen entlockten einigen Damen tiefe Seufzer, welche sowohl dem Verlust des Intendanten als auch dem Ende des Königreiches Hannover gelten mochten. Nicht zufällig sprach man oft noch vom Hoftheater, obwohl es mit der preußischen Annexion zum Königlichen Schauspielhaus geworden war.

»Ich gebe Ihnen völlig recht, Frau von Strathen«, entgegnete die Gräfin von der Schulenburg, »es geht bergab.«

»Liebe Gäste«, warf Sophie, die eine Debatte heraufziehen sah, rasch ein, »schauen wir auf die Gegenwart. Was bringt uns der Spielplan Interessantes? Und in welchen Rollen wird deine Freundin Roberta Stein glänzen, Elsa?«

»Cousine Sophie«, tönte Tante Edelgarde erneut dazwischen, »du weißt, dass ich mich nie einmische, aber diese Freundschaft finde ich wenig passend und unseren Kreisen nicht angemessen. Wer geht schon zur Bühne?«

»Fräulein Stein schätze ich als eine herausragende Schauspielerin und ausgesprochen sensible und feingeistige Person, Edelgarde!« Damit machte Sophie für ihre Verhältnisse recht deutlich ihrer Verärgerung Luft.

Elsa, die innerlich anfing zu kochen, beherrschte sich dennoch, ignorierte die taktlose Unterbrechung und berichtete: »Ein Höhepunkt wird die Premiere von Lessings ›Minna von Barnhelm‹ sein. Die Minna spielt selbstverständlich Roberta, die …«

Erneut wurde sie unterbrochen: »Und Oscar Leitner, unser hochverehrter Schauspieler, ach, ich sehe ihn ja so gern, was für ein Mann …« Edelgarde Gräfin von Potockis Miene verzog sich so vor Entzücken, dass ihr Doppelkinn noch eine Extrafalte warf. »Bestimmt wird er den Tellheim spielen.«

Frau von Strathen zupfte mit Daumen und Zeigefinger geziert an ihrem Taftrock. »Nun, dass er Chancen bei den Damen hat, soll Herr Leitner auch weidlich ausnutzen. Das spricht sich ja trotz seiner Diskretion herum.«

Die Gräfin von der Schulenburg nickte so vehement, dass die Federn auf ihrem feschen Hütchen in heftige Bewegung gerieten. »Als er hier als jugendlicher Liebhaber anfing, ging er noch nicht so dezent vor. Da setzte er so manchem Ehemann die Hörner auf.«

»Genau so war es«, sekundierte ihr die Gräfin Hohberg mit wissendem Blick, und ihre Augen begannen zu funkeln. »Einige Herren dürfte er so bis ins Mark getroffen haben, dass sie sich nur allzu gern an ihm rächen würden.«

»Aber, aber, doch nicht vor den jungen Damen«, wandte Frau von Strathen ein, wobei ihre klatschlüsterne Miene nicht zu ihrer Zurechtweisung passte. So fuhr sie auch gleich selbst fort: »Ja, Oscar Leitner brach schon so manches Frauenherz. Und dabei wird er ja auch oft mit Fräulein Stein gesehen, die beiden gehen häufig soupieren. Ob es sich hier wirklich nur um eine Freundschaft unter Kollegen handelt?«

»Nun, in letzter Zeit wurde Fräulein Stein aber öfter mit einem anderen Herrn beim Dinner in Kastens Hotel gesichtet. Angeblich ein Sänger aus Köln«, wusste die Kommerzienrätin beizusteuern.

Elsa mochte diese Tratscherei nicht. Dass man über Roberta und den Sänger August Remmèrs sprach, würde dieser nicht gefallen. Sie wollte gerade einige deutliche Worte zur Ehrenrettung ihrer Freundin sagen, als Sophie erneut geschickt das Thema wechselte. »Wer wird denn die Kammerzofe spielen? Es soll ja eine neue Schauspielerin geben.«

Den ihr zugespielten Ball ergriff Elsa sofort: »Sie heißt Sarah Amber, stammt aus Amerika und spricht fließend Deutsch – mehr weiß ich bis jetzt auch nicht.«

In diesem Augenblick trat der Sohn des Hauses ein, um kurz seine Aufwartung zu machen.

Isidora, die wusste, wie ungern Heinrich die Honneurs machte, meldete sich zu Wort: »Wir freuen uns jedenfalls schon sehr auf die

Premiere. Fräulein Stein schenkte Elsa bereits als Dank für ihre Hilfe beim Rollenstudium Eintrittskarten. Es wird gewiss eine wunderbare Aufführung, wenn sie auch am Freitag, dem 13. stattfindet.«

»An einem Freitag, dem 13. – das könnte aber ein schlechtes Omen sein«, bemerkte prompt Edelgarde, die ein Faible für Schwierigkeiten und Katastrophen aller Art pflegte.

Elsa verfolgte die weitere Unterhaltung nur noch oberflächlich. Obwohl sie nicht zu Aberglauben neigte, beschlich sie plötzlich ein ungutes Gefühl – wenn bloß bei der Premiere alles gutging! Erleichtert bemerkte sie, dass die Gäste aufbrachen. Während die Damen in den vorgefahrenen Kutschen heimwärts strebten, wollte sich Sophie, die abgespannt wirkte, in ihre Räume zurückziehen.

»Liebe Isidora«, verabschiedete sie sich, »bitte grüß herzlich die Frau Mama und den Herrn Papa von mir.«

Besorgt blickte Elsa ihr nach. Der Gesundheitszustand von Sophie verschlechterte sich zusehends. Wie heftig hatte diese vor einigen Tagen an einem schwülen Frühsommertag gelitten. Hochgeschlossene Kleider mit gebauschten Ärmeln und engen Wespentaillen, die das Hinterteil betonten, wirkten ja im wahrsten Sinne des Wortes atemberaubend. Und dazu noch die fest anliegenden, vorne spitz zulaufenden Knopfstiefeletten, die bei der Wärme besonders erbarmungslos drückten. Da nutzten auch die hübschen, mit Rüschen besetzten Sonnenschirme nichts. Nach der geringen Anstrengung, die Stufen zum Königlichen Schauspielhaus zu ersteigen, schnappte Sophie so heftig nach Luft, dass Elsa befürchtete, sie würde in Ohnmacht fallen.

Hoffentlich kann unser Hausarzt die Tante endlich dazu bringen, zur Kur zu fahren. Nicht zuletzt könnte ich einige meiner Unternehmungen ohne ihr beständig wachsames, mütterliches Auge, einfacher durchführen. Bei dem Gedanken huschte ein spitzbübisches Lächeln über Elsas Züge.

In ihrem Schlafgemach erwartete Sophie bereits Kammerzofe Lena, um ihr aus dem grünen Nachmittagskleid zu helfen. Nachdem die Zofe geschickt Knopf für Knopf auf dem Rückenteil des Kleides geöffnet hatte, bat Sophie das Mädchen: »Bitte lockere mir auch das Korsett. Obwohl ich wenig zu mir nahm, fühle ich mich nach Kaffee und Kuchen so beengt.«

»Fünfundvierzig Zentimeter Taillenumfang, gnädige Frau, das bedeutet fürwahr, dass leiden muss, wer dem Schönheitsideal entsprechen will.« Lena lockerte so gut es ging die Schnürung des Stahlkorsetts, half ihrer Herrin in einen leichten Hausmantel und schloss die Übergardinen.

»Haben Sie noch Wünsche?«

»Nein danke, Lena, ich brauche dich jetzt nicht mehr.«

Sophie legte sich aufs Bett und erinnerte sich dankbar daran, wie ihre Kammerzofe ihr damals aus München nach Hannover gefolgt war. Ihr Vater hatte diskret versucht, Maximilian die vielfältigen Wege, die er ihm in München ebnen konnte, vor Augen zu halten. Der aber liebte seine Heimatstadt. Genau dort und nirgendwo anders wollte er bauen und sein Glück als selbständiger Baumeister und Architekt machen. Maximilian hatte ihr viel von seiner Stadt erzählt.

»Hannover, liebe Sophie, ist ja keine Residenzstadt mehr. Es wird sich nach und nach zu einer Beamten- und Militärstadt entwickeln. Etwas Glanz und Farbe verleihen dem Ganzen die Reitschüler, die Königsulanen, die Infanterie- und Artillerieregimenter mit Reiterfesten, Kasinobällen und Gesellschaften. Auch unser königliches Hoftheater wird dich mit hervorragenden Vorstellungen erfreuen.«

Binnen kurzem hatte sie sich mit tatkräftiger Unterstützung der tüchtigen Haushälterin Marga Lheiß mit der ungezwungenen hannoverschen Gastfreundschaft angefreundet. Zufallsgäste hieß man zu jeder Mahlzeit *a la Fortune du Pot* willkommen.

Recht bald hatte sie festgestellt, welch hervorragende Produkte es in ihrer neuen Heimat gab. In ihrem Elternhaus in München gehörte es zum guten Ton, sich vom Hofkonditor Demel in Wien jeden Monat Baumkuchen schicken zu lassen. Den bestellte sie jetzt beim Konditor Kreipe, der sich mit Demel durchaus messen konnte.

Die von Elßtorffsche Tafel wurde bald als etwas Besonderes gerühmt. Es gab nicht nur Gerichte aus dem Süddeutschen wie einen köstlichen Schweinebraten mit Kruste, dazu Biersauce und Knödel, sondern auch die raffinierten französischen Rezepte aus der Pensionatszeit in der Schweiz mit ihrer Freundin Ernestine.

Sophie seufzte, als sie an das ungewisse Schicksal ihrer engen Vertrauten dachte, die auf einer fernen kanarischen Insel als verschollen galt.

Alles begann mit einem Brief an Sophie, der den langen Weg von La Palma tatsächlich nach Hannover fand und Ende 1873 ankam. Das bedeutete schon ein kleines Wunder. Denn Sophie erhielt bis dahin von ihrer liebsten und besten Pensionatsfreundin Ernestine, die ihr einst das Leben gerettet hatte, nur einen einzigen Brief. Darin vermeldete diese nur kurz ihre Ankunft auf La Palma bei ihrer Patentante Hanna und kündigte ausführlichere Schreiben an.

Aber weitere Post kam nie, was den Verdacht aufkommen ließ, es seien Sendungen verlorengegangen. Man suchte die Insel erst einmal auf dem großen Weltglobus. Eine Gruppe von sieben, auf der Höhe der Sahara in den Atlantik hinein gestreuten Eilanden, entdeckten sie nach längerem Suchen. Und die westlichste der Kanarischen Inseln hieß La Palma. Aus den Mitteilungen der Patentante ergaben sich gewichtige Konsequenzen. Unvorstellbar, wie anders alles gekommen wäre, wenn gerade dieses Schreiben nie angekommen wäre.

Hanna war offenbar ernsthaft erkrankt. Der Brief bestand aus einem Hilfe- und Notruf, der eine Reise auf die ferne Insel unumgänglich machte! Die Zeilen mit der schwierigen, teilweise fahrigen und schwer zu entziffernden Handschrift hatte Sophie so oft gelesen, dass sie den Inhalt noch heute auswendig kannte:

›Verehrte Gräfin von Elßtorff,

wie Sie wahrscheinlich wissen, bin ich, die unterzeichnete Hanna Martin-Sander, die Patentante von Ihrer besten Freundin Ernestine aus der Pensionatszeit. Ernestine verschwand auf rätselhafte Weise vor vier Monaten und gilt als verschollen. Ich bin sehr schwer erkrankt, und es scheint ungewiss, ob ich am Leben bleibe. Mein Mann, der Agrar-Ökonom Raffael Martin-Perez, starb vor drei Jahren, so besitze ich hier keine zuverlässigen Vertrauenspersonen. Meine große Sorge gilt dem kleinen Mädchen. Es gibt niemanden an Ort und Stelle, der sich kümmert, falls mir etwas passiert. Ernestine sagte immer, im Notfall könnten wir felsenfest auf Sie bauen. Holen Sie Kleinchen nach Deutschland, es braucht für sie einen passenden Rahmen. Mehr kann ich nicht schreiben, das musste ich Ernestine auf die Bibel schwören.

Gott schütze Sie!
Abrazzos fuerte
Ihre ewig dankbare
Hanna Martin-Sander‹

Der Möglichkeit, dass eventuell ein Unglück oder gar ein Verbrechen geschehen war, jagte Sophie stets kalte Schauer den Rücken hinunter. Noch nach zwanzig Jahren vermisste sie ihre beste Freundin, der sie letztendlich ihre geliebte Ziehtochter zu verdanken hatte. Und mit diesen Gedanken fiel sie in einen unruhigen Schlummer.

Die beiden jungen Frauen begaben sich zu Elsas Räumen. Wie immer setzte sich Isidora an den ovalen Mahagonitisch und genoss die schöne

Atmosphäre. Welch eine Wohltat bildete diese Einrichtung im Stil Louis-Phillipe, verglichen mit den sonst üblichen schweren und überladenen verzierten Möbeln der Gründerzeit.

»Diese Tante Edelgarde ist ja noch enervierender, als du sie beschrieben hast, Elsa.« Isidora machte ihrem Herzen Luft. »Allein dieser herablassende, dünkelhaft näselnde Tonfall molestiert ja schon genug. Dabei besitzt sie nicht besonders viel Verstand, von Taktgefühl gar nicht zu reden. Wie sie uns als alte Jungfern hingestellt hat, das war richtig gemein!«

»Tante Edelgarde ist in der Familie bekannt und berüchtigt dafür, dass sie mit ebenso unerbetenen wie unpassenden Ratschlägen allen auf die Nerven geht. Außerdem intrigiert sie, spritzt gern Gift und stiftet Unfrieden. Nur Tante Sophie durchschaut sie immer noch nicht. Sie bedauert die verwitwete Cousine, zumal diese sich ja nach eigenem Bekunden so selbstlos für Arme und Kranke einsetzt.«

»Tatsächlich – wie ein wohltätiger Engel kam sie mir nicht vor. Hoffentlich setzt sie sich nicht persönlich ein! Wie kann man nur so giftig werden?«, entgegnete Isidora nachdenklich.

»Ich kenne sie nur so. In einer Unterhaltung zwischen Tante Sophie und Onkel Maximilian habe ich aufgeschnappt, dass der selige Graf möglicherweise kein Graf, aber sicherlich ein Viveur war …«

»Ein Viveur, ein Lebemann?«

»Ja, er pflegte nebenbei viele Verhältnisse und lebte über seine Verhältnisse. Nicht umsonst wahrt Tante Edelgarde zwar den Schein, isst und trinkt sich jedoch gern überall durch. Ihren eigenen Haushalt führt sie sprichwörtlich geizig, bei ihr gibt es mindestens zum zweiten Mal aufgegossenen Blümchenkaffee.«

Die bissigen und boshaften Anmerkungen der Tante machten beiden jedoch mehr zu schaffen, als ihnen lieb war. Denn genau darum ging es ja – wie sollte es weitergehen?

»Das Beispiel meiner Mutter, die uns eine wunderbare Kindheit gab, bietet kein Vorbild dafür, neue Wege zu suchen. Sie war, wie es ja gleichfalls von Karoline von Humboldt heißt, die alles belebende, beglückende Sonne der Familie«, seufzte Isidora.

»Das trifft auch auf Tante Sophie zu«, pflichtete Elsa ihr bei. »Onkel Maximilian hält sich ja viel auf seine Liberalität und Aufgeschlossenheit für neue Entwicklungen zugute. Aber wenn er ihr etwas erläutert, spricht er in einem Tonfall, als ob er einen minderbemittelten Backfisch vor sich hätte.«

»Eine große Fessel am Fuß könnte mich nicht mehr behindern als die wenigen Möglichkeiten, die es für alleinstehende bürgerliche

Frauen gibt, ihr Leben ohne Ehemann zu gestalten. Lehrerin, Erzieherin, Gesellschafterin, Gouvernante, womöglich noch Diakonisse, das bildet wahrlich keine zufriedenstellende Auswahl. Und doch geht es uns so viel besser als den zahlreichen jungen Mädchen, die spätestens mit vierzehn Jahren in einer Fabrik schuften oder sich zu einem Dienst verdingen müssen.«

»Da gebe ich dir völlig recht«, entgegnete Elsa, »unser Käfig ist ziemlich komfortabel. Und mir fehlt anscheinend auch genügend Mut. Über Dinge, die mir ungerecht erscheinen, ärgere ich mich. Jedoch bin ich keine, die die Fahne der Revolution ergreift und vorangeht, um den Frauen Abitur und Studium zu erkämpfen. Und ich frage mich, ob ich den Anforderungen eines Medizinstudiums wirklich gerecht würde.«

»Du könntest es bestimmt, Elsa, aber das dürfte bei uns sowieso noch dauern. Der Allgemeine Deutsche Frauenverein will nächstes Jahr eine Massenpetition an den Reichstag geben, um die Zulassung von Frauen zum ärztlichen Studium zu erreichen. Ich befürchte jedoch, es ändert sich nichts, und die Herren werden zur Tagesordnung übergehen.«

»Woher weißt du das schon wieder?«

»Nun, beschäftige dich doch auch mal mit den Forderungen von Helene Lange und Hedwig Kettler.«

Nach einer nachdenklichen Pause – Elsa wusste genau, dass sie sich in den Augen der Freundin zu wenig mit den Anliegen der Frauenbewegung befasste – entgegnete sie: »Ja, wir müssen wohl noch lange warten, bis sich etwas ändert. Das Lehrerinnenexamen besitze ich, aber es zieht mich überhaupt nicht in die Schule. Ich möchte so gerne studieren und einen richtigen Beruf ergreifen wie die Männer. Außerdem bin ich als arme Waise ja nur bedingt eine höhere Tochter. In der Pensionatszeit blieb ich zwischen all den eingebildeten adeligen und großbürgerlichen Mademoiselles eine Außenseiterin. Wenn ich wenigstens Möbel entwerfen und bei der Wohnungseinrichtung beraten könnte.«

»Ja, Elsa, stell dir vor, du und Tante Sophie könntet ein Geschäft aufmachen. Ihr würdet tout Hannover mit Rat beistehen und wunderbare Räume komponieren. Welch ein Jammer, dass dies für Damen von Stand alles völlig unmöglich erscheint.«

Elsa zuckte resigniert mit den Achseln. »Leider sind das nur schöne Träume. Aber am allerwenigsten mag ich nur auf einen geeigneten Ehemann warten. Einen Haushalt möglichst perfekt zu führen, ihm den passenden Rahmen zu schaffen, kurz: ein schmückendes Beiwerk im Hintergrund zu sein, so möchte ich nicht leben. Was mir viel bedeutet, nämlich auch eine geistige Gemeinschaft mit einem Mann, das finden die männlichen Heiratskandidaten doch eher abschreckend. Denk nur an den flotten Ferdi!«

Isidora nickte bestätigend, da sie die Geschichte von Elsas erstem Backfischschwarm kannte. Als die Ältere hatte sie von Anfang an die Beziehung für aussichtslos gehalten. Ferdinand von Salzen, ein großer, sehr gutaussehender, schlanker Kerl mit blauen Augen und gewelltem blonden Haar, verkörperte in idealer Weise den Typus des adeligen Offiziers. Allerdings besaß er weder Geist noch Tiefgang. Er verstand es, charmant zu plaudern und Komplimente zu machen und redete in der etwas abgehackten, knappen Sprechweise, die in der preußischen Armee als besonders männlich galt.

Auch seine Vorstellungen über die Rolle und das Vermögen seiner künftigen Ehefrau waren äußerst konventionell. Die bürgerliche Vollwaise Elsa, die kleine Legate von Heinrichs Großmutter und Tante Sophie erhalten würde, kam für ihn eigentlich nicht in Frage. Dennoch hatte er ihr eine Weile den Hof gemacht, da sie eben ganz anders war als alle ihm bekannten jungen Damen von Adel. Nach und nach allerdings bemerkte Elsa, dass die Gespräche mit Ferdi sie langweilten. Seine Konversation, so musste sie sich eingestehen, erwies sich nach einiger Zeit im wahrsten Sinne des Wortes als erschöpfend.

Als sie dann noch erfuhr, dass er der Tochter eines außerordentlich reichen Lindener Samtfabrikanten den Hof machte, war sie schließlich froh gewesen, Hannover zu verlassen. Für ein Jahr ging sie in das renommierte Pensionat Bauer in der Schweiz. »Aus den Augen, aus dem Sinn«, hatte Marga Lheiß damals treffend kommentiert. Sie hatte wie so oft recht behalten.

»Liebe Freundin, Ferdinand von Salzen bot außer seiner glänzenden Erscheinung wirklich nichts, was dich hätte glücklich machen können.«

Das stimmt, aber immerhin konnte er hervorragend küssen, dachte Elsa, die bei dieser Erinnerung noch heute wohlig erschauerte. Über diese durchaus angenehmen Gefühle hatte sie nicht einmal mit ihrer Freundin sprechen mögen. Ihr Körper reagierte damals zustimmend auf weitergehende Vertraulichkeiten, was sie zugleich mit Verwunderung und Angst erfüllt hatte. Mit einem letzten Rest von Vernunft unterband sie weitere Zärtlichkeiten, schließlich war sie ohnehin viel zu weit gegangen. Damals fiel ihr eine längst vergessen geglaubte Szene mit der englischen Gouvernante schlagartig wieder ein. Diese hatte ihr im Alter von ungefähr zehn Jahren sehr ernst erklärt, dass der Bereich zwischen ihren Beinen tabu sei. »Da unten wird sich nur kurz gewaschen, weitere Berührungen, vor allem abends im Bett, sind streng verboten. Dies ist nicht nur Sünde, sondern kann sogar zur Verblödung führen. Ungehorsamen Mädchen werden die Hände dick bandagiert und ans Bett gebunden!«

Die kaum verhüllte Drohung hatte sie sehr wohl wahrgenommen – sie wusste außerdem sofort, wovon die Rede war. Denn wenn sie sich ab und zu neugierig und spielerisch da unten berührt hatte, löste dies äußerst aufregende und angenehme Gefühle aus, die dann ihren ganzen Körper durchströmten. Obwohl sie die Gefahr der Verblödung nicht recht glauben mochte, hielt sie sich auch in späteren Jahren bei der Erkundung ihres sich verändernden Körpers sehr zurück. Wieso wurde um diese Themen nur herumgeredet, fragte sie sich, wieso hießen Unterhosen die *Unaussprechlichen*, wieso hatten höhere Töchter in jeder Hinsicht rein und unschuldig zu sein, waren diese denn anders als andere Frauen? Lagen ihre Reaktionen etwa an ihrer Herkunft?

Sie seufzte unwillkürlich, besann sich auf die Freundin und stimmte zu: »Ja, das mit Ferdie sehe ich schon lange ein.«

Die Freundinnen sahen sich verständnisinnig an. Bei beiden entsprach das Temperament nicht dem äußeren Typus. Mit ihrer dunklen, vom Vater geerbten Lockenpracht glich Isidora eher einer temperamentvollen, südländischen Schönheit, der man eine stürmische, impulsive Natur zutraute. Sie war jedoch eher ruhig und nachdenklich, sprach meist überlegt und langsam.

Elsa hingegen entsprach von der Wesensart her nicht den Erwartungen an den zurückhaltenden, norddeutschen blonden und blauäugigen Typus: Ihre Augen blitzten förmlich vor Temperament. Wenn sie sich für ein Thema begeisterte, unterstrichen ihre Hände lebhaft das Gesagte. Ihre geraden, dunklen Augenbrauen, die ihrem Gesicht einen ganz besonderen Reiz gaben, hoben sich dann weit nach oben.

Als Backfisch hatte sie ein Billet von einem unbekannten Verehrer erhalten:

›Darüber schwungvoll ausgebreitet sind,
Die dunklen Brau'n, geschwungen stolz und hoch,
Ein ausgebreitet Adlerflügelpaar
Ob einer Lilienflur.‹

Über diese von dem österreichischen Dichter Robert Hamerling verfassten Zeilen hatte Elsa Tränen gelacht. Mochte der Poet auch einer der meistgelesenen deutschsprachigen Autoren sein, ihr erschien er einfach zu pathetisch!

»Komm, lass uns über andere Dinge reden, die uns interessieren.« Isidora blätterte inzwischen in dem Roman mit Sherlock Holmes. »Also, wie gefiel dir der Detektiv Holmes mit seinem Assistenten Dr. Watson?«

»Es ist einfach genial, wie Holmes aus seinen Beobachtungen Rückschlüsse zieht. Er versetzt sich in andere hinein. Dr. Watson findet immer alles voller Bewunderung exzellent, und Holmes kontert sodann elementar. Er ist wirklich ein scharfsinniger Künstler der Deduktion.«

Isidora schaute verblüfft. »Was genau meinst du damit?«

»Nun, er leitet vom Allgemeinen zum Besonderen ab.« Elsa lächelte ihre Freundin listig an. »Sei beruhigt, das stammt aus Meyers Konversationslexikon.«

»Verstehe! Ein bisschen erinnert mich das an den Inspektor Cuff in dem Roman ›Der Monddiamant‹ von Wilkie Collins«, entgegnete Isidora nachdenklich.

»Das ging mir genauso«, rief Elsa aus. »Allerdings kann man den ältlichen, dünnen, stets schwarzgekleideten Inspektor rein äußerlich nicht mit Sherlock vergleichen.«

»Ach, Sherlock nennst du ihn schon«, zog Isidora sie auf, »duzt ihr euch bereits? Vergiss bitte nicht, dass es sich bei deinem Helden um eine Erfindung von Conan Doyle handelt!«

»Er würde uns als realer Mann bestimmt gefallen. Bei Inspektor Cuff hingegen wird die äußere Erscheinung ja wenig anziehend geschildert – wenn man ihn eher für einen Leichenbestatter oder Pfarrer hält als für einen Detektiv. Aber wir lernten von ihm doch einiges über die Arbeit eines Detektivs!«

Isidora setzte sich aufrechter hin und zitierte mit tiefer Stimme: »Zwei Weisheiten des berühmten Inspektors Cuff. Erstens: Was Spuren betrifft, ist Sand einer der besten Helfer des Detektivs. Zweitens: Bei meinen langjährigen Erfahrungen auf den schmutzigsten Wegen dieser schmutzigen kleinen Welt ist mir noch nie so etwas wie eine Nebensächlichkeit begegnet.«

»Wunderbar, Isidora«, zollte Elsa der schauspielerisch begabten Freundin Beifall. »Aber nun gib Acht: Besonders, wenn ich sehe, wie Holmes als Ermittler vorgeht, denke ich, dass vor allem wir Frauen außerordentlich gute Detektive sein könnten. Die Aufgaben wirken geradezu wie für uns gemacht.«

»Das erkläre mir bitte genauer!«

»Es liegt auf der Hand, liebe Freundin. Wir werden von klein auf darin bestärkt und angehalten, gut zuzuhören, den Mann durch

Fragen zu ermuntern, über sich und seine Taten zu sprechen. Sich in andere hineinzuversetzen, um eine fürsorgliche Gattin und Mutter zu sein, gehört zu den Aufgaben der Frau. Sie soll sich unauffällig verhalten und sich nicht in den Mittelpunkt stellen. Auf diese Weise machen wir jede Menge Beobachtungen und ernten viele Erkenntnisse.«

Während dieser Beschreibung glitt langsam ein verstehendes Lächeln über Isidoras Gesicht. »Elsa, du bist ebenso scharfsinnig wie spitzzüngig, aber ich stimme dir zu. Nicht nur die Arbeitsweise von Holmes spricht dafür, dass Frauen die detektivische Arbeit besonders liegt, denk doch an den ganz eigenen Ermittlungsstil von Inspektor Cuff, wenn er Informationen erfragt. Zunächst redet er über Gott und die Welt, versucht Gemeinsamkeiten herzustellen und Vertrauen zu schaffen. Erst dann fragt er, was er wirklich wissen will.«

»Ja, Isidora, das stimmt. Diese Art und Weise, die Dinge zu vernebeln, wenden Frauen ebenfalls häufig an. Sowohl wenn sie etwas erfahren, als auch wenn sie etwas durchsetzen wollen. Das sind Listen, die die Weibsbilder mangels Macht entwickelten. Durch indirekte Fragen gelingt es uns jedenfalls oft, Verborgenes ans Licht zu bringen.«

Die beiden Freundinnen lächelten sich komplizenhaft an. »Isidora, mir kam die allerbeste Idee, wie du aus dem Käfig ausbrechen kannst. Du möchtest gern Schriftstellerin werden. Schreib doch eine Detektivgeschichte, so etwas gibt es in Deutschland noch kaum!«

Für die Silberhochzeit ihrer Eltern hatte die Freundin ein Festspiel in Form eines gereimten Märchens geschrieben. Sozusagen aus berufenem Munde – sowohl von der berühmten Schauspielerin Marie Seebach als auch von dem bekannten Schriftsteller Ernst von Wildenbruch wurde ihr die schriftstellerische Laufbahn vorgeschlagen. Beide bestätigten ihr Talent und Originalität.

Mit achtundzwanzig Jahren galt Isidora in den Augen der bürgerlichen Gesellschaft als spätes Mädchen, dem das Schicksal der alten Jungfer drohte. Jedenfalls dachte sie bei aller Kunstschwärmerei unstandesgemäß darüber nach, wie sie Geld verdienen könnte.

Elsa wusste, dass Isidora über eine reiche, lebendige Phantasie verfügte, die Schriftstellerei liebte, aber auch mit Schwierigkeiten kämpfte, um ihre Ideen zu Papier zu bringen. »Sprich doch mit eurem Freund, dem Schriftleiter vom Hannoverschen Courier darüber, was er von einer Detektivgeschichte hält. Möglicherweise könnte die als Fortsetzungsroman erscheinen – dann wirst du auch gleich in Hannover berühmt!«

Isidora sprang spontan auf und umarmte Elsa. »Was bist du doch für eine gute Seele! Welche Gedanken du dir um mich und andere machst! Ich glaube, dies ist eine hervorragende Idee, aber ob ich das wirklich schaffe?«

»Ja, bestimmt kannst du das, und möglicherweise könnte deine Detektivgeschichte ja auch in der Gartenlaube erscheinen. Bedenke, wie viele Frauen da ihre schriftstellerische Karriere begründet haben. Die Marlitt kam so zu Ruhm und Ansehen.«

»Langsam voran, liebe Freundin. Dort gedruckt zu werden, das wäre ein Traum. Schließlich erreicht diese Zeitschrift ihre große Leserschaft in allen gesellschaftlichen Schichten des Reiches.«

»Warten wir es ab, Isidora«, erwiderte Elsa. »Also, lass uns nicht jammern! Bleiben wir bei unserer Detektivarbeit. Um meine eigene Beobachtungsfähigkeit zu schärfen, werde ich ab sofort ein Tagebuch führen über alles, was mir auffällt oder ungereimt erscheint …«

»Eine gute Idee, Elsa. Die vielen kleinen Dinge des Alltags hindern einen oft, die Menschen mit detektivischem Scharfblick zu betrachten. Außerdem handelt es sich um eine hervorragende Übung für das Gedächtnis.«

»Schaden kann es nicht. Nimm dir den Sherlock Holmes mit, Isidora, ich leihe ihn dir gern.«

Und damit trennten sich die beiden Freundinnen für diesen Tag.

Die Schauspielerin Roberta Stein

Den sonnigen Mainachmittag verbrachte Roberta in ihrer Wohnung am Georgsplatz. Sie beendete gerade die Maniküre und griff zum Abschluss nach einem Tiegel mit der wunderbaren Handcreme des rührigen Pharmazeuten der nahen Marien-Apotheke, Karl Adolf Hormann. Von ihm bezog sie alles, was sie an Medikamenten und zur Pflege ihrer Schönheit brauchte. In unmittelbarer Nachbarschaft sowohl des Friederiken- als auch des Henriettenstiftes gelegen, erfreute sich Hormann reger Nachfrage. Zufrieden betrachtete sie ihre schönen Hände und klingelte nach dem Mädchen.

»Fräulein Stein, Sie wünschen?«, knickste Trude.

»Du kannst alles wegpacken. Und bring mir bitte um halb sechs meinen Tee.«

Wie immer, wenn sie Vorstellung im nahen Königlichen Schauspielhaus hatte, ruhte Roberta noch eine Stunde im bequemen Hausmantel auf dem Chaiselongue. Sie benötigte nur einen Fußweg von fünf Minuten zum imposanten Bau des Meisters Laves, dem ehemaligen Königlichen Hoftheater. Ein weiterer Vorteil der großzügigen Wohnung, die zudem einen schönen Blick auf den Platz bot.

Nachdem das Mädchen leise die Tür geschlossen hatte, griff Roberta nach dem ungewöhnlichen Rubinring, den sie während der Maniküre auf einem Tischchen neben sich abgelegt hatte. Sie setzte ihn auf den linken Ringfinger und strahlte vor Glück bei der Betrachtung, wobei sie die Hand hin und her drehte. Bei dem Rubin handelte es sich offenbar um einen alten Stein, der eine Durchbohrung aufwies. Mit einer spiralförmigen Weißgoldfassung versehen, schien er später noch mit einem fünfsternigen Rahmen mit Brillantsplittern ergänzt worden zu sein. August hatte ihr diesen Ring geschenkt und dazu gesagt, es handele sich um ein altes Familienstück, welches immer von Generation zu Generation weitergereicht werde.

Roberta stieß einen tiefen, glücklichen Seufzer aus: Jetzt hatte sie mit immerhin vierunddreißig Jahren doch noch die große Liebe ihres Lebens gefunden!

Nicht dass es ihr an Verehrern gefehlt hatte, einige davon waren allerdings verheiratet. Diese kamen für sie von vornherein nicht in Frage. Manche Schauspielerinnen ließen sich durchaus von wohlhabenden Ehemännern aushalten. Auf ihren Ruf achtete Roberta, denn, so schien es ihr, es wurde nirgendwo so viel geklatscht und getratscht wie an Schauspielhäusern, wobei sich ihre männlichen Kollegen besonders auszeichneten. So erschienen mehrere der Theatergrößen ab und an in Kastens Hotel. An der Table d'hôte besetzten einige der Honoratioren der Stadt, wie zum Beispiel der Senator Tramm und Pastor Waitz, eine bestimmte Ecke. Auch der Leiter des 1889 eröffneten Kestner Museums, der Archäologe Carl Schuchardt, gehörte jetzt zu diesem Kreis. Die Theaterleute fanden hier für ihre Geschichten geneigte Ohren – und man konnte gewiss sein, dass sich die sprachlich geschliffenen und gut vorgetragenen Schwänke in Windeseile in der Stadt herumsprachen. Besonders Julius Berend, der seit 1846 im Königlichen Hoftheater vor allem im komischen Fach brillierte, war für seinen scharfzüngigen Humor bekannt. Donnerstags war er ein für alle Mal bei Kastens eingeladen, weil es da sein Lieblingsessen, Sauerkohl und Erbsenbrei gab, mit einem Glas gutem Herrenhäuser Bier dazu. Sein frischer Witz machte ihn beliebt. So taufte er eine zierliche Schauspielerin, von der man wusste, dass sie einem Zeitungsbesitzer sehr nahestand, ›die kleine Abendbeilage‹.

Das wollte Roberta auf gar keinen Fall, dass so despektierlich über sie gelästert wurde. Wenn überhaupt, wollte sie ehrbar heiraten. Ein überaus wohlhabender Rentier hatte erst kürzlich eine geschätzte Kollegin aus dem Opernfach vor den Traualtar geführt, allerdings unter der Bedingung, der Bühne zu entsagen. Das kam für Roberta nicht in Frage. Deshalb lehnte sie den Heiratsantrag des steinreichen Chemiefabrikanten Theobald von Lensing ab. Dieser setzte mit großer Selbstverständlichkeit voraus, dass sie die Schauspielerei aufgäbe, um sich ausschließlich ihm zu widmen. Er konnte es kaum glauben, als sie ihm nach kurzer Bedenkzeit einen Korb gab.

»Du wirst das bitter bereuen, schließlich gehst du auf die vierzig zu!«, lauteten seine wütenden Abschiedsworte, bevor er türenknallend aus ihrer Wohnung stürmte. So viel zu Theobald.

Roberta zweifelte lange, ob eine Heirat überhaupt für sie in Frage kam. Aus der Ehe ihrer Eltern wusste sie, wie großes Leid und tiefgreifende Schwierigkeiten selbst in einer aus Liebe geschlossenen Ehe entstehen konnten. Ihre Mutter Hildegard stammte aus einer gutbürgerlichen Berliner Familie. Ihr Vater, Bertram Bernstein, durch Erfindungen für den Eisenbahnbau ein vermögender Mann geworden, war eigentlich nicht standesgemäß. Er warb aber ausdauernd und schließlich erfolgreich um seine Angebetete. Berta, so ihr wirklicher Vorname, blieb das einzige Kind. Ihre Mama ging oft ins Theater. Schon in jungen Jahren nahm sie ihre Tochter mit in die Vorstellungen und brachte ihr die Welt der Dichter und Denker nahe. Mit ihren Freundinnen führte sie bei kleinen Feiern lebende Bilder aus der Mythologie und kurze Spielszenen auf. Der Vater zeigte hierfür wenig Verständnis. Die ewige Leserei sei für das seelische Gleichgewicht eines Mädchens schädlich, die Lektüre bei weitem zu anspruchsvoll. Wenn überhaupt, solle sie erbauliche und leichte Mädchenbücher lesen. Ihre Mutter verstand es dennoch, die Tochter mit niveauvollen Werken zu versorgen. Sie spürte, dass Berta viele Talente besaß, die weit über das hinausgingen, was man gemeinhin einem Mädchen zugestand. Dies bildete nicht das einzige Zerwürfnis zwischen dem Ehepaar.

Der Vater wandte sich immer stärker von seiner Ehefrau ab, die auch kaum noch übersehen konnte, dass er mehrere Affären unterhielt. Das wurde zwar stillschweigend den Männern zugestanden und galt als gesellschaftlich akzeptiert, kränkte die Mutter aber dennoch sehr. 1868 kehrte Bertram Bernstein von einer Geschäftsreise nicht zurück. Bange Monate begannen. Niemand wusste, ob und was mit ihm passiert war. Er blieb einfach verschwunden. Unterstützt von ihrem Bruder, sichtete Hildegard schließlich die Vermögensverhältnisse und entdeckte hohe Verluste. Monate der Ungewissheit vergingen. Dann erfuhr die Mutter durch einen anonymen Brief, ihr Mann sei in Begleitung einer Frau und eines kleinen Jungen nach Amerika ausgewandert. Dies war schmerzhaft und demütigend. Weitgehend auf sich allein gestellt, mussten sie so manche Häme ertragen. Geldmangel zwang sie zu äußerster Sparsamkeit, was sich kaum verbergen ließ und zu weiterer Isolation führte. Es folgten freudlose Jahre, zumal ihre Mama immer schwermütiger wurde. Solche Erinnerungen stimmten Roberta noch heute traurig.

Was sie aus all dem gerettet hatte, war Theater zu spielen. Das stand für sie fest. Bei Aufführungen in der Schule fiel früh ihr großes schauspielerisches Talent auf. Eine Lehrerin machte ihr Mut, bei der Berliner Hofschauspielerin Johanna Blumauer vorzusprechen. Diese begnadete Künstlerin zog Berta stark in ihren Bann. Ausbildung und Rollenstudium verhalfen zu einer Phase des Lernens, die sie die häuslichen Zustände einigermaßen unbeschadet überstehen ließ. Die Mutter, ohne weiteren Lebensmut, starb, als Berta siebzehn Jahre alt war. Es folgte eine Zeit, in der sie sich noch mehr in die Welt der großen Theaterstücke zurückzog.

Ihre künstlerische Arbeit, die ihr wechselnde Gefühlszustände abverlangte, half ihr, die sorgenvolle Gegenwart zeitweise zu vergessen. Sie nahm den Künstlernamen Roberta Stein an und begann in Berlin ihre ersten kleinen Rollen zu spielen. Der Onkel übernahm die

Vormundschaft und verwaltete so erfolgreich ihr bescheidenes Vermögen, dass sich ihre finanziellen Verhältnisse nach und nach stark verbesserten.

1877 verhalf ihr ein viel gelobtes Gastspiel in Hannover zu einem Engagement am Königlichen Schauspielhaus.

Welch ein Glück, dass ihr Onkel über eine Freimauererloge Maximilian von Elßtorff kannte, der eine Wohnung besorgte. Roberta mochte ihr Leben in Hannover. Vor allem aber liebte sie ihren Beruf. Die Vorbereitungen auf eine neue Bühnengestalt, bei denen sie sich oft auch mit dem Autor und seiner Zeit beschäftigte, ließen den Alltag in den Hintergrund treten. Sie kniete sich intensiv in ihre jeweilige Rolle hinein. Und sie genoss es, auf der Bühne zu stehen und mit Haut und Haar die Figur zu sein, die sie gerade darstellte. Auch gewährte ihr das Leben einer Schauspielerin einige Freiheiten, die anderen Frauen aus bürgerlichen Kreisen meist verwehrt waren. Sie führte ihren eigenen Hausstand, verdiente eigenes Geld und fühlte sich stolz und froh mit ihrer Unabhängigkeit. Noch vor kurzem hatte sie begierig in den Zeitungen Berichte über die Amerikatournee der österreichischen Schauspielerin Adele Sandrock verfolgt. Sie träumte manchmal vom Land der unbegrenzten Möglichkeiten. Allein die Überfahrt mit dem Luxusdampfer Normannia von Hamburg nach New York musste ein besonderes Erlebnis sein!

In Amerika nicht nur zu spielen, sondern auch dessen riesige Weiten kennenzulernen – das wäre ein Traum!

Aber nun, mit August an ihrer Seite, schoben sich andere Sehnsüchte in den Vordergrund. Überhaupt erschien ihr mit ihm alles in einem neuen Licht. Zwar war der Sänger kein Adonis. Von seiner äußeren Erscheinung her konnte er sich gar nicht mit ihrem treuen Freund und Kollegen Oscar messen. Die ihn anschmachtenden Hannoveranerinnen nannten ihn den ›neunfingerigen Liebesgott‹, da er im Krieg den rechten Ringfinger eingebüßt hatte. Als jugendlicher Liebhaber begann er am Königlichen Hoftheater. Im Laufe der Jahre entwickelte sich zwischen Roberta und Oscar eine platonische Freundschaft, die allgemein bekannt und akzeptiert war.

Mit Oscar lernte Roberta oft Rollen. Von ihm, der sich auch für alles Amerikanische begeisterte, bekam sie den Spitznamen Bobby. Die beiden gingen des Öfteren soupieren, was sie immer sehr genoss, denn mit Oscar gab es anregende und vielseitige Gespräche. Sein Horizont reichte über die Welt des Theaters weit hinaus, was Roberta auch auf seine Lehrerausbildung zurückführte. Nach wie vor umschwärmten ihn die Damen, was er offenbar zu genießen schien. In den letzten Wochen allerdings reagierte er gereizt, wenn sie ihn wegen seiner Amouren aufzog. Seine Affären befriedigten ihn anscheinend nicht mehr so wie früher. Es sei an der Zeit für sie beide, den Hafen der Ehe anzusteuern, hatte er kürzlich scheinbar nebenbei fallen lassen. Roberta hielt dies für eine kurzfristige Grille, die einen Mann in den besten Jahren wohl befallen mochte.

Ihr Blick fiel nochmals auf den äußerst üppigen Rosenstrauß, der ihr gegenüber auf dem runden Mahagonitisch stand. Er war ein Kavalier vom Scheitel bis zur Sohle, ihr August, und obendrein noch ein außerordentlich guter Liebhaber. Zwar hatte sie nur wenige Erfahrungen auf diesem Gebiet gemacht – schließlich gab es nur sehr unsichere Möglichkeiten, eine Schwangerschaft zu verhindern. Und die bedeutete auch für eine Schauspielerin gesellschaftliche Schmach und Probleme –, aber so wie mit ihm war es nie gewesen …! Oft ließ sie die Sehnsucht die Tage bis zum Wiedersehen zählen. Obwohl sie allein war, errötete sie.

Plötzlich sah sie auf die Uhr – schon so spät! Roberta atmete tief durch, trank einen letzten Schluck Tee. Aus ihrem Apotheker-schränkchen nahm sie ein neues Fläschchen Belladonna. Damit ließ sie ihre Augen für die Bühnenauftritte außergewöhnlich erstrahlen. Belladonna tropften sich die Frauen vor allem im Süden in die Augen. Dadurch erschienen die Pupillen größer und dunkler, was als attraktiv angesehen wurde. Eine ›Bella Donna‹, also eine gutaussehende Frau mit sprechendem Blick, das wollte Roberta auf der Bühne sein.

Sie griff noch nach einem weiteren Fläschchen. Dieses enthielt eine extra bestellte Medizin aus der Marien-Apotheke, für die ange-griffene Lunge der Ehefrau des Portiers Schmiedcke im Schauspiel-haus. Nachdem, was dieser ihr kürzlich beschrieben hatte, fürchtete sie jedoch, es könne sich um die Schwindsucht handeln. Sie ließ sich von ihrem Mädchen in den Mantel helfen, setzte einen flotten Floren-tiner Hut auf und verließ das Haus. Ein Stück eilte sie die Georg-straße entlang, auf der die Hannoveraner so gerne promenierten. Die Bäume, die hier etwas Schatten spendeten, schmückten sich noch mit frischem, unverstaubtem Blattwerk. Die Vögel zwitscherten um die Wette. Von gepflegten Blumenrabatten mischte sich ein leichter Blumenduft in die Luft.

Der Mai ist wirklich ein Wonnemonat, befand Roberta. Be-schwingt bog sie ab zur Theaterstraße, um das Königliche Schau-spielhaus von hinten durch den Bühneneingang zu betreten.

Hier begrüßte sie gleich der alte Portier Schmiedcke. »Verehrtes Fräulein Stein, ich hoffe, Sie befinden sich wohlauf?«

»Danke der Nachfrage, mir geht es wunderbar. Was macht Ihre Frau?«

Schmiedkes Miene wirkte noch bekümmerter als zuvor. »Ach«, entgegnete er leise, »es will nicht besser werden.«

Roberta griff in ihren Pompadour, gab sorgfältig Acht, das richtige Fläschchen zu erwischen. »Hier, aus der Marien-Apotheke, extra für Ihre Frau angesetzt. Mit herzlichen Grüßen und Genesungswünschen von mir.« Sie bemerkte, wie die Augen des Portiers feucht wurden und er noch etwas sagen wollte. Da verabschiedete sie sich eilig.

Wo die Liebe hinfällt – Amalie Röscher

Die Solotänzerin des Hoftheaters, Amalie Röscher, wohnte wie Roberta Stein ebenfalls am Georgsplatz, wenn auch in einer kleineren Wohnung. Sie stand am Fenster und beobachtete, wie Oscar Leitner geschwinden Schrittes auf den Eingang von Robertas Haus zueilte. Amalie fragte sich zum wiederholten Male, was Oscar nur an dieser Roberta fand. Schließlich wurde sie selber von Verehrern umschwärmt, mit ihrer trainierten, aber durchaus weiblichen Figur und dem zarten, von roten Locken umrahmten Gesicht. Ihre Reize schien Oscar jedoch nicht wahrzunehmen. Dabei verehrte sie ihn seit langem glühend und war stets eifersüchtig auf Roberta, da er ihre Kollegin oft besuchte, um auch außerhalb des Theaters weiter zu proben. Das wuchs zu einem immer tieferen Stachel in ihrer Brust. Amalie hatte eigentlich nichts gegen Roberta, sie fand sie nett, freundlich und hilfsbereit allen gegenüber. Aber nun schien einzutreten, was Amalie schon lange befürchtet hatte. Oscar befand sich mittlerweile in einem Alter, wo Männer daran denken, eine Familie zu gründen. Eine Mannsperson, der ursprünglich ein bürgerlicher Lebensweg bestimmt schien, musste sich früher oder später nach normalen Verhältnissen sehnen.

Nach einer Probe hatte Oscar Leitner sie einmal auf ein Glas in Feys Weinstube in der Sophienstraße eingeladen, wo das Ensemble gern verkehrte. Amalie fragte ihn, wie er dazu gekommen sei, Schauspieler zu werden. Sie sah ihn noch genau vor sich, wie er mit blitzenden Augen und einem Lächeln erzählte: »Mir schien ein völlig bürgerlicher Lebensweg als Lehrer in Bremen vorgezeichnet zu sein. Meine wirkliche Begeisterung jedoch galt der Bühne. Nach einer wunderbaren Aufführung des ›Don Carlos‹ fasste ich all meinen Mut zusammen und entblößte in einem langen Brief an den damaligen Hofschauspieler meine Leidenschaft für das Theater. Der nahm mich tatsächlich als Schüler an, empfahl Reit- und Fechtunterricht und die strikte Unterlassung des typisch norddeutschen ›st‹, wie im spitzen Stein.«

Amalie erwiderte lächelnd: »Na, das musste ich mir als Tänzerin nicht abgewöhnen, ich stehe eben nur stumm auf den Spitzen.«

Oscar Leitner, den wohl ihre Schlagfertigkeit überraschte, schien sie das erste Mal wirklich wahrzunehmen.

»Enchanté, Madame«, entgegnete er und hob das Glas, um mit ihr anzustoßen.

»Und wie entwickelte es sich weiter, mit der Schauspielerei?«, fragte Amalie.

»Nun, ich begann mit einem unbezahlten Engagement in Weimar, spielte hinterher vier Jahre in Stuttgart Kraut und Rüben. Danach ging ich mit dem Meininger Hoftheater auf Tournee. Dabei lernte ich wirklich viel. Denn sich in unterschiedlichsten Rollen und Chargen ohne Wenn und Aber bewähren zu müssen, das bildet für einen Schauspieler ein gutes Fundament für seine künstlerische Weiterentwicklung.«

Verstehend nickte Amalie. »Und wann kamen Sie ans Hoftheater?«

»Bereits 1875. Ich erlebte die interessanten und schönen Zeiten mit unserem Intendanten Bronsart mit.«

An diesem Abend unterhielten sie sich noch über vieles aus der Theaterwelt. Und Amalie verliebte sich in Oscar – es traf sie wie der buchstäbliche Blitz! Was der Vielgeliebte anscheinend gar nicht bemerkte. Er behandelte sie auch weiterhin wie eine Kollegin – als eine besonders geschätzte Kollegin –, aber nicht wie eine begehrenswerte Frau. Ähnlich schien er mit Roberta umzugehen, die er ja schon wesentlich länger kannte. Amalie jedoch, mit den scharfen Augen der Liebenden, bemerkte wohl als Erste, dass der ewige Junggeselle an einem Wendepunkt in seinem Leben anlangte.

Amalie war völlig demoralisiert. Da gab es einerseits ihre aufrichtigen Gefühle für Oscar. Andererseits wusste sie, dass ihre Karriere als Solotänzerin nicht ewig währen konnte. Eines nicht allzu fernen Tages würde alle Plagerei und Disziplin den Abschied von der Bühne durch das Alter nicht mehr aufhalten. Schauspielerinnen und Sängerinnen erging es da besser. Ihr Vater, ein Apotheker aus Braunschweig, hatte sie genau davor gewarnt. Als Mädchen durfte sie ihm oft zur Hand gehen, wenn er seine Pulver nach eigenen Rezepturen mischte. Das interessierte sie ungemein.

Vieles lernte sie dabei vom Papa, der sich stets um neue und bessere Rezepte bemühte. Aber eine Frau als Apothekerin – das galt als ebenso undenkbar wie eine Frau als Ärztin. Und die Ehe mit einem Apotheker einzugehen, ergab sich nicht. Also gab der Vater nach, als Amalie, die von Kindesbeinen an Ballett tanzte, beschloss, die Bühnenlaufbahn einzuschlagen. Und nun befand sie sich in einem Alter, in dem so oder so etwas geschehen musste. Noch war sie eine schöne und attraktive Frau. Nicht zuletzt auch dank der Cremes und Wässerchen, die sie selber für sich herstellte. Amalie beschloss, trotz ihrer tiefen Gefühle für Oscar fortan ihre Verehrer vor allem mit den Augen des Verstandes zu betrachten. Es galt klug abzuwägen, welcher Mann geeignet schien, mit ihr eine harmonische Beziehung einzugehen, die ihr gleichzeitig Sicherheit gab. Wenig später darauf beobachtete sie zum ersten Mal, wie ein relativ kleiner, etwas gedrungener Herr mit kurzen energischen Schritten auf Robertas Haustür zusteuerte. In der Hand hielt er einen riesigen Blumenstrauß. Da sie ab und zu aus dem Fenster spähte, bekam sie mit, wie er später das Haus wieder verließ. Von nun an sah sie den Herrn des Öfteren zu Roberta gehen. Stets mit flinker Gangart eilte er herbei, ausnahmslos mit einem riesigen Blumenstrauß, oft auch mit einem Päckchen von der Konditorei Kreipe ausgerüstet.

Amalie rief nach ihrem Dienstmädchen: »Auguste, du kennst doch das Mädchen von Fräulein Stein. In letzter Zeit sah ich zufällig, dass ihr mehrmals ein Herr die Aufwartung machte. Weißt du etwas darüber?«

Auguste wusste, dass sie mit einem kleinen Entgelt rechnen konnte, wenn sie die Neugierde ihrer Herrin stillte, und ließ sich nicht lange bitten. »Gnädiges Fräulein, das scheint was Ernstes zu sein. Nicht so wie mit Herrn Leitner. Der Herr stammt aus Köln, ist ein berühmter Sänger und heißt August Remmèrs. Er kommt immer mit Blumen und Geschenken. Die Schauspielerin soll ganz verrückt nach ihm sein.«

Amalie drückte dem Mädchen eine Münze in die Hand, die es blitzschnell betrachtete und sich hocherfreut zurückzog. Soweit wie möglich behielt Amalie auch weiterhin das Haus von Roberta im Auge. Oscar erschien seltener, der Herr aus Köln kam immer wieder.

Eines Tages hielt der Sänger sich ungebührlich lange auf und verließ mit einem besonders strahlenden Gesichtsausdruck das Haus. Daraufhin beschloss Amalie, die Gedanken an Oscar doch nicht ganz aus ihrem Herzen zu verbannen.

Der Sohn des Hauses: Heinrich von Elßtorff

Seit Heinrich von Elßtorff sich zum Medizinstudium in Berlin aufhielt, erkannte er, dass er Elsas Gesellschaft und ihre vertrauten Gespräche vermisste. Wie er an ihren zahlreichen Briefen merkte, ging es ihr ebenso. Für ihn jedoch erschlossen sich durch das Studium und den Ortswechsel in die Hauptstadt neue Erfahrungen, die Elsa in dieser Form nicht machen konnte. Das führte fast zwangsläufig dazu, dass ihre beiden Welten begannen, stärker auseinanderzudriften. Heinrich ahnte, dass Elsa sich allein gelassen fühlte und über ihre Möglichkeiten für ihr weiteres Leben nachdachte. Ihm war klar, dass sie ihr ausschließliches Heil nicht in einer Ehe sah.

Er selbst hatte nach langen Gesprächen mit seinem Vater den Militärdienst nicht angetreten. Sein gesundheitlicher Zustand bot Vorwand genug. Der Krieg war ihm als angehender Arzt ein Gräuel. Die Ideale des preußischen Militärs fand er noch immer menschenverachtend, vor allem was die Versorgung von Verwundeten nach einer Schlacht und die Behandlung der Versehrten betraf. Diese blieben meist ebenso sich selbst überlassen wie die Angehörigen der Gefallenen. Obwohl der preußische Offizier immer noch als das Paradebeispiel des gestandenen Mannes galt, dem sich außerdem fast alle Türen öffneten, mochte Heinrich nicht gegen seine Überzeugungen handeln. Das brachte ihm eine gewisse herablassende Verachtung einiger Schulkameraden ein. Zumal sie gern, allen voran der flotte Ferdi, über ihre Eroberungen prahlten, die sie als fesche Leutnants in Uniform machten.

In Berlin hatte Heinrich unter seinen Kommilitonen die ersten Gleichgesinnten getroffen, was ihm gutgetan hatte. Und er begann das Studentenleben in vollen Zügen zu genießen. Jetzt stand mitten im Semester ein längerer Aufenthalt an, da er sich bei einem Bordellbesuch einen Tripper eingefangen hatte. Das Berliner Nachtleben war vielfältig und reizvoll. Und nach zahlreichen Gläsern Bier hatte leider sein Verstand das Nachsehen gehabt, als seine Kommilitonen ihn mit in ein Bordell abschleppten. Auch wollte er sich nicht noch bei den Bordellbesuchen ausschließen. Dass er nicht gedient hatte und keiner schlagenden Verbindung angehörte, bildete schon Anlass genug für herbe Frotzeleien. Es handelte sich um ein Absteigequartier hinter einem Gartenlokal, welches sich vier Dirnen teilten. In nüchternem Zustand hätten ihn die mangelnde Sauberkeit, die schmuddelige Bettwäsche und der Körpergeruch der Prostituierten abgestoßen. Aber er war eben leider nicht nüchtern gewesen. Und jetzt hatte es ihn erwischt.

Letztendlich hatte er Glück gehabt, dass es nicht die Syphilis war. Als Medizinstudent wusste er, wie wichtig es ist, den Tripper gründlich auszukurieren. Als sich die Eichel rötete und anschwoll und schneidend stechende Schmerzen vor allem beim Urinieren auftraten, brach er sofort nach Hannover auf. Er zog es vor, so peinlich es ihm auch war, sich von seinem Vorbild, dem Hausarzt der Familie, Dr. Petzold, behandeln zu lassen als bei einem ihm unbekannten Mediziner in Berlin. Offiziell litt er an einer schweren Darminfektion.

»Mein lieber junger Freund«, hatte der Arzt kopfschüttelnd gesagt, »meiden Sie gerade die kleinen Bordelle. Eine niemals geschlechtskranke Prostituierte ist so wahrscheinlich wie die Dame ohne Unterleib! Vorläufig sind Sie ja sowieso aus dem Verkehr gezogen«, hier hatte der Doktor sardonisch gelächelt, »und danach suchen Sie sich in Berlin ein nettes Ladenmädchen – das ist viel sicherer.«

Heinrich war das Lachen vergangen – wer den Schaden hatte, erhielt den Spott noch gratis dazu. Gegen die heftigen Entzündungserscheinungen und Hodenschwellung wurde mit Kälte, Blutegeln und feuchtwarmen Umschlägen vorgegangen. Innerlich kühlende Salze, eine schmale Diät und viel Wasser trinken stand weiterhin auf der Tagesordnung. Dafür war der Genuss von Bier völlig untersagt, was Heinrich zusätzlich ärgerte. Beim Gehen musste er ein Suspensorium tragen, eine weitere Begleiterscheinung, die ihn ständig an die Krankheit erinnerte. Häufige Stadtbummel konnte er ohnehin nicht unternehmen, da zunächst viel Ruhe zur Behandlung gehörte. Dadurch hatte er reichlich Zeit zum Nachdenken. Wie wollte er seine berufliche Zukunft gestalten? Ob er für einige Jahre in die Kolonien gehen sollte – vielleicht nach Deutsch-Südwest? Wenn Elsa bis dahin nicht verheiratet war, konnte er sie ja mitnehmen.

Was war es auch für ihn für ein Glück gewesen, dass seine Eltern das verwaiste Mädchen aufnahmen. Wie einsam wäre seine Kindheit ohne Elsa verlaufen. Seine Mutter hatte erzählt, dass die Kleine anfangs unter Heimweh litt und vor allem gleichaltrige Spielkameraden zu vermissen schien. So war sie oft, wenn sie schlecht geträumt hatte, wie selbstverständlich in Heinrichs Zimmer gelaufen und zu ihm ins Bett geflüchtet. Dies unterband später die englische Gouvernante, die das für unschicklich hielt, und legte dem Mädchen nahe, zu ihr zu kommen.

Seine Gedanken wurden von einem kurzen Klopfzeichen an der Tür unterbrochen. Schon kam Elsa wie ein Wirbelwind herein, strahlte ihn an und fragte: »Heinrich, wie verlief dein Tag?«

»Nun, ich habe überwiegend geruht. Aber ich ging wenigstens auf einen Kaffee ins Kröpcke. Stell dir vor, dort habe ich die neue Schauspielerin vom Schauspielhaus kennengelernt. Sie heißt Sarah Amber. Eine ganz interessante junge Dame, die aus Amerika stammt. Bevor sie nach Hannover kam, spielte sie am Stadttheater in Bremen. Mit ihr könnten wir unsere englische Konversation mal wieder pflegen.«

Elsa blickte ihn prüfend an. »Wie hübsch ist sie denn?«

Heinrich dachte bei sich, dass sie ihn wirklich so gut wie eine Schwester kannte.

»Sie ist mittelgroß, hat blondes Haar, graugrüne Augen und ein reizvolles Gesicht.«

»So, so«, sagte Elsa, »und wie ist sie sonst?«

»Ich glaube, die Frauen in Amerika sind schon etwas anders als hier. Miss Amber wirkt selbständig und selbstbewusst. So ganz allein in Europa zu sein …«

»Nun, sie wird doch irgendeine Begleitung haben.«

»Sie hat ihre Gesellschafterin bei sich, eine Miss Little. Die ist genau der entgegengesetzte Typ. Sie ist natürlich viel älter, aber wirkt südländischer mit schwarzen Augen und üppigem dunklen Lockenhaar. So wie ich mir eine amerikanische Südstaatenschönheit immer vorgestellt habe. Sie scheint sehr mütterliche Gefühle für ihren Schützling zu hegen.«

»Schön und gut«, meinte Elsa, »das klingt alles interessant – aber man muss sich so eine Überfahrt und einen Aufenthalt in Deutschland ja auch leisten können, viel verdienen wird sie als Schauspielerin ja noch nicht.«

»Ja«, entgegnete Heinrich, »ich habe das Gefühl, dass sie von ihrem Vater sehr verwöhnt wurde, da ihre Mutter früh verstarb. Für die Schiffsüberfahrt buchte ihr Vater mehrere Räume in der ersten Klasse. Sie erzählte von einem schrecklichen Sturm kurz vor England. Und was sie so beschreibt von der Sommerfrische am Cape Cod, von Martha's Vineyard und den Sommervillen dort, in denen sie verkehrte – das kannst du mit unseren Sommern auf Norderney nicht vergleichen.«

»Nun ja«, sagte Elsa, »Cape Cod soll sich ja zum Sommertreffpunkt der reichsten Amerikaner der Ostküste zwischen Boston und New York entwickeln. Es entstehen dort riesige, äußerst luxuriöse Villen direkt auf den Klippen am Meer. Das las ich kürzlich in der Gartenlaube. Wie dem auch sei, unsere Sommeraufenthalte auf Norderney waren doch immer wundervoll, schöne Villen und Hotels gibt es dort auch – und außerdem kommt dorthin der Kaiser, davon können die Amerikaner nur träumen. Wie lange ist die junge Dame denn schon in Hannover? Es wundert mich, dass Roberta bisher gar nichts von ihr erzählt hat.«

»Sie wohnt auch gerade erst zwei Wochen hier und ist noch dabei, sich einzurichten. Am Königlichen Schauspielhaus wird sie demnächst beginnen. Ihren Hausstand hat sie in der Sophienstraße genommen. Es scheint sich um eine größere Wohnung zu handeln. Die Damen kaufen nur in unseren besten und luxuriösesten Geschäften ein.«

»Du weißt ja über Sarah Amber bereits gut Bescheid – kennst du auch schon ihre Hutmacherin?«

Heinrich verzog das Gesicht unwillig. Manchmal war Elsa wirklich ein kleines Biest.

»Jedenfalls vermute ich, dass ich das Debüt von Miss Amber im Königlichen Schauspielhaus mit dir erleben darf?«

»Ganz gewiss, mein Schwesterlein im Geiste«, antwortete der betont lässig und klopfte ihr brüderlich überlegen auf die Schulter. Immerhin hatte er ja eine Retourkutsche in petto. »Übrigens soll ich dir beste Grüße von Dr. Victor Rehnhoff ausrichten – ihn traf ich zufällig vor Kastens Hotel. Er hat sich mit eigener Kanzlei niedergelassen, gilt als guter Anwalt und vor allem als einer der kommenden Strafverteidiger.«

»Wie schön für ihn«, sagte Elsa etwas sarkastisch. »Und promoviert hat er inzwischen auch. Nun, dann werden wir sicherlich noch viel von ihm hören.«

Rehnhoff war zwar ein durchaus ansehnlicher Mann, aber ein typischer trockener und konservativer Jurist. Heinrichs Bewunderung für den älteren Rehnhoff teilte Elsa nur bedingt. Der bemerkte Elsas gerunzelte Stirn und sagte: »Na, womit hat der gute Victor dir denn auf die Füße getreten?«

»Ach, er ist sicherlich intelligent und strebsam, aber seine Ansichten sind in vielen Punkten wirklich von vorgestern.«

»Wie kommst du darauf, Elsa? Victor ist noch keine dreißig Jahre alt.«

»Ich erzählte ihm dummerweise mal, dass ich Detektivgeschichten faszinierend finde. Und fragte ihn, ob er sich als Jurist und angehender Strafverteidiger nicht auch für solche Romane interessiert. Na, du hättest ihn hören sollen. Diese Machwerke seien völlig ungeeignet für eine junge Dame, die Gartenlaube wesentlich angebrachter. Er habe für derartigen Unsinn gar keine Zeit. Für den taugt die Frau nur für

Kinder, Küche und Kirche. Etwas anderes kann er sich anscheinend nicht vorstellen.«

»Typisch Victor«, lautete Heinrichs Kommentar, »in puncto Umgang mit dem schönen Geschlecht und Galanterie muss er noch einiges lernen.«

»Also wirklich«, empörte sich Elsa. »Das mit der Galanterie ist nur eine Seite der Medaille. Er scheint gar nicht wahrnehmen zu können, dass eine Frau eigene Vorstellungen entwickelt. Es ist doch nicht so weit hergeholt anzunehmen, dass sich ein Jurist für die Motive von Verbrechen interessiert, und wie man durch scharfsinnige Analysen und Schlussfolgerungen dem Täter auf die Spur kommt.«

»Inzwischen scheint er aber halbwegs geläutert zu sein. Ich soll dich fragen, ob du schon ›Die Frau in Weiß‹ von Wilkie Collins kennst. Es handelt sich um eine Kriminalgeschichte. Wenn nicht, würde er dir das Buch gern leihen.«

Elsa verschlug es für einen Moment die Sprache. »Das wundert mich. Was ist denn nur mit dem Mann geschehen?«

»Nun, er könnte sich ja inzwischen verändert haben. Jedenfalls ist er eher ernst zu nehmen als der flotte Ferdi!«

Elsa ließ diesen Seitenhieb unkommentiert. »Das Buch kenne ich übrigens nicht. Aber …«

Heinrichs Blick war plötzlich auf die Pendule auf dem Kaminsims gefallen. »Ach du liebe Güte«, unterbrach er sie, »wir müssen uns noch für das Dinner umziehen. Beeilung ist angesagt, wenn wir pünktlich sein wollen. Wir wissen ja, welch großen Wert Papa auf rechtzeitiges Erscheinen legt. Da kann er seine Jahre beim Militär doch nicht verleugnen.«

»Heute besucht uns auch Tante Neunmalklug. Das wird wieder ein anstrengender Abend.«

»Edelgarde, die alte Intrigantin, das dürfte heiter werden. Halt deine Zunge im Zaum, Elsa, diese Dame können wir beide nicht bekehren.«

»Beim Kaffee hat sie Isidora und mich völlig unerträglich gepiesackt.«

Heinrich zuckte mit den Achseln. »Wir wissen ja, was wir von ihr zu halten haben. Und nun beeil dich!«

Während Heinrich sich umzog, was nicht ohne Schmerzen abging, wanderten seine Gedanken noch mal zu Victor Rehnhoff zurück. Der kannte Hermann von Brandes, den Polizeipräsidenten von Hannover, gut. Die beiden diskutierten gern bei einem gemeinsamen Abendessen in Kastens Hotel über die neuesten Entwicklungen in der Kriminalistik und aktuelle Fälle. Manchmal kamen auch Werner von Wreden von der Detektei Greiff und Dr. Petzold hinzu. Nachdem Heinrich sein Medizinstudium in Berlin aufgenommen hatte, durfte er in den Semesterferien ab und zu an dieser Runde teilnehmen. Als junger Spund nahm er mehr die Rolle des Zuhörers ein. Von diesen Gesprächen erstattete er Elsa immer genauestens Bericht. Auch dadurch befand sie sich in vielen kriminalistischen Fragen auf dem neuesten Stand. Bei diesen Erörterungen über einen aktuellen Fall in Hannover hatte sich Heinrich verplappert und gemeint: »Wir halten den Angeklagten nicht für den Mörder, weil Handlung und Motive nicht zusammenpassen«, und hatte das mit Beispielen belegt. Victor hatte ihn scharf angesehen, aber nichts zu der Wir-Form gesagt. Einige der Argumente hatten die Herren dann ernsthaft diskutiert. Rehnhoff begleitete ihn danach ein Stück auf dem Weg nach Hause und fragte: »Sprichst du etwa mit Elsa über Kriminalfälle? Und berichtest ihr womöglich von unseren Gespräche? Das taugt wirklich nicht für die Ohren einer jungen Dame!« Heinrich versuchte zerknirscht abzuwiegeln. Schließlich sagte Rehnhoff: »Die Argumentation von vorhin ist schon begründet und logisch durchdacht. Ich werde das noch überdenken, Elßtorff!«

»Dieses Kompliment wiederum würde ich gern an Elsa weiterleiten, denn diese Begründung stammt von ihr.«

Rehnhoff hatte etwas gequält gelächelt und ihm verabschiedend auf die Schulter geschlagen. »Für heute sollst du das letzte Wort haben, Heinrich, aber vielleicht verkneifst du dir den Bericht an Elsa trotzdem!« Und war mit langen Schritten in Richtung Prinzenstraße davongegangen.

Der Hausherr der Königstraße: Maximilian von Elßtorff

Maximilian von Elßtorff machte seinen abendlichen Kontrollgang durch die großzügigen Büro-, Entwurfs-, und Empfangsräume im Parterre des Elßtorffschen Hauses in der Königstraße. Nach wie vor erfüllte es ihn mit Stolz, mit wie viel Sorgfalt und Umsicht er das Gebäude geplant und 1874 gebaut hatte.

»Andere mögen Villen in der Stadt bauen und protzen – so ihr Kapital hinauszuwerfen sollen Dumme oder absolute Krösusse! Du weißt nicht, Sophie«, argumentierte er, »wie lange dieser erste wirtschaftliche Aufschwung nach der Reichsgründung anhält.«

So überhörte er auch alle zarten Anspielungen seiner Frau, doch lieber eine Villa am Schiffgraben zu bauen. Er las Sophie, die ein bedeutendes Vermögen von ihrem Vater geerbt hatte, sonst jeden Wunsch von den Augen ab, aber in diesem Punkt blieb er fest. Seine Büroräume richtete er repräsentativ im Hochparterre ein und bezog mit seiner Familie die Beletage. Sowohl das königliche Schauspielhaus, das Tivoli, als auch das Künstlerhaus befanden sich in unmittelbarer Nähe.

Der hannoversche Bois de Bologne, wie er den städtischen Wald, die Eilenriede, gern scherzhaft nannte, lag ebenfalls nicht weit entfernt. Die Lage entwickelte sich zu einer gehobenen Adresse.

Dieses Wohnhaus mit drei Stockwerken und großzügigen Wohnungen sollte zugleich sein Renommee als Baumeister und Architekt in Hannover begründen. Aus den standesgemäß üblichen Lebensplanungen war er ausgebrochen, in dem er diesen Beruf ergriff. Sein Vater erfuhr nie, dass sein dritter Sohn in München unter falschem Namen ausgerechnet auf dem Bau gearbeitet hatte. Das war hart gewesen. Abends spürte er jeden einzelnen Knochen. An seinen Händen bildeten sich Blasen und Schwielen. Er lernte es, Mörtel zu mischen, die Speis zu richten, er verlegte Rohre, schleppte schwere Balken, zog mühsam Mauern hoch, die perfekt lotrecht nach oben wuchsen. Nach seinem ersten Versuch, einen Stein zu behauen, der mit einem ziemlich kläglichen Ergebnis endete, wuchs seine Hochachtung vor der Kunst der Steinmetze. Sein Meister führte ihn nach und nach in das Gedankengut der Freimaurerei ein, und er fand als sogenannter Lehrling Aufnahme in eine Freimaurerloge. Die Arbeit am rauen Stein stand für die Freimaurer als Symbol für die Vervollkommnung der eigenen Person, um den Idealen der Brüderlichkeit näher zu kommen. Das wurde für ihn ein wichtiges Ziel, sowohl für seinen beruflichen als auch seinen individuellen Weg. Völlig verschwitzt, mit von Staub verklebten Haaren kam er abends in sein einfaches Quartier. Und diese Plackerei hatte sich gelohnt. Er verstand es zu planen, zu kalkulieren und Handwerkern auf die Finger zu sehen. Sehr bald wusste man in der hannoverschen Handwerkerschaft, dass dem Baumeister von Elßtorff niemand ein X für ein U vormachen konnte.

Außerdem verfügte er über das Ansehen des ehemaligen Offiziers, der in Langensalza gekämpft und infolge seiner Verletzungen den Dienst quittiert hatte. Dies erschloss ihm zusammen mit den Verbindungen, die Sophies Familie auch in Hannover besaß, einen gehobenen und großen Kreis möglicher vermögender Bauherrn. Es zeichnete sich schon ab, dass viele Wohnungen gebraucht und völlig neue Stadtviertel entstehen würden. Die Industrialisierung schritt schnell voran, die Wirtschaft erschloss weitere Märkte und florierte. Hannover entwickelte sich zur beliebten Nachtstation bei Eisenbahnfahrten zwischen Köln und Berlin. Immer mehr Veranstaltungen fanden hier statt, Hotels entstanden, die Stadt wuchs rasch. Mit seinen Investitionen in Häuser und Grundstücke behielt Maximilian recht.

Nachdenklich stieg er die Stufen zum ersten Stock hinauf. Er schloss die stilvoll gearbeitete Wohnungstür aus Eichenholz auf, durchquerte den Vorplatz und steuerte wie stets vor dem Dinner sein Herrenzimmer an. Dort brannte ein leichtes Feuer im Kamin, und auf dem Tischchen neben seinem Lieblingssessel stand eine aufwendig geschliffene Karaffe, die mit feinstem Portwein gefüllt war. Daneben befand sich ein passendes Kristallglas, dessen Schliff im Licht des Kaminfeuers funkelte.

Mit einem Seufzer des Behagens nahm Maximilian Platz und füllte das Glas. Er freute sich auf das bevorstehende Dinner mit Heinrich und Elsa. Wie schnell waren die Kinderjahre der beiden vorbeigegangen – wie rasch überhaupt verflog die Zeit! Genau erinnerte er sich daran, wie seine Gattin ihn damals gebeten hatte, sich auf die Reise zu den Kanarischen Inseln zu begeben. Ihm erschien der Brief dieser Frau Martin-Sander und die Berufung auf Sophies Lebensretterin und Freundin Ernestine etwas suspekt. Und er hatte seine Bedenken nicht verschwiegen.

»Was auch immer dort passiert ist, ich will helfen. Und die Kleine kann mit Heinrich aufwachsen, und so bekomme ich doch noch ein

Töchterchen.« Die Tränen in Sophies Augen erweichten Maximilian endgültig. Er wusste, wie stark seine Frau darunter litt, keine weiteren Kinder gebären zu können, und wie leidenschaftlich sie sich nach einer Tochter sehnte. Und ihn lockte das Abenteuer, die Kanarischen Inseln kennenzulernen. Als junger Bursche wäre er am liebsten Naturforscher geworden und hatte viele Veröffentlichungen von Alexander von Humboldt, dem Forscher und Weltreisenden, gelesen. Damals kam er völlig unverhofft zu der größten Reise seines Lebens. Und Elsa wurde zu einem weiteren Familienmitglied, welches das Dasein seiner kleinen Familie bereichert hatte. Maximilian hatte mit Sophie ab und an über die Unterweisung der Kinder gesprochen. So wie er sich für all die technischen und naturwissenschaftlichen Entwicklungen seiner Zeit interessierte, fand er die neuesten Ansätze zur Erziehung und Bildung ebenfalls bemerkenswert. Er wollte vor allem Heinrich, aber auch Elsa so aufziehen, dass sie zu selbständigen, mutigen und eigenständig denkenden Menschen heranwuchsen. »Adel und Abstammung sagen nicht viel, wenn sie nicht mit anspruchsvoller Verantwortung gelebt werden. Ich möchte nicht, dass Heinrich mit Standesdünkel aufwächst und meint, er sei durch Geburt etwas Besseres, weil er aus einem alten Geschlecht stammt. Von diesen Vertretern der Aristokratie gibt es mehr als genug, vor allem beim Heer.«

Sophie, die ebenso wenig wie er von überschneidigen und zackigen Militärs hielt, nickte zustimmend.

»Und Elsa ist nicht unser leibliches Kind. Wir wissen nicht, wie ihr Schicksal sein wird. Ob sie zum Beispiel eine passende Partie macht. Das können wir kaum beeinflussen. Aber wir werden ihr eine möglichst umfassende Bildung ermöglichen.«

»Maximilian, ich möchte sehr gern, dass sie von uns eine gute Aussteuer bekommt. Bist du damit einverstanden?«

»Ja, das bin ich, das Mädchen ist auch mir ans Herz gewachsen wie eine Tochter.«

Sophie seufzte, nickte und küsste ihn spontan auf die Wange.

»In meiner Generation haben nicht viele Frauen einen so guten, lieben und verständnisvollen Gatten wie dich. Du bist ein ganz besonderer Mann.«

Maximilian nahm seine Gemahlin zärtlich in den Arm und sah ihr tief in die Augen.

»Welcher Mann hat schon eine so schöne und liebevolle Frau wie dich?«

Sophie sah ein gewisses Glitzern in seinem Blick, und er zog sie ganz dicht an sich. Sie spürte sein Begehren, sah ihn etwas kokett an und sagte: »Wir könnten ja noch in meinem Schlafgemach plaudern, Max.«

»Gute Idee«, lächelte Maximilian und küsste seine Frau mit einer Leidenschaft, die auch nach fünfundzwanzig Jahren Ehe zwischen ihnen aufflammte.

Sophie hatte am Anfang ihrer Ehe bald begriffen, dass ihr Gatte es als Glück ansah, dass sie die sogenannten ehelichen Pflichten nicht nur über sich ergehen ließ, sondern diese gern mit ihm erfüllte. An jenem Abend hatten sie nicht mehr weiter Erziehungsfragen besprochen.

Maximilian leerte sein Glas. Er war dankbar: eine gute Ehe, ein wohlgeratener Sohn, eine hübsche und intelligente Ziehtochter, dazu berufliches Ansehen und wirtschaftlicher Erfolg – wem war schon so viel Glück beschieden? Er klopfte auf das Eichenholz seines Armlehnstuhles und begab sich zum Dinner.

Ein Dinner im kleinen Kreis

Pünktlich um acht Uhr versammelte man sich zu einem besonders vorzüglichen Abendessen. Alle ihre raffinierten und aufwendigen Rezepte aus der Pensionatszeit hatte Sophie an die Köchin weitergegeben. Das letzte Abschmecken behielt sie sich als Dame des Hauses aber vor, was sie von ihrer Mutter als die grundsätzliche Pflicht einer guten Gastgeberin übernommen hatte. Miene, die sich anfangs geradezu in ihrer Berufsehre gekränkt fühlte, sah das inzwischen gelassener. Schließlich wurde es im Laufe der Jahre doch immer seltener, dass Sophie nachwürzen ließ. »Vielleicht braucht die Gnädige ja das Gefühl, am Erfolg des Mahles einen wichtigen Anteil zu haben«, brummte Miene damals vor sich hin und traf damit den Nagel auf den Kopf.

In dem gediegenen Speisezimmer standen um einen englischen Esstisch bequeme Armlehnstühle. Der Tisch, ein Meisterwerk der Holzbaukunst, konnte mit Steckplatten für bis zu zwanzig Gäste erweitert werden. Zwei elegante, mit Schnitzereien verzierte Anrichten aus Frankreich gaben dem Raum ein leichtes und heiteres Ambiente. Heute Abend speisten nur sechs Personen: Sophie, Isidora, Heinrich, Tante Edelgarde, Maximilian und Elsa. Heinrich freute sich besonders auf das Glas Champagner. Seiner Gesundheit zuliebe hatte er das Wochenabonnement bei der Mineralwasseranstalt Plener gebucht. Der Kutscher fuhr ihn allmorgendlich zur Trinkhalle in die Friedrichstraße. Während der Saison verabreichte man dort sämtliche Mineralwasser glasweise, in Temperatur und Gehalt genau den natürlichen Quellen entsprechend. Kreuznacher und Rhemer Mutterlauge, Karlsbader Salz und Seesalz gab es in stets frischer Füllung. Die warmen Quellen kosteten sechs Mark pro Woche. Heinrich trank die Kreuznacher Mutterlauge mit Todesverachtung.

Tante Edelgarde, Gräfin von Potocki, prüfte wie immer unauffällig mit dem Zeigefinger ihrer behandschuhten Rechten, ob sich auch kein Stäubchen auf dem Holz befand. Sie konnte nicht ahnen, dass Marga Lheiß stets vor ihrem Erscheinen alles nochmals kontrollieren ließ, weil sie die Gräfin vor einiger Zeit bei ihrer üblichen Staubkornprobe beobachtet hatte.

Zwei fünfarmige Kerzenleuchter spendeten sanftes Licht. Das tadellos gestärkte Tischtuch aus edelstem Leinendamast, welches Sophie stets von der Weberei Seegers aus Steinhude bezog, zeigte kein Fältchen. Die passenden Stoffservietten steckten in silbernen Ringen, gedeckt war mit Elsas Lieblingsgeschirr, Königlich Kopenhagen mit dem Dekor blaue Blume. Die silbernen Bestecke im Spatenmuster, die Messerbänkchen aus weißem Porzellan, die unterschiedlichen Kristallgläser komplettierten präzise ausgerichtet die perfekt gedeckte Tafel.

Während man bei einem Gläschen rosa Champagner auf die Suppe wartete, prophezeite der Hausherr dem Motorwagen eine große Zukunft.

»Das dreirädrige Gefährt, das Benz 1886 baute, sieht einer Kutsche ähnlich – aber der Einzylinder-Viertaktmotor reicht aus, es zu bewegen.«

»Aber Maximilian«, Edelgardes Stimme überschlug sich vor Entsetzen, »noch weiß man doch gar nicht, bei welcher Geschwindigkeit der Mensch zerplatzt! Anders als bei der Eisenbahn, wo komfortable Wagen in die Schienen eingebettet sind, wird beim Motorwagen das komplette Innere des Körpers völlig durcheinander geschüttelt. Wer weiß, ob nicht auch das Gehirn leidet! Überdies ist das Benzin gefährlich wie Dynamit und beschädigt die inneren Organe.«

»Das sind wissenschaftlich nicht belegte Zweifel der ewig Gestrigen. Fortschritt heißt das Motto. Für die Fertigung braucht man neue Entwicklungen, zum Beispiel stärkere Motoren. Ich könnte mir vorstellen, dass unsere Continental-Coutchuc AG neben Fahrradreifen auch Reifen für die Motorwagen entwickelt. Dieses Fortbewegungsmittel wird bestimmt nach der Eisenbahn die Welt revolutionieren!«

Begeistert pflichtete Elsa ihm bei: »Denkt nur daran, wie Berta Benz vor zwei Jahren mit ihren Söhnen die hundertsechs Kilometer lange Strecke von Mannheim nach Pforzheim fuhr, um zu beweisen, wie hervorragend die Erfindung ihres Mannes funktioniert.«

»Diese Fahrt zeigt, was eine Frau mit technischem Verstand und Mut vermag, um das Werk ihres Gatten zu unterstützen«, stimmte Isidora der Freundin zu. Beide tauschten einen kurzen Blick des Einverständnisses. Edelgarde hingegen zog indigniert eine Augenbraue hoch und näselte: »Diese legendäre Fahrt finde ich ganz und gar unangemessen für eine Dame! Sich so in den Vordergrund zu spielen gehört sich nicht. Eine Frauensperson am Lenker eines Wagens, so weit kommt es noch! Außerdem müssen Fernfahrten nach medizinischen Gesichtspunkten als eine Gefahr für Leib und Seele angesehen werden!«

Nach einem kurzen Blickwechsel mit dem Vater versuchte Heinrich das Thema zu wechseln und berichtete von den neuesten Forschungen an der Charité.

»Und was sagt man in Berlin dazu, dass Frauen in der Schweiz Medizin studieren dürfen?«, fragte Elsa.

»Frauen pflegen, Männer heilen. Diese Aufgabenverteilung entspricht den natürlichen Fähigkeiten der Geschlechter«, tönte Edelgarde dazwischen.

Heinrich ignorierte sie und antwortete: »Dass Studentinnen in Zürich die Universität besuchen, findet in der Hauptstadt kaum Befürworter. Die meisten Herren vertreten die Auffassung, die Bestimmung der holden Weiblichkeit habe noch nie im geistigen Gebiet gelegen. Gern wird Dr. Paul Möbius, ein Mediziner aus Leipzig zitiert, der über den physiologischen Schwachsinn des Weibes räsoniert.«

Sophies Augenbrauen gingen in die Höhe. »Was meint er denn damit, mein Sohn?«

»Dr. Möbius zieht seine Erkenntnisse aus der Tatsache, dass das weibliche Gehirn weniger wiegt als das männliche. Den wenigen Geist, den die Frauen mitbekommen haben, verlieren sie beim Älterwerden schneller als die Männer. Deshalb hält er höhere Töchterschulen für gänzlich unnütz.«

»Das ist ja lächerlich«, konstatierte Maximilian.

»Frauen sind eben für andere Dinge im Leben bestimmt als Männer«, unterbrach ihn Tante Edelgarde mit belehrender Stimme, »das wirst du auch noch lernen, Elsa, mein Kind! Außerdem weiß man ja, wie diese Studentinnen sich aufführen. Sie rauchen, trinken unmäßig Bier, tragen Reitstiefel und Spazierstöcke. Das ist doch degoutant!«

Edelgarde übertreibt wie so häufig maßlos, ärgerte sich Elsa. Ich bewundere die jungen Frauen, die allen Widerständen zum Trotz sich ihr Abitur und ihr Studium erkämpften.

Heinrich beschloss, auf die Tante überhaupt nicht einzugehen. Er stellte daher mit Nachdruck fest: »Ich halte die Aussagen von Dr. Möbius für völligen Unsinn, sonst müssten ja die Tiere mit den größten Gehirnen die intelligentesten sein.«

»Meinst du wirklich, Heinrich, dass sich ein gelehrter Mann so irren kann?«, flötete Isidora.

Er konnte der Versuchung nicht widerstehen, etwas mehr Öl ins Feuer zu gießen. »Dazu zitiere ich noch Dr. Eberhard: Bei unvoreingenommener Betrachtung der den Geschlechtern zugewiesenen

Stellung ist nicht zu verkennen, dass die Natur dem Manne die Führerrolle zuwies.«

»Das bedarf doch keiner weiteren Diskussion«, näselte Tante Edelgarde. »Wir brauchen die ritterliche Fürsorge eines Gemahls. Ich bin in der Lage, das zu beurteilen, ich weiß ja, was ich als Witwe entbehre. Und Frauen als Ärzte, das wäre völlig unweiblich.«

»Lieber Heinrich, das klingt alles nur allzu wahr«, konterte Elsa. »Wie könnte ich, ein Mädchen, das acht Lot Gehirn weniger besitzt als die Herren der Schöpfung, mir ein persönliches Urteil bilden und eigene und neue Wege gehen? Von einem Medizinstudium wollen wir da überhaupt nicht mehr reden!«

»Endlich sprichst du vernünftig, liebes Kind«, lobte Tante Edelgarde, der es nicht gegeben war, Ironie zu erkennen, herablassend.

Sophie versuchte, die Wogen zu glätten. »Elsa, du weißt, ich stehe dazu, dass ihr jungen Frauen mehr Möglichkeiten bekommt als bisher üblich. Aber muss es denn ausgerechnet ein Medizinstudium sein? Denk nur daran, welche Peinlichkeiten sich da schon bei der Anatomie ergäben.«

Das Gespräch wurde durch Trine unterbrochen, die begann, eine köstlich duftende Suppe aufzutragen. Klare Schildkrötensuppe mit Klößchen gehörte zu den Lieblingsspeisen von Maximilian von Elßtorff. Deswegen bereitete die Köchin dieses Gericht stets frisch zu und griff nicht etwa auf das Schildkrötenfleisch zurück, welches es in Blechbüchsen aus England gab.

Nach den ersten Löffeln nickte der Hausherr genießerisch. »Das gelang Miene neuerlich aufs Köstlichste, das gilt auch für die genau richtige Dosierung von Madeira.«

Tante Edelgarde nahm den dezenten Hinweis, das Thema zu wechseln, jedoch nicht wahr. »Die Anatomie, ein schrecklicher Gedanke, dass sich Frauen damit beschäftigen. Aber völlig unerträglich wäre es, dass ein weibliches Wesen in der Pathologie steht und an einer Leiche herumschneidet. Wir sind schließlich dazu geschaffen, Leben zu geben. Eine solche Betätigung könnte das zarte feminine Gemüt gewiss nicht verkraften!«

»Ja, Tante Edelgarde«, flötete Elsa, »das leuchtet mir ein.«

Maximilian, der sich langsam im Genuss seiner Lieblingsspeise gestört fühlte, atmete erleichtert auf, da er von ihr heftige Gegenwehr erwartet hatte. Die Freude erwies sich als voreilig, wie er sogleich bedauernd feststellen musste.

»Deswegen, liebe Tante, plädiere ich ja auch dafür, dass beispielsweise nur noch Männer kochen dürfen!«

»Mein Kind, der Zusammenhang erscheint mir unverständlich«, näselte diese und ließ sich von der Suppe nachgeben.

»Dem zarten weiblichen Gemüt dürften wir zum Exempel nicht zuzumuten, eine Schildkrötensuppe zu kochen.«

Die Gesichter aller Anwesenden wandten sich vollends irritiert Elsa zu.

»Am Vortag ihres Gebrauchs hängt man die Schildkröte an den Hinterfüßen auf. Sobald sie ihren Kopf lang aus dem Schild streckt, wird dieser ergriffen und rasch mit einem Messer abgeschnitten, danach lässt man sie vier Stunden hängen und ausbluten. Die Bauchplatte wird vom oberen Panzer gelöst. Als Nächstes nimmt man vorsichtig die Eingeweide weg, damit die Galle, die bekanntlich an der Leber sitzt, unverletzt bleibt und gänzlich entfernt werden kann, ohne alles zu verderben. Den mit Stacheln versehenen Mastdarm brüht man zum Reinigen.«

Angewidert hatte Sophie bereits nach Elsas ersten Worten ihre Suppentasse von sich geschoben, während Isidora sich ein undamenhaftes Grinsen mühsam verkniff. Tante Edelgarde verfolgte die Beschreibung offenen Mundes, Heinrich fiel es schwer, ernst zu bleiben.

»Elsa, das reicht!«, fuhr Maximilian in militärisch scharfem Ton dazwischen. Er hob sein Glas, um allen nacheinander zuzuprosten: »Hochverehrte Sophie, liebe Edelgarde, Fräulein Kaulbach, Heinrich und Elsa, ich freue mich, dass wir hier in netter Runde ein gepflegtes Dinner genießen. Und ich wünsche, den Rest dieses Abends auf keinen Fall mehr von diesem Thema zu hören. Wie erfreulich, dass es als nächsten Gang Seezungenschnittchen gibt, nicht wahr, Sophie?«

Die reagierte wie gewünscht. »Ja, nach Brillat-Savarin, ein Rezept, das ich einst in der Schweiz lernte. Kennst du die Zubereitungsweise, Edelgarde?« Diese schüttelte verneinend den Kopf. »Die Schnittchen werden mit Krebsbutter und Trüffelscheiben angerichtet.«

Das Gespräch wandte sich den Vorteilen von Pensionaten zu und verlief im weiteren Verlauf des köstlichen Essens in gemäßigten Bahnen. So hatte Elsa Zeit, zwischendurch ihre Gedanken zu Sherlock Holmes und seinen Ermittlungstechniken wandern zu lassen. Die Beweisführung vom Besonderen zum Allgemeinen hätte ihm bestimmt gefallen, dachte sie zufrieden.

Auf geheimen Wegen

Cord Breuer wusste nicht so recht, was er von der hohen Ehre halten sollte. Gerade hatte er erfahren, dass er zu den auserwählten Schülern gehörte, die der Kaiserin Auguste Viktoria als Namenspatronin des neuen Lindener Gymnasiums im Mai 1890 zur Einweihung einen Blumenstrauß überreichen durften. In Linden, unmittelbar benachbart zu Hannover, konzentrierte sich schon seit der Mitte des Jahrhunderts die Industrie. Und hier wohnten auch die meisten Arbeiterfamilien. Ehre hin oder her, hieß dies aber auch, dass er dann weder Botengänge noch Schreibarbeiten für Maximilian von Elßtorff erledigen konnte. Geld war eben knapp in seiner Familie. Sein Vater, einer der führenden Sozialdemokraten und Volksschullehrer, bestand darauf, dass er das Abitur machte. Cord wusste, wie sehr seine Mutter bei der Haushaltsführung rechnete und sich mit feinen Handarbeiten um ein Zubrot bemühte. Obwohl der Sechzehnjährige durch seine guten Leistungen vom Schulgeld befreit war, bedrückten ihn die Opfer, die seine Eltern auf sich nahmen. Er tröstete sich damit, dass er später gut für sie sorgen würde. Das Einjährige nach der zehnten Klasse hatte er für ausreichend gehalten. Immerhin ließen sich hiermit schon Karrieren wie Inspektor oder Offizier machen. Aber sein kritischer Vater behauptete, dass die vielen neuen Gymnasien nur gegründet würden, um gute Grundlagen für die Ausbildung höherer Offiziere zu erreichen.

Die Verfolgung der Sozialdemokraten durch die Polizei hatte Cord oft genug in Angst und Schrecken versetzt. Zum Glück erwartete man demnächst die Aufhebung der Sozialistengesetze, die Versammlungen ebenso verboten wie Gesangsvereine. Wovon sollten seine Mutter und erleben, wenn man seinen Vater verhaften und aus dem Schuldienst verstoßen würde? Ganz zu schweigen von einer Ausweisung – nicht wenige Genossen hatten das Land verlassen und sich zum Beispiel eine neue Existenz in England aufbauen müssen. Zwar wäre auch mit der Aufhebung der Sozialistengesetze nicht jede Gefahr gebannt. Aber immerhin mussten Mutter und er dann nicht mehr damit rechnen, dass der Vater auf einer geheimen Versammlung angetroffen und angezeigt würde. Seine Mitarbeit an der Parteizeitung Volkswillen konnte in Zukunft immer noch für genügend Probleme sorgen!

Tief in Gedanken versunken, war Cord schnell gegangen. Erstaunt bemerkte er, dass er sich bereits an der Marktkirche befand. Ein leiser Pfiff riss ihn endgültig aus seinen Überlegungen. Er sah sich unauffällig um, und sein Blick blieb an einem etwa gleichaltrigen Jungen hängen. Dieser fasste sich in dem Moment, als er Cords Augen auf sich spürte, mit der rechten Hand an das linke Ohrläppchen. Sofort berührte Cord mit unbewegter Miene mit der linken Hand sein rechtes Ohrläppchen. Die beiden gingen aufeinander zu, und der Junge ergriff Cords ausgestreckte Hand, die er aber nicht schüttelte, sondern oberhalb des Gelenkes umfasste und dreimal fest drückte.

»Einer für alle«, sagte der Bursche leise.

»Alle für einen«, antwortete Cord.

»Zu der Versammlung heute im Posthorn kommen Spitzel! Sag Bescheid!« Und damit verschwand der Fremde schon in der Menge. Noch galt das Gesetz gegen die gemeingefährlichen Bestrebungen der Sozialdemokratie. Daher änderte Cord seinen geplanten Weg und ging Richtung Bahnhof. Er wusste, dass er da sicherlich ein Mitglied seiner Gruppe treffen würde. Dort angekommen, wandte er sich zum Haupteingang, wo sich meist einige halbwüchsige Burschen aufhielten, die hofften, durch Koffertragen ein paar Groschen zu verdienen. Er schlenderte auf die Jungen zu und pfiff leise. Sofort näherte sich ein hochgewachsener Rotschopf. Die Erkennungszeichen wiederholten sich, Cord gab die Botschaft weiter und marschierte endgültig zur Königstraße. Mal sehen, was heute an Arbeit bei von Elßtorffs ansteht, dachte er. Hoffentlich hat die Köchin vorher etwas zu essen. Er verspürte einen Bärenhunger und wollte, so sehr der Magen auch knurrte, seine mühsam errungenen Groschen nicht zum Bäcker Fahrenhorst tragen. Schließlich war er den ganzen Weg von Linden hierher zu Fuß gelaufen, um das Geld für die Pferdestraßenbahn zu sparen. Immerhin kostete die Fahrt nur vom Königsworther Platz zum Aegidienthorplatz einen Groschen, und er drehte jede Münze dreimal um, ehe er sie ausgab. Durch eine hohe Toreinfahrt gelangte er zum hinten gelegenen Dienstboteneingang. Im Reich der Köchin im Souterrain duftete es wie stets verführerisch. Der Geruch einer Kraftbrühe, der den Raum durchzog, veranlasste seinen Magen zu einem kräftigen Knurren.

»Guten Tag, Cord«, begrüßte ihn sogleich die rundliche Köchin. »Na, kannst du einen Imbiss vertragen?«

Cord strahlte. »Ja, sehr gern! Sie wissen eben, Frau Miene, was ein junger Mann braucht.«

»Du Schlingel«, sie drohte ihm neckisch mit dem Zeigefinger, während ihre ohnehin roten Wangen noch etwas mehr Farbe annahmen.

Dass der stets hungrige, mit einem Meter achtzig hochaufgeschossene Lehrerssohn ihre Verpflegung besonders würdigte, wusste sie genau. Denn im Lehrershaushalt standen oft genug Pellkartoffeln und Brot mit Stipps, einem Rübensirup, auf dem Speiseplan. Und der Junge befand sich ja schließlich im Wachstum!

»Setz dich an den runden Tisch, du bekommst was Feines! Der Streuselkuchen ist auch bald fertig.«

Zufrieden nahm Cord Platz.

Miene sah sich um und vergewisserte sich, dass sie allein in der Küche waren.

»Neulich hörte ich deinen Vater, den roten Breuer, auf einer Versammlung, zu der ich mich heimlich geschlichen habe – der Mann kann wirklich reden. Und er spricht mir aus dem Herzen.«

Cord bewunderte seinen wortgewaltigen und charismatischen Vater sehr und nickte zustimmend.

»Vor allem, dass er gegen die Errichtung von mehr als einem Hinterhof gesprochen hat, finde ich richtig. Drei oder gar vier Hinterhöfe, da kommt ja weder Licht noch Luft rein! Und gar die Kellerwohnungen und die stinkenden Aborte – die bedauernswerten Menschen, die da hausen müssen!«

»In Linden müssen viele so leben«, stimmte Cord ihr zu, »genauso schlimm finde ich, dass arme Familien die feuchten Neubauwohnungen trocken wohnen, damit sie überhaupt ein Dach über dem Kopf haben. Die bekommen die Schwindsucht und andere schwere Krankheiten. Es muss noch viel geschehen, damit es der Arbeiterschaft besser geht.«

Miene brummte zustimmend und wandte sich wieder ihren Kochtöpfen zu.

Cords Gedanken wanderten zu seiner heimlichen Gefährtin Elsa Martin. Sie hatte er gleich von Anfang an gemocht. Sophie von Elßtorff, die Dame des Hauses, unterstützte arme Familien in Linden mit Kleidung und Lebensmitteln. Meist war ein Henkelmann mit nahrhafter Hühnersuppe dabei – die Köchin, die selbst in einer Arbeiterfamilie in Linden aufgewachsen war, wusste genau, was gebraucht wurde. Eier, Speck, Dosen mit Leberwurst und gekochtem Mett – vieles kam ja von dem Elßtorffschen Rittergut bei Peine direkt in den Haushalt. Wenn die Haushälterin Marga Lheiß und Elsa schwer zu tragen hatten, begleitete er sie oft. Obwohl er etwas jünger war als sie, hatte Elsa ihn immer gleichwertig und nicht wie einen grünen Jungen behandelt. In ihren Gesprächen ging es oft um die Nöte und Probleme, die es in zahlreichen armen Familien in Linden gab. Elsa hatte eben nicht nur Bildung und Verstand, sie besaß auch ein mitfühlendes Herz!

Cord wusste das zu würdigen, denn dies war nicht selbstverständlich für eine junge Frau, die in einem adeligen Haushalt aufwuchs. Nach und nach war so eine ungewöhnliche Freundschaft entstanden.

Daher mochte er es ihr nach anfänglichem Widerstand nicht abschlagen, als sie ihn inständig bat, ihn ab und zu als Dienstmädchen verkleidet begleiten zu dürfen. Er konnte verstehen, dass Elsa sich auch ohne Begleitperson oder Anstandsdame – sozusagen inkognito – durch die Stadt bewegen wollte. Junge Damen aus gutem Hause wandelten mit dem, was sie tun durften und lassen mussten, auf stark eingeengten Wegen. Als er Elsa das erste Mal als Dienstmädchen sah, war er allerdings völlig baff.

»Ich habe Sie zuallererst gar nicht erkannt«, hatte er damals ausgerufen. »Die schwarze Perücke passt genau zu den dunklen Augenbrauen. Dazu das Dienstmädchengewand mit der weißen Bluse – kein Mensch wird das gnädige Fräulein in diesem Aufzug erkennen!«

»Ich bin das Elschen«, hatte sie mit verschmitzter Miene geknickst. »Nimmst du mich ein Stück des Weges mit?«

Cord hatte formvollendet seine Schiebermütze gezogen, einen übertriebenen Diener gemacht und erwidert: »Elschen, es ist mir eine Ehre und ein Vergnügen.«

Woraufhin sie beide heftig gekichert hatten.

Perücke und Kleid versteckte sie von nun an in einem alten Spind im Kutscherhaus. Und während Cord Schmiere stand, schaffte sie es bald innerhalb von fünf Minuten, sich zu verkleiden. So besaß sie die Möglichkeit, angezogen wie ein einfaches Dienstmädchen auch allein durch die Stadt zu schlendern. Dieses gemeinsame Geheimnis vertiefte ihre ungewöhnliche Freundschaft noch mehr.

An einem grauen, regnerischen Novembertag, so erinnerte sich Cord, passierte, was er die ganze Zeit befürchtet hatte. Während sie zu einer Baustelle in der Marienstraße unterwegs waren, um dort eine Bauzeichnung abzugeben, ertönte plötzlich ein Pfiff. Er entschuldigte sich und bat sie, einen Moment zu warten. Nach einer kurzen Unterredung mit dem Burschen kam er schnell wieder zu ihr, und sie setzten ihren Weg fort.

Verlegen und wahrscheinlich mit rotem Kopf sah er sie damals von der Seite an. Seine Gedanken jagten sich: Ob sie etwas von dem schnellen Zeichenaustausch und der Übergabe einer Nachricht mitbekommen hatte? Er konnte sie unmöglich in das Geheimnis einweihen!

»Du brauchst mir keinen Deut zu erklären«, hatte Elsa gesagt, »ich weiß von nichts, mein Name ist Hase.«

Cord schluckte kurz. »Prima. Denn was du nicht weißt, macht dich nicht heiß.«

Obwohl beide den Ernst der Situation spürten, mussten sie über die gemeinsame Vorliebe für solche Wortspielereien lächeln.

»Lass uns kurz dort bei der Baustelle der neuen Gartenkirche halt machen. Und stell dich bitte vor mich.«

Elsa tat so, als ob sie den fast fertigen Kirchenbau und den Friedhof mit den Gräbern berühmter Hannoveraner, allen voran Werthers Lotte, Charlotte Kestner, geborene Buff, betrachten würde.

»So ein Mistwetter«, schimpfte Cord leise vor sich hin, da ihm das Wasser von seiner Schiebermütze herab in den Nacken lief. Nachdem er sich mit einem nicht gerade blütenweißen Taschentuch seine bereits rotangelaufene Nase geputzt hatte, zog er einen Zettel aus dem Ärmel, las, zerriss das Papier sofort und sah sie erleichtert an.

»Es hat keine Eile«, bemerkte er scheinbar beiläufig, »wir gehen weiter.«

»Gut«, erwiderte Elsa, »ich werde nicht in dich dringen. Dann teilen wir jetzt noch ein Geheimnis miteinander.«

Elsa hatte Cord nicht wissen lassen, dass sie geradezu vor Neugierde verging, welche Heimlichkeiten sich hier verbargen. Sie listete alle Möglichkeiten schriftlich auf, ebenfalls, was für oder gegen einzelne Erklärungen sprach. Zu guter Detektivarbeit gehörte eine systematische Vorgehensweise. Nach gründlicher Analyse blieben nur wenige Schlussfolgerungen übrig. Es konnte sich um eine Art Club junger Männer handeln, die so Abenteuerlust und Zusammenhalt erlebten. Für wahrscheinlicher hielt sie eine Art Geheimbund mit politischen Hintergründen.

Cord würde nie Unrechtes tun, hatte Elsa überlegt. Aber wenn er von einer Sache überzeugt ist – dann halte ich ihn für fähig, Verbotenes nicht zu scheuen. Da mische ich mich nicht ein, es geht wohl um eine zu heikle Angelegenheit. Auch wenn es mir wahrlich schwerfällt, dass ich das Ganze nicht näher ergründen kann.

Es blieb jedoch dabei, dass sie Cords Geheimnis nie angesprochen hatte.

Roberta und ein schwieriger Verehrer

Roberta sah der Begegnung mit Theobald mit gemischten Gefühlen entgegen. Zufällig hatte er sie mit August Remmèrs im Grand Hotel Hartmann vis-à-vis dem Bahnhof beim Dinner gesehen und sie daraufhin eindringlich um eine Zusammenkunft gebeten. Darauf ließ sich Roberta nur ungern ein, da sie sein cholerisches Temperament kannte. Daher bestand sie als Ort des Treffens auf das Café Kröpcke. Sie kam überpünktlich und konnte sich einen Tisch in einer Ecke am Fenster aussuchen. Die Sonne, die friedlich hereinschien, beruhigte sie nicht. Draußen marschierte Wilhelm Kröpcke wie an jedem milden Tag, den Kaiser-Wilhelm-Bart zwiebelnd, zur eisernen Wetterstation, gefolgt von einer Kolonne Kellner im Frack. Es musste entschieden werden, ob Tische und Stühle hinauszustellen seien. Die Hannoveraner nahmen jedoch weniger die Wettersäule wahr als die vier unterhalb des Daches angebrachten Uhren.

Sich an der Uhr zu treffen war ebenso beliebt wie unterm Schwanz, womit man das Denkmal des Landesvaters hoch zu Ross vor dem Bahnhof meinte. Nervös trommelte Roberta auf die Marmorplatte des Tisches. Ein Knickebein, ein mit einem Eigelb gekrönter Kirschlikör, würde ihre Nerven beruhigen!

Bald stand die Spezialität vor ihr. Serviert in einem speziellen Glas, welches so geformt war, dass es oben ein Eigelb tragen konnte, während sich in der unteren engeren Röhre ein leckerer Kirschlikör befand.

Da kam endlich Theobald von Lensing hereingestürmt. Er nahm Platz, blickte verächtlich auf den Knickebein, wobei er etwas von typischem Weibergetränk murmelte, und bestellte einen Cognac.

»Ich zog Erkundigungen über deinen Begleiter ein: Opernsänger aus Köln, nun ja. Das kann ja kaum was Ernstes sein, oder?«

»Allerdings Theobald, es ist mir todernst.«

Der erstarrte für einen Moment, blickte sie ungläubig an und kippte seinen Cognac herunter.

»Du denkst doch wohl nicht wirklich daran, diesen Strahlemann aus Köln mir vorzuziehen?«

»Es geht um Gefühle, Theobald.«

»Das fasse ich nicht! Du gehörst an meine Seite! Kein anderer Mann wird dich so glücklich machen wie ich!«

»Aber Theo, vergiss bitte nicht, welche Bedingungen du gestellt hast. Schließlich sollte ich auf die Schauspielerei verzichten.« Roberta schob das Knickebein, dessen Eigelb ihr unangenehm durch den Gaumen gerutscht war, angewidert von sich.

»Dafür hättest du an meiner Seite ein Leben in Glanz und Gloria führen können. Das kann dir dieser windige kleine Sänger in keiner Weise bieten.«

Sein Gesichtsausdruck verzerrte sich so vor Wut und Eifersucht, dass Roberta unwillkürlich zurückwich. Wie abstoßend er wirkt, schoss es ihr durch den Kopf. Gut, dass ich darauf bestand, dass wir uns hier treffen. So außer sich, wie er aussieht, könnte er mir glatt an die Kehle gehen. Er gehört zu dem Typ Mann, der es nur schwer ertragen kann, zurückgewiesen zu werden. Ich lege jetzt schleunigst einen bühnenreifen Abgang hin.

»Du weißt, wie außerordentlich ich dich schätze«, sie legte noch etwas mehr Dramatik in ihre Stimme, »sehr, sehr schätze, Theo. Aber ohne meinen Beruf kann ich nicht leben!« Sie zauberte einige Tränen in ihre Augenwinkel, sah ihm tief in die Augen, erhob sich abrupt. »Du entschuldigst mich bitte!« und eilte davon.

Wie sie vermutet hatte, wollte er kein Aufsehen erregen und nicht hinter ihr her stürzen, ohne zu zahlen. Roberta erledigte noch einige Besorgungen, bevor sie heimkehrte. Dort fand sie bereits eine riesige Bonboniere und Blumen von Theobald vor.

»Schick bitte alles zurück, Trude, er muss endlich begreifen, dass es endgültig vorbei ist. Und nun werde ich noch etwas ruhen, bevor ich heute zur Vorstellung gehe.«

Abends lauerte er ihr am Bühneneingang des Königlichen Schauspielhauses auf.

»Wieso lässt du zurückgehen, was ich dir schicke, Roberta? Du weißt nicht, was ich durchmache.«

»Theobald, es ist zwecklos. Ich habe mich entschieden. Siehst du diesen Ring?« Sie bewegte ihre linke Hand mit dem Rubinring vor seinen Augen hin und her.

Von Lensing wurde knallrot vor Wut. »Von mir wandte sich bislang nie eine Frau ab! Das wagte noch keine, du liederliches Frauenzimmer. Ich lasse mir nichts wegnehmen! Das wirst du bitter bereuen, das schwöre ich dir!«

Roberta ergriff vor dem wütenden Mann die Flucht.

»Gestatten Sie ihm keinesfalls reinzukommen«, rief sie dem Portier Schmiedcke im Laufschritt zu, während sie an dessen Loge vorbeieilte.

»Was geschah mit Ihnen, Sie sind ja völlig aufgelöst!« Besorgt reichte ihr die Garderobiere Grete ein Glas Wasser.

»Dieser Theobald von Lensing führt sich unglaublich auf. Offenbar hält er Frauen für seinen alleinigen Privatbesitz, so wie seine Villa oder seine Chemiefabrik.« Ebenso erregt wie aufgebracht schilderte Roberta die soeben erlebte Szene. »Falls er es wagt, noch etwas hierher zu schicken, lass bitte alles zurückgehen. Und jetzt will ich an diesen Mann nicht einmal mehr denken und mich auf meine Rolle konzentrieren.«

Dr. Petzold schickt Sophie zur Kur

»Gnädige Frau, so geht das nicht weiter. Sie erleiden einen Schwäche-anfall nach dem anderen. Dafür sind Sie ganz entschieden noch zu jung! Sie müssen unbedingt bald zur Kur fahren!«

»Aber Herr Doktor, ich kann doch meine Familie nicht über Wochen allein lassen.«

»Gnädige Frau, ich übernehme sonst keine ärztliche Verantwortung mehr. Salzuflen empfehle ich sehr. Es sei denn, Sie möchten aus gesell-schaftlichen Gründen unbedingt nach Bad Ems fahren und den Kaiser, die deutsche Hochprominenz und das, was sich dafür hält, erleben.«

»Aber Herr Doktor, Salzuflen ist ja noch nicht mal ein richtiges Bad.«

»Das wird es über kurz oder lang gewiss werden, Frau von Elßtorff, denn die Sole besitzt eine exzellente Qualität. Auf die her-vorragenden Heilerfolge kommt es schließlich an.«

»Und das Publikum? Und die Unterkunft?«

»Es gibt ein gutes Kurhotel, das auch Ihren Ansprüchen genügen wird. Viele Damen und Herren von Stand kuren inzwischen gern in Salzuflen. Dort werden Sie sich ausgezeichnet erholen. Weitere An-wendungen könnten Sie vor Ort mit meinem Studienfreund, dem Bäderarzt Dr. Lenzenberg, besprechen. Er ist übrigens ein Anhänger von Pfarrer Kneipp. Mit Wasser, Bewegung und Kräutern erzielt er erstaunliche Erfolge.«

»Herr Doktor, ich glaube langsam, Sie wollen einen anderen Menschen aus mir machen.«

»Nur einen gesünderen – Sie können dort jeden Tag an den Gra-dierhecken spazieren gehen und die gute salzhaltige Luft atmen. Auch Frauen tut eine dem weiblichen Körper angepasste Ertüchtigung gut. Deshalb hat unsere höhere Töchterschule ja vor einigen Jahren eine Turnlehrerin angestellt.«

Sophie nickte. »Die Kaiserin Sisi soll ja sogar am Barren turnen. Elsa macht jeden Morgen ihre Leibesübungen. Sie sagt, sie will sich dadurch die engen Korsetts ersparen. Sie kauft im Leinenhaus I.G. von der Linde nur ganz leichte Mieder.«

»Das sollten Sie auch tun, gnädige Frau. Die Aussage mit dem ge-sunden Geist in einem gesunden Körper gilt für beide Geschlechter. Nach Ihrer Rückkehr verordne ich einen täglichen Spaziergang in der

Eilenriede – und zwar bei jedem Wetter.« In diesem Moment blickte der Doktor zufällig auf ihre hocheleganten, knöchelhohen Knöpfstiefelchen aus Paris, die hauteng ihre Füße umschlossen. »In solchen Marterwerkzeugen können Sie allerdings niemals vernünftig laufen. Da kann das Blut nicht richtig zirkulieren, die Beine werden deformiert.«

»Turnen, spazieren gehen, keine schicken Stiefelchen – Herr Doktor, heute ist es wirklich besonders arg mit Ihnen!«

»Gnädige Frau, Ihrer Gesundheit und speziell Ihrer Atmung schadet es sehr, wenn Sie weiterhin die enggeschnürten Korsetts mit den Stahlstangen tragen. Ich muss es ausdrücklich wiederholen: Ihre Atemnot entsteht durch das viel zu kräftige Schnüren.«

Sophie blickte betreten zu Boden.

»Als Münchnerin hörten Sie vielleicht die Geschichte von Anna Maria Borcherding noch nicht?«, setzte der Arzt nach. An ihrem erstaunten Gesichtsausdruck bemerkte er, dass sie dieses tragische Geschehen in der Tat nicht kannte. Und so fing der Doktor an zu zitieren:

»Wer wohl in unserer Leinestadt
die allerschönste Taille hat?
Es ist ein Mädchen, blond von Haar.
Sie liegt jetzt auf der Totenbahr.
Warum? Das diene dir zu Lehr’:
Sie schnürte das Korsett zu sehr! –
Anna Maria Borcherding starb mit knapp sechzehn Jahren.«

Sophie seufzte tief.

»Zumindest ein leichteres Schnürmieder ohne stählerne Streben und mit seitlichen elastischen Einsätzen muss es sein. Und überlegen Sie doch – diese allmorgendliche Marter kostet Sie und Ihre Kammerzofe über eine Stunde Zeit. Das sogenannte Idealmaß von etwa achtundvierzig Zentimetern für die Taille ist für die Konstitution einer Frau gesundheitsbedrohlich. Es gibt inzwischen genug ärztliche Gutachten, die belegen, dass der Schnürleib außer zu Atemnot noch zu verkrümmter Wirbelsäule, blutunterlaufenen Schnürfurchen, Magenkrämpfen, Wandernieren und Bleichsucht führen kann.«

»Du liebe Güte, das klingt ja ganz schrecklich!«

Der Arzt griff zu starkem Tobak: »Das klingt nicht nur schrecklich, es ist auch so. Wenn Sie so weitermachen, bringen Sie sich selber um!«

Das war hart, Sophie wollte jetzt nur noch eines: bald allein sein. Sie trat das Rückzugsgefecht an. »Und was geschieht mit dem Haushalt hier?«

»Den überlassen Sie Fräulein Elsa. Im Pensionatsjahr lernte sie ja einiges über Haushaltsführung und Kochen.«

Sophie erwiderte nachdenklich: »Ja, das wäre eine gute Übung für sie. Ich werde mit meinem Gatten reden, er wird sicherlich einverstanden sein. Für die Vorbereitungen brauche ich Zeit, zumal ich unbedingt ein graues Reisekleid in Auftrag geben muss.«

»Selbstverständlich, gnädige Frau«, nickte der Doktor, der als langjähriger Ehemann mit solchen Überlegungen vertraut war. »Aber vielleicht sollten Sie sich nicht mit zu vielen Kleidern belasten. Meine Gemahlin erzählte mir von einer Schneiderin, die in Salzuflen ausgesprochen schöne Roben nach Kneipp und Frau Dr. Fischer-Dückelmann anfertigt.«

»Wollen Sie mir etwa wieder Reformkleidung empfehlen?«

»Unterhalten Sie sich doch mal von Frau zu Frau mit meiner Gattin darüber.«

»Herr Doktor, ich danke Ihnen für Ihren Rat und Ihre Fürsorge. Bitte grüßen Sie Ihre Gemahlin.«

Sie streckte ihm graziös die Hand zum Kuss hin, und ihr Arzt zog sich mit einer Verbeugung zurück. Sophie schritt eine Weile unruhig auf und ab, dann gab sie sich einen innerlichen Ruck.

Entschlossen setzte sie sich an ihren Sekretär, tunkte die Feder in die Pelikantinte von Günther Wagner und begann eine Liste für die Vorbereitungen zu schreiben: ein Schrankkoffer von Horstmann und Sander, Friseurtermin bei Liebe, dort auch englische Seife kaufen, Bücher bei Cruses Buchhandlung und bei Schmorl und von Seefeld bestellen, Pralinen von Sprengel. Die Liste wurde immer länger.

Sie entschied, eine Petit Point Stickerei mitzunehmen, und wenn die Augen dafür zu ermüdet waren, wollte sie Socken für Bedürftige stricken. Schließlich nahm Sophie einen Kalender zur Hand. Sobald als möglich würde sie fahren. Auch wenn sie die Premiere verpassen würde, ihre Gesundheit ging vor!

Die Haushälterin Marga Lheiß

Der prächtige Stadtgarten, der die Rückseite des Elßtorffschen Hauses zierte, war zum großen Teil durch die Anregungen von Marga entstanden. Schließlich befand sich hier bestes Gartenland, bevor die Stadt sich ausbreitete. Frische Kräuter, etwas eigenes Gemüse und Obst würden ihren Speisezettel bereichern, wusste sie damals den Hausherrn zu überzeugen.

In den Garten zog sie sich auch gern zurück, wenn es turbulent zuging. Hier konnte sie sich entspannen. Genüsslich schnupperte sie den Duft der Maiglöckchen, die sich im Laufe der Jahre immer mehr ausgebreitet hatten.

Nach dem Gießen des Kräuterbeetes ging sie den schmalen Weg bis zum Kutscherhaus, an dessen Ecke die große Tonne stand, die das Regenwasser sammelte. Einige Spatzen, Blaumeisen und eine Amsel stoben davon, ihr Gezwitscher weckte Marga oft früh am Morgen. Wenn sie nicht ab und an das Geratter und Gefauche der nahen Eisenbahnlinie gehört hätte, wäre die Illusion perfekt gewesen, auf dem Lande zu sein. In diesem versteckten Winkel befand sich ihr Lieblingsplatz. Um etwas auszuruhen, setzte sie sich hin und genoss die Gartenidylle – auch nach langem Wohnen in der Stadt überfiel sie manchmal noch die Sehnsucht nach dem Landleben. Ihr Mann, der Gärtner auf dem von Elßtorffschen Rittergut, starb 1870 im Deutsch-Französischen Krieg. Marga wurde mit sechsundzwanzig Jahren Witwe und spürte wenig Neigung, sich erneut zu verheiraten, um abgesichert zu sein – sie hatte ihren Ehemann innig geliebt. Und sie sei, wie Maximilians Mutter damals sagte, eine patente junge Frau, die nicht nur das Herz auf dem rechten Fleck trage, sondern mit einer ungewöhnlich guten Schulbildung und gesundem Menschenverstand versehen sei. Vor allem aber kannte sie sich in Dingen der Haushaltsführung außerordentlich gut aus. Marga, deren Familie aus Linden stammte, nahm gern eine Stellung in Hannover an. Sie wollte weg von dem Rittergut, wo sie auf Schritt und Tritt alles an ihren gefallenen Mann erinnerte. Und Sophie, nach der Geburt von Heinrich einige Jahre gesundheitlich angegriffen, legte ihr bereitwillig die Fäden des von Elßtorffschen Haushaltes in die Hände.

So litt Marga nicht, wie so viele Witwen, an materieller Not. Dafür war sie dankbar. Eine eigene abgeschlossene kleine Wohnung machte sie zur Bedingung, um den Hausstand zu führen. Nur die übliche Dienstbotenkammer mit Bett, Stuhl, Tisch und bestenfalls Schrank zu bewohnen, konnte sie sich nicht vorstellen. Manche Kammern wiesen lediglich ein paar Nägel an der Wand auf. Daher hatte sie dem Hausherrn nahegelegt, im Dachgeschoss großzügige Kammern für die Dienstmädchen mit nicht zu kleinen Dachfenstern und einer guten Dachisolierung zu planen. Für strenge Winter gab es einen Bullerofen, der wegen der Funkengefahr auf einer großen Metallplatte stand. »Die Gesundheit des Personals kommt immer auch der Herrschaft zu Gute!«, hatte Marga angemerkt. Tatsächlich schuf der Architekt Maximilian von Elßtorff für sie eine schöne Stube, Schlafkammer, eine kleine Küche und einen eigenen Abort. Letzteren Luxus wusste Marga besonders zu schätzen.

Von ihrem Mann lernte sie damals auf dem Rittergut Rosenberg viel. Was Karl wohl zu der üppigen Flora auf den Kanarischen Inseln gesagt hätte? Die blühende Bougainvillea, in allen Farben von Lila über kräftig Rosa, Rot, Weiß und Orange, Geranien, die wie eine bis zu zwei Meter lange Kaskade Mauern aus Lavastein überrankten, Oleander in verschiedenen Farbtönen. Da standen die Opuntien mit ihren leckeren und saftigen Kaktusfrüchten einträchtig neben den kanarischen Kiefern. Und erst die vielen Arten von Palmen. Kein Wunder, dass man diese Eilande für die Inseln der Glückseligen hielt oder dort gar das sagenhafte Atlantis vermutete. Ja, die abenteuerliche Reise nach La Palma, um Elsa zu holen! Das war nun auch schon – Marga fing an zu rechnen – ungefähr fünfzehn Jahre her. 1874 – zu dieser Zeit gingen noch viel mehr Schiffe unter als heutzutage.

Sophie hatte ihren Mann inständig gebeten, das kleine Mädchen nach Hannover zu holen, zumal sie selbst keine weiteren Kinder bekommen konnte. Nach langen Gesprächen stand der Entschluss fest, dass die Reisegesellschaft aus Maximilian von Elßtorff, Marga und einem Dienstmädchen bestehen sollte. Durch einen Zufall gesellte sich noch Paul Sartorius aus Königsberg, ein Logenbruder von Maximilian, dazu.

Die kleine Elsa wuchs Marga sehr schnell ans Herz. Schon während der langen Rückreise entstand eine Bindung zwischen ihnen beiden. Marga kam es immer so vor, als hätte Elsa in ihr und Sophie von Elßtorff gleich zwei Mütter. Elsa hatte Marga gegenüber kaum Geheimnisse; mit ihr konnte sie über alles reden. Umgekehrt konnte das Marga nicht von sich behaupten, denn Maximilian von Elßtorff hatte sie damals zu absolutem Stillschweigen verpflichtet – bezüglich einer Entscheidung, die er getroffen hatte. Diesen Beschluss billigte

Marga nicht. Einige Beobachtungen, die ihr an Elsas Verhalten auffielen, bestätigten ihr tiefes Unbehagen. So auch der oft wiederkehrende Traum, in dem Elsa eine imaginäre Spielgefährtin sah, die stets an ihrer Seite war und die sie sehr zu vermissen schien. Unwillkürlich stieß Marga einen tiefen Seufzer aus.

Jedenfalls wuchs Elsa zu einem prachtvollen jungen Mädchen heran. Allerdings besaß sie auch ihren eigenen Kopf, woran die Erziehung im von Elßtorffschen Haushalt nicht ganz unschuldig war. Zwar interessierte sich Elsa schon früh für Einrichtungsstile, Holzarten und Farbkompositionen, was Sophie besonders freute, weil sich hier doch Neigungen zeigten, die zu einem Mädel passten. Aber durch das häufige Zusammensein mit Heinrich entdeckte sie auch Vorlieben für die Naturwissenschaften.

Marga fiel wieder ein, mit welcher Entdeckerfreude Elsa damals mikroskopiert hatte. In Heinrichs Zimmer befand sich immer noch ein von Carl Zeiss gefertigtes Mikroskop, das er zu seinem zwölften Geburtstag geschenkt bekam. Jetzt stand es in dem dazugehörigen schwarzen Kasten, der auch viele notwendige Hilfsmittel wie Pinzetten, Präparatehalter und chemische Substanzen enthielt.

Mit diesem aus Messing und Gusseisen gefertigten Instrument begann Heinrich damals sofort zu experimentieren. Assistiert von Elsa, die begeistert war von den neuen Welten, die sich durch das Mikroskop eröffneten. Sie erwies sich als außerordentlich geschickt bei der Herstellung winziger Präparate, daher blieb sie seine Studiengefährtin auch in den folgenden Jahren. Immer besser kannte sie sich damit aus, welche Stoffe zum Beispiel mit Wasser, Glycerin oder Kanada-Balsam befeuchtet werden mussten. Und die zarten, durchsichtigen Schnitte, die sie mit einem scharfen Rasiermesser von kompakten Substanzen herstellte, bekam Heinrich selber einfach nicht so exakt hin.

Sophie gefiel damals Elsas Begeisterung überhaupt nicht, ein so intensiver Forscherdrang, ja eine richtiggehende wissenschaftliche Neugierde schickte sich für ein Mädchen keineswegs. Doch ihr Mann wiegelte ab, obwohl er ahnte, was die beiden mittlerweile alles für das Mikroskop präparierten. Nichts blieb mehr vor ihnen sicher. Aus der Küche entwendeten sie heimlich Schalotten, Entenaugen, Hühnerdärme, ein Rebhuhnherz und zur Krönung einen Wildschweinhoden. Wie gut, dass Sophie hiervon nichts ahnte!

Mit gemischten Gefühlen sah Marga vor allem Elsas Wunschvorstellungen von einem Bund fürs Leben. Denn aus den selten eingegangenen Liebesheiraten entwickelten sich nicht immer gute Ehegemeinschaften. Und die häufig arrangierten Hochzeiten des gehobenen Bürgertums und des Adels führten nicht automatisch zu schlechten Verbindungen. Die Frauen fanden sich meist mit den Gegebenheiten ab. Die außerehelichen Eskapaden der Männer wurden stillschweigend geduldet oder sogar akzeptiert. Der umgekehrte Fall eines weiblichen Treuebruches gegenüber dem Ehemann war allerdings undenkbar. Dies führte zu Skandal und gesellschaftlicher Verfemung der ungetreuen Gattin, die damit auch meist ihre Kinder verlor.

Plötzlich unterbrach Elsa, die Margas Lieblingsplätzchen im Garten kannte, ihre Gedankengänge.

»Liebe Tante Marga, ich habe gehofft, dich hier zu finden!« rief sie, beugte sich zu der Sitzenden herab und gab ihr einen herzhaften Kuss auf die Wange. »Wie geht es dir?«

»Danke, gut, mein Kind. Ich war in Linden und habe in einigen Familien nach dem Rechten gesehen, du kennst das ja.«

Elsa nickte. »Ist das kleine Karlchen wieder gesund?«

»Ja, Gott sei Dank. Ich hatte ja von Mienes leckerer Hühnersuppe mitgenommen, und das hat die böse Erkältung sicherlich mit vertrieben.«

Elsa lächelte, obwohl sie inzwischen selbst an die Heilkraft einer guten Hühnerbrühe glaubte. »Du siehst müde aus, Tantchen«, konstatierte sie mit einem Blick in Margas Gesicht.

»Es war eine anstrengende Woche. Es gab vieles zu bedenken und außer der Reihe zu erledigen, bevor die gnädige Frau zur Kur fahren kann. Wir sind so weit auf dem Laufenden, es fehlen noch die empfindlichen Spitzenblusen, die ich wie immer zum Waschen in das Dorf Anderten schicke, weil dort das Wasser weicher ist als hier in Hannover. Auch die Koffer wurden vom Dachboden geholt, gesäubert und poliert, eine Reisedecke, Sonnenschirme, Regenschirm, mehrere Chales und Hutschachteln liegen bereits im Ankleidezimmer bereit. Aber erzähl einmal, wie dein Tag verlief. Du bist doch bestimmt glücklich über Heinrichs Besuch.«

»Ja, er fehlt mir schon sehr, wenn er in Berlin ist. Stell dir vor, Heinrich traf Victor Rehnhoff, er befindet sich wieder in Hannover und hat promoviert. Inzwischen mag er Detektivgeschichten. Er will mir sogar welche leihen.«

»So, so«, sagte Marga und dachte sich ihren Teil, »und was macht deine Freundin Roberta?«

»Der geht es gut. Sie arbeitet schon seit Wochen an ihrer Rolle der Minna in Lessings Stück. Als feststand, dass ›Minna von Barnhelm‹ auf den Spielplan kommt, las ich das Schauspiel und war begeistert.

63

Bobby kam auf die Idee, mit mir gemeinsam die ersten Textstudien zu betreiben. Das finde ich auch deshalb wunderbar, weil wir uns dadurch viel öfter sehen konnten.«

»Das stelle ich mir interessant vor, wie treibt man denn Textstudien?«

»Zunächst sind wir das ganze Stück durchgegangen, Bobby hat die Minna gelesen und ich alle anderen Personen«, berichtete Elsa mit einem gewissen Stolz. »Und dann haben wir jede Szene genau erarbeitet. Es war faszinierend, wie Roberta immer tiefer in die Figur hineinschlüpfte.«

»Da hast du ja miterlebt, wie eine Schauspielerin so eine Rolle lernt.«

»Das ist mehr als das Lernen des Textes. Sie ging völlig in der Minna auf. Ich bewundere Robertas Kunst stärker als je zuvor. Schade, morgen wird unsere letzte Vorprobe sein.«

»Nun, das hat auch etwas Gutes, denn die gnädige Frau fährt bald in die Kur, und dann wirst du den Haushalt leiten.«

Elsa ergriff Margas Hand, sah diese offenherzig an und entgegnete: »Meine Liebe, es ist doch ein offenes Geheimnis, dass du die Haushaltsführung innehast. Wir werden keine großen Einladungen geben, solange die Tante in der Kur weilt. Die berühmte von Elßtorffsche Gastfreundschaft beruht mehr auf Sophies Art, Menschen zusammenzubringen und sich interessante Themen für einen Abend auszudenken. Und die Speisenfolge für das Herrenessen von Onkel Maximilian können wir wohl bewältigen.«

Marga lächelte. »Deine Begeisterung für die Übernahme des Haushaltes hält sich ja in Grenzen. Ich möchte aber zumindest, dass du die wöchentlichen Speisepläne entwirfst.«

»Planen wir doch von dem köstlichen Döhrener oder Wülfeler Spargel ein, den isst ja Onkel Maximilian so gern. Den können wir – mal mit zerlassener Butter, mal mit Hollandaise, mal polnisch – öfter auf die Speisekarte setzen, und gesund ist das Spargelgemüse ja angeblich auch. Du weißt ja, Liebe geht durch den Magen, und dienen lerne beizeiten das Weib! Du siehst, ich mache mir durchaus Gedanken. Und nun muss ich eilen, damit ich rechtzeitig zum Dinner komme. Ich wünsche dir einen schönen Abend.« Sprach's, gab ihr ein Abschiedsküsschen auf die Wange und eilte raschen Schrittes davon. Marga sah ihr lächelnd und gleichzeitig kopfschüttelnd nach.

Elsa besucht Roberta

Als Elsa sich sonntagnachmittags auf den Weg zu Roberta machte, wählte sie bewusst einen kleinen Umweg und ging hinter dem Königlichen Schauspielhaus zum Café Kröpcke. Es hatte eines längeren Kampfes mit der Tante bedurft, bis diese ihr erlaubt hatte, kurze Wege wie zu Roberta ohne Begleitung gehen zu dürfen. So konnte sie die Georgstraße entlang promenieren. Gerade sonntags gehörte der sogenannte ›Schorsenbummel‹ zu den Vergnügungen der Hannoveraner. Im Sonntagsstaat erging sich Jung und Alt, genoss die prächtigen Bäume, die die Straße säumten, den majestätischen Anblick des Schauspielhauses, die Denkmäler für verdiente Bürger, das Grün des Theaterplatzes. Auch Elsa trug ein frühsommerliches, helles Kleid und freute sich über den kleinen Spaziergang bei schönem Sonnenschein. Allerdings hatte sie das obligatorische Sonnenschirmchen vergessen, mit dem eine Dame sich die vornehme Blässe bewahrte und zugleich graziös spielte.

Hoffentlich bekomme ich nicht gleich wieder Sommersprossen, dachte Elsa. Bezüglich des damenhaft hellen Teints verstand Sophie gar keinen Spaß. Aber jetzt befindet sich die Tante in der Kur, und ich bin ihren stets wachsamen Augen entronnen.

In diesem Moment wurde sie angesprochen. »Einen wunderschönen guten Tag, Fräulein Martin«, begrüßte sie Dr. Victor Rehnhoff, indem er sich leicht verbeugte und den Hut zog. »Sie sind allein unterwegs?«

Elsa meinte, einen leisen Tadel in seiner Stimme zu hören, beschloss jedoch, nicht darauf zu reagieren. »Ich bin auf dem Weg zum Georgsplatz, um der Schauspielerin Roberta Stein meine Aufwartung zu machen«, erwiderte sie förmlich.

»Dann würde ich Ihnen gern das Geleit geben, gnädiges Fräulein«, entgegnete er, stützte fürsorglich ihren Ellenbogen und bot ihr den Arm.

Elsa blieb nichts anderes übrig, als sich dankend bei ihm einzuhaken. Seine Nähe fühlt sich gut an, dachte sie erstaunt. Und der Rhythmus unserer Schritte findet sich auch ganz selbstverständlich.

»Von Heinrich hörte ich bereits, dass Sie promoviert haben, ich gratuliere Ihnen.«

»Vielen Dank, Fräulein Martin. Inzwischen habe ich ja hier eine eigene Kanzlei eröffnet.« Verstohlen sah er seine unverhoffte Begleiterin von der Seite an. Eigentlich entsprach sie überhaupt nicht dem Typ, den er als Gattin, Hausfrau und Mutter schätzte. Durch das Lernen mit ihrem Ziehbruder hatte sie eine gewisse intellektuelle Ausbildung erworben. Und man wusste ja, dass dadurch die Gefühlswärme, die Naivität und Frische, eben der Reiz, den Frauen mit diesen Eigenschaften auf die Männer ausübten, verlorenging. Dennoch hatte er das Bedürfnis, sie näher kennenzulernen und einen guten Eindruck zu machen.

»Hat Heinrich schon erzählt, dass ich mittlerweile auch gerne Detektivgeschichten lese?«, fragte Rehnhoff, kurz bevor sie den Georgsplatz erreichten. »Ich muss Ihnen da noch Abbitte leisten, gnädiges Fräulein, bei unserem damaligen Gespräch sprach ich unangemessen harsch.«

»Daran kann ich mich gar nicht mehr erinnern«, log Elsa, ohne rot zu werden. Wie gut, dass sie durch Heinrich vorgewarnt war.

»Das beruhigt mich sehr«, entgegnete Rehnhoff und sah sie ebenso erleichtert wie eindringlich an. »Dann darf ich mir morgen erlauben, Ihnen als Zeichen meiner aufrichtigen Entschuldigung eine Detektivgeschichte zu schicken, die ich gerade gelesen habe. Es handelt sich um ›Die Frau in Weiß‹ von Wilkie Collins. Ein sehr umfangreiches, aber äußerst interessantes Werk.«

»Das wäre nicht nötig, Herr Dr. Rehnhoff. Ich danke Ihnen trotzdem und freue mich auf die Lektüre. Von diesem Schriftsteller habe ich nämlich schon den ›Monddiamanten‹ gelesen.«

»Vielleicht, gnädiges Fräulein, könnten wir uns bei passender Gelegenheit darüber austauschen.«

»Ja, irgendwann einmal«, entgegnete sie vage. Die Entwicklung des Gespräches erschien ihr nicht geheuer, da es so wenig in ihr altes Bild von Victor Rehnhoff passte. Das sollte sich unmittelbar darauf ändern. Erneut zog der Anwalt den Hut, um zurückzugrüßen. Offensichtlich war er bereits in Hannover bekannt. Elsa bemerkte, dass ein entgegenkommendes Paar sie von Kopf bis Fuß genau musterte – auch Rehnhoff fiel dies auf. Er verlangsamte unwillkürlich den Schritt.

»Gnädiges Fräulein«, stammelte er und mochte ihr kaum in die Augen sehen, »ich handelte unüberlegt, als ich Ihnen mein Geleit anbot. Es könnte Gerede geben! Man könnte meinen, dass wir, dass ich …« Er verlor völlig den Faden.

Elsa entzog ihm ruckartig ihren Arm. Gerade noch hatte sie sich in seiner Gesellschaft wohlgefühlt! In ihr stieg Wut auf, wie er dastand und begann, nervös die Hände zu ringen.

»Fürchten Sie just um Ihren oder um meinen Ruf?«

Victor Rehnhoff wirkte nicht nur wie ein begossener Pudel, sondern bekam zu seinem Entsetzen auch noch einen roten Kopf.

Elsa musste an die spitzzüngigen Anmerkungen von Tante Edelgarde denken und setzte nach: »Keine Angst, ich habe nicht vor, Sie zu kompromittieren! Wer weiß, was Sie mir sonst noch unterstellen. Die Junggesellen scheinen ja zu meinen, dass es jede unverheiratete junge Frau auf sie abgesehen hätte!«

»Entschuldigung, ich verhielt mich mal wieder ungeschickt. Nichts läge mir ferner, als Sie zu verletzen. Bitte verzeihen Sie mir! Wir fangen einfach von vorn an: Schönes Fräulein, darf ich wagen, Ihnen das weitere Geleit zu Ihrer Freundin anzutragen?«

Elsa jedoch kochte mittlerweile vor Wut. »Ihren Faust können Sie sich jetzt auch sparen! Ich halte es mit Gretchen: Bin weder Fräulein, noch bin ich schön, kann ungeleitet weitergehen! Angenehmen Sonntag, Herr Dr. Rehnhoff!«

Damit drehte sie sich auf dem Absatz um und setzte schnellen Schrittes ihren Weg fort. Tief getroffen sah Victor ihr mit hängenden Schultern nach. Er beschloss, sich bei seinem Freund Heinrich Rat zu holen. Der meinte zu Recht, er müsste im Umgang mit Frauen gewandter werden.

Elsa versuchte, sich zu beruhigen. Sie war aufgewühlt und verwirrt. Was dieser Dr. Rehnhoff sich nur einbildete! Ein feines Zitat aus dem Faust, und schon war alles vergeben und vergessen!

Sie machte einen kleinen Umweg, um nicht so aufgelöst bei Roberta zu erscheinen. Möglicherweise habe ich doch etwas heftig reagiert, ging es ihr durch den Kopf, aber dieser Mann reizt mich mit seiner Art einfach zum Widerspruch.

Plötzlich stand sie schon vor Robertas Haus. Nachdem sie noch drei Mal tief durchgeatmet hatte, klingelte sie und stieg nachdenklich die Stufen zur ersten Etage hinauf, wo das Mädchen ihr die Tür öffnctc.

»Guten Tag, Fräulein Martin, Sie werden bereits erwartet.«

Elsa betrat den Salon, und Roberta umarmte sie herzlich zur Begrüßung.

»Wie schön, liebe Freundin, dass du da bist. Wir wollen heute nicht proben. Ich habe dir viel zu erzählen.«

Elsa stellte ihre etwas wirren Überlegungen zum Thema Victor Rehnhoff zurück. Angesichts eines riesigen Straußes dunkelroter, langstieliger Rosen ahnte sie, was da kommen würde. Zumal auf einem Tischchen das Foto eines Herrn stand, welches sich dort zuvor nicht befunden hatte. Sie wusste sofort, dass dies August Remmèrs, der bekannte Kölner Sänger, sein musste, der Roberta seit einiger Zeit stürmisch den Hof machte.

»Ich kann heute nicht proben, ich bin viel zu aufgeregt. Sieh nur, welch wunderschönen Ring August mir verehrt hat.«

Sie zog den Reif ab und gab ihn Elsa, damit sie ihn aus der Nähe bewundern konnte. Die war beeindruckt von dem ungewöhnlichen Stück, einem großen, quadratischen Rubin mit einer Durchbohrung.

»Es handelt sich um ein altes Familienerbstück«, sagte Roberta, während hektische rote Flecken auf ihren Wangen erschienen, »das immer bei den Frauen der Familie bleibt.«

»Kann er dir denn den Ring dann einfach so schenken? Ich dachte, so ein Schmuckstück wird von Generation zu Generation weitergegeben.«

Roberta sprang auf und ging nervös auf und ab, wobei sie unablässig mit dem Ring an ihrem Finger spielte. »Genau das beschäftigt mich ja«, entgegnete sie.

Elsa stutzte, getraute sich jedoch zu fragen: »Heißt das, August Remmèrs hat dir einen Heiratsantrag gemacht?«

»Nicht so direkt, aber er muss es wohl ernst meinen, oder was denkst du?«

Elsa blickte ihre ältere Freundin besorgt an und dachte: Was ist in die sonst so ruhige und beherrschte Roberta gefahren, die doch meist jeder Lebenslage gewachsen schien? Und warum fragt sie mich, die jüngere und viel unerfahrenere in Liebesdingen? Eine ängstliche und unbehagliche Gemütsbewegung, welche sie sich selber nicht erklären konnte, beschlich sie. »Das würde ich meinen, liebe Freundin«, antwortete sie und blieb absichtlich vage in ihrer Formulierung. »Sind deine Gefühle für ihn denn so tief?«

»Ja, Elsa, noch nie habe ich so geliebt, noch nie war ich so von Sehnsucht erfüllt, haben die beständigen Gedanken an einen Mann mich so beglückt. Bei Theobald von Lensing, du weißt schon, der Chemiefabrikant, der mir den Hof machte, fühlte ich mich bedrängt und eingeengt. August ist auch so anders, eben eine echte rheinländische Frohnatur.«

»Was dir doch anfangs etwas übertrieben vorkam«, erinnerte Elsa die Freundin vorsichtig.

»Du hast recht, aber er ist so strahlend, so voller Charme. Er liest mir förmlich jeden Wunsch von den Augen ab, überhäuft mich mit Geschenken. Sieh nur das schöne Ölgemälde, welches er kürzlich mitbrachte.« Sie ging mit Elsa zu dem Gemälde, es zeigte eine wunderschöne südliche Landschaftsszene. »Gemalt hat es Oswald Achenbach«, erläuterte Roberta, »wenn ich es ansehe, möchte ich mit August in den Süden reisen, aber mit Zeit und Muße, wie es einst Goethe tat.«

»Ja«, entgegnete Elsa, »mir gefällt das Gemälde auch sehr gut, obwohl es ganz anders wirkt als zum Beispiel die Bilder von Meister Kaulbach.«

»August sagt, die Brüder Achenbach gehören zu einer Gruppe von Künstlern der Düsseldorfer Malerschule, die sich um einen neuen Stil bemühen. Andreas Achenbach malt vor allem Seestücke, weshalb die Brüder auch scherzhaft als das A und O der Landschaftsmalerei bezeichnet werden.«

»Jedenfalls macht er dir ebenso geschmackvolle wie wertvolle Geschenke«, entgegnete Elsa.

»Er sagt, er habe bislang nie eine Frau so sehr verehrt wie mich und noch nie«, hierbei errötete sie tatsächlich ein wenig, »eine Frau so sehr wie mich geliebt.«

Elsa hätte nie vermutet, dass jemand wie Roberta sich wie ein Backfisch aufführen könnte. Immerhin war ihre Freundin vierunddreißig Jahre alt. Sie wusste nicht so recht, wie sie reagieren sollte.

»Dann wünsche ich dir von ganzem Herzen, dass diese deine Liebe sich erfüllt.«

»Ich wage nicht daran zu denken, was ich täte, wenn er mich enttäuscht.«

Innerlich beklommen eilte Elsa auf die Freundin zu, umarmte sie und rief: »Meine Güte, sag so etwas nicht!«

»Ach, ich bin so froh, mit dir mein Geheimnis zu teilen. Ich musste es dir erzählen. Es entwickelte sich in diesen wenigen Wochen ein so enges Band zwischen August und mir. Wir schreiben uns fast täglich. Und er schreibt so wunderbare Briefe.«

»Meine liebe Roberta, wenn du so weitermachst, befürchte ich, dass du nicht genügend Zeit findest, deine Rolle zu lernen«, versuchte Elsa bewusst die Freundin auf den Boden des Alltags zurückzuholen. Was ihr auch gelang, denn Roberta erwiderte: »Keine Sorge – mein Beruf ist mir heilig. Und nun lass uns von erfreulichen Dingen sprechen und Tee trinken.«

Sie klingelte nach dem Mädchen, das den Tee und das Gebäck auftrug. Halb, um das Thema zu wechseln, halb aus echtem Interesse fragte Elsa: »Sag, wie findest du denn deine neue Kollegin aus Amerika, Miss Sarah Amber?«

Roberta stellte nachdenklich und langsam ihre Teetasse aus hauchfeinem Porzellan ab und entgegnete: »Bei Sarah habe ich, um Goethe zu zitieren, zwei Seelen, ach, in meiner Brust. Sie scheint sehr verwöhnt zu sein, auch außerordentlich bedacht auf Äußerlichkeiten, die ihr ein bestimmtes Ansehen in der Gesellschaft geben sollen. Was ich über ihre Wohnung gehört habe, ist das eine. Was ich selber sehe, ihre Art zum Beispiel, sich auf das Teuerste zu kleiden, ist das andere.«

»Heinrich hat den Eindruck, dass ihr Papa ihr jeden Wunsch gewährt hat.«

»Ja, sie erzählte mir, dass ihr Vater Deutscher sei, ihre jung verstorbene Mutter Amerikanerin war. Diese Miss Little, die nicht nur als ihre Gesellschafterin, sondern ebenfalls als ihre Garderobiere fungiert, war ursprünglich ihre Amme. Und lernte ihr hervorragendes Deutsch im Haushalt der Familie Amber. Jedenfalls ist Sarah ohne Mutter aufgewachsen und ich ohne Vater.«

»Und ich habe gar keine richtige Vorstellung, wer meine Eltern waren – ich besitze noch nicht mal Bilder von ihnen«, meinte Elsa ebenso traurig wie nachdenklich. »Meine Mutter war eine Deutsche, mein Vater halb Deutscher, halb Spanier. Von dem hab ich bestimmt meine dunklen Augenbrauen und mein Temperament. Früher befragte ich Onkel Maximilian öfter über meine Abkunft, schließlich holte er mich ja damals von den Kanarischen Inseln hierher. Aber er wich mir immer aus, so, als ob ihm das Thema unangenehm sei. Jedenfalls habe ich mit Tante Sophie, Onkel Maximilian, meinem Bruder Heinrich und nicht zuletzt Tante Marga so viel Glück gehabt. Mit dieser ganzen Familie, die mich als mittelloses Waisenkind liebevoll aufnahm.«

Elsa hielt inne, weil sie kurz den verlorenen Ausdruck in Robertas Augen sah, die gute Freunde in Hannover, aber eben keinerlei familiäre Bindungen mehr besaß, seitdem ihr Onkel gestorben war. Daher wechselte sie schnell das Thema. »Sag mal, Roberta, hat diese Sarah denn überhaupt wirkliches schauspielerisches Talent?«

»Ja, zweifellos, so auf sich selbst bezogen und auf Äußerlichkeiten bedacht sie sonst ist – sie kniet sich schon ernsthaft in ihre Rolle hinein. In einigen Szenen ergab sich zwischen uns beiden ein wunderbares Zusammenspiel. Nun ist ein Kammerkätzchen noch nicht Maria Stuart – doch ich glaube, dass sie in Hannover reüssieren kann. Was ihr fehlt, ist Lebenserfahrung, um große Bühnengestalten wirklich ausfüllen zu können. Aber das lehrt uns das Leben meistens ungefragt.«

»Und was hältst du von Miss Little, Roberta? Heinrich meint, es umgibt sie etwas Undurchsichtiges.«

»Ja, das empfinde ich auch so. Ihre Liebe und Anhänglichkeit zu Sarah übersteigt jedes normale Maß. Miss Little ist ihr völlig ergeben. Manchmal kommt sie mir vor wie eine viel zu weiche Mutter, die einem maßlosen Kind keinen Widerstand entgegenzusetzen vermag.«

»Miss Little besitzt ja bei aller Vertrautheit der beiden auch nicht die Stellung, Sarah ernsthaft entgegenzutreten«, wandte Elsa ein.

»Das stimmt, obwohl es meiner Meinung nach nötig wäre, ihrer Verschwendungssucht Einhalt zu gebieten. Jedenfalls scheint mir Miss Little von einer schweren Sorge geplagt. Sarah erzählte mir übrigens, dass Miss Little von ihrer Mutter viel über Kräuter und Substanzen gelernt hat.«

»Das ist ja interessant« sagte Elsa, die sich lebhaft an Heinrichs und ihre teilweise abenteuerlichen Experimente mit dem Mikroskop erinnerte. Die beiden plauderten noch eine Weile, wobei jetzt hauptsächlich Roberta über August sprach. Elsa war eine gute und geduldige Zuhörerin. Sie fragte sich insgeheim nur, warum Remmèrs Roberta beim Schenken des Familienringes nicht gleich einen richtigen Heiratsantrag gemacht hatte. Indes schien die Freundin offenbar so glücklich, dass sie ihre Zweifel wieder verscheuchte. Logisches und konsequentes Denken gehörte zwar zweifellos zur detektivischen Arbeit, war aber wohl nicht unbedingt auf Liebesdinge anwendbar.

»Jedenfalls möchte ich deinen August bald kennenlernen«, verkündete Elsa, »mittlerweile bin ich sehr neugierig.«

»Das wünsche ich mir auch, das wird sich gewiss demnächst ergeben.«

Die beiden Freundinnen verabschiedeten sich mit einer herzlichen Umarmung voneinander und verschoben die letzte gemeinsame Textprobe für die Minna auf die folgende Woche.

Turbulenzen

Als Oscar Leitner Roberta abends zum Essen abholte, war diese noch nicht ganz fertig. »Das gnädige Fräulein lässt ausrichten, Sie möchten einen Moment im Salon warten. Und ich soll fragen, was ich Ihnen anbieten dürfte.«

»Bringen Sie mir ein Glas Portwein bitte«, sagte Leitner schlecht gelaunt.

Denn im Empfangszimmer stand unübersehbar ein riesiger Strauß mit langstieligen, roten Rosen.

»Das müssen mindestens vierzig Stück sein, so ein Angeber«, knurrte Oscar vor sich hin. »Wie gut, dass ich für Bobby kein Blumenbouquet mitgebracht hatte, das würde sich daneben ja lächerlich ausmachen.«

Auf der Georgstraße hatte er bei der Continental Bodega Company, dem ältesten Geschäft in spanischen und portugiesischen Weinen auf dem Kontinent, einen besonders trockenen Sherry erworben. Er wusste, dass Roberta diesen dem Port vorzog. Die dekorativ verpackte Flasche stellte er auf den Tisch, legte noch eine Schachtel mit Robertas Lieblingspralinen von B. Sprengel, Hof-Dampf-Schokoladenfabrik, daneben, der praktischerweise ebenfalls einen Laden in der Georgstraße betrieb. Er setzte sich und starrte auf die vermaledeiten Rosen. Früher hatte er die Blumengrüße von Robertas Verehrern einfach so nebenbei wahrgenommen.

Aber jetzt, da er ernsthaft über eine mehr als freundschaftliche Bindung nachdachte, empfand er das völlig anders.

Die Damenwelt hatte ihm Eroberungen meist leicht gemacht. Der häufige Wechsel verlor jedoch seinen prickelnden Reiz, bekam einen schalen Beigeschmack. Eine Ehe mit einer Frau wie Roberta, die er lange kannte, schätzte und verehrte, schien ihm genau das Richtige zu sein. Offenbar befand er sich in einer Lebensphase, in der er größere Beständigkeit brauchte.

Oscar Leitner wollte Roberta nicht allzu offensichtlich zur Ehe drängen, da er die Geschichte der unglücklichen Ehe ihrer Eltern kannte und deshalb ihre Vorbehalte verstand. Als junger Heißsporn hatte er sich einst sogar mit einem Kollegen Robertas wegen heftig geschlagen. Die Degen, die auf der Probe ausgegeben wurden, setzten die beiden in einer Pause so hitzig gegeneinander ein, dass sie schließlich aus vielen Wunden bluteten. So nahm die Tageswache die Schauspieler fest und brachte sie zum Intendanten. Dieser drohte ihnen wegen Verletzung der Würde des Hauses sowie Bruch des Gottesfriedens im Theater die schlimmsten Konsequenzen an.

Die beiden Kontrahenten, plötzlich mit dem Ernst der Lage konfrontiert, blickten sich ernüchtert in die Augen. So hob Oscar die rechte vierfingrige Hand und rief beschwörend: »Aber wir haben doch nur geprobt!« Und sein Kollege versicherte, dass sie die besten Freunde seien. Der Intendant, so wurde kolportiert, schickte sie zum Verbinden und danach zurück zur Probe. Denn er könne keineswegs zwei Liebhaber entbehren, die es verstünden, so vortrefflich Komödie zu spielen!

Dennoch blieb die Beziehung zu Roberta immer platonisch.

Er kehrte aus seinen Gedanken zurück, blickte auf und sah auf das Lichtbild eines Mannes im Bühnenkostüm, welches in einem besonders schönen Silberrahmen steckte. Er wusste zweifelsfrei: Dieses Foto stand hier noch nicht lange. Sofort zückte er sein Monokel, besah sich das Konterfei und fluchte leise vor sich hin: »Ausgerechnet der Remmèrs, der berühmte Sänger aus Köln, als Lohengrin!«

»Für Roberta Stein in tiefster Verehrung, August Remmèrs«, lautete die Widmung. Offenbar hatte der sein Gastspiel in Hannover genutzt, um sich in Robertas Gunst einzuschleichen.

Oscar hörte, wie sich Schritte im Flur näherten, stellte schleunigst das Bild wieder an seinen Platz, setzte sich in einen Sessel und trank scheinbar gelassen seinen Port, als Roberta eintrat. Er erhob sich, küsste ihr galant die Hand und sagte: »Meine Liebe, du siehst heute besonders hinreißend aus! Und dieses Kleid in Azurblau steht dir wunderbar. Ich habe dir von der Bodega ein hervorragendes Fläschchen mitgebracht.«

»Sehr nett, mein guter Freund Oscar, aufmerksam wie immer. Oh, und dazu meine Lieblingspralinés von Sprengel, Marzipan mit Bitterschokolade und Walnuss. Danke.« Sie lächelte ihn an. »Du siehst aber auch besonders fesch aus heute Abend.«

»Nun ja«, antwortete dieser scheinbar gelassen, »man sieht ja, die Konkurrenz schläft nicht«, und deutete auf die Rosen.

Roberta ging nicht darauf ein, sondern sagte: »Oscar, ich sterbe vor Hunger. Lass uns doch in die Münchner Bierhalle in der Luisenstraße gehen. Mir wäre heute nach einem schönen Glas Löwenbräu und bayrischen Schmankerln. Es gibt ja auch immer die Delikatessen der Saison, falls dir der Sinn nicht nach Rustikalem steht.«

Oscar, sonst ein Feinschmecker, der es normalerweise liebte, eine Mahlzeit zu zelebrieren, verging bereits der Appetit. »Gern, meine

Liebe, dein Wunsch sei mir Befehl. Sollen wir eine Droschke nehmen, wenn du so hungrig bist?«

»Nein, danke, es wird mir guttun, an der frischen Luft zu Fuß zu gehen.«

In der gemütlichen, blau-weiß dekorierten Bierhalle genoss Roberta Bier und Geselchtes, während Oscar zügig einen Schoppen Weißwein leerte und in seinem Spargelragout stocherte.

»Sag mal, was bedeutet das denn mit dem Foto von Remmèrs? Stammen die Rosen etwa auch von ihm?«

»Ja, August verhält sich äußerst aufmerksam. Er lässt mir immer besonders schöne Sträuße schicken.«

In raschem Tempo trank Oscar seinen zweiten Schoppen.

»Nanu, meine Liebe, du klingst so bedeutsam. Handelt es sich um einen weiteren harmlosen Verehrer, oder steckt mehr dahinter?«

»Ich wollte es dir sowieso erzählen. Ja, es stimmt, es ist etwas Ernstes, und ich bin August sehr, sehr zugetan.«

Oscar erstarrte vor Entsetzen. »Ja, hast du denn nicht mitbekommen, als er hier gastierte, in welch schlechtem Ruf er steht? Das ist ein Casanova und Herzensbrecher erster Art und Güte. Du kannst diesem Mann nicht vertrauen.«

»Doch, das tue ich aber. Vielleicht traf er bisher nicht die Richtige. Und wenn er es nicht seriös meinen würde, hätte er mir nicht diesen Ring aus dem Familienschmuck geschenkt«, entgegnete Roberta und drehte ihre linke Hand unter seinen Augen hin und her.

»Der Reif ist genauso protzig wie der Rosenstrauß. Aber was soll man von einem Rheinländer auch erwarten. Mit der feinen englischen Art hält er es offenbar nicht.«

»Du liebe Güte, Oscar«, rief Roberta erstaunt, »du klingst ja, als ob du eifersüchtig wärest. Wirklich, August ist ein überaus aufmerksamer Kavalier und trägt mich auf Händen.«

»So, so. Und was bedeutet es mit dem Ring? Hat er dir einen offiziellen Antrag gemacht?«

Roberta zeigte eine unbewegte Miene, Oscar hatte einen wunden Punkt getroffen. Schließlich war auch von Elsa eine ähnliche Frage gekommen. »August trägt sich mit ehrenhaften Absichten, sonst würde er mir nicht den Familienring schenken. So gönn mir doch mein Glück!«

»Roberta, dieser Mann steht in dem Ruf, schon vielen Frauen das Herz gebrochen zu haben. Das ist ein Getriebener, der jedes Mal glaubt, es sei die große Liebe. Aber das hält nicht lange vor. Entweder folgt die Ernüchterung, da er an der zuvor so Angebeteten doch einen

Makel entdeckt. Oder weil der Reiz des Unbekannten schnell der Gewöhnung gewichen ist. Oder nachdem ein Blitzen in einem Frauenauge seinem krankhaften Eroberungstrieb neue Nahrung gibt. Glaub mir, mit so einem Kerl wird eine sensible Frau und Künstlerin wie du nie glücklich, im Gegenteil, er wird dich todunglücklich machen.«

»Oscar, ich bezweifele wirklich, dass du das beurteilen kannst.«

»Ich weiß es, Roberta, ich bin ein Mann, und ich kenne diesen Männertyp. Den hast du nie für dich allein. Er ist zu einer tiefen Beziehung mit einer einzigen Frau nicht fähig. Du wirst ihn immer mit mindestens einer anderen teilen müssen. Außerdem dürfte er stets noch zusätzlichen Abenteuern aufgeschlossen sein. Willst du das?«

»Du täuschst dich. August und ich, wir lieben uns. Er wird mir innere Geborgenheit und Sicherheit geben. Und ich werde nicht nur vor Gott, sondern auch vor den Menschen seine Frau.«

Oscar, vor dem der dritte Schoppen stand, erbleichte, als ihm dämmerte, was Roberta meinte. Er verlor die Beherrschung. »Du kennst diesen Burschen noch nicht mal drei Monate und führst dich auf wie ein völlig hirnloser, verliebter Backfisch! Eine Frau wie du, die bei aller Freiheitsliebe immer auf ihren guten Ruf achtet! Wirfst dich so einem Kerl in die Arme! Wollen wir hoffen, dass er nicht in Köln schon Weib und Kind besitzt. Fehlt nur noch, dass du schwanger bist!«

»Das ist degoutant! Ich fahre nach Hause. Du brauchst dich nicht weiter zu bemühen.«

Roberta stürmte hinaus, nahm am Bahnhof eine Droschke und ließ sich bebend vor Wut und Scham zum Georgsplatz bringen. Dass ausgerechnet ihr guter Oscar so schrecklich reagierte, brachte sie völlig aus der Fassung: Was ist nur in ihn gefahren? Er benahm sich nicht wie ein alter Freund, sondern wie ein eifersüchtiger Nebenbuhler!

In dieser Nacht fand sie keine Ruhe. Sie nahm sich fest vor, August bei dem nächsten Treffen klipp und klar auf das Thema Heirat anzusprechen.

Noch im Halbschlaf merkte Oscar, dass er einen entsetzlichen Brummschädel hatte. Es war nicht bei dem dritten Schoppen in der Münchner Bierhalle geblieben, entsprechend fühlte er sich jetzt. Er klingelte nach seinem Diener. Der trat ein, öffnete die Vorhänge, was Oscar mit einem unwilligen Stöhnen kommentierte, da die grellen Sonnenstrahlen in seinen Augen schmerzten. Sein Bediensteter stellte mit leicht erhobener rechter Augenbraue, mit der er seinem Dienstherrn nach zwanzig gemeinsamen Jahren seine Missbilligung kundzutun pflegte, ein Glas mit Tomatensaft, Zitrone, Worcestersoße, Pfeffer und einem Spritzer Gin auf den Nachttisch. Daneben platzierte er einen Becher mit bereits aufgelösten Kopfschmerztabletten, eine Tasse schwarzen Kaffee sowie einen Toast mit Butter und Honig. Oscar nahm sein spezielles Katerfrühstück mit Todesverachtung ein, knurrte einen Dank und ging zur Waschschüssel. Die Wasserkanne war mit frischem Wasser gefüllt, welches er sich schwungvoll über den gebeugten Kopf und Nacken goss. Mit dem Handtuch, das ihm der Diener anreichte, trocknete er sein Gesicht und notdürftig die Haare, die er mit allen zehn Fingern grob ordnete. Sodann ließ er sich im Hausmantel seufzend in seinem Ohrensessel nieder. Nach einem weiteren Kaffee, drei Eiern im Glas und einem feuchten kalten Lappen auf der Stirn fühlte er sich mit Hilfe seines Dieners in der Lage, sich anzukleiden. Schließlich lief Oscar Leitner wie ein Löwe im Käfig in seinem Salon hin und her. Gerade war er mit sich ins Reine gekommen und hatte klar erkannt, dass er Roberta liebte. Aber bevor er sie um ihre Hand zur Ehe bitten konnte, geriet alles durcheinander. Wer hätte jemals vermutet, dass sich Roberta ernsthaft mit diesem windigen Kölner Sänger abgab? Er selbst war gewiss kein Kind von Traurigkeit, was seine Eroberungen in der Damenwelt betraf, aber er hatte aus gemachten Erfahrungen gelernt.

In jüngeren Jahren war er aus einer leidenschaftlichen Liaison mit einer verheirateten Frau, die einen Selbstmordversuch unternahm, nur um Haaresbreite einer Katastrophe entkommen. Er ging von vornherein von einer begrenzten Affäre aus, zumal der außerordentlich reiche Gatte seiner Gemahlin ein äußerst luxuriöses Leben bot. Auch liebäugelte er außerdem mit einer niedlichen Neuen vom Ballett. So übersah er die Anzeichen, dass seine verheiratete Geliebte ohne Wenn und Aber leidenschaftlich in ihn verliebt war. Eines Tages machte sie ihm eine Eifersuchtsszene wegen der Tänzerin und schlug ihm ernsthaft vor, ihren Gatten zu verlassen. Er fiel aus allen Wolken.

Unter Zuhilfenahme seiner sämtlichen schauspielerischen Talente versuchte er ihr klarzumachen, dass er dieses Opfer unmöglich annehmen könne. Zwei Tage später erhielt er ein Päckchen. Darin befanden sich alle seine Briefe, Billets, Notizen und Fotos, mit einem roten und einem schwarzen Band umschnürt. Dazu ein kurzer Abschiedsbrief, dem sie eine Haarlocke beigefügt hatte.

Nie in seinem Leben würde er das Grauen vergessen, welches ihn damals schüttelte. Bei dem Gedanken verspürte Oscar immer noch Übelkeit. Bleierne Tage voller Ungewissheit vergingen, bis er endlich erfuhr, die Dame sei schwer erkrankt gewesen, aber auf dem Wege der Besserung. Seine Erleichterung war unendlich groß. Die Verantwortung für den Selbstmord eines anderen Menschen zu tragen, erschien ihm in den Tagen der Ungewissheit unerträglich. Von dem Skandal, der Hannover erschüttert hätte, ganz zu schweigen.

Aus dieser Erfahrung zog er Konsequenzen, die seinem künstlerischen Bohème-Leben als Frauenschwarm fortan einige Grenzen setzten. Nie wieder fing er eine Affäre mit einer verheirateten Frau an. Zwei Amouren gleichzeitig zu führen, vermied er. Verfängliche Briefe schrieb er nicht mehr. Wenn er Anzeichen von ernsthafter Verliebtheit bei einer Geliebten entdeckte, beendete er die Beziehung rasch. So wurde sein Liebesleben zu einem Reigen meist kürzerer Liebschaften, was ihm den Ruf eines hartgesottenen Junggesellen einbrachte.

Bei Remmèrs beschlich ihn ein eigenartig ungutes Gefühl. Der war aus anderem Holz geschnitzt. Zahlreiche Amouren wurden ihm jedenfalls nachgesagt. Und er bandelte wohl auch gern mit mehreren Frauen gleichzeitig an. Aber all das hatte Oscar Roberta bereits erzählt, und sie hatte ihm nicht geglaubt, die Liebe machte sie scheinbar blind. Bevor er erneut versuchen würde, mit ihr Tacheles zu reden, brauchte er unwiderlegbare Fakten. Denn mit bloßen Vermutungen konnte er ihr nicht mehr kommen. Das würde sie als Eifersüchtelei abtun. Aber wie konnte er herausfinden, wessen Geistes Kind dieser Remmèrs wirklich war?

Oscar versank ins Grübeln, bis ihm Victor Rehnhoff einfiel. Diskretion hin oder her – er würde nach dem jesuitischen Grundsatz handeln, dass der Zweck die Mittel heiligt. Dieser junge Strafverteidiger musste doch Wege kennen, um sich zuverlässige Informationen zu verschaffen.

In Oscars Hirn klärte sich der nächstliegende Schlachtplan. Er wollte sofort ein völlig zerknirscht klingendes Entschuldigungsschreiben an Roberta erstellen. Und dazu einen großen Blumenstrauß schicken. Nach der unerfreulichen Szene im Restaurant mussten sie einander verzeihen, damit sie ihre Freundschaft weiterführen konnte. Danach wollte er den Anwalt aufsuchen, der ihm hoffentlich helfen konnte.

Konsultation beim Anwalt

»Sie sind avisiert«, begrüßte ihn der Bürovorsteher, »der Herr Doktor erwartet Sie.«

Oscar dankte und trat in ein Büro, welches komplett im englischen Stil eingerichtet war. Rehnhoff saß hinter einem großen Schreibtisch mit grüner Lederplatte. Beim Eintritt des Schauspielers erhob er sich sofort und deutete auf eine Chesterfield-Sitzgruppe, die aus einem ebenfalls grünen Ledersofa und zwei Sesseln bestand.

»Mein hochverehrter Herr Leitner, ich bin ein begeisterter Bewunderer Ihrer Kunst. Ob als Mephisto, als Hamlet oder als König Philip in ›Don Carlos‹ – Sie blieben mir in lebhaftester Erinnerung.«

Oscar neigte dankend den Kopf.

Rehnhoff unterbrach sich, als er die Blässe und die Anspannung auf dem Gesicht seines Gegenübers bemerkte: »Sie baten dringend um einen kurzfristigen Termin. Was kann ich für Sie tun?«

Dem sonst wortgewandten Oscar fiel es schwer, sein Anliegen zu formulieren. »Es handelt sich um eine äußerst private und delikate Angelegenheit, die absoluter Diskretion bedarf.«

Rehnhoff nickte verständnisvoll. »Lieber Herr Leitner, strikte Vertraulichkeit gehört zu meinem Beruf. Beginnen Sie doch frank und frei zu erzählen, um was und um wen es geht.«

»Ich sorge mich um Roberta Stein, meine verehrte Freundin und Kollegin. Sie scheint eine große Zuneigung zu dem Sänger August Remmèrs aus Köln gefasst zu haben. Nun soll dieser Kerl häufig in Frauengeschichten verwickelt gewesen sein. Gern wüsste ich etwas Konkretes über die aktuellen Lebensumstände dieses Mannes in Köln. Ich hoffe auf Ihre Ideen, wie sich das diskret bewerkstelligen lässt.«

»Herr Leitner, ich gründete kürzlich mit einem Compagnon ein Institut, welches sich gerade mit solchen Recherchen befasst.«

In diesem Moment klopfte es an der Tür, und der Bürovorsteher trat ein. »Bitte vielmals um Verzeihung! Herr Doktor, Sie werden in einem akuten Fall dringend ans Telefon ge-rufen.«

Victor Rehnhoff hob entschuldigend die Hände und überreichte Leitner ein gedrucktes Informationsblatt.

»Es tut mir leid. Hier können Sie sich inzwischen einen Eindruck verschaffen. Ich komme bald zurück.«

Oscar zückte der Bequemlichkeit halber statt des Monokels seine Brille und las: ›Privates Detektiv-Institut Greiff, Sophienstraße 10, Direktion: W. von Wreden. Besorgt korrekt und gewissenhaft Auskünfte jeder Art, speziell über Ruf, Charakter, Lebenswandel, Familien- und Vermögensverhältnisse; Ermittlungen in Ehescheidungs- und Erbschaftsangelegenheiten; unmerkbare Beobachtung, Verfolgung und Überwachung von Personen; Kontrolle und Erprobung der Ehrlichkeit und Treue von Vertrauenspersonen, Geschäftspersonal etc.; Recherchen in Civil- und Kriminalprozessen; Aufdeckung von Vergehen und Verbrechen sowie Ermittlung anonymer Briefschreiber.‹

Oscar atmete erleichtert auf. Da war er ja auf Anhieb an die richtige Adresse geraten. Schon trat auch Victor Rehnhoff wieder ein.

»Für meine Mandanten benötigte ich in letzter Zeit öfter die Hilfe von privaten Ermittlern. Und so kam ich auf die Idee mit Herrn von Wreden, der sowohl über reiche Erfahrungen als auch beste Verbindungen verfügt, eine eigene Detektei zu gründen. Dadurch kann ich meinen Mandanten in unterschiedlichsten Situationen hilfreich sein und äußerste Diskretion garantieren.«

»Gut, Herr Dr. Rehnhoff, dann veranlassen Sie doch bitte, dass wir eine umfassende Auskunft über Ruf, Lebenswandel, Familien- und Vermögensverhältnisse von Herrn Remmèrs bekommen. Wie lange benötigen Sie dafür?«

»Das gestaltet sich unterschiedlich. Sowie ich etwas Wesentliches erfahre, lasse ich Sie benachrichtigen.«

»Auftrag erteilt, Herr Dr. Rehnhoff, nur so können wir Gewissheit erlangen. Und ich werde Ihnen Freikarten für die Premiere schicken.«

»Damit machen Sie mir eine besondere Freude, Herr Leitner.«

Vor der Premiere

Nach mehreren Anproben bei der Damenschneiderin Minna Oppermann befand Sarah endlich ihr maßgeschneidertes Kammerkätzchen-Kostüm für gut. Obwohl einige Kundinnen ihr so manches abverlangten, zeigte die Schneiderin vor der letzten Anprobe mit Miss Amber bereits deutliche Anzeichen nervöser Schwäche.

»Selbst die pingeligsten Damen unserer adeligen Kundschaft achten nicht so perfektionistisch auf jeden Stich wie dieses Fräulein Amber«, machte sie gegenüber ihrer ersten Assistentin ihrem Herzen Luft. »Das wird diese amerikanische Möchtegern-Diva einen ordentlichen Aufschlag kosten für all die Extras und Veränderungen, die sie sich von Anprobe zu Anprobe neu erdachte. Welch ein Aufwand für eine kleine Rolle im Schauspielhaus!«

Dieser Termin indes verlief zu Miss Ambers vollster Zufriedenheit. Wie stets begleitet von Miss Little, rauschte sie nach huldvollem Dank mit dem sorgsam verpackten Kostüm ab.

»Man könnte meinen, Adele Sandrock ließe sich in Wien beim Maßatelier Drecoll ihre Theatergarderobe anfertigen, so einen Aufstand macht sie hier. Ja, die Sandrock, die möchte ich gern spielen sehen. Für ein Maria-Stuart-Kostüm von ihr sollen allein vierunddreißig Perlenstickerinnen eine Woche gearbeitet haben. Warten wir ab, in welchem Verhältnis der Aufwand für das Kleid zu dem Talent von Miss Amber steht.«

»Nein, Frau Oppermann, was Sie wieder alles wissen aus der großen Welt des Schauspiels«, säuselte ihre Assistentin, die genau wusste, wie sie ihre Chefin beruhigen konnte.

»Das gehört auch dazu, meine Gute! Die Wiener enthusiasmieren sich eben völlig anders als die Hannoveraner, die zum Teil ja immer noch englischer als die Engländer sein wollen. Es wäre doch hier undenkbar, dass die begeisterten Verehrer die Pferde aus der Droschke einer Schauspielerin ausspannen, um sie selber im Triumphzug mit Mannes-, statt mit Pferdekraft nach Hause zu ziehen.«

Der Assistentin, einer mit Leinewasser getauften Hannoveranerin, verschlug es bei dieser Vorstellung in der Tat schier die Sprache.

»Jedenfalls werde ich mir die Premiere der ›Minna von Barnhelm‹ nicht entgehen lassen. Morgen kommt übrigens Roberta Stein zur letzten Anprobe, eine treue Kundin und eine wirkliche Dame. Sorgen Sie dafür, dass alles fertig ist.«

Sarah, nicht ahnend, welche Zerstörungen sie an dem Nervenkostüm der Schneiderin angerichtet hatte, sagte fröhlich zu Lizzy: »Komm, lass uns noch im Café Kröpcke eine Erfrischung nehmen, bevor wir nach Hause gehen. Wer weiß, wen wir da Interessantes treffen. Zudem sollen die selbsthergestellten Liköre dort einfach unwiderstehlich sein.«

Lizzy nickte und schickte sich drein. Sarah gab das Geld bedenkenlos aus. Die großzügige Wohnung in der Sophienstraße wäre auch einer Dame aus allerhöchsten Kreisen gemäß gewesen. Bei der Ausstattung sparte sie an nichts. Die Firma Sältzer in der Seilwinderstraße, das alteingesessene Geschäft für Manufaktur-, Mode-, Tuch- und Weißwaren, verdiente an Sarah Amber in kürzester Zeit ein kleines Vermögen. Möbelstoffe, Tischdecken, Teppiche und Gardinen, alles suchte sie vom Feinsten und Teuersten aus.

Die überwiegend dunklen, schweren Möbel der Gründerzeit, wie sie jetzt modern waren, gefielen Lizzy nicht. Das Gemisch aus unterschiedlichen Stilen kam ihr überdekoriert, steif und erdrückend vor. Doch Sarah wählte unbekümmert aus und ließ sich in keiner Weise beraten. Lizzy hatte eingewandt, dass man ja die Dauer des Aufenthaltes in Hannover noch nicht kenne. Sie war von Sarah kurz abgefertigt worden: »Meine gute Lizzy, du machst dir wie immer zu viele Sorgen. Du weißt, dass Papachen mich glücklich sehen will. Ich musste die Mutter entbehren, besitze keine Aussteuer, mit der ich mein Nest schmücken könnte. Wir befinden uns nicht in der Heimat, wo einen das eine oder andere Familienstück umgibt. Provisorisches gab es in Bremen genug. Hannover gefällt mir sehr gut, hier möchte ich länger bleiben. Daher will ich mich von Anfang an standesgemäß einführen.«

»My little Princess«, hatte Lizzy mit Tränen in den Augen geantwortet, »du bist mein Liebstes in dieser Welt, natürlich sollst du es schön haben. Mögest du immer über so viele Mittel verfügen wie jetzt.«

»Rechnen ist nicht meine Sache, Lizzy, das musste ich nie. Wozu auch? Es wäre mir ein unerträglicher Gedanke, mich kleinlich einschränken zu müssen oder ausschließlich auf meine Gage angewiesen zu sein. Ich weiß gar nicht, wie andere das machen.« Sie ereiferte sich immer mehr: »Ich könnte nie in ärmlichen Verhältnissen leben, niemals, das weißt du ganz genau. Das wäre mein Ende!«

Lizzy, der bei diesem Ausbruch ihres Lieblings bereits die Tränen in die Augen gestiegen waren, nahm Sarah in die Arme und summte vor sich hin, wie sie es schon als Amme getan hatte. Langsam beruhigte sich Sarah. Das leidige Thema ihrer verschwenderischen Geldausgaben schien erledigt.

»Und nun lass uns darüber reden, ob alles okay ist für meine Garderobe im Schauspielhaus. Ich bin so froh, dass ich dich als Garderobiere habe, keine könnte das für mich besser machen als du.«

»Yes, honey«, entgegnete Lizzy und schob jedweden dunklen Gedanken energisch beiseite, »ich werde dich immer besonders schön machen.«

Die beiden gelangten am Café Kröpcke an, wo sie beim Personal noch kaum bekannt waren.

»Ach Lizzy, geh doch bitte zum Mongolentempel und hol uns Blumen«, fiel Sarah spontan ein. Den pittoresken Kuppelbau in Eisenarchitektur hatte 1867 der Gärtner Ebeling auf der Pariser Weltausstellung gekauft, am südlichen Ende des Theaterplatzes aufgebaut und einen Blumenpavillon daraus gemacht. Die ungewöhnliche Architektur verhalf dem Gebäude schnell zu seinem Spitznamen. Auch das Caféhaus an der anderen Seite des Königlichen Schauspielhauses, ebenfalls eine Eisenkonstruktion, prunkte im maurischen Stil.

Sarah betrat in bester Laune das Café und nahm am Fenster auf einem Thonetstuhl Platz. Während sie die Karte studierte und mit einem Königinpastetchen liebäugelte, wurde sie von einem Kellner kritisch beäugt. Als sie den Kopf hob, um bis zu Lizzies Ankunft ein Getränk zu bestellen, baute sich der Ober neben ihr auf und überreichte ihr mit einem abschätzigen Blick ein bedrucktes Kärtchen. Darauf stand: ›Sie werden gebeten, das Café unauffällig wieder zu verlassen.‹

Es dauerte einen Moment, bis Sarah den Sinn des kurzen Textes wirklich verstanden hatte. Die Röte der blanken Wut fuhr ihr ins Gesicht – allerdings war sie auch so konsterniert, dass ihr keine angemessene Reaktion einfiel.

»Das werden Sie bitter bereuen!«, zischte sie dem Kellner zu, der mit ungerührtem Gesichtsausdruck stehenblieb.

Zitternd vor Wut und Scham verließ sie das Lokal, um Lizzy entgegenzugehen. Sie konnte nicht verhindern, dass einige Tränen über ihre hochroten Wangen liefen. In diesem Moment trat Heinrich von Elßtorff mit erschrockener Miene auf sie zu.

»Gnädiges Fräulein, was um Himmels willen ist geschehen? Wie kann ich Ihnen helfen?«

Mit kummerumflortem Blick und großer Geste reichte ihm Sarah das Kärtchen, welches sie immer noch mit einer Hand umklammerte.

Damit schlug Heinrichs Stunde als edler Retter. »Bitte beruhigen Sie sich, Fräulein Amber. Frauen ohne männliche Begleitung, die nicht bekannt sind, haben ab und an einen schweren Stand. Ich kenne Wilhelm Kröpcke sehr gut, das werde ich sofort regeln.«

Er konnte ihr schlecht erklären, dass unbegleiteten Frauen leicht unterstellt wurde, hier zahlende Kavaliere zu suchen.

Unter Bücklingen und Verbeugungen stürzte kurze Zeit später der Oberkellner auf sie zu: »Welch ein schreckliches Missverständnis, gnädiges Fräulein. Wir ersuchen tausendmal um Entschuldigung, das wird selbstverständlich nie wieder passieren. Dürfen wir Sie tief zerknirscht um Verzeihung bitten und Sie für heute als Gast des Hauses betrachten?«

Aus den Augenwinkeln nahm Sarah wahr, dass Heinrich, der ihr inzwischen demonstrativ den Arm geboten hatte, unauffällig nickte. Sie straffte den Rücken. »Nun, nach den Aufregungen muss ich mich unbedingt setzen, daher nehme ich Ihr Angebot an. Ob ich dieses Haus danach nochmals betrete, bedarf allerdings weiterer Überlegungen.«

In diesem Moment traf Miss Little ein, die sich sofort auf Sarahs andere Seite begab und diese besorgt betrachtete.

»Gnädiges Fräulein, ich verspreche Ihnen, dass Sie hier stets mit höchster Aufmerksamkeit bedient werden. Wünschen Sie drinnen oder draußen zu sitzen? Ich hätte noch einen schattigen Tisch mit Aussicht auf das Schauspielhaus für Sie.«

»Den nehmen wir«, dankte Sarah hoheitsvoll und schritt an Heinrichs Arm stolz erhobenen Hauptes, gefolgt von Lizzy, durch das Café. Die drei hatten kaum Platz genommen, Limonade und ein Likörchen für die Nerven bestellt, als auch schon Victor Rehnhoff sich brav an ihrem Tisch verbeugte.

»Welche Freude, die Damen zu sehen, ist es gestattet, Ihnen einen Moment Gesellschaft zu leisten?«

»Sehr gern«, erwiderte Sarah, die trotz allen Ungemachs soeben das Café Kröpcke als den besten Ort erkoren hatte, an dem sie, von vielen Verehrern umgeben, Hof halten wollte. Da kam ihr auch Dr. Rehnhoff gerade recht. Einen Spross alten Adels und einen promovierten Juristen am Tisch, das schien ihr für den Anfang nicht schlecht.

»Lieber Herr Doktor«, sagte sie mit schmeichelnder Stimme, »Sie dürfen sich gern zu uns gesellen.«

Victor Rehnhoff sah Heinrichs verschmitzten Blick auf sich gerichtet und gedachte der Standpauke über angemessenes Benehmen bei der Damenwelt, die dieser ihm gehalten hatte.

»Es geht ja keineswegs nur um Elsa, wenn du als Jurist mit eigener Kanzlei in Hannover reüssieren willst, unterschätze den Einfluss der Damen nicht. Vor allem für den Fall, dass du dich in adeligen Kreisen bewegst, kannst du dir nicht erlauben, dass du jemanden froissierst. Hast du den Ruf eines ungehobelten Stoffels, der sich nicht zu benehmen weiß, erst weg, wird man dich schneiden. Dann nutzt dir deine ganze exzellente Juristerei auch keinen einen Deut.«

Victor Rehnhoff, den es keineswegs nach Konversation mit der jungen, oberflächlichen Schauspielerin gelüstete, verbeugte sich also artig und sagte: »Es ist mir eine Ehre, gnädiges Fräulein.«

Ferdinand von Salzen, der regelmäßig im Café Kröpcke verkehrte, sah bereits von weitem seinen Freund Heinrich mit Dr. Rehnhoff am Tisch einer reizenden, jugendlichen Schönheit sitzen. Das musste die neu engagierte Schauspielerin für das königliche Schauspielhaus aus Amerika sein. Die wollte er doch schon längst kennenlernen. Er näherte sich energischen Schrittes, verbeugte sich vor der jungen Dame mit zackig zusammenknallenden Hacken, schlug Heinrich kräftig auf die Schulter und sprach: »Bitte mich dem gnädigen Fräulein vorzustellen!«

»Aber gern: Ferdinand von Salzen, Miss Amber.«

Sarah, innerlich entzückt, reichte ihm die Hand zum Kuss.

»Das gnädige Fräulein hat demnächst Premiere – was wird gespielt?«

Sarah konstatierte, dass dieser Mann in seiner Uniform eine außerordentlich gute Figur machte, aber wohl am kulturellen Leben Hannovers wenig Anteil nahm.

»Es gibt ›Minna von Barnhelm‹ von Lessing.«

»Ja, ja, feines Stück, ganz pyramidales Werk.«

Sie konnte sich des Eindrucks nicht erwehren, dass Ferdinand von Salzen nicht wusste, worüber er sprach. Daher bohrte sie etwas nach, um sich weiter zu vergewissern, welch Geistes Kind er war.

»Mir gefällt ja ›Nathan der Weise‹ besonders gut.«

»Absolut positiv, gnädiges Fräulein, ganz famos, ein fast noch pyramidaleres Werk!«

Heinrich von Elßtorff war von seinem Jugendfreund oft genug mit herablassender Verachtung behandelt worden, weil er keinen militärischen Dienst geleistet hatte. Daher erwartete er mit stiller Genugtuung, dass Ferdi sich selber als Kulturbanause bloßstellte. Dessen

Kenntnisse der schönen Künste zeichneten sich durch äußerste Oberflächlichkeit aus, da er diese für einen gestandenen Offizier für gänzlich unwichtig hielt! Gern und ausführlich hingegen sprach er über Pferde, das Militär, die Hannoversche Hofreitschule und die Jagd. Ihm fehlte jedweder Impuls, die gesellschaftlich herrschenden Ansichten in Frage zu stellen. Es gab für ihn nichts außerhalb seiner als unveränderlich gesehenen Welt. Mit einer Ausnahme: Eine außerordentlich gute Partie sollte seine Zukünftige auf jeden Fall sein! Dann tat es auch eine Frau aus dem Großbürgertum. Schließlich durfte er mit Fug und Recht hohe Ansprüche stellen. Es galt also herauszufinden, welchen Hintergrund diese Amerikanerin hatte – sie wäre ja nicht der erste Goldfisch, der über den großen Teich geschwommen kam.

Ferdi besaß einen bemerkenswerten siebten Sinn dafür, wann es an der Zeit war, sich zu verabschieden.

»Gnädiges Fräulein, meine Herren: Bekanntschaft hier ganz positiv.« Mit formvollendetem Handkuss zu Sarah: »Miss Amber, prophezeie pyramidalen Erfolg! Leider in Eile. Komme zur Premiere.« Und damit entschwand der einen stets vielbeschäftigten Eindruck vermittelnde flotte Ferdi.

Heinrich blickte ihm mit hochgezogenen Augenbrauen hinterher. Was für ein Lackaffe! Wie gut, dass Elsa dem nicht mehr hinterhertrauert, dachte er. Dabei ist sie eine viel distinguiertere Erscheinung als Sarah, die mir wie ein faszinierender exotischer Schmetterling vorkommt. Ein wenig kann ich schon verstehen, dass der Kellner etwas irritiert von ihrer Aufmachung war, aber ich finde sie absolut reizend. Elsa hingegen wirkt sehr elegant, stimmt jedes Detail ihrer Garderobe aufeinander ab und besitzt eine feine, souveräne Ausstrahlung, die sonst eher Frauen aus dem hohen Adel umgibt.

»Eine Mark für Ihre Gedanken, Herr von Elßtorff«, holte ihn Sarah mit der muckschen Stimme eines kleinen Mädchens, das sich nicht genügend beachtet fühlt, ins Geschehen zurück.

»Oh, ich stellte mir gerade vor, was für ein entzückendes Kammerkätzchen Sie sein werden«, log Heinrich ohne den geringsten Anflug von Röte, was Victor mit einem amüsierten kleinen Lächeln beobachtete. Das Gespräch drehte sich nun weiter um die bevorstehende Premiere, dann wechselte Sarah das Thema.

»Meine Herren, vielleicht können Sie mir einen Rat geben, noch kenne ich mich hier nicht so gut aus.« Die beiden nickten höflich und dienstbeflissen. »Ich möchte nämlich Reitunterricht nehmen. Als kleines Mädchen in Amerika besaß ich ein Pony, aber das ist lange,

lange her. Haben Sie eine Empfehlung für mich? Hannover gilt doch als die Stadt der Reiter!«

Lizzy Little gab einen leisen Laut der Überraschung von sich und murmelte: »Davon hat mir ja die Miss noch gar nichts erzählt.«

Die beiden Herren blickten sich kurz an, und Heinrich erwiderte: »Ich würde Meyers Reitinstitut hinter der Ulanenkaserne empfehlen. Es befindet sich im Gebiet Vahrenwald im Norden Hannovers, Fräulein Amber, wo auch die königliche Reitschule ist, die der Kaiser gern mit seinem Besuch beehrt.«

»Dort könnte ich Unterricht erhalten?«

»Meyers Reitinstitut besitzt einen vorzüglichen Ruf mit Reitunterricht sowohl für Damen als auch für Herren. Erwägen Sie denn, sich ein Ross anzuschaffen, gnädiges Fräulein?«, erkundigte sich Victor.

»Ja, wenn mir das Reiten so viel Freude macht wie als kleinem Mädchen, dann möchte ich unbedingt ein eigenes Pferd besitzen. Es entwickelt sich doch eine ganz andere Verbindung zu so einem edlen Tier, als auf geliehenen Zossen auszureiten.«

Miss Little blickte ob dieser Pläne völlig ausdruckslos. Bei den Kosten würden sie nochmals Geld aus Amerika brauchen.

Heinrich, selbst ein guter Reiter und ein großer Pferdefreund, nickte verständnisvoll. »Das verstehe ich gut. Auch da wären Sie bei Meyers Reitinstitut an der richtigen Adresse. Man nimmt dabei vorzüglicher Pflege und Wartung Pferde in Pension. Und Sie könnten dort ein komplett zugerittenes Tier kaufen. Wenn es so weit ist, kann ich aber noch meinen Freund Ferdinand von Salzen konsultieren, der sehr viel davon versteht.«

»Gut, dann nehme ich diesen Plan nach der Premiere in Angriff. Vielleicht unternehme ich schon bald einen Ausritt in den wunderbaren Stadtwald, die Eilenriede, oder reite die herrliche Herrenhäuser Allee zum Schloss hinunter. Ich werde mir einige entzückende Reitkostüme anfertigen lassen.«

Sarah strahlte bei all diesen hinreißenden Aussichten. »Aber nun Lizzy, müssen wir nach Hause, ich möchte noch meinen Text memorieren.«

Die kleine Gesellschaft verabschiedete sich, und Heinrich und Victor gingen einige Schritte gemeinsam die Georgstraße entlang.

»Du hast dich wacker gehalten, es wird noch ein richtiger Kavalier aus dir«, frotzelte Heinrich den älteren Freund an.

Der lächelte. »Mein Bedarf ist damit für heute mehr als gedeckt. Hast du übrigens bemerkt, wie erstarrt die Gesellschafterin auf das Thema Reiterei reagierte?«

»Ja, sie guckte ein bisschen verbissen. Vielleicht hat sie Angst vor Pferden oder davor, dass ihrer Schutzbefohlenen etwas passiert. Jetzt muss ich dringend in meine Kanzlei«, verabschiedete sich Victor, »meine Empfehlung an Fräulein Elsa.«

August Remmèrs in Köln

Noch nie in seinem Leben hatte August sich in solch einer Zwickmühle befunden. Selbst der Blick auf den Vater Rhein, den er aus dem Herrenzimmer seiner Kölner Wohnung stets als wohltuend genoss, vermochte heute nicht, ihn zur Ruhe zu bringen.

Das Leben verläuft manchmal ungerecht, sagte er sich. Denn ich wünsche mir ja immer nur das Beste für alle. Ich will niemandem wehtun. Und ich liebe nun einmal die Frauen. Wie sollte ich auch ahnen, dass ich, wenige Tage nach meiner inoffiziellen Verlobung mit der blutjungen Rosa, bei einem Gastspiel in Hannover Roberta kennenlernen würde.

Die Verbindung zu Rosa hatte seine Mutter mit viel Geduld und Geschick geknüpft. Die junge Dame stammte aus einer der ältesten Familien der Stadt. Das ganze Streben seiner Mama galt nämlich der Aufnahme in die Kölner Hautevolee. Und der Aufstieg in beste Kreise war nicht einfach. Selbst ein weit über die Grenzen Kölns hinaus bekannter Opernsänger wie ihr Sohn fand da keinen dauerhaften Zutritt. Es sei denn durch eine Heirat.

Seine Mutter vertrat außerdem die Meinung, dass es höchste Zeit war, sein bewegtes Junggesellenleben aufzugeben und eine Familie zu gründen. »Du wirst bald vierzig, und ich sehne mich nach Enkeln, mein einziger Sohn«, hatte sie ihm in bestimmtem Tonfall erklärt. »Schließlich will ich nicht umsonst alles für dich und deine Karriere getan haben. Nun vergiss heißes Flehn, süßes Kosen und flattere nicht weiter um die Rosen herum, sondern nimm die Rosa!«

»Ach Mama«, seufzte er lächelnd über das Wortspiel, »auch wenn du schon Texte aus Mozart-Opern zitierst, glaube mir, ich bin für die Ehe wirklich völlig ungeeignet.«

»Mein Sohn, durch die Heirat mit der Rosa hättest du ein für alle Mal ausgesorgt. Ihre Familie besitzt nicht nur enormen Reichtum, sondern gehört zum einflussreichsten Kölner Klüngel. Mit den Verbindungen bist du ein gemachter Mann.«

Am nächsten Tag traf Rosa ihn rein zufällig beim Verlassen des Opernhauses. Man promenierte noch ein wenig am Rhein entlang, und das Fräulein gestand ihm, wie ungemein sie ihn und seine Sangeskunst verehre. Seine routinierten Repliken, wie sehr er seinerseits sie bewundere, führten dann, ehe er es sich versah, zu einem ersten zarten Bützchen. Beim zweiten, schon leidenschaftlicheren Kuss schmolz Rosa dahin, sah ihm tief in die Augen und fragte: »August, mein Angebeteter, sind wir jetzt heimlich verlobt?«

Der dachte an die Gespräche mit seiner Mutter und entgegnete tapfer: »Ja, mein Schätzeken, so soll es sein!«

Doch dann kam sein Gastspiel in Hannover, bei dem er Robertas Bekanntschaft machte. Diese Begegnung traf ihn wie ein Blitz aus heiterem Himmel. Er hatte einige Schauspielerinnen kennengelernt, aber Roberta erschien ihm anders. Mit ihr konnte er über vieles sprechen, es gab keine Langeweile, die er sonst in der Unterhaltung mit dem anderen Geschlecht oft empfand. Nicht zuletzt schätzte er sie als eine äußerst weibliche, sehr anziehende und temperamentvolle Frau und vor allem als eine leidenschaftliche Geliebte.

Er liebte und begehrte Roberta von ganzem Herzen, aber er hegte auch zärtliche Gefühle für die kleine Rosa. So ein Dilemma! August griff nach seinem Tagebuch, dem er stets seine unbequemsten Gedanken anvertraute: »Wenn ich es mir so recht eingestehe, wäre mir das Liebste ein Harem! Der Mann ist nicht für die Monogamie gemacht! Das erkannten die Muselmanen schon konsequent und handelten entsprechend. Für was all diese Entscheidungen, für was der Verzicht auf die freie Wildbahn, auf das Leben à la Carte. Wieso soll ich sie nicht alle nehmen können, natürlich für mich ganz allein. Jedoch frei von Lüge und jede ohne Qual für sich und die anderen.«

August stieß einen tiefen Seufzer aus, erhob sich und ging wieder ans Fenster. Er dachte an Roberta und seufzte erneut. Letztendlich versprach ich ihr mit dem Familienring die Ehe. Was soll ich nur tun?

Wie viele schwache Naturen reagierte August besonders empfindlich, wenn es um seine Ehre ging. Befand er sich in einer selbstverschuldeten Zwickmühle, begann er Gründe zu suchen, um vor sich selbst gut dazustehen. Notfalls erfand er seine eigenen Regeln. Was andere als fadenscheinig ansehen mochten, wiederholte er sich so oft, bis es ihm als die pure Wahrheit erschien. So war und blieb er vor sich selber stets der Ehrenmann, der nur als Opfer widriger Umstände in einen Konflikt verstrickt wurde.

Wahrscheinlich blieb ihm nichts weiter übrig, als es so zu arrangieren wie viele Männer in seinem Freundeskreis. Diese spielten ehrbare Familienväter mit Frau und Kindern. Und hielten sich oft eine Geliebte. Bei Rosa ging er immerhin gewiss davon aus, dass sie ihm seine Wünsche von den Augen ablas und ihn verwöhnte. Auch der Altersunterschied von gut zwanzig Jahren barg viele Vorteile. Von der Figur her konnte sie sich zwar nicht mit Bobby messen, aber sie ließ sich noch in ihrem Wesen formen. Ernsthafte eigene Interessen würde sie kaum pflegen, und wenn, jedenfalls keine, die ihm, dem Gatten, nicht genehm waren.

Eine eheliche Verbindung von zwei Künstlerseelen wie mit Roberta und ihm hingegen führte möglicherweise, so fand er plötzlich, zu vielen Nachteilen. Er würde ja auch auf ihre künstlerische Tätigkeit und ihre Verpflichtungen eine gewisse Rücksicht nehmen müssen. Es konnte gar ein eigentümliches Rivalitätsverhältnis entstehen. Nicht umsonst geboten Künstler häufig ihrer Gattin, der eigenen Kunst zu entsagen, um völlig in den Pflichten der Ehefrau aufzugehen. Die wahre Berufung des Weibes bestand schließlich darin, den Mann am heimischen Herd glücklich zu machen. Ja, von einer so jungen Frau wie Rosa konnte er erwarten und verlangen, dass sie sich ihm bedingungslos zu eigen gab. Sie sollte die Gestaltung ihres künftigen Lebens in allen Einzelheiten von seinen Bedürfnissen abhängig machen und sich dafür nichts als seine Liebe wünschen. Auch wenn sie diese mit anderen teilen musste. Als Ausgleich besaß sie ja schließlich dann den Status der Ehefrau.

Einige respektable Männer von Rang und Namen führten neben ihrem offiziellen Haushalt noch streng geheim einen zweiten. Wovon man im ersten Hauswesen natürlich nichts wusste. So manche Frau ›aus dem Volke‹ verfügte über ganz andere Reize als die Damen, die für die standesgemäße Ehe erzogen wurden. Für solche höheren Töchter galt ja alles unterhalb der Taille als unaussprechlich, und entsprechend passiv verhielten sie sich meist. Und dass dies auch auf Rosa zutraf, hatte er ja schon feststellen können. Auf Roberta wollte er keinesfalls verzichten, sie war eine in vielerlei Hinsicht so reizvolle Frau. Bereits die Berührung ihrer samtweichen Haut ließ ihn in Flammen stehen! Es musste ihm gelingen, eine Lösung zu finden, die Ehe mit Rosa einzugehen und Roberta zu behalten. Ob die sich allerdings zu dem Arrangement bereiterklärte, da plagten ihn doch einige Zweifel. Die Wahrheit konnte er ihr nicht mehr allzu lange verschweigen. Nachdenklich wog August seine weitere Vorgehensweise ab: Den Ring, den er ihr im Überschwang seiner Leidenschaft schenkte, brauchte er dringlich zurück. Einen viel schöneren Reif wollte er ihr stattdessen zu Füßen legen. Peinlicherweise wusste Rosa bereits durch seine Mutter von dem Familienring, den sie zur offiziellen Bekanntgabe der Verlobung erhalten sollte.

Als er gestand, dass er diesen Ring seiner Roberta verehrt hatte, geriet seine Mama völlig außer sich. »Du musst ihn zurückbringen, der steht nur den Ehefrauen zu! Wie konntest du nur so verrückt sein, ihn dieser Schauspielerin zu schenken! Bring mir den Reif wieder her, wie stehen wir sonst vor Rosa und deren Familie da? Ich beschrieb ihr auch noch genau die Machart. So ein altes Stück lässt sich ja nicht ohne Weiteres kopieren. Verliebte Männer haben eben keinen Deut Verstand mehr im Kopf!«

August seufzte – dieses Mal würde er sich nicht in ungetrübter Vorfreude auf den Weg nach Hannover machen. Er sah einige Schwierigkeiten auf sich zukommen.

Detektivarbeit

Victor Rehnhoff und Werner von Wreden saßen im Büro und beschäftigten sich mit einigen Berichten aus Köln. Sie warteten auf Oscar Leitner, der jeden Augenblick erscheinen musste.

»Besten Mann angesetzt, hat gelohnt«, berichtete von Wreden, der es liebte, sich militärisch knapp auszudrücken und dabei seinen Schnurrbart zu zwirbeln.

»Sagen Sie, wie kommen Ihre Leute denn an solche Auskünfte ran?«

Von Wreden zögerte einen Moment, hielt es dann aber für besser, seinen neuen Kompagnon nach und nach in die Geheimnisse des Geschäftes einzuweihen. »Doktor«, sagte er, »was ich Ihnen an Einzelheiten erzähle, muss strikt unter uns bleiben. Derartige Dinge interessieren die braven Bürger häufig, aber es handelt sich hier um unsere Geschäftsgeheimnisse.«

Victor nickte. »Versprochen, Herr von Wreden, auch zu meinem Metier gehört äußerste Diskretion.«

»Also gut, in diesem Fall schien mir, wie übrigens so oft, der leichteste Weg über die Dienstboten zu führen.«

»Über das Hauspersonal?«

»Ja, wichtig ist es zu erfahren, was die Diener aus den Haushalten der näheren Umgebung so reden. Die Dienerschaft weiß häufig mehr von ihrer jeweiligen Herrschaft, als diese selbst das je vermuten würde. Zumal das im Hintergrund arbeitende Personal als so selbstverständlich wahrgenommen wird, dass dessen Anwesenheit keiner besonderen Diskretion zu bedürfen scheint. In einigen der gehobenen Haushalte wechselt man bei delikaten Themen allerdings ins Französische, damit die Dienerschaft nichts versteht.«

Victor Rehnhoff hörte konzentriert zu. »In der Tat, darüber machte ich mir so noch nie Gedanken.«

»Besonders hilft es, wenn es im Haushalt Personal gibt, welches lange Jahre bleibt. Oft handelt es sich dabei um eine Köchin. Jedenfalls wissen die langgedienten Hausangestellten oft ausgesprochen viel von den Familienmitgliedern. Gern reden die Diener über die Herrschaft, so es nicht, etwa bei den gemeinsamen Mahlzeiten, durch die Person mit der höchsten Autorität unterbunden wird.«

»Soweit leuchtet mir das alles ein, Herr von Wreden, aber wie kommen Sie denn nun an diese wertvollen Informationen heran?«

»Mein Mann in Köln besitzt ein ganzes Netz von Informanten, die sich mit Vergnügen ein paar Groschen dazuverdienen. Die lungern zum Beispiel in den Lebensmittelgeschäften herum, bei denen die feineren Herrschaften durch ihre Dienstmädchen einkaufen lassen. Und die nutzen die Gelegenheit gern für ein Schwätzchen, so wenig Abwechslung und Ausgang, wie sie haben. Eine gute Quelle bilden auch die Kindermädchen, während sie die Kleinen spazieren fahren und sich dabei langweilen.«

»Und wenn diese Wege keine Ergebnisse bringen?«

»In diesem Fall wird ein erfahrener Ermittler zum Beispiel speziell auf ein Dienstmädchen angesetzt. Bei geschickter Befragung erzählen die viel. Auch zu den einfachen Wachtmeistern halten wir gute Kontakte. Die kennen ihre Reviere wie ihre Westentasche. Und verdienen bekanntermaßen bitter wenig.«

Victor Rehnhoff faszinierten diese Einblicke. Unwillkürlich fiel ihm Elsa Martin ein, die hier sicherlich liebend gern zugehört hätte.

»Auch Blumenhändlerinnen, Friseure, Laternenanzünder und Lohnkutscher können oft wichtige Einzelheiten beitragen«, fuhr von Wreden fort.

Da klopfte es an der Tür, und Oscar Leitner trat ein. Die Herren nahmen in der grünen Chesterfield Sitzgruppe Platz.

»Ich harre außerordentlich gespannt der Dinge, die Sie herausgefunden haben«, eröffnete der Schauspieler das Gespräch.

»Sieg auf der ganzen Linie, Herr Leitner«, verlautbarte von Wreden triumphierend. »Die Ankündigung der offiziellen Verlobung von Herrn Remmèrs mit Rosa Waldruff, die aus einer der ältesten und reichsten Kölner Familien stammt, steht unmittelbar bevor.«

Oscar wurde abwechselnd rot und blass. »Also hat mich meine Ahnung nicht getrogen. Dieser Schweinehund hält mehrere Eisen im Feuer. Meine arme Freundin Roberta, ich weiß nicht, wie ich ihr das beibringen soll. Überbringer schlechter Botschaften machen sich ja nicht gerade beliebt. Doch erzählen Sie bitte etwas ausführlicher über die Hintergründe.«

»Die ganze Verbindung fädelte wohl die Mutter von Herrn Remmèrs ein. Die Braut ist sehr jung, noch nicht achtzehn, eine typische höhere Tochter. Sie soll aber dem Charme des Sängers völlig erlegen sein. Kein Wunder bei so einem unerfahrenen Ding. Die beiden duzen sich, und sie suchte ihn angeblich heimlich und tiefverschleiert auch in seiner Wohnung auf.«

Die drei Männer sahen sich vielsagend an.

»Jedenfalls besucht das Fräulein oft Mutter Remmèrs, und die beiden stehen bereits auf vertrautem Fuße miteinander. Die Eltern Waldruff scheinen nicht sonderlich begeistert, sie hätten lieber einen großbürgerlichen Schwiegersohn aus dem Kölner Klüngel. Aber sie scheuen sich, ihrem einzigen Töchterchen den Herzenswunsch abzuschlagen. Herr Remmèrs ist allerdings nicht völlig unvermögend, kann jedoch mit der Familie Waldruff in keiner Weise mithalten. Insgesamt erscheint die Angelegenheit klar – den Ehrenmann erwartet eine Zusage, wenn er demnächst formal um die Hand von Rosa bitten wird.«

»Meine Herren, das nenne ich ausgezeichnete Arbeit! Um vor Fräulein Stein zu treten, bräuchte ich aber einen offiziellen Bericht über Ihre Ermittlungen.«

Von Wreden lächelte und übergab ihm drei engbeschriebene Seiten. Diese überreichte er mit einer zackigen Geste. »Schon erledigt, gehört dazu.«

Während Oscar Leitner die Theaterstraße hinunterging, merkte er, wie das bevorstehende Gespräch mit Roberta ihm wie eine schwere Bürde auf den Schultern lag. Er beschloss, zwei Billets loszuschicken. Eines an Roberta, um seinen Besuch in einer dringenden Angelegenheit für den morgigen Vormittag gegen elf Uhr anzukündigen. Das zweite an Amalie Röscher, mit der Bitte, sie zum Dinner einladen zu dürfen. Einige berufliche Fragen dienten als Vorwand, um die ungebührliche Kürze zu entschuldigen. Denn den heutigen Abend wollte er keineswegs allein verbringen. Und warum sollte er sich nicht in Amalies anregender Gesellschaft ablenken lassen? Schließlich war er ein freier Mann.

Theorie und Praxis in Liebesdingen

Als Oscar Leitner an einem schönen Maimorgen gegen sieben Uhr erwachte, fiel sein Blick als Erstes auf eine Flut roter Locken, die sich auf dem Kopfkissen neben ihm kringelten. Danach blickte er in zwei strahlend blaue Augen, die ihn ebenso fröhlich wie liebevoll anblitzen.

»Guten Morgen, mein Held«, gurrte Amalie, und das zufriedene Lächeln eines satten Kätzchens ließ keinen Zweifel daran, dass sie die vorangegangene Nacht genossen hatte.

»Amalie«, brummte der so gelobte scheinbar schlaftrunken und hauchte der Holden neben ihm einen Kuss auf die Stirn. Währenddessen überschlugen sich seine Gedanken: Bei der Ablenkung von meinen Sorgen und Problemen bin ich ja sehr gründlich vorgegangen. Und habe mir im Zweifelsfall die nächsten Schwulitäten eingehandelt!

»Gib mir noch fünf Minuten zum Wachwerden, meine Liebe«, bat er und schloss die Augen. Immerhin, so musste er vor sich selber zugeben, war es ein wunderbarer Abend gewesen.

Amalie hatte ein meerblaues Kleid mit apfelgrünen Applikationen getragen, welches zugleich ihre zarte Figur betonte. Mit den hochgetürmten roten Locken, denen das Grün einen besonderen Farbglanz verlieh, erregte sie allerhand diskretes Aufsehen bei der Herrenwelt.

In der Georgshalle bei Kastens speisten sie exquisit. Mit Rücksichtnahme darauf, dass sie ihrem Beruf eine schlanke Figur schuldete, hatte er ein extra leichtes Menü zusammengestellt, was sie dankbar bemerkte. Aufs Beste bedient von seinem Lieblingskellner Johann Breuer, genossen sie gemeinsam Spargel, Crevetten, Wachtelbrüstchen und Ananassorbet. Trotz aller Sorgen um Roberta verlief dieser Abend unterhaltsam. Amalie erwies sich als anregende und amüsante Gesprächspartnerin. Besonders ihr trockener Humor gefiel ihm. Und sie gab ihm ebenso diskret wie selbstsicher zu verstehen, dass sie ihn auch als Mann attraktiv fand. Nach dieser Nacht wusste er, dass es sich bei ihr um eine in jeder Hinsicht außerordentlich anziehende Frau handelte – also galt es jetzt, sich alles offen zu halten. Und sie so schnell als möglich loszuwerden, zumal schon eine ihrer Hände auf seinem Körper angenehmste Gefühle erregte. Zunächst kam es darauf an, sich für das schwierige Gespräch mit Roberta zu wappnen.

Ihr reinen Wein über August einzuschenken, stellte eine verflixte Aufgabe dar.

Er drehte sich zu Amalie um, fing die kosende Hand ab, die bereits eindeutige Reaktionen hervorrief, küsste sie zärtlich und sagte: »Mein rotes Teufelchen, du weißt, das Leben geht nach unerwarteten Glücksfällen nicht immer gleich so weiter. Heute Morgen steht ein unaufschiebbarer und ernster Termin an. Was darf ich dir zum petit déjeuner richten lassen?«

Amalie verbarg geschickt ihre Enttäuschung, lächelte und erwiderte: »Keine Umstände, Oscar. Mein erstes Frühstück halte ich stets sehr frugal. Es reicht mir nur ein heißer Milchkaffee, von dem genieße ich einige Schlucke hier im Bett, und danach werde ich mich frischmachen und ankleiden.«

»Ich danke dir für dein Verständnis, so soll es sein. Für alles andere bleibt uns ja später noch Zeit.« Die beiden sahen sich tief in die Augen.

Und so geschah es, dass Amalie, begleitet von Oscars Dienstmädchen, bereits um neun Uhr vor ihrem Zuhause am Georgsplatz eintraf. Sie sah mit einem Blick, dass die Vorhänge in Robertas Wohnung noch alle geschlossen waren. In letzter Zeit hatte sie auch den Herrn aus Köln nicht mehr gesehen. Ob das etwas bedeutete? Amalie ließ sich von ihrem Mädchen ein Bad bereiten, das sie träumend genoss, kleidete sich in eine leichte Morgentoilette und setzte sich in ihren Lieblingssessel am Fenster, von dem aus sie den Georgsplatz überblickte. Bin ich jetzt am Ziel meiner Träume mit Oscar? Um zehn Minuten vor elf Uhr sah sie ihn, ein großes Blumenbukett unter dem Arm, heraneilen. Für einen winzigen Augenblick glaubte Amalie, während ihr Herz wie wild klopfte, er wolle zu ihr. Doch dann geschah, was sie befürchtet hatte, er wandte sich dem Haus der Schauspielerin zu.

In diesem Moment durchfuhr es sie, von rasender Eifersucht erfasst: Wenn Roberta jetzt ihm wieder den Vorzug gibt, bringe ich sie um!

Nach einer guten Stunde verließ Oscar das gegenüberliegende Haus. Amalie blickte ihm nachdenklich hinterher. Für diesen Mann hatte sie das teuerste Kleid ihres Lebens anfertigen lassen, in der Hoffnung, er werde sie zum Dinner einladen. Immerhin, konstatierte sie mit feiner Selbstironie, habe ich dieses Traumkleid ja gestern durchaus erfolgreich eingeweiht. Und ich riskierte alles, was eine Frau riskieren kann, um einen Mann zu erobern. Ob sich dieses Wagnis wohl lohnen wird?

Schlechte Nachrichten

Oscar, der Roberta einige Tage nicht gesehen hatte, erschrak über ihr blasses Aussehen.

»Liebe Freundin, wie geht es dir, du siehst müde aus«, bemerkte er besorgt.

»Deine gutgemeinte Fürsorge bezüglich August Remmèrs bescherte mir schlaflose Nächte. Ich fühle mich zutiefst beunruhigt und nervös. Hoffentlich stellt sich dein Verdacht als unberechtigt heraus. Ich verzeihe dir, weil ich weiß, dass du aus gutgesinnten Motiven sprachst. Aber es bedeutet für unsere Freundschaft schon eine bittere Zerreißprobe.«

Oscar sank der Mut, er wusste immer noch nicht, wie er Roberta die Hiobsbotschaft beibringen sollte. Ihm blieb ein kurzer Aufschub, während sie auf den Tee warteten, danach verließ das Dienstmädchen das Zimmer. Da ihm nichts Besseres einfiel, entschloss er sich, mit offenen Karten zu spielen.

»In großer Sorge um dich, Roberta, wusste ich mir zunächst keinen Rat, wie ich meine Informationen und Vermutungen über Remmèrs überprüfen sollte. So ging ich schließlich in meiner Not zu Dr. Victor Rehnhoff, den du ja auch flüchtig kennst.«

»Oscar, du hast meine privatesten und intimsten Dinge mit einem Anwalt besprochen? Wie konntest du?«

»Liebe Bobby, ich verstehe deinen Unmut. Aber ein Jurist ist wie ein Beichtvater, da kannst du gänzlich unbesorgt sein.«

Roberta, die erregt aufgesprungen war, ging noch einige Schritte hin und her und setzte sich wieder. »Und was geschah dann?«

Nun packte Oscar den Stier bei den Hörnern. »Rehnhoff ließ diskret Erkundigungen in Köln einholen. Das Ergebnis habe ich dir mitgebracht. Bitte lies selbst.« Und damit überreichte er ihr den Bericht der Detektei. Roberta wurde beim Lesen immer blasser, während sich an ihrem Hals hektische rote Flecken ausbreiteten. Sie überflog die Darstellung flüchtig, blickte Oscar entsetzt an und las langsam noch mal.

»Wenn das stimmt, bin ich verloren. So gut wie verlobt. Mit einem Gänschen, welches er offenbar auch schon in sein Bett holte. Und ausgerechnet diesem Kerl habe ich all mein Vertrauen geschenkt und an seine aufrichtige Liebe geglaubt. Nichts und niemandem werde ich künftig trauen, vor allem nie wieder einem Mann!«

Damit verließ sie ihre mühsam gehaltene Beherrschung. Weinkrämpfe schüttelten sie, so dass sie kein weiteres Wort mehr herausbrachte.

Oscar legte vorsichtig einen Arm um sie und ließ sie weinen. Ihm traten selbst Tränen in die Augen, als er dieses Bild des Jammers sah.

Leise murmelnd begann er, sie zu trösten wie ein Kind. Schließlich merkte er, dass sie sich etwas beruhigte. »Darf ich dir zur Beruhigung einen kleinen Sherry einschenken, Bobby?«

»Besser einen großen Cognac«, brachte sie unter Schluchzen hervor.

Oscar klingelte nicht nach dem Mädchen, sondern schenkte gleich für beide ein.

Nachdenklich tranken sie den ersten Schluck.

»August kommt morgen. Mit bleibt keine große Hoffnung, dass der Bericht nicht zutrifft. Also werde ich wohl bald die endgültige, traurige Gewissheit haben, dass ich auf einen notorischen Frauenhelden hereinfiel.«

»Männer machen eben gern Eroberungen«, erklärte Oscar etwas lahm, da er sich auch nicht gerade wie ein Unschuldsengel fühlte. »Aber zwei Frauen gleichzeitig ernsthaft den Hof zu machen und beiden eine Ehe in Aussicht zu stellen, dazu bedarf es doch großer Unverfrorenheit«, fügte er hinzu.

»August ist ein Casanova, der immer wieder neue Bestätigung braucht«, postulierte Roberta, die intensiv über August gegrübelt hatte. »Getrieben von der Sehnsucht nach Liebe findet er sie nie, da er wirkliche Nähe nicht lange aushält.«

»Das hast du gut formuliert«, erwiderte Oscar nachdenklich. »Lass nach mir schicken, falls du mich brauchst, Roberta. Du sollst nicht allein sein, wenn er gegangen ist. Ich werde für dich da sein.«

»Wahrscheinlich bitte ich Elsa, sich im Hintergrund bereitzuhalten. Hinterher kann sie mir zur Seite stehen.«

»Eine gute Idee, Bobby, das beruhigt mich. Sie ist für ihr Alter eine ungewöhnlich verständige junge Dame. Aber ich halte mir den Nachmittag und den Abend zu deiner Verfügung frei.«

»Ich danke dir, Oscar, du handelst wirklich wie ein treuer Freund«, versicherte Roberta und hauchte ihm ein Küsschen auf die Wange.

Oscar fühlte sich auf dem Heimweg alt und müde. Dann aber gab er sich einen Ruck. Niemand wusste schließlich von seinen gewandelten Gefühlen für Roberta. Er empfand sich ihr gegenüber als Freund verpflichtet, nicht als Mann. Und Amalie – eigentlich konnte sie nach einer gemeinsamen Nacht nicht ernsthaft Ansprüche stellen.

Er hatte ihr – jedenfalls nicht wissentlich – weder Anlass zu Hoffnungen gegeben noch ihr gar einen Antrag gemacht. Seine alte optimistische Einstellung erwachte wieder. Schließlich hatte er, so sagte er sich, mit Amalie keine unschuldige Bürgertochter verführt. Wie immer würden sich die Dinge schon nach und nach klären. Das Leben war zu kurz, um Trübsal zu blasen.

Komplikationen in Liebesdingen:
Roberta und August

Elsa erschien pünktlich um zehn Uhr bei ihrer Freundin. Obwohl die Schauspielerin elegant angezogen und gut zurechtgemacht war, hatten die schlaflosen Nächte und die Aufregung Spuren in ihrem schönen Gesicht hinterlassen.

»Du erweist mir einen Freundschaftsdienst, den ich dir nie vergessen werde.«

»Bobby, ich wünschte, ich könnte mehr für dich tun.«

»Also, abgemacht, du bleibst in meinem Schlafzimmer. Nur wenn ich zweimal heftig klingele, weiß Trude, dass sie dich holen soll.«

»Ich komme dann in Windeseile zu dir, Roberta.«

»Nur im Notfall werde ich klingeln, liebe Freundin, denn ich möchte dir solche Szenen eigentlich nicht zumuten.«

»Das geht schon in Ordnung, Bobby, ich bin zwar jünger als du, aber kein Schaf mehr.«

In diesem Moment läutete es an der Wohnungstür. Elsa eilte zum Schlafzimmer und zog diskret hinter sich die Tür zu.

Trude öffnete die Tür des Salons und meldete: »Herr Remmèrs für das gnädige Fräulein.«

Da stürmte August auch schon herein.

»Mein Schätzchen, endlich sehe ich dich wieder. Ich vermisste dich ja so. Heute kennen wir uns fünfundsiebzig Tage ...« Er machte eine kurze Pause und zog hinter seinem Rücken den größten Rosenstrauß, den Roberta jemals gesehen hatte, hervor. »Darf ich dir als Zeichen meiner tiefen Liebe diese fünfundsiebzig Rosen überreichen?«

Das war der Tropfen, der das Fass zum Überlaufen brachte. Roberta beschloss blitzschnell, kurzen Prozess zu machen. Sie merkte, dass sie sich einer längeren Auseinandersetzung mit diesem Mann nicht gewachsen fühlte.

»Mein lieber August«, gurrte sie unter Einsatz all ihrer schauspielerischen Fähigkeiten und mit Tremolo in der Stimme, »wie überaus reizend und aufmerksam von dir. Es kann wirklich keinen besseren Kavalier geben als dich.«

Der Sänger strahlte.

Robertas Stimmlage wechselte auf eisig: »Aber meinst du nicht, du solltest dieses prachtvolle Bouquet lieber deiner künftigen Braut, Fräulein Rosa Waldruff, verehren?«

Der Strauß, den August Remmèrs Roberta bereits hingestreckt hatte, entfiel seinen Händen. Er fasste nach seinem Herzen und tastete nach einem Sessel. Mit einem großen, weißen Taschentuch, das mit seinem Monogramm verziert war, wischte er sich den Schweiß von der Stirn. »Wieso Rosa Waldruff!«, stammelte er. »Lediglich eine kleine Verehrerin, ich bin nicht verlobt.«

»Du lügst, ohne rot zu werden, August, ich weiß alles. Du versprachst diesem unschuldigen Ding, dieser dummen Gans, die allerdings dank dir schon nicht mehr als Jungfrau in die Ehe gehen wird, heimlich die Heirat. Und die offizielle Verlobung soll in den nächsten Tagen stattfinden.«

August sank völlig in sich zusammen. »Woher weißt du das alles?«, fuhr er plötzlich auf. »Hast du mir etwa nachspioniert?«

»Ich nicht, darauf wäre ich nie gekommen, die Liebe zu dir verblendete mich zu sehr. Aber Freunde kannten deinen Ruf als Frauenheld und bangten um mich.«

»Roberta, meine große Leidenschaft und Passion gilt dir, ich schwöre es! Eine äußerst unglückliche Verkettung von Umständen brachte mich in diese schreckliche Lage. Ohne dich kann ich mir mein Leben gar nicht mehr vorstellen. Aber was soll ich machen, die gesellschaftliche Konvention, meine Mutter, ein einziger schwacher Moment ...«

»Du willst dich doch hier wohl nicht als armes Opfer widriger Umstände präsentieren, August. Ja, du bist ein leichtherziger, lockerer und impulsiver Mensch. Mit laxen Grundsätzen und notorisch gedankenlos, was moralische Verpflichtungen und vor allem die Folgen deiner Handlungen angeht, du handelst verantwortungslos.«

»Roberta, du kannst mich nicht verlassen! Bleib bei mir. In meinem Herzen wirst du stets an erster Stelle stehen«, mehr brachte August Remmèrs nicht heraus.

»Du bietest mir doch nicht soeben die Rolle der Geliebten an?«, fragte Roberta völlig fassungslos.

»Ich würde dich auf Händen tragen, meine große Liebe! Und denke daran, du könntest auch weiterhin der Schauspielerei nachgehen und ...«

»Du schenktest mir diesen Ring, weil er stets von den Frauen eurer Familie getragen wird. Wenn das kein Heiratsantrag war! Und seit wann stört dich mein Beruf? Das sind ja völlig neue Töne!«

»Roberta, ich bringe dir einen viel schöneren Ring, einen wunderbaren Brillanten. Den Rubinreif muss ich dich bitten, mir zurückzugeben. Wichtig ist doch vor allem, dass du meine große Liebe bist.«

»Diesen Rubin, August, trage ich so lange, bis ich weiß, ob ich ihn einem Kind von dir vererben werde. Ich bete, dass das nicht der Fall sein wird. Wenn doch, soll der Ring mich und meine Nachkommen immer daran erinnern, was die Versprechen eines Mannes taugen! Bleibt unsere Liebe ohne Folgen, was ich inständig hoffe, werfe ich das gute Stück dort in die Leine, wo sie am tiefsten ist.«

»Aber sieh doch nur, was ich dir für einen wunderbaren Solitär ausgesucht habe«, stammelte August, der sämtliche Felle davon schwimmen sah.

Roberta fühlte, dass sie sich nicht mehr lange beherrschen konnte, das Verhalten des Sängers enttäuschte sie maßlos. Die Egozentrik, mit der er nur sich selber sah, erschien ihr unerträglich. Auf eine mögliche Schwangerschaft war er noch nicht einmal eingegangen. Eine tiefe Wut stieg in ihr auf. Sie klingelte zweimal heftig.

August fiel vor ihr auf die Knie. »Bitte, Roberta, verzeih mir, sei meine große Liebe hier in Hannover. Und ich flehe dich an, gib mir den Ring.«

»Den Rubin bekommst du nicht. Geh mir sofort aus den Augen. Ich will dich nie wiedersehen. Möge dir das hohe C im Halse steckenbleiben.«

In diesem Moment trat Elsa ein. »Liebste Freundin, du brauchst mich?«

August rappelte sich mit hochrotem Kopf auf die Füße.

»Ja, Herr Remmèrs wollte sich gerade für immer verabschieden.« Roberta läutete nach Trude, die sofort erschien.

»Bitte geleite den Herrn hinaus.«

Roberta drehte sich um und ging ans Fenster. Elsa sah Remmèrs nach, der mit hängendem Kopf langsam zur Tür schritt.

»Sie haben etwas vergessen«, sagte sie und drückte ihm geistesgegenwärtig den riesigen Rosenstrauß in die Hand, der immer noch am Boden lag. Er warf ihr einen giftigen Blick zu, ergriff den Strauß und schloss lautstark die Tür.

Kaum hatte er den Raum verlassen, sank Roberta tränenüberströmt zusammen. Sacht nahm Elsa die Freundin in die Arme. »Meine liebe Bobby, wenigstens liegt diese Begegnung hinter dir.«

Sie führte Roberta zum Sofa und goss ihr einen kleinen Sherry ein. »Komm«, sagte sie, »es ist zwar noch früh, aber das wird dir besser bekommen als ein Beruhigungspulver.«

Roberta nippte einen winzigen Schluck und weinte weiter. Nach einer Weile wurde das Schluchzen weniger.

»Magst du erzählen, was er gesagt hat?«

»Es stimmt alles, was das Detektiv-Institut ermittelt hat.«

»Das habe ich befürchtet, als du mich rufen ließest. Ich kann mir keine plausible Erklärung für sein Verhalten vorstellen, was sagte er denn zu dem Ganzen?«

»Weißt du, ich muss es zunächst mal wirklich begreifen. Im Moment fühle ich mich noch völlig durcheinander. Aber ich verspüre auch eine große Wut.«

Elsa blickte ihre Freundin erstaunt an. »Wut, Roberta? Ich hätte eher vermutet, dass du jetzt vor allem äußerst traurig bist.«

»Ja, das bin ich, aber zugleich zornig und entsetzlich enttäuscht. August dachte nur an sich. Er trug mir tatsächlich die Rolle der Geliebten an. Und verlangte den Familienring zurück. Dieser Mann besitzt seine guten Seiten, sonst hätte ich ihn nicht so gemocht. Letztlich jedoch dreht sich bei ihm alles nur um ein einziges Thema, und das ist er selbst.«

Bei dieser Erkenntnis wurde Roberta vom nächsten Weinkrampf ergriffen. Dann richtete sie sich plötzlich auf. »In der ganzen Aufregung habe ich vergessen, meinen Schlüssel von ihm zu verlangen. Jetzt muss ich ihm auch noch schreiben oder die Schlösser wechseln lassen!« Sie schüttelte verzweifelt den Kopf.

»Was hältst du davon, wenn Victor Rehnhoff das für dich erledigt? Auf diese Weise brauchst du dich nicht weiter aufzuregen.«

»Eine gute Idee. Könntest du ihn in meinem Namen darum bitten?«

»Selbstverständlich, Bobby.«

»Meine liebe Elsa, ich nehme ein Beruhigungspulver und versuche eine Mittagsruhe zu halten. In den vergangenen Tagen habe ich so wenig geschlafen, ich fühle mich völlig erschöpft. August so fest entgegentreten zu können, das hat meine letzten Kräfte beansprucht.«

»Liebe Roberta, du hast dich wirklich tapfer gehalten. Ich läute nach Trude. Lass jederzeit anrufen, wenn du mich brauchst, ich komme zu dir!«

Mit einer herzlichen Umarmung verabschiedete sich Elsa. Auf dem Heimweg schoss ihr durch den Kopf: Diesen August finde ich äußerst unsympathisch. Wie gut, dass ich ihn niemals wiedersehen werde.

Im Café Kröpcke

Nach der Generalprobe zu ›Minna von Barnhelm‹ schlug Oscar Leitner vor: »Lasst uns eben rübergehen ins Café Kröpcke und auf die Premiere am Freitag, dem 13. Juni, anstoßen.«

Roberta wäre lieber nach Hause gegangen, da sie ihn aber nicht brüskieren wollte, schloss sie sich der Kollegenschar an.

Im Kaffeehaus war stets ein großer, runder Tisch für die Schauspieler reserviert. Als sie eintraten, sah Roberta ihre Freundin Elsa mit Heinrich an einem Tischchen sitzen. Der stand sofort auf, um Sarah zu begrüßen und die Damen einander vorzustellen.

»Hello, Miss Amber, it is a pleasure to meet you«, säuselte Elsa. »Ich habe schon viel von Ihnen gehört.«

»Wie nett, Fräulein Martin, Sie endlich kennenzulernen«, gab Sarah im gleichen Tonfall zurück. »Wollen Sie sich nicht zu uns setzen und mit uns auf die Premiere anstoßen?«

Elsa nickte zustimmend und setzte sich zu Roberta, genau gegenüber saßen Sarah und Heinrich. Dieser beobachtete amüsiert, wie die beiden jungen Damen sich unauffällig taxierten.

Alle erhoben sich mit den gefüllten Champagnergläsern und stießen an. »Auf die Premiere!« Dabei klopften die Mitglieder des Ensembles dreimal auf die hölzerne Platte des Stammtisches – Schauspieler sind schließlich ein abergläubisches Volk.

Oscar Leitner brachte einen Trinkspruch an: »Liebe und verehrte Roberta, du bist eine hinreißende Minna und spielst so facettenreich. Statt Bernstein müsstest du eigentlich Rubinstein heißen.«

Alle klatschten und hoben die Gläser. Elsa fiel auf, dass die Solotänzerin Amalie Röscher, die sich den Kollegen angeschlossen hatte, errötete, während Miss Little plötzlich unwohl zu sein schien. Sarah Amber hielt ihrer Gesellschafterin sofort ein Riechfläschchen unter die Nase. »Wieso Bernstein?«, fragte sie gleichzeitig irritiert.

»Stein verwende ich nur als Bühnennamen, mein richtiger Name lautet Bernstein, aber ich benutze ihn schon lange nicht mehr.«

Miss Little sank noch weiter in sich zusammen, ihr unsteter Blick wanderte durch die Runde und blieb schließlich an Roberta hängen. Sie wandte sich Sarah zu: »Sorry, eine heftige Migräne, ich muss nach Hause und ruhen«, flüsterte sie. »Bestell bitte eine Droschke für mich, du kannst hierbleiben.«

»Auf keinen Fall lasse ich dich allein«, entgegnete diese pflichtbewusst, obwohl sie gern noch geblieben wäre.

Die übrige Runde, durch den Vorfall irritiert, fand danach nicht mehr zu der gelösten Stimmung zurück. Wenig später gingen alle auseinander.

Elsa und Heinrich traten, den Theaterplatz entlang schlendernd, den Heimweg an.

»Na, was hältst du von Fräulein Amber?«, fragte Heinrich.

»Das war ja nur ein kurzer Eindruck, reichlich aufgerüscht finde ich sie jedenfalls.«

Heinrich lächelte amüsiert, da seine Einschätzung von Elsas Urteil prompt zutraf.

»Sei es, wie es sei«, fuhr diese fort, »Amalie Röscher, die Solotänzerin, ist garantiert in Oscar Leitner verliebt.«

»Woher weißt du das denn schon wieder?«

»Sie hängt förmlich an seinen Lippen, was auch immer er sagt. Sie beachtet ihn intensiver als alle anderen. Und sie wurde rot vor Wut, als er Roberta mit einem Toast auszeichnete. Meiner Meinung nach ist sie eifersüchtig. Wenn Blicke Dolche wären, weilte Bobby nicht mehr unter uns!«

»Schwesterlein, vor Frauen mit detektivischen Ambitionen muss sich die Welt in Acht nehmen! Seitdem du deine Beobachtungen im Tagebuch notierst, hörst du manchmal die Flöhe husten«, versuchte der besorgte Heinrich seine blasse Schwester zu beruhigen.

»Mag sein, dass ich in letzter Zeit etwas überempfindsam bin. Ich habe so stark mit Roberta mitgelitten, dass ich nächtelang kaum Schlaf fand.«

Elsa hatte Heinrich keine Einzelheiten erzählt. Dieser wusste nur, dass der Freundin eine außerordentlich tiefe Enttäuschung in Herzensangelegenheiten widerfahren war.

Heinrich versuchte ein Ablenkungsmanöver. »Aber nun sind wir gleich zu Hause. Und da Maman ja in der Kur weilt, kannst du deine Fähigkeiten voll der Führung des von Elßtorffschen Haushaltes widmen.«

Elsa quittierte diese brüderliche Spitze mit einem undamenhaften Rippenstoß.

»Das ist für mich eine meiner leichtesten Übungen«, entgegnete sie in ihrem hochnäsigsten Tonfall.

Die beiden lächelten sich an. »Wie schön, dass du hier bist, Heinrich, bis heute Abend.«

Und damit trennten sie sich.

Die Premiere

Vor Beginn der Premiere der ›Minna von Barnhelm‹ im Königlichen Schauspielhaus herrschte in den Garderoben ein ständiges Kommen und Gehen. Mitglieder des Ensembles, Garderobieren, der Inspizient, Besucher mit Blumen eilten hin und her. Die meisten Türen standen offen. In einem der Umkleideräume bewegte sich eine Gestalt so mit dem Rücken zur Tür, dass die Vorübergehenden ihr Tun nicht beobachten konnten. Blitzschnell zog sie den Stöpsel aus einem kleinen braunen Fläschchen, goss etliche Tropfen Flüssigkeit in eine halb gefüllte Karaffe, vermischte danach durch rasches Drehen alles miteinander.

Ein kurzes Glitzern erregte die Aufmerksamkeit der Person. Wenige Sekunden blieb die rechte Hand wie bei einem Raubvogel, der seine Beute fixiert, einen Moment regungslos in der Luft schwebend stehen. Blitzartig stieß diese Hand herab und ergriff einen kleinen Gegenstand. Ein kurzer, höhnischer Zufriedenheitslaut – schnell verließ die Gestalt den Raum.

Elsa, Isidora und Heinrich saßen in der elften Parkettreihe rechts im Königlichen Schauspielhaus. Die Plätze 86, 87 und 88 am Rand der Reihe gefielen den dreien ausgezeichnet. Von hier aus gab es über den Orchestergraben hinweg eine exzellente Sicht auf die Bühne, die durch den berühmten von Ramberg bemalten Vorhang noch den Blicken entzogen war. Genau hinter ihnen lag die große Königsloge. Das Schauspielhaus, prächtig ausstaffiert, besaß eine wirklich prunkvolle und einem königlichen Haus angemessene Atmosphäre.

»Da hat Roberta uns wunderbare gute Plätze geschenkt«, bemerkte Isidora. »Lasst uns doch schon in der Pause kurz zu ihr in die Garderobe gehen, uns bedanken und ihr unser Geschenk überreichen.«

»Gern, Bobby wird sich freuen. Wir dürfen sie nur nicht zu lange aufhalten. Sie braucht ihre Spielunterbrechung, um zu entspannen, ihren kleinen Cognac zu zelebrieren und sich auf den zweiten Teil einzustimmen.«

»Ja, Elsa, ich weiß um die Rituale, wir lassen uns nur ganz kurz bei ihr sehen.«

»Ich würde gern mitkommen und den Schauspielerinnen ebenfalls meine Aufwartung machen«, schaltete sich Heinrich ein.

»Selbstverständlich, wir wissen ja genau, dass du heute nur unseretwegen mitkamst«, zog Elsa ihn prompt auf. »Vor allem, weil du ja ein so begeisterter und regelmäßiger Theaterbesucher bist.«

»Hör auf zu spotten, und stell mich nicht als Banausen hin, dem jegliche Kultur fernliegt«, verteidigte er sich.

Aber Elsa war noch nicht fertig. »Mal sehen, wie sich dein Fräulein Amber heute bei ihrem ersten Auftritt als Kammerdienerin Franziska machen wird.«

»Und ich freue mich auf Roberta als Minna – das müsste eine Paraderolle für sie sein«, sprang Isidora Heinrich bei, über dessen Gesicht sich eine leichte Röte schob. »Und Oscar Leitner als Tellheim, die beiden werden wieder ein Traumpaar auf der Bühne sein.«

Elsa biss sich innerlich auf die Zunge, sie hatte Heinrich nicht so in Verlegenheit bringen wollen. Es galt, schleunigst das Thema zu wechseln! Ihr Blick schweifte nach links hoch zur Intendanturloge.

»Wie viele schöne Abende verbrachte ich dank der Freundschaft deiner Eltern mit dem damaligen Intendanten Bronsart dort oben«, versuchte sie schnell von Heinrichs inzwischen hochrotem Kopf abzulenken.

Die Intendanturloge lag direkt über dem Orchestergraben und bot so einen unmittelbaren Blick auf die Bühne. Die Nähe zu den Schauspielern hatte Elsa oft in ihren Bann gezogen und den Kunstgenuss intensiviert. Allerdings fiel von hieraus auch der kleinste Patzer auf.

Elsa sah sich um. Das Haus war voll besetzt – immerhin tausendachthundert Plätze. So gehörte sich das bei einer Premiere. Sie spähte hinauf in den dritten Rang, konnte aber Cord, für den sie von Roberta eine Freikarte bekommen hatte, nicht ausmachen. Ganz vorn im Parkett auf einem Sitz direkt am Gang entdeckte sie Dr. Petzold, den Hausarzt der Familie, der heute als Theaterarzt Dienst tat. In ihrem zartgelben Kleid mit den weißen Einsätzen fühlte sie sich gut. So mancher wohlgefällige Blick ruhte auf ihr und Isidora, deren zartgrünes Gewand wunderbar mit den dunklen Locken kontrastierte. Beide genossen die elegante Atmosphäre mit all den festlich gekleideten Menschen, den prächtigen Roben der Frauen, die kostbare Juwelen trugen. Die farbenprächtigen Uniformen der Offiziere stachen neben den Herren im schwarzen Frack besonders hervor. Der typische Geruch nach Samt und Staub mischte sich mit dem Duft der unterschiedlichen Eaus de Cologne der Damen. In dem Stimmengesumm verspürte Elsa die erwartungsvolle Spannung, die stets mit einer Premiere einherging. Auch die Vertreter der Presse, allen voran der Kritiker vom Hannoverschen Courier, waren präsent.

Nach der Vorstellung wollte man – dies entsprach guter Tradition – in Kastens Hotel vom Feinsten speisen. Nachdem Elsa von den ersten Schritten an die Erarbeitung der Rolle miterlebt hatte, wartete sie gespannt darauf, wie Roberta die Minna darbieten würde. Sie hoffte, dass sich die dramatischen Ereignisse in deren Privatleben nicht nachteilig auf ihr Spiel auswirken würden.

Der dritte Gong riss sie aus ihren Gedanken. Das Stimmgewirr um sie herum verstummte, und die Lüster verloschen. Da huschte, bereits im Dunkeln, die erste Solotänzerin Amalie Röscher herein und nahm weiter vorne im Parkett Platz.

Sowohl Roberta als auch Oscar begannen schwungvoll. Die Rollen schienen ihnen wie auf den Leib geschneidert. Sarah Amber gefiel bei ihrem ersten Auftritt in Hannover. Besonders Heinrich entzückte ihr Spiel. Elsa meinte, einige Anzeichen von Nervosität zu entdecken. Der enthusiastische Applaus vor der Pause war noch nicht ganz verklungen, da brachen die drei eiligen Schrittes zu den Garderoben auf. Heinrich bahnte ihnen den Weg durch die Menge. Viele begaben sich zu dem säulengeschmückten hohen Marschner-Saal, um dort in stilvoller Umgebung eine Erfrischung zu genießen. Dank Heinrichs Vorangehen kamen sie schnell bei den Umkleiden an. Zu Elsas Erstaunen wusste er bereits, dass Fräulein Ambers Umkleideraum nur zwei Räume von Robertas entfernt lag.

Roberta erschien Elsa sehr fahrig und unkonzentriert. »Du spielst wirklich ganz, ganz wunderbar«, lobte sie und übergab das Kästchen mit den Sprengel-Pralinen.

»Danke, ihr beiden, heute bin ich froh, wenn die Premiere vorbei ist. Sarahs kleine Unsicherheiten machen mich zusätzlich nervös. Und ich habe das Gefühl, neben mir zu stehen. Wahrscheinlich rebelliert mein Magen so gegen die vielen Aufregungen, dass ich meinen Cognac nicht mal riechen, geschweige denn trinken mochte.«

»Hoffentlich geht es dir bald besser«, entgegnete Elsa besorgt.

Roberta nickte. »Nehmt doch noch eine Erfrischung, gleich kommt Sarah, die muss ich ein wenig beruhigen.«

Die beiden Freundinnen verabschiedeten sich sofort. Im Marschner-Saal angekommen, ließ es sich Heinrich nicht nehmen, für Champagner zu sorgen. Da kam auch schon Dr. Victor Rehnhoff auf sie zu, der, wie Elsa in Gedanken zugeben musste, in seinem Frack eine besonders gute Figur machte. Getreu den Instruktionen von Heinrich versäumte er es dieses Mal nicht, den Damen Komplimente zu machen. Nachdem er sich artig zunächst an Isidora gewandt hatte, begrüßte er Elsa mit einem formvollendeten Handkuss. Als er ihre Fingerspitzen berührte, durchfuhr es sie wie ein Blitz. Nur mit Mühe gelang es ihr, den inneren Aufruhr hinter einer gleichmütigen Miene zu verbergen.

»Fräulein Martin, Sie sehen heute besonders reizend aus. Dieses Gelb kleidet Sie ausgezeichnet.«

»Vielen Dank, Herr Dr. Rehnhoff«, entgegnete Elsa, die das offenbar aufrichtig gemeinte Kompliment zu ihrem eigenen Erstaunen beglückte. »Und nochmals herzliches Dankeschön für ›Die Frau in Weiß‹, ich mag die Romane von Wilkie Collins immer mehr. Es handelt sich wieder um eine verzwickte und spannende Geschichte.«

»Das freut mich sehr, Fräulein Martin, schließlich verdanke ich es ja Ihrer Anregung, mich mit dieser Art von Literatur zu beschäftigen.«

Beide mussten unwillkürlich lächeln. Bald waren alle in ein lebhaftes Gespräch über die ersten Eindrücke von der Premiere verwickelt. Elsa allerdings beteiligte sich merklich weniger, sie brauchte Zeit, um sich zu beruhigen. Wie kann es sein, dass Rehnhoffs Handkuss solche Reaktionen in mir auslöst? Eine junge Dame hat keinerlei männliche Anziehungskraft zu verspüren, aber ich scheine da nicht normal zu sein, Ferdis Küsse raubten mir ja auch schier den Verstand. Ob Roberta etwas Ähnliches mit August widerfahren ist, schoss ihr eine plötzliche Erkenntnis durch den Kopf. In einer solch fahrigen Verfassung wie eben habe ich die Freundin noch nie erlebt. Wie soll sie so die nächsten Akte spielen? Und was steckt hinter ihrer Unpässlichkeit? Bitte, keine weiteren Probleme, wünschte sich Elsa.

Da kam der dritte Gong, der alle wieder auf ihre Sitze rief.

Unruhig rutschte Elsa hin und her. Die große Pause hätte schon lange vorbei sein müssen. Als sie bemerkte, dass Dr. Petzold nicht auf seinem Platz war, steigerte sich ihre Nervosität erheblich. Eine leichte Ratlosigkeit durchzog das Publikum, man begann sich gegenseitig auf die Verspätung aufmerksam zu machen.

Plötzlich erschien der Intendant, Herr von Lepel, auf der Bühne. Er wirkte bleich und verstört.

»Meine Damen und Herren, hochverehrtes Publikum! Sie werden die Verzögerung nach der Pause bemerkt haben. Unseligerweise ist etwas ganz Schreckliches geschehen.« Elsa presste ihre Hände so fest ineinander, dass sich die Fingernägel schmerzhaft in ihren Handballen eingruben. »Ein Mitglied des Ensembles erkrankte plötzlich so schwer, dass eine Fortführung der Aufführung leider völlig unmöglich ist. Eine Ersatzvorstellung publizieren wir zu gegebener Zeit. Bitte beten Sie für die Genesung.« Der Intendant verbeugte sich knapp vor dem Publikum und verließ eilig die Bühne.

Nach einigen Augenblicken absoluter Stille hob überall leises Gemurmel an. Für einen Moment fühlte sich Elsa wie erstarrt. Das klang nach einer überaus ernsten Erkrankung. Hatte es einen Unfall gegeben? Wen betraf es? Roberta! war ihr erster verschreckter Gedanke. Aber es könnte auch Oscar sein – oder Sarah Amber. Elsas Magen fühlte sich an wie ein Stein, doch sie sprang auf. »Kommt sofort mit, wir müssen wissen, um wen es geht«, riss sie Heinrich und Isidora aus ihrer Erstarrung. Besorgt blickte sie auf Heinrich, dessen Gesicht vor Schrecken bleich und maskenhaft wirkte. Die drei eilten, so schnell es die Gewänder der Damen zuließen, den Gang hinunter. Elsa wollte den unteren Ausgang des Zuschauerraums erreichen, bevor die sich langsam erhebende Menge ein Vorankommen unmöglich machte.

Sie kämpften sich zu Robertas Garderobe durch. Welch große Erleichterung durchströmte Elsa, als sie ihre Freundin sah. Diese saß in ihrem Sessel und zitterte am ganzen Körper.

»Das bedauernswerte junge Ding. Sie kam zu mir und schien so nervös. Ich gab ihr meinen Cognac, redete ihr gut zu und machte ihr Mut. Danach wirkte sie ruhiger, ging hinaus und scheint genau vor ihrer Garderobe in den Armen von Miss Little zusammengebrochen zu sein. Dr. Petzold hat noch versucht, sie aus der Ohnmacht zu holen. Aber vergebens, sie kam nicht mehr zu Bewusstsein.«

Heinrich stammelte: »Soll das heißen, Sarah ist tot? Das kann doch nicht sein!« Elsa stellte sich neben ihn und drückte seine Hand.

»Es stimmt leider, sie verstarb in kürzester Zeit«, wiederholte Roberta.

Alle vier sahen sich benommen an. Nach leisem Klopfen trat Oscar Leitner ein. »Was für ein schreckliches Drama.«

Er legte vorsichtig und beschützend einen Arm um die Schulter der zitternden Roberta.

»Ich kann es noch nicht richtig glauben. Dr. Petzold kümmert sich um Miss Little, die völlig außer sich ist vor Gram und einen Nervenzusammenbruch erlitt. Man bringt sie heute Nacht zur Beobachtung ins Krankenhaus. Morgen kümmern sich die übrigen Garderobieren um sie, das haben wir schon abgemacht.«

»Die arme Miss Little«, sagte Isidora, »wir müssen sehen, wie wir ihr helfen können.«

Alle nickten bedrückt.

»Ich vermag das Ganze nicht zu begreifen.« Roberta schüttelte den Kopf. »Wie kann eine junge Frau, die doch völlig gesund schien, so plötzlich sterben?«

»Wahrscheinlich ein Herzversagen, vielleicht die Aufregung.« Oscar blickte hilflos in die Runde. »Dr. Petzold wird gleich kommen und sehen, ob du etwas brauchst, Roberta«, fuhr er fort.

Diese nickte und fing an, sich mit mechanischen Bewegungen abzuschminken. Plötzlich begann sie hektisch und mit hochrotem Gesicht zwischen den Cremetöpfchen, Tiegeln, Pinseln und Puderquasten zu suchen.

»Der Ring«, rief sie »der Ring von August ist weg! Ich zog ihn in letzter Minute ab, weil ich ihn während der Vorstellung nicht tragen wollte. Grete, du hast es doch auch gesehen.«

»Ja, Fräulein Stein, er befand sich neben der kleinen Karaffe für den Cognac.«

Roberta schob die leere Karaffe, ein Erbstück von ihrer Mutter, hin und her.

»Hier liegt er nicht!«

Ihre Garderobiere begann ebenfalls fieberhaft zu suchen.

»Der Ring findet sich nirgends, den muss jemand gestohlen haben.«

Roberta saß völlig apathisch da. Grete wischte ihr vorsichtig die Creme aus dem Gesicht und drehte sodann ihren Stuhl vom Spiegel weg. Höchst besorgt beobachtete Elsa ihre Freundin. Schließlich hatte diese in den letzten Wochen wegen des Sängers aus Köln genug Aufregung und Kummer erlebt!

»Sollen wir die Polizei verständigen, Roberta?«, fragte Oscar.

Die schüttelte verneinend den Kopf. »Heute entscheide ich nichts mehr.«

»Weißt du was, komm mit zu uns«, schlug Elsa vor. »Die schlimmen Ereignisse überschlagen sich ja geradezu. Du schläfst im Gästezimmer neben meinen Räumen, und wir machen die Verbindungstür auf, so kannst du mich jederzeit rufen.«

Oscar Leitner blickte Elsa zustimmend und dankbar an. »Fräulein Martin, das halte ich für eine ausgezeichnete Idee. Was meinst du, Bobby?«

Roberta fühlte sich völlig erschöpft. Ihr erschien alles recht, wenn es verhinderte, dass sie allein zu Hause ihren trüben Gedanken nachhing. Es klopfte, und Dr. Petzold trat ein. Die drangvolle Enge in der Garderobe veranlasste ihn, die Anwesenden hinauszubitten.

»Herr Doktor, lassen Sie meine Garderobiere und Elsa ruhig hier. Ich werde heute Nacht bei von Elßtorffs schlafen. Es reicht, wenn Sie mir etwas Leichtes zur Beruhigung geben.«

»Eine gute Lösung, Elsa«, versicherte Dr. Petzold, »und für Sie, verehrtes Fräulein Stein, suche ich ein Pulver aus meiner Arzttasche.«

Elsas Blick fiel auf den Cognac-Schwenker. Das Letzte, was Sarah Amber in ihrem Leben genossen hatte, war der Weinbrand gewesen. Aber was bedeutete das – Elsa glaubte, ihren Augen nicht zu trauen.

In der Flasche mit Belladonna, die in der Garderobe immer neben den Schminktöpfchen stand, befand sich nur noch etwa die Hälfte. Und sie meinte sich genau zu erinnern, dass Roberta erst vor einigen Tagen ein volles Fläschchen mit ins Schauspielhaus genommen hatte. So viel konnte Roberta in kurzer Zeit doch gar nicht verbrauchen! In Elsas Hirn überschlugen sich schreckliche Gedanken. Welche Wirkung besaß Belladonna, wenn es getrunken wurde? Inzwischen verabschiedete sich Dr. Petzold. Elsa geleitete den Arzt zur Tür.

»Sarah Amber schien mir ganz gesund. Wie konnte sie so plötzlich sterben, Herr Doktor?«, fragte sie ihn leise.

»Der Tod ereilt auch unerwartet einen jungen Menschen, das erlebe ich öfter, als mir lieb ist«, erwiderte Dr. Petzold in leicht salbungsvollem Ton. »Nicht immer können wir die Ursache klar benennen. Im Fall von Fräulein Amber vermute ich ein schwaches Herz.«

»Und Sie erachten es für ausgeschlossen, dass da jemand nachgeholfen hat, Herr Doktor?«

Dr. Petzold sah sie entsetzt an. »Aber Elsa, jetzt geht Ihre Phantasie völlig mit Ihnen durch! Sie lesen zu viele Detektivromane. Halten Sie sich um Himmels willen Fräulein Stein gegenüber mit solchen Überlegungen zurück! Sie soll in Ihrer Gegenwart zur Ruhe kommen und nicht in weitere Beunruhigung gestürzt werden.«

»Entschuldigung, Dr. Petzold, Sie haben ja recht. Der Schock bringt auch mich völlig durcheinander«, entgegnete Elsa leise, aber innerlich keinesfalls überzeugt. Die halbleere Belladonna-Flasche war schließlich sehr real. Laut fügte sie hinzu: »Wir sollten jetzt sehen, dass wir in die Königstraße kommen.«

Dr. Petzold warf Elsa noch einen strengen Blick zu und verabschiedete sich. Draußen wartete inzwischen auch Victor Rehnhoff, der sich um seinen Freund Heinrich kümmern wollte, wusste er doch von dessen schwärmerischer Zuneigung für Fräulein Amber.

Roberta winkte ihn durch die offene Tür herein. »Wie aufmerksam, dass Sie nach uns sehen.«

Erneut starrte Elsa auf den Cognac-Schwenker, in dem sich noch eine kleine Menge Flüssigkeit befand. Das muss ich mitnehmen und chemisch untersuchen lassen, entschied sie. Nur so erlange ich Gewissheit, ob der Cognac vergiftet worden ist. Sie erhob sich, kehrte den anderen den Rücken zu und verstaute das Glas blitzschnell so in ihrem Pompadour, dass sie es mit Daumen und Zeigefinger in der Waagerechten halten konnte.

Zufällig blickte sie in den Spiegel und bemerkte, dass Victor Rehnhoff sie offenbar beobachtete. Rasch drehte sie sich um und sah ihn völlig erschrocken an. Er verzog jedoch keine Miene, schlug nur beruhigend seine Augenlider auf und nieder.

»Wir sollten jetzt endlich sehen, dass Sie alle in der Königstraße zur Ruhe kommen. Auch Heinrich scheint sehr mitgenommen. Morgen am Vormittag werde ich mir erlauben, Ihnen meine Aufwartung zu machen.«

Elsa blickte ihn erleichtert an. In dem Juristen steckte doch mehr, als sie gedacht hatte. Aber jetzt bedurften Roberta und Heinrich ihrer Fürsorge. Auf dem Weg zur Droschke nahm Victor Rehnhoff sie kurz beiseite: »Machen Sie sich möglichst wenig Gedanken. Wenn Sie einverstanden sind, hole ich morgen das Glas ab und lasse den verbliebenen Inhalt chemisch überprüfen. Dann wissen wir, ob wir uns Sorgen um Fräulein Stein machen müssen oder nicht.«

Elsa war völlig verdattert. Ihm ging offenbar Ähnliches durch den Kopf wie ihr.

»Victor«, entschlüpfte es ihr spontan, »äh, Herr Dr. Rehnhoff«, aber der unterbrach sie.

»Alles momentan nicht wichtig, achten Sie auf Fräulein Stein. Das Weitere findet sich.« Und damit wandte er sich Heinrich zu. Er umschlang die Schulter seines jungen Freundes, dem der Schock immer noch ins Gesicht geschrieben stand. Elsa blickte ihm nachdenklich hinterher.

Im von Elßtorffschen Haushalt lief dank Marga alles wie am Schnürchen. Heinrich berichtete seinem Vater im Herrenzimmer von den dramatischen Ereignissen. Maximilian sah die Erschütterung seines Sohnes über den Tod der jungen Schauspielerin.

»Es war ausnehmend umsichtig von euch, Fräulein Stein unsere Gastfreundschaft anzubieten. Wenn du möchtest, bleiben wir noch ein wenig zusammen.«

»Gern, Vater, allein mag ich jetzt nicht sein.«

Maximilian schenkte für seinen Sohn und sich einen Cognac ein. »Heute darfst du den ausnahmsweise. Mein Lieber, es tut mir leid, dass zu dem Ungemach deiner Erkrankung auch noch ein solch schreckliches Ereignis kommt.«

Heinrich nickte ihm dankbar zu und trank einen Schluck. Sein Vater wusste als Einziger im Haus, woran er wirklich erkrankt war. Welch

Glück, dass er mit seinem Vater offen reden konnte. Das war etwas, worum ihn viele seiner Freunde beneideten. Seine Gedanken wanderten zu Sarah. Er fand sie so reizend. Ihre anmutige Art zu sprechen, ihre gute Laune machte sie außerordentlich anziehend für ihn. Er konnte immer noch nicht glauben, dass sie tot war.

Maximilian von Elßtorff betrachtete mitleidig seinen schweigsamen Sohn, der mit seinen Gedanken offensichtlich bei der toten Schauspielerin weilte. »Sag mal, Heinrich, als angehender Mediziner, was mag denn bei so einer jungen Frau die Ursache eines plötzlichen Todes sein?«, versuchte er ihn in sachlich-analytische Gedankengänge abzulenken.

Tatsächlich gelang es ihm, seinen Sohn für eine Weile auf andere Gedanken zu bringen, bevor er sich verabschiedete.

Im Gästezimmer stand alles für Robertas Bequemlichkeit bereit. Was sie zur Nacht brauchte, bekam sie aus Elsas Beständen ohne große Umstände zurechtgelegt. »Morgen hole ich dir, was du brauchst, aus deiner Wohnung, damit du dich bei uns einige Tage erholen kannst, meine Liebe.«

»Elsa, ich danke dir und allen hier für eure Fürsorge. Ich glaube, das Pulver wirkt schon. Lass einfach die Tür auf und versuche auch zu schlafen.«

So schnell, wie die Freundin einschlummerte, schien das Mittel doch recht stark zu sein. Oder die Aufregungen der letzten Tage taten ihr Übriges. Elsa fühlte sich zerschlagen und ging sofort zu Bett. Sie versank in einen unruhigen Schlummer, in dem sie schreckliche Träume quälten. Papierheftchen mit Pulvern flogen durch die Luft, wurden unter satanischem Gelächter in Cognacgläser eingerührt. Sarah Amber fiel tot um, während Roberta gefesselt auf einem Sessel saß und eine gespenstische Gestalt sie zwingen wollte, die Flüssigkeit aus dem Cognacglas zu schlucken. Sie sah sich allein über eine finstere Allee laufen, sie suchte etwas, versuchte vergeblich sich zu orientieren. Und eine bedrohliche dumpfe Stimme rief Unverständliches aus der Ferne.

Völlig durchgeschwitzt erwachte Elsa aus diesem Albtraum, stand auf, machte sich frisch, zog neue Nachtwäsche an und wartete im Halbschlaf auf den Morgen. Gedankensplitter drehten sich in ihrem Kopf. Plötzlich fuhr sie wie von der Tarantel gestochen hoch. Die noch ungeklärte Frage nach dem Verbrauch der Belladonna-Tropfen ließ sich doch leicht lösen. Ihr Tagebuch würde Gewissheit bringen.

Sie schlug nach und fand ihre Erinnerung exakt bestätigt. Lag es im Bereich des Möglichen, mit Belladonna den Cognac zu vergiften und einen Menschen damit umzubringen? Sie bemerkte ein blümerantes Gefühl in der Magengegend. An Schlaf war nun endgültig nicht mehr zu denken. Wer könnte ein Interesse daran haben, Roberta zu ermorden?

Ein Verdacht und seine Folgen

Bereits um sechs Uhr stand Elsa auf und schenkte Wasser aus der großen, mit blauen Lilien verzierten Porzellankanne von Villeroy & Boch in die Waschschüssel. Sie wusch sich mit der köstlich duftenden Nelkenseife, einem Geschenk von Sophie. Roberta schlief immer noch fest. Elsas Gedanken liefen wie aufgezogen im Kreis. Wenn ihr Verdacht stimmte, dass der Cognac vergiftet war, hatte der Mordanschlag ganz eindeutig ihrer Freundin gegolten. Denn zumindest im Königlichen Schauspielhaus wussten viele Menschen, dass Roberta ein Gläschen in der Pause zu trinken pflegte.

Wenn ich richtig kombiniere, schlug der erste Versuch, Roberta zu ermorden, fehl, dachte sie. Also könnte noch ein weiterer Anlauf folgen. Das ist eine ungeheuerliche Vorstellung! Ich hoffe, dass Victor Rehnhoff heute Morgen zeitig kommt, um den Cognac-Schwenker für die Analyse abzuholen. Je eher wir Gewissheit haben, desto besser.

Elsa stellte das Glas, dessen Öffnung sie bereits zugeklebt hatte, so in eine Pralinen-Kartonage, dass es nicht umkippen konnte. Das Ganze steckte sie für den Transport in einen kleinen, ausgepolsterten Korb.

Leise ging sie ins Nebenzimmer, um nach der Freundin zu sehen. Roberta war inzwischen erwacht und lächelte Elsa ziemlich kläglich an.

»Ich fühle mich, als ob eine Dampfwalze über mich gerollt wäre – komm bitte nicht zu nah, mir ist, als ob ich Fieber hätte. Ach je … ich habe dir noch nicht mal guten Morgen gewünscht, entschuldige die verkehrte Reihenfolge.«

»Guten Morgen, liebe Bobby.« Elsa setzte sich vorsichtig auf die Bettkante und nahm Robertas Hand, die ihr zu warm vorkam. »Dr. Petzold wollte sowieso nach dir sehen. Er wird sicherlich bald kommen.«

Der Arzt diagnostizierte ein Nervenfieber und verordnete Bettruhe, leichte Kost und möglichst noch einige Tage Aufenthalt im von Elßtorffschen Haus.

Marga stattete einen kurzen Krankenbesuch ab und fragte nach Robertas Essenswünschen. »Liebe Frau Lheiß«, entgegnete diese, »machen Sie sich bitte keine Mühe, ich verspüre nicht den geringsten Appetit.«

Woraufhin Marga die Köchin Miene beauftragte, von einem guten Suppenhuhn eine kräftige Brühe mit Möhren, Lauch, Sellerie, Petersilienwurzel, Liebstöckel, Lorbeerblatt, Piment und einer mit sieben Nelken gespickten Zwiebel zu köcheln. »Und zum Frühstück bekommt das gnädige Fräulein von meinem speziellen Kräutertee und dazu von den leckeren Guss-Zwiebäcken von Bäcker Borchers. Heute Abend geht es Ihnen bestimmt schon besser.«

Elsa versorgte die Freundin noch mit Lektüre. »Marga wird nach dir sehen, und du brauchst nur zu klingeln, wenn du etwas benötigst. Ich gehe nachher mit Trine los, um dir aus deiner Wohnung alles Notwendige zu holen.«

Sie schloss die Verbindungstür, nahm vorsichtig das Körbchen mit dem möglichen Corpus Delicti und ging zum Salon. Dort fand sie ihren Onkel vor. Unauffällig stellte sie den Korb auf einem Tischchen ab.

»Elsa, was für schreckliche Nachrichten.« Maximilian nahm seine Ziehtochter in den Arm und tätschelte ihr etwas ungelenk die Schulter.

»Sag deiner Freundin, dass es uns eine Ehre ist, wenn sie bei uns Ruhe und Erholung findet. Cord Breuer wartet in der Küche, ich fürchte, der Bengel schwänzt die Schule. Er befand sich ja wohl gestern ebenfalls im Schauspielhaus. Kann er dir helfen?«

»Ja, Onkel, ich würde ihn nachher gern mit zu Robertas Wohnung nehmen, um einige Dinge von dort zu holen. So hättest du Franz und die Kutsche zu deiner Verfügung.«

Maximilian nickte zustimmend. »Ich gehe jetzt ins Büro und lasse Cord Bescheid sagen. Wenn es zu viel zu tragen gibt, nimmst du eine Droschke, aber bitte erster Klasse.«

Kaum war der Onkel gegangen, meldete Trine Dr. Victor Rehnhoff.

Es ist Viertel nach neun, dachte Elsa, *er ist zuverlässig.*

»Guten Morgen, gnädiges Fräulein«, begrüßte er sie mit einem formvollendeten Handkuss, der prompt wieder in ihr ein angenehmes Hochgefühl auslöste. Sie merkte, wie er sich einen Ruck gab. »Darf ich immer noch Elsa zu Ihnen sagen?«

»Ja, ich bitte Sie sogar darum, schließlich sind wir jetzt ja so etwas wie Komplizen.«

Rehnhoff goutierte diese Bemerkung fast wider Willen mit einem halben Lächeln. Insgeheim freute er sich.

»Ich informierte schon Herrn von Wersten, der das Glas bereits einem erstklassigen Chemiker avisierte, der auch für die Polizei arbeitet. Mit ersten Ergebnissen seiner Analysen können wir bis spätestens heute Abend rechnen.«

»Hervorragend, Victor, die Ungewissheit macht mich ganz rappelig. Roberta hat ein leichtes Nervenfieber und kam bisher Gott sei Dank nicht auf denselben Verdacht wie wir. Mir fiel auf, dass das Fläschchen Belladonna in Robertas Garderobe, welches noch fast voll sein müsste, nahezu halb leer ist.«

Rehnhoff erblasste. »Steht das außer Zweifel?«

Elsa sah sich gezwungen, ihm in kurzen Worten ihr Beobachtungstagebuch zu erklären, was er mit undurchdringlicher Miene zur Kenntnis nahm.

»Das heißt, wir können diesbezüglich von einer fundierten Zeugenaussage Ihrerseits ausgehen«, konstatierte er knapp.

Bei dieser Aussage meinte Elsa, ihn förmlich vor sich zu sehen, wie er vor Gericht auftrat. Sie nahm das Körbchen und erklärte kurz ihre Maßnahmen zur Transportsicherung.

Der Anwalt nickte anerkennend. »Das nenne ich Umsicht, Fräulein Elsa! Bis wir mehr wissen, geben Sie bitte Anordnung, falls für Fräulein Stein irgendetwas Ess- oder Trinkbares abgegeben wird, ihr dies keinesfalls auszuhändigen, sondern wegzuschließen und eventuell später chemisch untersuchen zu lassen! Und vorläufig zu niemandem ein Wort über Ihren Verdacht. Sobald ich etwas weiß, benachrichtige ich Sie sofort.«

»Apropos informieren, Victor – wenn der Cognac vergiftet ist, sagen Sie dann auch gleich bei der Polizei Bescheid?«

»Ja, ich kenne Kriminalinspektor Hahn recht gut. Ich würde ihn umgehend unterrichten und über die Hintergründe in Kenntnis setzen.«

Beide verabschiedeten sich eilig voneinander.

Elsa beschloss kurzerhand, noch schnell als Elschen getarnt einen kleinen Marktbummel zu machen, um für Roberta ein Stück appetitlichen Zuckerkuchen mitzubringen. Roberta wird etwas essen, und mir tut ein Ausflug auch gut, sagte sie sich.

Sie liebte den Platz, der von der imposanten Marktkirche überragt wurde. Das gegenüberliegende Rathaus, ebenfalls ein mittelalterlicher Backsteinbau, hatte Baumeister Hase vor Abrissplänen gerettet. Der für seine neugotischen Backsteinbauten berühmte Architekt erweiterte das Gebäude vorsichtig. Und damit blieb das schöne bauliche Ensemble im Herzen Hannovers, welchem die Sonne gerade einen intensiven Rotschimmer verlieh, erhalten. Der Markt bot besonders im Sommer einen prächtigen Anblick, wenn Rettiche, Rübchen, Radieschen, Karotten, Spargel, Herzkirschen, Mirabellen, Erdbeeren und Himbeeren, alles kunstvoll aufgebaut, dargeboten wurden.

Eine alte Blumenfrau, wie stets an ihrem Stammplatz, begrüßte sie: »Na, Elschen, wie wäre es heute mit diesen schönen Zinnien? Die habe ich unter Glas vorgezogen, die bekommste nur bei mir«, und zeigte auf einen hübschen kleinen Strauß in leuchtenden Farben. »Ich mach dir auch nen guten Preis.«

»Ja, die gefallen mir sehr, die nehme ich, Mutter Busse. Sie kennen meinen Geschmack inzwischen gut.« Die lächelte und nickte. »Viel Freude damit, Mädelchen!« Elsa verstaute die Blumen in ihrem Korb und ging als Nächstes zu Bäcker Mahn.

Der schlug seinen Stand stets an der Rathaustreppe auf. Dessen Zuckerkuchen konnte Roberta selbst jetzt bestimmt nicht widerstehen. Davon abgesehen mochte Elsa den Meister. Die Jungen aus der Gegend besaßen das Vorrecht, die leeren ›Zuckerkuchenpläöten von Bäcker Määhn‹ abzukratzen. Und so manchen breiten Rand ließ der beim Abschneiden übrig, weil er genau wusste, welche Armut in vielen Teilen der Altstadt herrschte.

Abrupt blieb Elsa stehen. Vor ihr ging, mit den zierlichen Schritten der Tänzerin, Amalie Röscher. Zielstrebig wandte sie sich dem Stand der alten Kräuterfrau zu, die Pulver, Tinkturen, Salben, alle möglichen getrockneten Wurzeln und Pflanzen feilhielt. Die Köchin Miene behauptete gar, das sei eine Hexe, die so manche gefährliche Mittelchen vertreibe. Hinter einer Bude mit hölzernen Haushaltwaren bezog Elschen Posten. Amalie entfernte sich bereits, da hätte Elsa beim Anblick des nächsten Kunden am liebsten wie ein Gassenjunge gepfiffen.

Was wollte denn Oscar bei der Kräuterfrau? Nach einem kurzen, sehr leise geführten Verkaufsgespräch steckte der Schauspieler ein kleines Päckchen in die Jackentasche und schlenderte weiter. Langsam näherte sich Elsa dem Kräuterstand. Ihr schlug eine Duftmischung entgegen, in der sie Thymian und Rosmarin erkannte, aber auch etwas Modrig-Dumpfes roch, was sie nicht zuordnen konnte.

»Na, was guckste denn so? Bei mir bekommste nur gute Ware. Das bestätigen meine Stammkunden – sogar eine Dame aus Amerika, die sich sehr gut auskennt, kommt zu mir«, bemerkte die Kräuterfrau geschäftstüchtig.

Damit kann sie ja wohl nur Miss Little meinen. Dann kauft hier also ein Teil der Verdächtigen, ging es Elsa durch den Kopf.

»Was wollte eigentlich der Herr bei Ihnen?«, fragte sie mit naivem Augenaufschlag. »Seit wann verwenden denn Männer Kräuter?«

»Na, Puttchen, stell dich nicht dümmer, als du bist. Du weißt ja wohl, was die Mannsbilder für die wichtigste Sache der Welt halten.

Und dafür brauchen sie manchmal Unterstützung.« Die Kräuterfrau lachte meckernd und erfreute sich an Elsas rotem Kopf.

Höchste Zeit heimzugehen, beschloss diese und kehrte nachdenklich in die Königstraße zurück. Was Amalie, Oscar und – wann auch immer – Miss Little dort wohl gekauft haben, überlegte sie, während sie sich im Kutscherhaus wieder in Fräulein Elsa verwandelte. Plötzlich zuckte sie vor Schreck zusammen: Ich habe vergessen, wegen der Präsente für Roberta Bescheid zu sagen. Sofort werde ich Marga suchen.

»Marga, ich möchte kurz etwas mit dir abstimmen.« Dann gab sie die mit Victor Rehnhoff besprochenen Sicherheitsinstruktionen weiter.

»Mein liebes Kind, hier stimmt doch so einiges nicht. Du siehst aus, als ob du kein Auge zugemacht hättest«, stellte Marga fest. »Es werden merkwürdige Anweisungen gegeben. Meinst du nicht, es ist an der Zeit, mich ins Vertrauen zu ziehen?«

Elsa kannte es von klein auf, über fast alles, was sie bewegte, mit Marga zu reden. Auch wusste sie inzwischen aus Erfahrung, dass sie durch die Darstellung eines Sachverhaltes für jemand anderen die Dinge selbst klarer sah. An Marga schätzte sie besonders, dass sie genau zuhörte und bei Ungereimtheiten oder Verallgemeinerungen nachhakte. Sie beobachtete gut und besaß eine ausgezeichnete Menschenkenntnis. Auch wenn Victor sie um Stillschweigen gebeten hatte – es täte gut, sich alles von der Seele zu reden.

»Ach Marga, es stimmt ganz vieles nicht. Lass uns zu dir gehen und einen Tee trinken. Cord kann noch einige Schreibarbeiten erledigen. Wir brechen erst später zu Robertas Wohnung auf.«

Und sie begann, Marga über die Ereignisse ins Bild zu setzen.

Die Steine kommen ins Rollen

Bei allen Dingen, die es noch zu regeln und bedenken galt, konnte man sich erst am späteren Vormittag zu Robertas Wohnung aufmachen. Trine kam zum Helfen mit. Elsa fühlte sich erleichtert, dass Marga Bescheid wusste. Das war ja auch aus Sicherheitsgründen besser. Am Zeitschriftenbüdchen machte Cord sie auf die Schlagzeile aufmerksam: »Todesfall bei Premiere im Königlichen Schauspielhaus!«

»Ich kam heute Morgen gar nicht dazu, in die Zeitung zu schauen.«

»Es steht alles drin, sogar, dass Fräulein Stein bei Ihnen logiert. Deshalb kam ich ja auch gleich.«

»Diese Journalisten sind eine Plage, wen geht das etwas an? Woher beziehen die überhaupt ihre Informationen?«, entgegnete Elsa wütend. Gedankenversunken ging sie weiter.

Gut, dass Tante Sophie in der Kur weilt, die ganze Aufregung wäre Gift für sie. Vor allem, wenn sich mein Verdacht bewahrheitet und der Anschlag Bobby galt. Ob wohl bereits eine erste Analyse des Cognacs vorliegt? Wenn ja, weiß Victor Rehnhoff wohl schon Bescheid und hat die Polizei informiert.

Als Elsa die Wohnungstür aufschließen wollte, war diese unverschlossen. Sie erschrak, legte den Finger auf die Lippen und hielt Cord und Trine zurück.

Ob Robertas Mädchen vergessen hatte, abzuschließen? Wenn es sich jedoch um einen Einbrecher handelte? Der womöglich infolge der Schlagzeilen eine leere Wohnung vermutete und leichte Beute witterte? Was soll ich tun? überlegte Elsa. Unverrichteter Dinge will ich auch nicht umkehren.

»Cord«, flüsterte sie, »je nachdem, was wir gleich vorfinden – wenn es sich um Einbrecher handelt, flüchten wir alle. Ertappte Diebe können aggressiv werden. Falls ich meine, es sei nicht gefährlich, wir jedoch Unterstützung brauchen, sage ich VR. Du rennst los, rufst Victor Rehnhoff an und bittest ihn, nach seinem Ermessen zu handeln. Und danach kommst du schleunigst wieder hierher.«

»Soweit klar, Fräulein Elsa, aber ich gehe erst mal vor.« In Cords Augen blitzte pure Abenteuerlust. Außerdem erforderte eine solche Situation seinen männlichen Beistand. Trine hingegen schlotterte jetzt schon an allen Gliedern, die würde ihr keine große Hilfe sein. Sie schlichen auf Zehenspitzen bis zum Salon, dessen Tür offen stand.

Hier übernahm Elsa die Führung. Laut hörte sie den schnellen Schlag des Herzens in ihren Ohren puckern. Um die Ecke spähend, erkannte sie sofort den Sänger aus Köln. Mit einem leisen Seufzer der Erleichterung bedeutete sie Cord, hinter der Tür verborgen stehen zu bleiben.

August stand vor der heruntergelassenen Schreibklappe des Biedermeiersekretärs. Es herrschte ein Chaos aus Briefen, bedruckten Papieren und Fotos.

»Sie begehen gerade einen Einbruch, Herr Remmèrs, Sie sind nicht mehr befugt, den Wohnungsschlüssel von Fräulein Stein zu besitzen, geschweige denn, ihn zu benutzen!«, verkündete Elsa mit lauter und energischer Stimme.

Und während August mit einem unterdrückten Aufschrei herumwirbelte, flüsterte sie Cord die Parole VR zu – er verschwand unbemerkt blitzartig.

Jetzt gilt es selbstbewusster aufzutreten, als ich mich fühle. Wie ich es von Roberta gelernt habe: gerade Schultern, kräftige Stimme, die Füße fest auf dem Boden! Elsa machte sich Mut.

»Sie schon wieder«, zischte Remmèrs. Die Zeugin seines unwürdigen Abgangs im Mai bei Roberta in eben diesem Salon erkannte er sofort.

»Ja, ich schon wieder. Man sieht sich im Leben immer mindestens zweimal, Herr Opernsänger«, erwiderte Elsa, die ihn weniger denn je ausstehen konnte, erbost. »Und Sie ließen den Wohnungsschlüssel unbefugt nachmachen, da Sie ein Exemplar an Dr. Rehnhoff zurückschickten.«

»Sie verflixtes Frauenzimmer müssen scheinbar Ihre Nase überall reinstecken«, entgegnete Remmèrs verblüfft.

»Und Sie vergreifen sich im Ton! Also, was suchen Sie an diesem Ort?«

»Ich konnte Fräulein Stein ja hier nicht antreffen. Ich will lediglich mein Eigentum, welches sie mir verweigerte. Nämlich meinen Familienring und meine Briefe!«

»Das mit dem Ring wundert mich außerordentlich«, gab Elsa einen Schuss ins Blaue ab. »Ich dachte, das hätten Sie schon gestern bei der Premiere im Schauspielhaus erledigt.«

Verständnislos starrte August sie an. »Was soll das? Ich befand mich am gestrigen Abend nicht dort«, erwiderte er schließlich.

»Ach, Sie kamen nach Hannover und ließen sich die Premiere entgehen?«

Remmèrs straffte die Schultern. »In letzter Zeit rutschte ich in reichlich Bredouillen hinein, aber ich bin kein Masochist. Ich muss mir nicht auch noch Roberta auf der Bühne ansehen.«

Elsa stutzte – zumindest schien er Robertas Verlust nicht ohne Weiteres zu verschmerzen.

»Tja, wenn Sie ihn nicht nahmen, ist der Ring jedenfalls weg. Er verschwand gestern aus der Garderobe von Bobby.«

August erblasste. »Gestohlen – hat Roberta schon Anzeige bei der Polizei erstattet?«

»Ich gebe Ihnen darüber keine Auskunft, Herr Remmèrs. Wenn Sie unschuldig sind, brauchen Sie ja nichts zu befürchten.«

»Ich wollte ja nur die Briefe und den Familienring, das ist doch verständlich, aber ...«

In diesem Augenblick trat Cord ein, mit einem Schutzmann an seiner Seite, welcher ihr ebenso respektvoll wie freundlich zunickte und grüßend an seinen Helm tippte.

Überall in Hannover griffen die Schutzleute bei Vorkommnissen jedweder Art ordnend ein, auf der Georgstraße, der beliebten Flaniermeile, patrouillierten sogar zwei Polizisten. Daher hatte der von Rehnhoff informierte Kriminalinspektor Cord schnell einen Polizisten an die Seite stellen können.

»August Remmèrs, Opernsänger aus Köln?«

»Ja, der bin ich.«

»Mein Befehl von dem Kriminalinspektor Justus Hahn lautet, Sie zur Befragung ins Polizeipräsidium zu bringen.«

Aus Remmèrs sonst meist rosigem Gesicht entwich jegliche Farbe.

Elsa stockte der Atem. Das konnte nur bedeuten, dass sich ihr Verdacht mit dem vergifteten Cognac bestätigt hatte. Sie spürte, wie ihre Beine anfingen zu zittern, und sank auf einen Sessel.

»Wieso zum Kriminalinspektor, ich meine, ich tat doch nur ... Was wollen Sie von mir, ich bin ein ehrbarer Bürger.« Er verstand die Welt nicht mehr.

»Wir ermitteln in einem Mordfall. Genaueres darf ich dazu nicht sagen. Und ich rate Ihnen, jetzt freiwillig mit mir zukommen.«

»Ein Mord? Das kann doch gar nicht sein! Auch das noch!« Remmèrs zuckte verstört und resigniert mit den Achseln. »Gegen mich hat sich die ganze Welt verschworen.«

Überrascht dachte Cord: Eine Mordtat?

Der Polizist begann, ungeduldig die Enden seines Schnurrbarts zu zwirbeln. »Ich habe Auftrag, Sie umgehend auf die Polizeidirektion zu bringen. Kommen Sie freiwillig mit oder nicht?«

»Ja, ja, Herr Gesetzeshüter, ich gehe mit.«

Etwas unschlüssig sah sich der Polizist im Salon um, da er sehr wohl den durchwühlten Sekretär bemerkt hatte.

»Herr Wachtmeister, ich bin Elsa Martin, eine enge Freundin von Roberta Stein. Sie beauftragte mich, einige Sachen für sie zu holen, da sie sich zurzeit in der Obhut der Familie von Elßtorff befindet. Ich werde hier alles richten, Sie können den Herrn da ruhig zum Präsidium bringen.«

Sichtlich erleichtert schlug der Polizist die Hacken zusammen. »Jawoll, verstehe, Fräulein, nicht dass etwas fehlt! In diesem Fall müssen Sie dem Kriminalinspektor Meldung machen. Jetzt wollen wir mal, der Herr – und keine Fisimatenten, wie der Rheinländer sagt.«

»Halt«, sagte Elsa geistesgegenwärtig, erhob sich aus dem Sessel und stellte sich zwischen den Polizisten und Remmèrs, »erst händigen Sie mir den Schlüssel aus, sonst kriegen Sie gleich noch eine Anzeige, das garantiere ich Ihnen.«

Remmèrs sah offenbar ein, dass er sich geschlagen geben musste. Mit wütend funkelnden Augen überreichte er ihr, vom Polizeibeamten ungesehen, schnell das Schlüsselbund und verließ die Wohnung.

Cord brannte vor Neugierde, wollte Elsa aber nicht bedrängen. Diese stand nachdenklich vor dem Sekretär. Alle wichtigen Unterlagen möchte ich mitnehmen, sagte sie sich und stutzte: Roberta sprach von einem Versteck. Das müssen wir finden.

Elsa schickte Trine ins Schlafzimmer, um das Nötigste für eine Woche einzupacken. Danach erklärte sie Cord die Angelegenheit mit dem Geheimfach.

Der rieb sich nachdenklich die mit Sommersprossen übersäte Nase, fuhr mit allen zehn Fingern durch das blonde Wuschelhaar und beschloss: »Ich ziehe jetzt eine Schublade nach der anderen heraus und ertaste den Mechanismus.« Nach wenigen Versuchen schwang die Rückwand eines mittleren Faches beiseite.

»Gut, dass wir nachgesehen haben, Fräulein Elsa, das findet jeder, der etwas von alten Möbeln versteht. Die Unterlagen wären hier nicht sicher.«

»Das hast du prima gemacht. Jetzt hole ich sämtliche Papiere heraus.«

Was sich anfand, kam auf die Schreibtischplatte. Ein Bündel Briefe befand sich darunter. Ohne weiter etwas anzusehen, packte sie alles in einen Beutel, es war für sie selbstverständlich, Roberta gegenüber absolute Diskretion zu wahren. Als sie anfing, die Schubladen wieder zu schließen, fielen ihr zahlreiche Fotografien und Zeitungsartikel auf, die Konterfeis von August Remmèrs enthielten. Erneut überschlugen sich ihre Gedanken.

»Cord, ich fühle mich doch ein wenig wackelig auf den Beinen. Lass uns einen Moment hinsetzen und gemeinsam überlegen, was jetzt überhaupt wichtig ist.«

»Ja, gerne, denn auch mir schwirrt der Kopf. Dr. Rehnhoff sagte am Telefon nur, dass sich Ihr Verdacht bestätigte und Herr Remmèrs offiziell zu befragen sei. Und der Wachtmeister sprach von Mord. Bedeutet das, Fräulein Amber starb nicht eines natürlichen Todes?«

»Genauso scheint es zu sein. Und ohne Frage galt der Mordanschlag eigentlich Roberta.« Offenen Mundes starrte Cord sie an.

Elsa erklärte alles, was sie wusste. Während ihrer Erklärungen wurde Cord immer blasser.

»Da will jemand Fräulein Stein aus dem Wege räumen, das steht für mich fest.«

»Ja, für mich auch. Wer weiß, wie die Polizei vorgeht. Aber ich vergehe geradezu vor Sorge um Roberta. Solange wir nicht wissen, wer den Mordanschlag verübte und warum, schwebt sie möglicherweise immer noch in Lebensgefahr. Und die Geschwindigkeit, in der die Ordnungshüter nachforschen, wer weiß, ob und wann die etwas finden …«

»Wenn die Polizei bei der Verbrechensbekämpfung so intensiv arbeiten würde wie bei der Bespitzelung der Sozialdemokraten, wäre die Quote der Verbrechensaufklärung bestimmt viel höher«, meinte Cord im vollen Brustton der Überzeugung.

Dadurch sah Elsa ihre Vermutung, dass es sich bei den jungen Männern, die sich auf der Straße Erkennungszeichen gaben, um einen politischen Geheimbund handelte, bestätigt.

»Mir fällt noch etwas viel Schlimmeres ein, Cord. Die Staatsgewalt könnte auch auf die Idee kommen, dass Roberta Sarah umbringen wollte. Dieser steht also ein doppelter Schock bevor. Zum einen, dass sie selbst das Opfer eines heimtückischen Giftmordes werden sollte. Zum anderen, dass sie eigenhändig das Glas reichte, welches Sarah den Tod brachte.«

»Das arme Fräulein Stein«, fand Cord.

»Die Polizei will sie bestimmt möglichst bald verhören. Ich würde am liebsten selbst ermitteln. Und zwar als Erstes, was August Remmèrs hier gestern und heute getrieben hat. Aber wie soll ich das rausbekommen?«

Cord schluckte und sagte: »Dort liegen doch die vielen Fotos aus Zeitungen von ihm. Wenn ich die mitnehmen darf, kann ich Ihnen da wahrscheinlich bald mehr zu sagen.«

Ernst sah Elsa ihn an. »Ah, der geheime Pfiff! Wir sprachen da ja nie drüber. Ich möchte aber auf keinen Fall, dass du dich in Schwierigkeiten bringst.«

»Fräulein Elsa, handelt es sich um einen Notfall oder nicht?«

»Ja, bedrohlicher kann es nicht sein. Es geht um Mord, und Roberta schwebt möglicherweise in Lebensgefahr, solange der Mörder frei herumläuft.«

»Also, demzufolge gehe ich jetzt mit den Fotografien los. Unterwegs bestelle ich eine Droschke für Sie. Wie lange brauchen Trine und Sie zum Packen?«

»In einer halben Stunde müssen wir fertig sein – ich habe hier keine Ruhe, ich möchte zu Roberta.«

Cord schnappte sich seine Mütze und nickte ihr im vollen Bewusstsein seiner männlichen Wichtigkeit zu. »Sie packen, und ich ermittle, Fräulein Elsa«, verkündete er. »Heute Abend komme ich in die Königstraße und berichte, was sodann hoffentlich bereits geklärt ist. Am besten treffen wir uns bei Marga Lheiß. Gegen acht Uhr.«

Und damit verließ Cord Breuer stolz erhobenen Hauptes die Wohnung. Endlich bot sich eine Gelegenheit, wo Elsa ihn nicht nur als armen Lindener Gymnasiasten und jüngeren Freund sah.

In der Polizeidirektion

August Remmèrs wurde auf dem schnellsten Wege mit einer Droschke in die Polizeidirektion in der Brandstraße gebracht. Das Fachwerkgebäude verfügte schon länger nicht mehr über ausreichenden Raum für die stetig gewachsenen Aufgaben der Polizei. Der Wachtmeister führte ihn durch verwinkelte Gänge, bis er vor einer ziemlich ramponierten Eichenholztür anhielt. Neben der Tür befand sich ein Schild, welches in sorgfältiger Schrift verkündete: Justus Hahn, Kriminalinspektor.

Der Schutzmann klopfte kurz, wartete nicht weiter ab, öffnete die Tür und schob August Remmèrs zuerst hinein.

»Bringe wie befohlen den Herrn aus Köln.«

Kriminalinspektor Hahn erhob sich zu seiner vollen Länge von einem Meter und achtundachtzig Zentimetern und deutete auf den Stuhl gegenüber seinem Schreibtisch. »Guten Tag, Herr Remmèrs, setzen Sie sich. Als Erstes brauche ich Ihre Personalien.«

»Zunächst, Herr Hahn, möchte ich wissen, wieso ich hier bin und um was es überhaupt geht.«

»Für Sie immer noch Herr Kriminalinspektor Hahn! Unsere Ermittlungen befassen sich mit dem Tod von Sarah Amber gestern Abend im Königlichen Schauspielhaus.«

»Ja, eine wirklich tragische Geschichte, das las ich heute Morgen in der Zeitung. Aber was habe ich damit zu tun? Der Polizist sprach von Mord.«

Wütend funkelte Justus Hahn den Wachtmeister an. »Seit wann werden hier vorab Informationen gegeben, Mann! Darüber reden wir nachher noch ein Wörtchen!«

Er wandte sich wieder dem Sänger zu. »Fräulein Amber starb keines natürlichen Todes. Und wir befragen alle Personen, die mit den Mitgliedern der Königlichen Schauspiele in irgendeiner Art und Weise in Verbindung stehen. Also fangen wir an: Zu welchem Zweck kamen Sie gestern nach Hannover?«

»Herr Kriminalinspektor, ich kenne Miss Amber gar nicht. Mein Aufenthalt hier ist rein privater Natur.«

»Herr Remmèrs, Sie befanden sich in der Wohnung von Fräulein Stein. Waren Sie überhaupt befugt, sich dort aufzuhalten?«

»Ich konnte sie ja nicht erreichen. Und es ging um persönliches Eigentum von mir.«

»Sie gaben ja bereits zu, die Zeitung gelesen zu haben. Sie wussten also, dass sich Fräulein Stein bei Familie von Elßtorff befindet. Jedenfalls müssen wir mindestens von unberechtigtem Eindringen in eine Privatwohnung ausgehen. Hausfriedensbruch.«

»Herr Hahn, ich verlange einen Rechtsberater.«

»Noch befrage ich Sie als möglichen Zeugen, um die Hintergründe der Tat zu erforschen. Sie können einen Anwalt nehmen, das ist Ihr Recht.« Justus Hahn stützte sich mit beiden Händen auf der Schreibtischplatte ab, beugte sich vor und fixierte Remmèrs. »Ich rate Ihnen jedoch dringend, die Arbeit der Polizei zu unterstützen, wie es zu Ihren Pflichten als Bürger gehört. Zu Beginn der Ermittlungen verdächtigen wir jeden, der auch nur im Entferntesten mit dem Fall in Verbindung steht. Also reden Sie! Ich kann sonst äußerst ungemütlich werden.«

»Schon gut, Herr Kriminalinspektor, mich betrifft diese Angelegenheit eigentlich gar nicht. Fragen Sie!«

»Wann nahmen Sie am gestrigen Tag in Köln den Zug? Und gibt es dafür Zeugen?«

»Ich fuhr bereits gestern Vormittag los, der Schnellzug braucht ja immerhin sechs Stunden. Gegen vier Uhr nachmittags kam ich in Hannover an.«

»Wer bestätigt das?«

»Nun, meine Mutter und Fräulein Waldruff. Mit den beiden trank ich in der Frühe vor meiner Abfahrt noch Kaffee. Zum Bahnhof nahm ich allerdings allein eine Droschke.«

»Gut, wir werden die Damen vernehmen. In welchem Verhältnis stehen Sie zu Fräulein Waldruff?«

»Sie ist eine Freundin der Familie. Moment, was heißt das, Sie befragen die Damen?«

»Mein guter Mann, selbstverständlich überprüfen wir Ihre Aussagen. Und wie sieht Ihre Beziehung zu Roberta Stein aus?«

»Aber Herr Kriminalinspektor, nun machen Sie mal halblang! Was hat dies alles mit dem Tod einer Schauspielerin zu tun, die ich gar nicht kannte? Ich versuchte doch nur, eine rein persönliche Angelegenheit zwischen Fräulein Stein und mir abschließend zu regeln.«

»Abschließend ist ein gutes Stichwort. Wir wissen noch nicht sicher, ob der Mordanschlag Sarah Amber oder Roberta Stein galt.«

August Remmèrs starrte den Inspektor an, als ob er dessen Aussage nicht wirklich begreifen konnte. »Jemand hat versucht, Roberta umzubringen?«, stammelte er.

Hahn nickte. »Es ist für die Ermittlungen und für die Sicherheit von Fräulein Stein äußerst wichtig, dass Sie hierüber absolutes Stillschweigen gegenüber jedermann wahren. Kann ich mich auf Sie verlassen?«

August bejahte mit gleichgültiger Miene, blickte aus dem Fenster, ohne etwas wahrzunehmen, rang die Hände.

»Wissen Sie was, Herr Kriminalinspektor, ich verlange doch einen Anwalt. Bitte nennen Sie mir einen guten Juristen, der mich vertreten kann.«

Justus Hahn brauchte eine Verschnaufpause, um seine Eindrücke zu sortieren. So kam ihm dieser Meinungswechsel gerade recht. »Das wird etwas dauern.«

»In diesem Fall würde ich gern vor der Tür ein Zigarillo rauchen.«

»Wenn Sie mir Ihr Wort als Ehrenmann geben, dass Sie in zwanzig Minuten wieder hier erscheinen, können Sie gehen.«

August Remmèrs lief ein kleines Stück und sah vor sich den Waterlooplatz, den großen Exerzierplatz für das Militär, geschmückt mit einem Obelisken, der an den Sieg über Napoleon erinnerte. In dieser Gegend Hannovers kannte er sich wenig aus. Das Zigarillo beruhigte ihn nicht, während er schnellen Schrittes weiterging. In seinem Kopf schwirrte es wild durcheinander. Er spürte, dass ihm noch einiger Ärger bevorstand.

Dieser Eindruck bestätigte sich sofort in der Polizeidirektion. Dort beschied ihm Hahn kurz und knapp: »Hier sind zwei Adressen von Anwälten. Ich erwarte Sie Dienstag pünktlich um drei Uhr. Sie dürfen die Stadt nicht verlassen. In welchem Hotel logieren Sie?«

»Das geht doch nicht, ich wollte ja heute zurückfahren, ich kann keinesfalls hierbleiben. Am morgigen Tag stehen wichtige Termine in Köln an, und abends singe ich im Opernhaus. Liegt es im Bereich des Möglichen, dass ich meine Aussagen zu Hause mache, Inspektor?«

»Nein, das können Sie nicht. Da müssen Sie Ihren Auftritt eben absagen. Wenn Sie gleich vernünftig ausgesagt hätten, wäre vielleicht schon alles erledigt. Den Montag werden Sie brauchen, um sich juristischen Rat einzuholen. Ich habe noch anderes zu tun, mein Herr. Ach so, wo logieren Sie?«

»Im Grand Hotel Hartmann.«

»Also, Dienstag um Punkt drei!«

Und damit war August entlassen.

Bei den Breuers in Linden

Auf dem Weg von Hannover nach Linden kam Johann Breuer an der im Bau befindlichen Markthalle vorbei, einem repräsentativen Prachtbau in Eisenarchitektur mit vier Türmen. Auch in Linden passierte er zahlreiche Baustellen. Die Lindener, für ihren Mutterwitz bekannt, hatten schon ein entsprechendes Lied erfunden: »Die Pferdetram, die Eisenbahn, Baustellen noch dazu, ja, ganz Linden ändert sich und findet keine Ruh.«

Der Volksschullehrer Hannes Breuer öffnete seinem Neffen und Patensohn die Tür. Er freute sich auf das Treffen, wusste er doch, wie wenig freie Stunden der junge Mann bekam. »Herzlich willkommen, Johann, schön, dass du da bist«, begrüßte er ihn mit einem kräftigen Klaps auf die Schulter des eins fünfundachtzig Meter langen Kerls. Sein zweiundzwanzig Jahre alter Neffe hatte in Kastens Hotel gelernt und einige Zeit in anderen Städten weitere Kenntnisse in der Gastronomie erworben. Derzeit arbeitete er in der Georgshalle als Kellner. Seine höfliche Art und seine versierten Empfehlungen machten ihn bei der Kundschaft beliebt. Er berechtigte, wie es so schön heißt, zu den größten Hoffnungen.

»Onkel, ich soll dir von Cord ausrichten, dass er später kommt. Die Jungs hören sich nämlich um, wegen dem Mordfall im Königlichen Schauspielhaus.«

»Immer noch des Mordfalles, Johann! Aber was bedeutet das? Dafür sind doch unsere roten Füchse nicht da. Und wieso Ermordung? Na, komm erst mal in die Küche.«

Die gemütliche Wohnküche, der ganze Stolz von Luise Breuer, war hell gehalten, die Tischplatte des Küchentisches stets sauber gescheuert, die Gardinen schneeweiß und gestärkt.

»Also, welche Gründe gibt es, die Füchse einzusetzen? Ich dachte, diese junge Schauspielerin starb an Herzschwäche?«

»Nein, Onkel, Fräulein Elsa, du weißt schon, die bei den von Elßtorffs lebt, die hat gemerkt, dass da was nicht stimmt. Am besten, ich erzähl dir das Ganze in Ruhe bei einem Gläschen Wein.« Und damit zog Johann eine halbe Flasche Bordeaux aus der Manteltasche. Die Erklärungen dauerten. »Nun ja«, brummte Hannes Breuer schließlich, »es erscheint mir richtig, hier zu helfen. Aber in Zukunft bitte ich doch sehr darum, gefragt und nicht von euch jungen Burschen vor vollendete Tatsachen gestellt zu werden.«

»Ja, Onkel, Cord befand sich jedoch schrecklich in der Bredouille.«

»Über kurz oder lang sehen wir, was kommt. Der Bengel wird langsam erwachsen. Auf jeden Fall spreche ich nachher in aller Ruhe mit ihm darüber. Er muss mir schon genau Rede und Antwort stehen. Die roten Füchse dürfen in keiner Weise gefährdet werden.«

Hannes Breuer nahm einen weiteren kräftigen Schluck Rotwein und sah seinen Neffen nachdenklich an. »Wie die Zeit vergeht. Wenn ich bedenke, dass Cord ein kleiner Junge war, als die Füchse entstanden.«

»Ja, Onkel, ich weiß es noch wie heute.«

1881 hatte Johann als dreizehnjähriger Schüler dem roten Hannes, so Breuers Spitzname, und vielen seiner Genossen Verhaftung und Schlimmeres erspart. Das 1878 erlassene Gesetz gegen die gemeingefährlichen Bestrebungen der Sozialdemokratie veränderte das Leben des Volksschullehrers – und nicht nur das seine – tiefgreifend. Der deutsche Reichskanzler Otto von Bismarck hielt die Sozialisten für nichts anderes als gefährliche Feinde des Reiches. Zwar führte er ab 1883 nach und nach eine Kranken-, eine Unfall- und danach noch eine Invaliditäts- und Altersversicherung ein. Zugleich verlängerte er aber das Verbot gegen die Partei der Reichsfeinde immer wieder. Am schlimmsten fand es Hannes Breuer, dass Verdächtige ins Gefängnis gesteckt oder samt ihrer Familien ohne viel Federlesens des Landes verwiesen werden konnten. Dennoch beteiligte er sich, als sich die Parteifreunde im Geheimen im Wahlkreis Hannover-Linden reorganisierten. Diese Aktivitäten bargen aber schon wieder Gefahren. So verdankten er und achtzig Genossen es 1881 nur der Aufmerksamkeit des Schülers Johann, dass eine heimliche Versammlung im Davenstedter Holz nicht zu einer Verhaftungswelle führte. Hannes' Patensohn hatte zufällig die Unterhaltung zweier Schutzmänner belauscht, die sich über den zusätzlich geplanten Diensteinsatz beschwerten. Der Junge eilte sofort zu ihm, um ihn zu warnen. Gemeinsam mit Johann überlegte er, wen sie als zuverlässige Kuriere im Schneeballsystem ausschicken konnten, um alle Genossen vor drohender Verhaftung zu retten. Dies gelang – Hannes würde die Aufregung und die Angst nie vergessen, die er ausgestanden hatte. Damit schlug zugleich die Geburtsstunde der ›roten Füchse‹.

»Onkel Hannes«, überlegte Johann, »die Jungens bekommen so viel zu hören. Und sie halfen begeistert mit. Meinst du nicht, wir könnten das auch in Zukunft nutzen?«

»Johann«, entgegnete er mit innerlichem Stolz, »du bist schon ein verflixtes Kerlchen. Für deine dreizehn Jahre entwickelst du ja bereits bannige Ideen. Aber das ist alles entschieden zu gefährlich! Viel zu viele eingeweihte Personen, halbe Kinder – das geht überhaupt nicht! Da muss nur einer angeben wollen und plaudert – dadurch gibt es einen riesigen Ärger. Das könnte ich nicht verantworten!«

»Wir müssten das gut organisieren, Onkel. Halbwüchsige Jungs fallen auch nicht so auf und wirken nicht verdächtig. Es müssen sich nicht alle gegenseitig kennen. Wir können zum Beispiel geheime Zeichen vereinbaren. Und eine Parole.«

Hannes Breuer entging nicht die Begeisterung, mit der sein Neffe mit blitzenden Augen und roten Wangen seine Idee verfolgte. Er wollte ihn auch nicht gleich entmutigen – schließlich hatte er gerade achtzig Menschen vor der Verhaftung und weiteren schlimmen Konsequenzen bewahrt. Und für die Jungen bedeutete so ein geheimer Bund etwas, was ihnen Abenteuer versprach, Gemeinsamkeit gab und zugleich einer guten Sache diente. An diesem Punkt wurde Hannes Breuer nachdenklich.

»Willst du ein Glas Milch haben?«, bot er an, um Zeit zu gewinnen.

Johann nickte dankbar, trank in großen Schlucken und fuhr sich mit dem Handrücken über den Mund, was ihm einen mahnenden Blick seines Onkels eintrug.

»Hast du kein Taschentuch?«

Johann überhörte die Mahnung geflissentlich. Spannende Fortsetzungsgeschichten von Karl May, die beschrieben, wie sich Spione hinter den feindlichen Linien verhalten, hatte er nicht umsonst verschlungen. Daher sprudelte es nur so aus ihm heraus: »Wenn wir die Jungen zum Schutz der Genossen und auch als Kuriere einsetzen, müssen sich nicht alle gegenseitig kennen. Ich sehe ein, das wird zu gefährlich. Aber sobald wir an den wichtigen Plätzen in Linden und am Bahnhof, später ebenso in anderen Stadtteilen Eingeweihte verwenden, können wir eine Art Netz durch die Stadt ziehen. Wir brauchen ein Zeichen für die erste Erkennung, einen Pfiff zum Beispiel. Dazu eine Parole und zur Sicherheit noch ein Signal für die Dringlichkeit der Botschaft! Wir müssen schlau sein wie die Füchse, Onkel.«

Hannes seufzte. »Ihr seid mir schon rote Füchse«, entgegnete er.

»Wir nehmen nur absolut vertrauenswürdige Jungen auf. Und in einem Jahr arbeiten viele von uns in Fabriken, als Laufburschen in Geschäften oder machen eine Lehre. Dort können sie überall die Ohren offenhalten. Und stell dir nur einmal vor, was das Personal allein in Gaststätten und Restaurants so alles mitbekommt.«

»Also gut«, gab Hannes nach, »zunächst nur die Jungen, die bei dieser Aktion mitmachten. Weitere Vorschläge über neue Mitglieder will ich erst von dir hören. Ich möchte nicht, dass wir aus Versehen einen Vigilanten ins Boot holen.«

»Was bedeutet Vigilant, Onkel?«, hatte sein Neffe mit großen Augen gefragt.

»Das ist ein Polizeispitzel, der im Zweifelsfall für Geld seine eigene Großmutter verkauft.«

Bei dieser Vorstellung wurde Johann, der seine Oma überaus liebte, ganz blass. Sein Ömmachen betrieb in Linden einen kleinen Zigarrenladen und hielt für ihn in der angrenzenden Wohnküche immer ein Stückchen leckerer Topfsülze bereit, die er am liebsten mit einer Essig-Zwiebelsauce aß. Sehr ernsthaft versprach Johann seinem Onkel in die Hand, äußerste Vorsicht walten zu lassen. Sodann eilte der erste Führer der roten Füchse nach Hause.

Dies alles war jetzt neun Jahre her. Und die beiden Männer hatten in so mancher Erinnerung geschwelgt. In der Küche sieht es noch genauso aus wie damals, dachte Johann. Er sah auf den proletarischen Haussegen, der hier wie eh und je an der Wand hing.

›Wir wollen den Frieden,
Freiheit und Recht,
Dass niemand sei
Des anderen Knecht.
Dass Arbeit aller Menschen Pflicht,
Und niemand es an Brod gebricht.‹

Das gestickte Kunstwerk, sorgfältig mit Glas und Holzrahmen versehen, war von den Frauen einiger Genossen zur Hochzeit gefertigt worden. Seine junge Braut Luise, so vertraute ihm der Onkel einmal an, hätte damals als Pfarrerstochter wohl einen anderen Spruch bevorzugt. Inzwischen teilte jedoch seine Tante, die ihren christlichen Glauben mit hohem Gerechtigkeitssinn und klarem Menschenverstand verband, die meisten Ansichten ihres Mannes. Des Öfteren ging sie, obwohl die Teilnahme von Frauen an Versammlungen verboten war, zu politischen Treffen mit.

Ein besonderer Raum war die gute Stube, die die Breuers – im Unterschied zu vielen anderen Familien – auch häufig nutzten. Dort stand Luises Klavier, auf welchem sie, so oft es ihre Zeit zuließ, spielte. Außerdem gab es ein großes Bücherregal, in dem sich die breit gestreuten Interessen von Hannes Breuer widerspiegelten. Ebenfalls fand hier die Lektüre seiner Frau ihren Platz, so zum Beispiel die Gartenlaube, die sie regelmäßig las. Diese Zeitschrift ließ sie sich auch nicht als zu bürgerliche Kost vergrellen.

»Lieber Onkel, trinken wir einen Schlenderschluck«, meinte Johann und schenkte nach. »Lass uns mit diesem ausgezeichneten Rotspon anstoßen. Friedrich Kasten besitzt wirkliche Kennerschaft, er lernte den Weinhandel in Mainz. Unser Weinkeller wird immer wieder gerühmt.«

Die beiden Männer stießen miteinander an. »Auf das Wohl der roten Füchse mit diesem roten Wein!«

»Es ist großzügig, dass du den Wein mitnehmen durftest«, sagte Hannes Breuer, nachdem er genüsslich einen Schluck getrunken hatte.

»Bei uns gibt es klare Regeln, Onkel. Friedrich Kasten handelt da fürsorglich und streng zugleich. Falls der Küchenmeister angebrochene Weinflaschen nicht zum Kochen braucht, werden sie unter uns Kellnern aufgeteilt. Kommt selten vor, eigentlich nur bei größeren Feiern, wenn wir mehrere Weinsorten kredenzen. Aber ab und zu ergattern wir einen guten Tropfen. Alles, was auf Tellern zurück in die Spülküche geht, kommt in den Schweinetrog. Du weißt ja, dass Heinrich Kasten neben dem Königlichen Berggarten in Herrenhausen seinen eigenen landwirtschaftlichen Betrieb führt. Was sich noch in Schüsseln und auf Platten befindet, dürfen die Spülfrauen in ihren Henkelmännern mit nach Hause nehmen. Wer allerdings aus den Vorratskammern etwas mitgehen lässt, wird sofort entlassen. Wer Not leidet, soll zu ihm kommen, sagt unser Chef, aber nicht stehlen.«

»Würden mehr Menschen handeln wie dein Dienstherr, läge vieles nicht so im Argen«, sinnierte Hannes.

»Das sehe ich genauso. Nicht umsonst lautet das Motto bei uns: ›Wenn das Hotel auch Kastens heißt, so gibt es doch keinen Kastengeist‹. Aber jetzt muss ich los. Meine besten Empfehlungen an die Tante.«

Hannes klopfte ihm kräftig auf die Schulter. »Richte ich aus. Luise besucht bestimmt noch Kranke. Mach es gut, Johann. Und danke für die vielen interessanten Informationen. Bin gespannt, ob wir nach der Aufhebung des Sozialistengesetzes tatsächlich weniger bespitzelt werden.«

»Ich hoffe es, Onkel. Der Polizeipräsident diskutierte jedenfalls mit dem Anwalt Dr. Rehnhoff äußerst ernsthaft darüber. Offenbar machen ihnen zurzeit die Anarchisten mit ihren Attentatsversuchen mehr Sorgen.«

Hannes Breuer nickte. »Ja, diese Umstürzler wollen die Welt mit Gewalt verändern, das geht nicht.«

Die beiden Männer nahmen sich zum Abschied noch einmal kräftig in den Arm.

Erste Erkenntnisse und Verdachtsmomente

Vor kurzem hatte Elsa das unrühmliche Ende von Robertas Verbindung zu dem Kölner Sänger teilweise miterlebt. Ihn so bald danach erneut zu treffen, hatte sie als ausgesprochen unangenehme Überraschung empfunden. Sie berichtete ihrer Freundin von Augusts Eindringen in die Wohnung und händigte den Schlüssel aus. Empört und wütend versuchte Roberta, diese weitere Enttäuschung zu verarbeiten.

»Immerhin verbringt er noch einige ungemütliche Stunden bei der Polizei, das geschieht ihm nur recht«, beendete sie das Thema. Sie sah blass und mitgenommen aus. Aufregungen wirken augenblicklich wie Gift auf sie, dachte Elsa und zuckte innerlich ob der Formulierung zusammen.

»Ich muss mich hinlegen, ich fühle mich recht matt.«

»Gleich schicke ich dir Trude. Möchtest du noch eine heiße Schokolade?«

Roberta nickte dankbar. Elsa nahm sie herzlich in die Arme und eilte davon.

So viele Menschen wie an diesem Abend versammelten sich bei Marga Lheiß sonst nur an ihrem Geburtstag. Einträchtig saßen Elsa, Victor, Heinrich, Isidora und Cord um Margas ovalen Esstisch. Victor Rehnhoff eröffnete mit ernsten Worten die Runde: »Uns vereint die Sorge, was hinter dem heimtückischen Mordanschlag im Schauspielhaus steckt. Ohne die scharfsinnige Wachsamkeit von Ihnen, Fräulein Elsa, wäre dieses Verbrechen noch nicht einmal bemerkt worden.«

Alle Köpfe drehten sich Elsa zu, die erstaunt feststellte, dass so viel Aufmerksamkeit ihr durchaus gefiel. Vor allem jedoch freute sie sich über die Anerkennung, die Victor ihr vor den anderen zollte.

Cord unterdrückte einen Laut des Unbehagens, da es ihm überhaupt nicht passte, dass Rehnhoff seine Freundin zwar siezte, aber nicht mehr mit Nachnamen anredete.

»Meine größte Befürchtung besteht darin«, stellte Elsa fest, »dass Roberta Stein möglicherweise noch immer in Lebensgefahr schwebt, falls der Anschlag ihr gegolten hat. Außerdem könnte die Polizei sie als Mörderin verdächtigen, da sie ja schließlich Sarah Amber das Glas mit dem vergifteten Cognac reichte. Apropos, Victor, um welches Gift handelt es sich?«

»Wie Sie vermuteten, Fräulein Elsa, fand sich etwas Belladonna gemischt mit reichlich Aconitum. Letzteres schmeckt nicht allzu sehr hervor, wirkt jedoch schon in kleinen Dosierungen tödlich. Unser Laborchemiker meinte allerdings, dass die Menge auch für einen Elefanten im Zoo gereicht hätte.«

»Du liebe Güte, wie feinsinnig. Aber so denken wohl Chemiker. Der Blaue Eisenhut also. Die giftigste Pflanze, die es in unseren Breiten gibt. Gegen Aconitin existiert kein Gegengift. Ein bis zwei Gramm davon töten einen Menschen. Aconitum verwendete man als Mordgift schon im Altertum, vor allem in höheren Kreisen. Nicht umsonst schreibt Juvenal:

›Aconita trinkt man nicht
Aus irdenen Krügen.
Der nur fürchte sie,
Wer einen edelsteinbesetzten Becher
Zum Munde führt.‹«

Victor Rehnhoff folgte ihren kenntnisreichen Ausführungen mit sichtlicher Irritation, Cord hingegen hing fasziniert an ihren Lippen.

»Wie gut, Victor, dass Sie mit der Detektei Greif über Verbindungen zu einem chemischen Labor verfügen. Aber Moment mal: Wenn der Tod durch Aconitin eintrat, heißt das ja wohl, dass jemand plante, den Cognac zu vergiften. Wäre es nur Belladonna, käme auch eine spontane Tat in Frage. Wir haben es also mit einem vorsätzlichen Giftmord zu tun.«

»Fräulein Elsa, Sie verfügen für eine Frau über ebenso beachtliche analytische Fähigkeiten wie über pharmakologische Kenntnisse«, rutschte es Victor Rehnhoff heraus.

Heinrich von Elßtorff beobachtete amüsiert, wie seine Schwester leicht die rechte Augenbraue hob, hiernach aber sofort ein unergründliches Gesicht aufsetzte. Da hatte sein Freund sich gerade einige Sympathiepunkte verscherzt.

»Die Analyse bildet das geistige Seziermesser des Detektivs, Victor. Dies gilt auch für den Fall, dass der Detektiv dem weiblichen Geschlecht angehört«, konterte Elsa scheinbar gelassen. Als sie bemerkte, wie er sie nun noch entgeisterter ansah, fügte sie hinzu: »Das stammt nicht von mir, sondern von dem von uns beiden so geschätzten Schriftsteller Wilkie Collins.«

Dem sonst so wortgewandten Juristen verschlug es vorerst die Sprache. Dass ihn eine junge Frau zum wiederholten Mal so verblüffte, hatte er bisher noch nicht erlebt.

Wenn Elsa weiterhin so wenig Hehl aus ihrer Intelligenz macht, wird sie es schwer haben, einen Mann zu finden, ging es Marga durch den Kopf, die den Wortwechsel amüsiert verfolgt hatte. Dabei scheint dieser Rehnhoff durchaus fasziniert von ihr zu sein, obwohl sie kaum in sein scheinbar recht konservatives Frauenbild passt. Aber die meisten Männer schätzen es überhaupt nicht, wenn ihre Frau geistreich oder gar kapriziös ist, geschweige denn mit Eigenwilligkeiten brilliert.

Heinrich unterstützte seinen offenbar verdatterten Freund, indem er das Thema wechselte. »August Remmèrs nahm sich übrigens einen Anwalt. Er wird morgen Nachmittag erneut in der Polizeidirektion aussagen müssen.«

»Diese Verzögerung sah ich kommen«, bemerkte Elsa und wandte sich an Cord: »Konntest du etwas über August Remmèrs erfahren?«

Der zog ein Büchlein zu Rate, in dem sich offenbar unterschiedliche Notizen befanden. »Remmèrs kam gestern um sieben Minuten nach drei Uhr mit dem Schnellzug aus Köln hier an. Er stieg nicht, wie sonst immer, bei Kastens ab, sondern wohnt im Grand Hotel Hartmann vis-à-vis dem Central-Bahnhof. Dort trug er sich übrigens als August Remmers ein, das elegantere Remmèrs scheint ein Künstlername zu sein.«

»Nicht zu fassen«, unterbrach ihn Elsa. »Dabei renommierte er Roberta gegenüber immer mit seiner Abstammung von den Hugenotten und ließ durchscheinen, dass es mit seinem französischen Blut zusammenhängt, dass er so ein großartiger Kavalier sei. Dieser Mann scheint kaum etwas auszulassen, was ihn in strahlendes Licht setzen kann. Entschuldige die Unterbrechung Cord, mach bitte weiter.«

»Was er bis abends machte, weiß ich noch nicht zu sagen. Gegessen hat er in der Münchner Bierhalle. Ins Hotel zurück soll er gegen Viertel nach neun gekommen sein. Jedenfalls befand er sich sowohl nah am Georgsplatz als auch am Königlichen Schauspielhaus.«

Marga hörte Cord mit sichtlichem Stolz zu. Victor Rehnhoff hingegen blickte immer fassungsloser und schlug mit der Faust auf den Tisch. »Verdammt noch mal, wie konntest du das in so kurzer Zeit herausbekommen?«

Sofort schaltete sich Elsa ein, da sie schlagartig die Gefahr erkannte: »Victor, bitte lassen Sie diese Fragen momentan völlig beiseite. Cord hält eben Augen und Ohren offen. Er kennt durch seine Botengänge viele Leute. Wir müssen alle Möglichkeiten, die wir gemeinsam aufbringen, weiterhin nutzen, um Roberta sowohl vor Mordverdacht als auch vor einem weiteren Anschlag zu schützen.«

»Ja, Victor«, kam ihr Heinrich mit einem Ablenkungsmanöver zu Hilfe, »ohne dich wüssten wir zum Beispiel nichts von dem Gift.« Er wandte sich an die gesamte Runde: »Wenn ich das alles richtig verstehe, besitzt August Remmers alias Remmèrs bisher kein Alibi.«

»Er hätte sich jederzeit durch den Künstlereingang einschleichen können. Bei einer Premiere fällt es ziemlich leicht, sich an der Pförtnerloge vorbeizumogeln. Da herrscht auch hinter der Bühne ein beständiges Kommen und Gehen. Außerdem kennt er sich ja im Schauspielhaus bestens aus«, fügte Isidora hinzu.

Marga hörte die ganze Zeit aufmerksam zu. »Aber aus welchen Gründen sollte Remmèrs Roberta ermorden? Nach allem, was Bobby mir heute Morgen erzählte, scheint er mir leichtsinnig und überschwänglich in Liebesdingen zu sein. Der verliebt sich noch oft unsterblich. Seine wirklich letzte große Liebe wird die Frau sein, die ihn überlebt. So ein Mann mag sich immer wieder in Schwierigkeiten bringen, aber er mordet nicht, dazu ist er letztendlich zu feige – und schon gar nicht mit Gift.«

Alle blickten nachdenklich. Schließlich meinte Elsa: »Wir brauchen beides, die Fakten ebenso wie die Hintergründe des Anschlags. Wir dürfen auch nicht bei einem Verdächtigen bleiben. Was haltet ihr davon, wenn wir zunächst sämtliche Personen auflisten, die Gelegenheit zur Tat hatten, und dann nach möglichen Motiven suchen?«

»Sofern es um die günstigen Zeitpunkte geht, den Cognac zu vergiften, kommen aber viele Menschen in Frage«, ging Isidora auf den Vorschlag ein. »Von den Schauspielern und den Garderobieren angefangen über Besucher sowohl vor der Vorstellung und als auch in der Pause.«

Elsa zückte ihr Beobachtungstagebuch, schlug die letzte Seite auf und ergriff einen Stift.

Isidora zählte auf: »Oscar Leitner, August Remmèrs, Lizzy Little und Robertas Grete als Garderobieren, ebenso alle anderen Garderobieren. Diverse Besucher.«

Heinrich räusperte sich, lief rot an und sagte: »Vor Beginn der Vorstellung kommen auch immer einige Herren, die Blumen für die Schauspielerinnen abgeben und ihre Referenz erweisen.«

Elsa schwante Böses, denn sie hatte Isidora mit Franz in der von Elßtorffschen Kutsche abgeholt, weil Heinrich zu Fuß gehen wollte. Bestimmt war er noch vor der Vorstellung zu Sarah gegangen, um seine Aufwartung zu machen.

Ich zog ihn zu oft mit ihr auf, warf Elsa sich vor, darum erzählte er mir so wenig. Seine Gefühle für die Schauspielerin lagen tiefer, als ich vermutete.

»Wen trafst du denn dort so, Heinrich?«, fragte sie scheinbar beiläufig.

»Mehrere Herren von Rang und Namen brachten Blumen und wünschten Sarah Glück für die Premiere. Ich wusste gar nicht, dass sie hier schon so viele Bekanntschaften gemacht hatte. Jedenfalls sah ich Ferdinand von Salzen. Ich kannte aber bei weitem nicht alle. Einige Kavaliere gaben auch für Roberta Blumen ab. Auf jeden Fall bemerkte ich von Lensing, der ziemlich grimmig guckte. Es herrschte ein ordentlicher Trubel.«

Elsa stutzte. »Theobald von Lensing? Das ist doch der cholerische Verehrer von Roberta, der vor Wut tobte, als sie ihn abwies. Aber kann das ein Motiv für einen Mordanschlag sein?«

»Manche Männer können es kaum ertragen, dass sie von einer Frau zurückgewiesen werden«, äußerte Marga nachdenklich. »Gerade wenn sie es gewohnt sind, dass sonst alles nach ihrem Wunsch und Willen geht.«

»Enttäuschung und Wut vermögen die Wahrnehmung regelrecht zu vernebeln«, fügte Victor Rehnhoff hinzu. »Nicht nur in Theaterstücken, auch im Leben kann Liebe in Hass umschlagen. Das erlebte ich schon bei einigen meiner Fälle.«

»Also gibt es einen weiteren Verdächtigen«, stellte Cord fest.

Elsa nickte. »Außerdem werde ich noch Grete fragen, wen sie so sah. Sie kennt sich mittlerweile hervorragend aus mit der hannoverschen Herrenwelt, die sich fürs Theater interessiert.«

»Jedenfalls bedeutet dies, dass die Liste der Personen, die eine Gelegenheit zur Tat hatten, immer länger wird«, schlussfolgerte Isidora. »Detektivarbeit scheint in der Realität viel schwieriger zu sein als in den Romanen.«

»Geduld, Geduld«, mahnte Marga Lheiß, »es sind noch keine vierundzwanzig Stunden vergangen, seitdem die arme Sarah verstarb. Bevor wir uns trennen und uns zusätzliche Gedanken machen, sollten wir uns aber mit einem weiteren, wichtigen Thema beschäftigen: Aus welchen Gründen werden solche schrecklichen Taten begangen?«

»Eine nicht geplante, unvernünftige Tat, die aus einem Affekt erfolgt, begründet ihren Ursprung häufig in tiefen Gefühlen wie Angst, Hass, Neid, Eifersucht und Habgier«, erklärte Victor.

Nachdenkliche Stille folgte. »Ja, das leuchtet mir völlig ein«, bemerkte Elsa schließlich. »Ich denke, eine geplante Tat fußt auch auf solch elementaren Gefühlen. Doch das im Voraus überlegte Verbrechen resultiert aus etwas, was früher geschah. Die Tat soll verhindern, dass Bedrohliches oder Schlimmes passiert. Der Täter will sich rächen oder aber jemanden, den er liebt, vor Schaden, Verlust und Schmerz bewahren.«

Victor staunte erneut, wie sie seine Argumentation auf den Punkt brachte und weiterführte.

»Das träfe sowohl für August Remmèrs als auch für Theobald von Lensing zu«, warf Isidora in die Runde. Alle schwiegen. Marga Lheiß sah auf die Standuhr, die leise vor sich hin tickte. »Für meine Person gibt es reichlich Stoff zum Nachdenken«, stellte sie fest. »Aber für heute sollten wir es gut sein lassen. Es war aufregend und anstrengend. Wir werden sehen, was der morgige Tag Neues bringt. Wenn nötig, treffen wir uns morgen Abend hier wieder.«

Alle nickten zustimmend.

Heinrich und Victor boten an, Isidora nach Hause zu geleiten. Cord hatte es nun eilig, nach Linden zu kommen. Marga und Elsa gingen nach oben, um nach Roberta zu sehen. Das Dienstmädchen saß in einem Armlehnstuhl neben ihrer Herrin und strickte. Roberta warf sich in einem unruhigen Schlummer hin und her. Trude erhob sich leise, um die Schlafende nicht zu stören.

»Das gnädige Fräulein hat immer noch leichtes Fieber. Sehen Sie nur die geröteten Wangen. Sie spricht ab und zu im Schlaf. Wir können sie heute Nacht nicht allein lassen!«

»Leg dich bis gegen Mitternacht hin, Trude, und verschnaufe ein wenig, alsdann löst du mich bitte wieder ab«, ordnete Elsa an. »Ich finde jetzt sowieso keine Ruhe.«

Marga nickte. »Ich komme morgen früh um sechs. Danach sehen wir weiter.«

Elsa machte es sich im Sessel bequem und blickte besorgt zu ihrer Freundin. Roberta wusste ja noch nicht, was da alles auf sie zukam. Ich werde tun, was ich kann, um sie vor zusätzlichem Schaden zu bewahren und zu schützen, nahm Elsa sich fest vor, aber wie? Seufzend öffnete sie ihr Tagebuch.

Die Seiten füllten sich mehr und mehr mit Überlegungen, Notizen, wieder verworfenen Verdächtigungen, Querverweisen und Randbemerkungen. Fügte sie viele Details zusammen, ergab sich, dass Oscar über eine platonische Freundschaft hinaus sich für Bobby interessierte. Doch dies hatte Elsa aus Diskretion keinesfalls in großer Runde diskutieren wollen.

Vermutlich befindet er sich in einem Alter, wo er heiraten und ›solide‹ werden möchte. Bei dem Gedanken musste sie lächeln. Dennoch darf ich ihn keineswegs von vornherein außer Acht lassen.

Schließlich wird in den Detektivromanen betont, dass man dem äußeren Anschein misstrauen muss. Allerdings fällt mir beim besten Willen nicht ein, aus welchen Gründen er Roberta umbringen sollte. Im Gegenteil – er schlug ja quasi einen Nebenbuhler aus dem Feld und kann sich neue Chancen ausrechnen, Robertas Herz zu erobern. Sie jetzt zu vergiften, wäre völlig verrückt. Vielleicht finde ich über die Garderobieren heraus, ob er ein Alibi besitzt.

Plötzlich schlug sie sich an die Stirn. Amalie Röscher, die erste Solotänzerin, schlüpfte doch erst in den Zuschauerraum, als bereits das Licht ausging. Und sie war offenbar in Oscar Leitner verliebt. Und jetzt, wo Roberta sich nach der bösen Erfahrung mit August Remmèrs eventuell Oscar zuwandte, sah sie womöglich die letzte Möglichkeit darin, die Nebenbuhlerin zu beseitigen. Elsa fügte die Tänzerin in die Liste ein. Die Detektivarbeit verläuft doch anders, als ich mir das vorgestellt habe, konstatierte sie. Auch Amalie traue ich einen kaltblütigen Mord nicht ohne Weiteres zu. Eine Ermordung aus Eifersucht im Affekt – das kann man einigen zutrauen. Aber erst das Gift zu besorgen – genau, wie hätte sie überhaupt an das Toxikum kommen sollen? Wohl kaum von der Kräuterhexe auf dem Markt – oder doch? So einen eiskalten Plan zu fassen und auszuführen, traue ich weder Amalie noch August Remmèrs zu. Dabei handelt es sich auf jeden Fall um etwas ganz anderes, als eine Tat im Affekt zu begehen. Dennoch, mit der Tänzerin werde ich mich beschäftigen müssen.

Schwere Zeiten – August Remmèrs

Den kompletten Vormittag verbrachte der Sänger mit seinem Anwalt. Der gestrige Sonntag war ihm geradezu endlos erschienen und hatte ihn immer weiter in Selbstmitleid versinken lassen. Jetzt galt es, die Situation einzuschätzen und sich über seine Aussage klarzuwerden. Der Jurist riet ihm schließlich zur Offenheit.

»Ich kenne Herrn Hahn ein wenig, Herr Remmèrs. Mit Verzögerungstaktiken und halben Wahrheiten bringen Sie ihn nur gegen sich auf. Das haben Sie ja schon selbst erlebt. Bleiben Sie bei den Sachverhalten. Betrachten wir die Fakten: Sie unterhielten ein Verhältnis mit der Schauspielerin Roberta Stein. Diese beendete die Beziehung, als sie erfuhr, dass Sie in Köln kurz vor der Bekanntgabe Ihrer Verlobung mit einer Tochter aus besten Kreisen standen. Sie kamen, um persönliche Korrespondenz und einen Familienring zurückzuerlangen. Inwieweit Letzteres statthaft war, lassen wir, wie auch den Hausfriedensbruch, zunächst beiseite. Aber aus welchen Gründen sollten Sie Fräulein Stein ermorden? Denn wir gehen ja davon aus, dass der Anschlag nicht Fräulein Amber galt.«

»Mit der hatte ich nichts zu tun«, entgegnete Remmèrs, der dieser Zusammenfassung nur mit halbem Ohr zugehört hatte. »Und ich könnte niemals eine Frau heimtückisch ermorden.«

»Das Aufsehen, das der Mordfall erregt, kann Ihnen nur schaden. Allerdings«, der Anwalt besaß seine Informanten im Präsidium, »ohne die Aufmerksamkeit von Fräulein Martin wäre möglicherweise niemand auf die Idee gekommen, dass der Tod im Königlichen Schauspielhaus ein Mordanschlag war.« August verfluchte in Gedanken Elsa erneut von ganzem Herzen.

»Und Sie besaßen unberechtigterweise noch einen Schlüssel zu der Wohnung von Fräulein Stein. Also hätten Sie nach ihrem Tod in aller Ruhe sämtliche Spuren Ihres Verhältnisses beseitigen können, um danach, ohne Probleme fürchten zu müssen, ihre offizielle Verlobung in Köln bekanntzugeben. Dies wird auch Kriminalinspektor Hahn so sehen. Sie brauchen ein lückenloses Alibi, Herr Remmèrs.«

»Aber ich traf gestern niemanden, den ich kenne. Es bleibt nur das Personal in der Münchner Bierhalle und im Grand Hotel Hartmann.«

»Gehen Sie dort erneut hin und hören Sie, ob man sich an Sie erinnern kann. Das Wichtige sind die Uhrzeiten.«

August Remmèrs brauchte nach dieser deprimierenden Unterredung Bewegung. Vom Büro des Anwalts, welches sich am Aegidienthorplatz befand, ging er zum Georgsplatz und danach unter den Alleebäumen die Georgstraße entlang. Weder der strahlende Sonnenschein noch die promenierenden Damen, die mit ihren Sonnenschirmen spielten, vermochten ihn aufzuheitern. Das Pech verfolgte ihn wirklich! Sein Name in den Schlagzeilen! Er wagte nicht, sich auszumalen, wie seine Mutter und Rosa darauf reagieren würden. Seufzend machte er sich zur Bierhalle auf. Möglicherweise erinnerte sich der Kellner, mit dem er ja einige Scherze über Niedersachsen und Rheinländer gemacht hatte, noch an ihn.

In dem Bierlokal bemerkte er sofort den Ober, auch dieser schien ihn sogleich zu erkennen, blickte ihn aber merkwürdig an. Er beschloss, den Stier bei den Hörnern zu packen.

»Sie lasen sicher in der Zeitung, was Schreckliches geschehen ist, guter Mann«, sagte er jovial. »Die Polizei muss allen Möglichkeiten, selbst den Undenkbarsten, nachgehen. Können Sie sich erinnern, zu welcher Zeit ich mich am Freitagabend hier aufhielt?«

Der Kellner schluckte sichtlich. »Ganz genau weiß ich das nicht mehr, Herr Remmèrs, Sie mögen so gegen halb acht gekommen und ungefähr um Viertel vor neun gegangen sein. Aber exakter kann ich das nicht sagen.«

»Schon gut«, erwiderte August resigniert, »geben Sie mir bitte Ihren Namen und Ihre Adresse.«

Über die Luisenstraße ging er weiter zum Grand Hotel Hartmann. Die Schönheit des Bahnhofsplatzes mit den vom Architekten Hase im neugotischen Stil erbauten Hotelbetrieben wie dem Rheinischen Hof und dem Hotel de Russie nahm er gar nicht wahr. Schweren Schrittes erklomm er die Stufen zum Hoteleingang, ein ebenfalls von Hase entworfenes viergeschossiges Gebäude, mit Zinnen, Türmchen, Rund- und Spitzbögen reich verziert. Der Portier begrüßte ihn mit untadeliger Höflichkeit.

»Willkommen, Herr Remmèrs, es trafen zwei Telegramme für Sie ein.«

»Danke, die lese ich später bei einem kühlen Bier«, winkte der ab. »Was momentan viel wichtiger ist: Können Sie sagen, wann ich Freitagabend an dieser Stelle ankam?«

»Ich meine mich zu erinnern, die Standuhr hier in der Halle hätte gerade Viertel nach neun geschlagen, Herr Remmèrs.«

»Meinen Sie das, oder wissen Sie es?«, zischte August entnervt.

»Wenn es um Ihr Alibi geht, bin ich bereit, dies auszusagen«, entgegnete der Portier mit steinerner Miene.

August zuckte zusammen – das fehlte ihm gerade noch, dass er die Zeugen verärgerte.

»Entschuldigen Sie, ich bin zurzeit mit den Nerven etwas parterre«, sagte er. »Ich musste bislang nie der Polizei nachweisen, wann ich mich wo aufhielt. Und die nehmen es verdammt genau.«

Die Miene des Portiers entspannte sich. »Verstehe, Herr Remmèrs. In dem Fall bin ich sicher. Die Schläge unserer großen Standuhr dort drüben liegen mir sozusagen im Blut. Ein Gong nach den neun vollen Schlägen: Viertel nach neun.«

Nach Lob heischend blickte er August an.

Der reagierte jedoch nicht begeistert. »Ihr Kollege von der Münchner Halle weiß es leider nicht so sicher. Und es ergibt sich eine mögliche Differenz von dreißig Minuten. Die braucht von der Luisenstraße hierher kein Mensch!«

Der Portier stutzte einen Moment, bis er begriff. »Es wird sich schon aufklären, Herr Remmèrs. Darf ich Ihnen zur Stärkung von Leib und Seele unseren berühmten Biertunnel empfehlen?«

»Biertunnel?«

»Das rustikale Restaurant mit gotischen Gewölben und ebensolcher Dekoration – alles geschaffen vom renommierten Baumeister Hase.«

»Ja, von dem hörte ich bereits.«

»Das Ambiente ist heute genau das Richtige für Sie, um die Sorgen zu vergessen, Herr Remmèrs. Diese besondere Attraktion interessierte schon unseren blinden König Georg V., als sich alles noch im Bau befand. Er soll nach Hases Beschreibung gesagt haben: ›Das wird ja eine Bierkirche.‹«

»Klingt gut, als Nächstes will ich dort eine ausgiebige Andacht verrichten«, entgegnete Remmèrs. Er schnappte seine Telegramme, ging durch die große Halle, deren Boden, Säulen und Treppenstufen aus weißem Carraramarmor bestanden, an dem eleganten Weinrestaurant vorbei, auf den Eingang des Biertunnels zu. Er staunte nicht schlecht, als er die ›rühmlichst bekannte‹ Kulisse erblickte: gotische Bögen, gotisches Mobiliar, gotische Motive der Wandgemälde – eine fürwahr konsequente Gestaltung von Meister Hase. Remmèrs bestellte Herrenhäuser Bier, welches er in Hannover kennen- und schätzen gelernt hatte, dazu einen Stamper mit Korn, öffnete die Telegramme und trank vor dem Lesen den ersten Schnaps. Eines stammte von seiner Mutter: ›Familie Waldruff entsetzt. Verlobung gefährdet! Komm schleunigst zurück.‹ Das andere vom Intendanten der Kölner Oper:

144

›Ihre Rolle umbesetzt. Weiteres besprechen wir hier!‹ Er bestellte einen zweiten Korn. Vor ihm hing ein kolossales Wandgemälde, auf dem eine Gruppe von Frauen einen stolzen Reiter umringte. »Wenn ich aus diesem ganzen Schlamassel raus bin: keine Weibergeschichte mehr, so wahr ich hier sitze und August heiße«, sagte er leise zu sich.

Nun hatte er erst Roberta und jetzt wahrscheinlich auch noch Rosa verloren. Er schwamm in Selbstmitleid. Luthers Kirchenlied fiel ihm ein: »Nehmen sie den Leib, Gut, Ehr, Kind und Weib, lass fahren dahin, sie habens kein Gewinn, das Reich muss uns doch bleiben.«

Sprösslinge besaß er zwar seinem Wissen nach nicht, aber sonst schien zunächst alles verloren. Und auf das himmlische Reich wollte er nicht setzen. Beim dritten Herrenhäuser kam ihm der rettende Gedanke. Er wollte die Amerika-Tournee, die man ihm angeboten hatte, so schnell wie möglich antreten. Hauptsache, der Kriminalinspektor ließ ihn endlich nach Köln fahren.

Sein Aufenthalt im Biertunnel währte noch lang.

Vier Tage später

Als Elsa vormittags nach Roberta sah, fand sie bereits Marga neben ihr sitzend vor. Die Freundin leerte soeben eine Tasse Hühnersuppe und lächelte ihr entgegen.

»Guten Morgen. Es geht mir schon ein wenig besser.«

Elsa umarmte sie vorsichtig.

»Wie schön, dass dir etwas von Margas wunderbarer Suppe für alle schweren Fälle des Lebens mundet. Aber mir scheint, du hast noch erhöhte Temperatur.«

»Das stimmt«, bestätigte Marga, »sie fiebert weiterhin und bedarf absoluter Ruhe! Trude sieht gleich nach ihr. Momentan dürften erholsame Stunden ohne Aufregung und Anstrengung am hilfreichsten sein.«

Roberta nickte. »Macht euch keine Sorgen, bei Trude befinde ich mich in guten Händen, und Dr. Petzold wird auch noch kommen.«

»Dann lassen wir dich jetzt ausruhen«, antwortete Elsa, die Margas Wink mit dem Zaunpfahl sehr wohl verstanden hatte. Sie strich der Freundin liebevoll über das Haar und verließ mit Marga den Raum.

»Wir wollen gemeinsam im Salon überlegen, was ansteht«, schlug Elsa vor und hakte sich bei der Haushälterin ein. Auf dem Tisch lag bereits der Hannoversche Courier mit der Schlagzeile: ›Kölner Sänger wird wegen Schauspielhaus-Mord befragt‹

Trine kam herein und meldete: »Gnädiges Fräulein, Cord wartet unten bei der Köchin. Soll Sie fragen, ob Sie ihm brauchen. Und überdies ließ ein Kriminalinspektor am Fernsprecher Bescheid sagen, dass er kommt, um Fräulein Stein zu befragen.«

»Trine, es muss heißen: ob Sie *ihn* brauchen.«

Das Dienstmädchen blickte völlig verständnislos. »Wen, den Inspektor?«

Elsa begriff, dass es sich nicht um den richtigen Zeitpunkt für Belehrungen in deutscher Grammatik handelte. »Lass es gut sein, bitte Cord zu uns herauf. Und den Kriminalinspektor schickst du zu mir, wenn er vorspricht. Keinesfalls kann er heute zu Fräulein Stein. Hast du verstanden?«

Trine, immer noch etwas verwirrt, knickste und wiederholte vorsichtshalber: »Ich schaffe Cord hoch, der Inspektor darf nur zu Ihnen.« Damit verließ sie schleunigst den Salon.

»Mit Herrn Hahn werde ich allein fertig, Marga. Mir wäre lieb, wenn du dich um den Ablauf des heutigen Tages kümmerst, damit alles seinen Gang nimmt und Roberta gut versorgt wird.«

Die nickte zustimmend. »Eine Befragung würde Fräulein Stein zum jetzigen Zeitpunkt viel zu sehr aufregen und anstrengen.«

Es klopfte, und Cord trat ein. Auch er sah übernächtigt aus. »Guten Tag, mein Junge«, begrüßte ihn Marga freundlich. »Du siehst sehr müde aus. Hast du von Miene schon etwas Kräftiges zum Frühstück bekommen?«

»Guten Morgen, Marga, guten Morgen, Fräulein Elsa«, grüßte Cord höflich. »Nein, es fand sich noch keine Zeit, ich kam nur dazu, einen Milchkaffee zu trinken. Werde ich heute gebraucht?«

»Das wiederum könnt ihr allein besprechen, ich kümmere mich umgehend darum, dass dieser Haushalt läuft wie am Schnürchen. Und schicke einen kleinen Imbiss herauf.«

»Fräulein Elsa, ich muss mit Ihnen was besprechen«, kündigte Cord an, der sich sichtlich unwohl in seiner Haut fühlte.

»Mach dir keine Gedanken, niemand wird heute etwas dabei finden, dass du dich hier oben im Salon aufhältst.«

Cord war sich da nicht so sicher, aber ihn drückten ganz andere Sorgen. »Gestern Abend sprach ich noch lange mit meinem Vater, Fräulein Elsa. Ihm gefiel es überhaupt nicht, dass ich so viel über meine Ermittlungserkenntnisse berichtete.«

Er unterbrach sich. Ich bin wirklich übermüdet, dachte er. Jetzt habe ich verraten, dass Papa etwas mit dem Geheimbund zu tun hat. Denn Hannes Breuer war schnell zu dem Schluss gekommen, dass die roten Füchse nicht zwischen die Ermittlungen der Polizei und der Detektei Greiff geraten durften. Außerdem hatte er sich Sorgen gemacht, welche Schlussfolgerungen Dr. Rehnhoff aus Cords umfangreichen Erkenntnissen zog.

Elsa nickte. »Darüber dachte ich auch schon nach. Ich versicherte Victor, dass du durch reinen Zufall über einen Schulfreund an die Informationen herangekommen bist. Er schien anfangs etwas skeptisch, aber ich glaube, er nahm es mir ab. In Zukunft müssen wir vorsichtiger sein. Was immer es mit dem geheimnisvollen Zeichen und Pfiffen zwischen euch jungen Männern auf sich haben mag: Ich will es keinesfalls wissen. Und falls du noch weitere Erkundigungen einziehen solltest, werden zunächst nur wir beide darüber sprechen.«

»Das klingt gut«, versicherte Cord erleichtert. In diesem Moment klopfte es, und Trine erschien mit einem Imbiss, den sie auf dem Tisch abstellte. »Der Doktor sieht nach Fräulein Stein. Marga Lheiß ist auch dabei.«

»Danke, Trine, du kannst wieder an deine Arbeit gehen.«

Elsa schob die kleine Mahlzeit, die aus gekochten, garnierten Eiern, Scheiben von Schinken und Kassler und kräftigem Gerstenbrot bestand, zu Cord hinüber. Während der es sich schmecken ließ, berichtete sie von ihren nächtlichen Überlegungen zu Amalie Röscher.

»Was Sie alles so mitbekommen«, staunte Cord, als sie ihm erläuterte, welche Beobachtungen sie zu der Meinung geführt hatten, dass die Tänzerin in Oscar Leitner verliebt sei. Sie bat ihn, Erkundigungen über Amalie einzuholen.

»Von diesem Verdacht sprachen wir ja noch nicht in großer Runde. Also sei vorsichtig und berichte nur mir, was du herausfinden kannst. Wir überlegen im Anschluss daran gemeinsam, ob und wie ich deine Ergebnisse weitergebe. Das bringt dir zwar keine Lorbeeren mehr ein wie gestern Abend, aber es schützt dich.«

Cord hätte gern wieder vor der Runde geglänzt, doch die Aufmerksamkeit von Elsa blieb ihm ja immerhin gewiss. Er konnte nun das leckere Frühstück von Herzen genießen. Der Holsteiner Schinken schmeckte einfach köstlich! Und passte so vorzüglich zu dem knusprigen, dick mit Butter bestrichenen frischen Gersterbrot. Das mundete schon anders als die Stullen mit Griebenschmalz, Rübenkraut oder Margarine, die es zu Hause gab.

»In Ordnung, Fräulein Elsa. Hauptsache, dieser Rehnhoff fängt nicht an zu schnüffeln. Womöglich noch mit den Leuten aus der Detektei. Davon müssten Sie ihn unbedingt abhalten!«

»Das regele ich, damit hängt ja auch unser gemeinsames Geheimnis zusammen. Ich möchte meine Verkleidung als Dienstmädchen keinesfalls entdeckt sehen. Mach dir keine Sorgen mehr. Und solltest du etwas über Amalie Röscher in Erfahrung bringen, erzählst du es nur mir.« Sie sah Cord nachdenklich an. »Und du selber darfst nicht in Erscheinung treten.«

Der nickte zustimmend. »Ich zische jetzt los, bevor dieser Inspektor hier auftaucht.«

Kriminalinspektor Hahn befragt Elsa

Wenige Minuten, nachdem Cord die Königstraße durch den Dienstboteneingang verlassen hatte, meldete Trine den Kriminalinspektor Hahn. Elsa empfing ihn im gelben Salon. Als sie dessen Karte betrachtete, dachte sie: Bütten, er legt Wert auf Stil. Da trat er ihr auch schon entgegen. Sein gepflegtes Äußeres verriet nicht sein Metier. Kein Vergleich mit Inspektor Cuff, schoss es Elsa durch den Kopf, eher attraktiv wie Sherlock Holmes! Nach einer höflichen Verbeugung kam Hahn sofort zur Sache: »Fräulein Martin, ich möchte Roberta Stein wegen des Todesfalls im Königlichen Schauspielhaus befragen.«

»Das wird heute leider nicht möglich sein, Herr Kriminalinspektor. Dr. Petzold befindet sich gerade bei ihr, sie ist noch nicht vernehmungsfähig. Vielleicht kann ich Ihnen weiterhelfen?«

Hahn zögerte einen winzigen Moment, danach nickte er zustimmend. Elsa holte erleichtert tief Luft, denn sie hatte sich vorgenommen, dem Kriminalbeamten die Fakten so zu schildern, dass kein Verdacht mehr auf Roberta fiel. Dies könnte der Freundin langwierige und nervenaufreibende Befragungen ersparen. »Ich finde es drückend heute, Inspektor, darf ich uns eine Erfrischung bringen lassen?«

»Gern, Fräulein Martin.« Er ließ seinen Blick durch den gelben Salon schweifen, der ihm offensichtlich gefiel. Dabei blieben seine Augen auf Sophies Konterfei hängen. »Ein echter Kaulbach?«

»Ja, ein Porträt meiner Tante.«

»Sehr gelungen, wirklich wunderbar.«

Ob Hahn damit die Qualitäten des Malers oder die Schönheit Sophies meinte, blieb offen, denn nun erschien Trine mit einer selbstgemachten Zitronenlimonade.

Der Inspektor zückte sein Notizbuch. »Bitte schildern Sie mir alles, was Sie am Premierenabend beobachtet haben.«

Elsa beschloss, Amalies spätes Betreten des Zuschauerraumes nicht zu erwähnen, und begann mit dem Garderobenbesuch in der Pause. Justus Hahn kannte wirre Zeugenaussagen aller Art. Männer versuchten in ihren Aussagen oft, einen gar nicht vorhandenen Überblick der Lage zu vermitteln. Frauen unterschieden häufig nicht bewusst, welche beobachteten Details wichtig waren. Eine Darstellung wie die von Elsa Martin hatte er in seiner bisherigen Praxis noch nicht erlebt. Sie berichtete klar und präzise, ihre Beobachtung mit dem zu leeren Belladonna-Fläschchen und ihren Entschluss, das Cognacglas untersuchen zu lassen, brachte sie sachlich und fast beiläufig vor.

Als ihm zusätzlich blitzartig zu Bewusstsein kam, dass eben diese Elsa Martin Victor Rehnhoff benachrichtigen ließ, als sie August Remmèrs in der Wohnung ihrer Freundin Roberta Stein vorfand, fühlte er sich vollends irritiert. Eine solche junge Dame war ihm bisher noch nicht begegnet. Nie hätte er gedacht, dass Frauen so nüchtern und logisch denken und so beherzt handeln könnten. Er trank einen großen Schluck Zitronenlimonade. »Sie halten es also für möglich, dass eigentlich Fräulein Stein das Opfer des Mordanschlages sein sollte?«, fasste er ihre Darstellung zusammen.

»Herr Kriminalinspektor Hahn, davon bin ich überzeugt. Deshalb mache ich mir ja auch so große Sorgen um meine Freundin. Wer sagt uns, dass es nicht bald einen zweiten Versuch geben wird, sie umzubringen? Ich gab schon Anweisung, dass ess- oder trinkbare Geschenke, die hier für sie ankommen, auf keinen Fall verzehrt werden dürfen.«

Hahn nickte, während er mit seinem Bleistift auf dem Tisch trommelte. »Sie handeln ausgesprochen umsichtig, Fräulein Martin.«

Obwohl sie müde und blass aussah, fand er sie reizend. Diese wunderbaren blauen Augen unter den dunklen Augenbrauen wirkten sehr apart! Und dazu diese logische Art, Gedankenketten aufzubauen. Das zeigte ihm einige neue Aspekte des Falles auf. In der Tat schien es ihm immer unwahrscheinlicher, dass Roberta Stein, obwohl sie ihr das Glas eigenhändig gereicht hatte, ihre Kollegin wissentlich vergiften wollte. So rasch würde er das aber nicht zugeben. Er straffte die Schultern und fuhr fort: »Der Gedanke kam mir natürlich auch schon. Das erweitert den Kreis der Verdächtigen. Dennoch muss ich darauf bestehen, so bald als möglich Fräulein Stein zu befragen.«

»Selbstverständlich, Herr Inspektor. Ich frage Dr. Petzold. Sobald er es gestattet, lassen wir bei Ihnen anrufen. Aber bitte seien Sie äußerst vorsichtig. Ihr Nervenfieber dauert an, und sie weiß noch gar nichts von dem Mord! Sie erlebte in letzter Zeit zu viele Aufregungen. Ich wage nicht mir vorzustellen, wie sie reagiert, wenn sie erfährt, dass sie durch den vergifteten Cognac, den sie Sarah Amber reichte, selber sterben sollte.«

»Gnädiges Fräulein, ohne indiskret erscheinen zu wollen, hingen diese Aufregungen mit August Remmèrs zusammen?«

Elsa zögerte – immerhin wusste Hahn ja von dessen Eindringen in Robertas Wohnung. »Dazu möchte ich nur sagen, dass Roberta Stein diese Beziehung beendet hat.«

»Was nicht automatisch jeglichen Zweifel ausschließt.«

Elsa zuckte leicht mit den Achseln, ihr schwirrte der Kopf. Dieser Inspektor machte einen wesentlich besseren Eindruck, als sie angenommen hatte. »Am Anfang einer Ermittlung gelten eben viele als verdächtig. Die Lösung liegt oft nicht da, wo man sie vermutet. Es geht dann darum, die Spreu vom Weizen zu trennen. Damit meine ich nicht nur die Alibis, sondern auch das Motiv. Und das offenbart sich nicht so einfach, wie es auf den ersten Blick erscheinen mag.«

Hahn starrte sie um Fassung ringend an. »Fräulein Martin, woher kennen Sie all diese Überlegungen und Erkenntnisse zum Thema Verbrechen? Damit beschäftigt sich doch eine junge Dame aus gutem Hause nicht!«

Elsa musste aufpassen. Ermittlungen auf eigene Faust würde der Inspektor bestimmt nicht schätzen.

»Das kommt durch die Sorgen, die ich mir um meine Freundin mache, Herr Hahn. Seitdem zerbreche ich mir den Kopf, was es mit dieser schrecklichen Angelegenheit auf sich hat. Und wenn man überlegt, gab es ja für viele die Möglichkeit, den Cognac zu vergiften.«

Elsa beschloss, dem Inspektor doch noch einige Hinweise zu geben. Je eher dieser Roberta aus der Reihe der Verdächtigen strich und nach dem wahren Mörder suchte, desto besser. Mein Interesse für Detektivgeschichten werde ich ihm jedenfalls gewiss nicht verraten, sonst hält er mich wahrscheinlich für völlig überspannt. Was ich ja womöglich in den Augen vieler auch bin, überlegte Elsa, trotz des Ernstes der Lage mit einem kleinen Anflug von Selbstironie.

Hahn beobachtete ihr Mienenspiel interessiert.

»So, so«, sagte er. »Wer hatte denn alles Gelegenheit?«

Mit möglichst harmloser Miene entgegnete Elsa: »Das erfuhr ich zufällig, weil mein Bruder Heinrich Sarah Amber vor der Premiere seine Aufwartung machte. Und da kamen einige Herren, um den Schauspielerinnen Glück zu wünschen. Darunter auch ein alter Verehrer von Fräulein Stein, Theobald von Lensing.«

Justus Hahn stöhnte innerlich auf. Der Fall zog Kreise in die feinste hannoversche Gesellschaft.

»In der Pause herrschte ja ein lebhaftes Kommen und Gehen in den Garderoben. Besucher, Schauspieler, Garderobieren – alle hätten Gelegenheit gehabt, den Cognac zu vergiften.«

Justus Hahn beschloss, so schnell wie möglich die Stille seines Büros aufzusuchen, um in Ruhe nachzudenken, seine Gedanken zu sortieren und seine nächsten Schritte zu planen. Diese junge Dame brachte ihn tatsächlich etwas aus der Fassung.

»Wir werden in breiter Linie weiterermitteln, Fräulein Martin, dessen können Sie gewiss sein«, entgegnete er mit unbewegter Miene. »Bitte benachrichtigen Sie mich sofort, wenn Roberta Stein Fragen beantworten kann.« Er gab seiner Stimme einen betont beiläufigen Klang: »Und falls Ihnen noch etwas einfallen sollte, geben Sie mir ebenfalls Bescheid. Wir lassen vorläufig offiziell nicht verlauten, dass der Anschlag vermutlich Fräulein Stein galt. Das würde den Mörder nur warnen und möglicherweise Ihre Freundin unnötig gefährden. Allerdings komme ich bei meinen Befragungen nicht umhin, mit dieser Möglichkeit zu operieren. Dadurch wird es leider nur eine Frage der Zeit sein, bis auch die Presse davon Wind bekommt.«

Elsa nickte und geleitete den Inspektor hinaus. »Je eher der Mörder hinter Schloss und Riegel sitzt, desto besser!«

Justus Hahn holte tief Luft. »Gnädiges Fräulein, ich muss Sie allerdings dringend ersuchen, nicht in die Polizeiarbeit einzugreifen oder gar weitere eigene Nachforschungen zu betreiben. Das gehört allein zu unseren Aufgaben und könnte außerdem gefährlich werden!«

Mit unbewegter Miene sah Elsa ihn an. »Herr Kriminalinspektor, es würde mir nie einfallen, mich einzumischen – für Detektivarbeit eignen sich Frauen gewiss nicht!«

Während Justus Hahn die Treppe hinunterging, fragte er sich irritiert, ob Fräulein Martin sich gerade über ihn lustig gemacht hatte.

Elsa läutete indessen nach Trine. »Bitte bring mir eine heiße Schokolade auf mein Zimmer. Sag Miene, sie möchte den Kakao stark zubereiten und mit Vanille würzen.«

Bevor ich zu Roberta gehe, brauche ich einen Moment Ruhe, dachte Elsa. Sie legte sich auf die Recamiere in ihrem kleinen Salon, blickte nachdenklich auf das heitere Landschaftsbild eines französischen Malers, welches Heinrich aus Berlin mitgebracht hatte. Von nahem betrachtet, wirkte die Pinselführung wie hingetupft, ganz anders als Meister Kaulbachs Malweise. Impressionismus nannte sich diese neue Art zu malen. Elsa gefiel das Bild ausnehmend gut – es schien das schwirrende Licht eines heißen Sommers wiederzugeben. Und passte mit seiner Leichtigkeit wunderbar zu ihren zierlichen Louis-Phillip Möbeln.

Trine brachte eine große Tasse dampfende Schokolade. Da Roberta das köstliche Getränk ebenfalls schätzte, gingen die Freundinnen ab und zu gemeinsam ins Café Kröpcke, um eine Schokolade mit einer schönen Sahnehaube zu genießen. Beide liebten die gediegene Atmosphäre, vor allem wenn aus dem Kaffeegarten noch Musik ertönte. Damit vermischte sich der gedämpfte Plauderton der Stimmen, das leise Knarren des Parketts, wenn ein Kellner sich eilig zwischen den Tischen hindurchschlängelte, das Klingeln von Löffeln in Porzellantassen, der feine Klang der Kristallgläser beim Zuprosten. Genussvoll sog Elsa den Duft der heißen Schokolade ein. Der Geruch ist mindestens ebenso köstlich wie der Geschmack, fand sie. Schluck für Schluck trank sie und wandte ihre Gedanken dem soeben geführten Gespräch mit dem Inspektor zu: Der Mann scheint immerhin sein Handwerk zu verstehen. Und je besser der ermittelt, desto schneller wird hoffentlich der Mörder gefunden. Ebenso wie Victor hält der Kriminalinspektor wohl wenig von mitdenkenden Frauen. Dabei fand ich ihn recht sympathisch. Was Roberta betrifft, sie braucht unbedingt Erholung. Und damit sie sozusagen aus der Schusslinie kommt, wäre es am besten, wenn sie für einige Zeit Hannover verlässt. Das werde ich mit Heinrich besprechen, nahm sich Elsa vor. Sie konzentrierte sich auf den letzten Schluck Schokolade, stellte die Tasse ab und schloss für einen Moment die Augen. Die Aufregungen der vorhergehenden Zeit forderten ihren Tribut, sie fiel in den tiefen Schlaf der Gerechten.

Notwendige Formalitäten

Victor Rehnhoff hatte sich nach Sarah Ambers Tod bereiterklärt, die Formalitäten zu erledigen. Lizzy Little wirkte nach dem Tod ihrer geliebten Herrin halb verrückt und geradezu gelähmt vor Schmerz. Abgesehen davon konnte sie als Ausländerin die erforderlichen Schritte mit dem damit verbundenen Papierkrieg kaum bewältigen. Rehnhoff suchte sie daher in Begleitung seines Bürovorstehers einige Tage nach Sarahs Tod auf, um die Papiere zu sichten. Außer dem Dienstmädchen war auch Robertas Garderobiere Greta da, die sich mitleidig um die Kollegin bemühte.

»Miss Little erscheint mir völlig durcheinander«, flüsterte Greta Rehnhoff zu, während man im Salon darauf wartete, dass Lizzy die Papiere brachte. »Manchmal befürchte ich, sie wird über diesem Unglück den Verstand verlieren.«

»Ich tue mein Möglichstes, um ihr die schwierigen Angelegenheiten abzunehmen und alles zu regeln, was geregelt werden muss«, entgegnete Rehnhoff leise. In diesem Augenblick betrat Lizzy Little mit einem großen Stapel Papiere den Salon. Sie ließ diese einfach auf den Tisch rutschen. Danach setzte sie sich auf einen Stuhl. Sie wirkte völlig in sich gekehrt. Grete zog die halb zugezogenen Vorhänge auf. Das gedämpfte Licht hatte dem ohnehin recht düsteren Raum mit den schweren dunklen Möbeln die Atmosphäre eines theatralischen Dramas verliehen.

»Die Herren brauchen Tageslicht, um die Papiere zu sichten, Lizzy. Und wir alle könnten einen guten starken Tee vertragen. Ich kümmere mich darum. Bleib du hier, falls es Fragen gibt.«

Kurze Zeit später erschien das Dienstmädchen mit einer silbernen Teekanne sowie Teetassen aus zartem Porzellan und schenkte köstlich duftenden Tee ein. Victor Rehnhoff nahm dankbar ein paar Schlucke, die ihn sofort belebten. »Miss Little, ich werde Mr. Amber ein Telegramm schicken, um ihn von dem Tod seiner Tochter zu unterrichten und ihn um weitere Anweisungen zu bitten. Wir müssen wissen, wie er zu verfahren wünscht. Sowohl hinsichtlich der Beerdigung, der Auflösung dieses Haushaltes als auch Ihrer Rückreise. Die Bankverbindungen Ihrer Herrin habe ich gefunden. Vorläufig gibt es noch genügend Mittel. Verfügen Sie für die nächste Zeit über ausreichend Geld?«

Miss Little nickte gleichgültig, Finanzielles schien für sie kein wichtiges Thema zu sein.

»Das Telegramm, Herr Anwalt. Mr. Amber ist ein kranker Mann, sehr krank. Der Tod seiner geliebten Sarah äußerst hart. Müssen Sie schreiben von Gift?«

Victor Rehnhoff blickte Lizzy nachdenklich an. Ihr schlechter Zustand spiegelte sich in ihrem Deutsch wider, welches sie sonst fast akzent- und fehlerfrei beherrschte. Er überlegte einen Moment.

»Ich könnte zunächst von einem tragischen tödlichen Unfall schreiben. In nicht allzu ferner Zeit jedoch müssen wir Mr. Amber reinen Wein einschenken.«

Sie nickte ihm dankbar zu. »Yes, Mr. Rehnhoff, but … aber er erträgt es besser, wenn er nicht alles auf einmal erfährt.«

Der Bürovorsteher hatte inzwischen die Papiere gesichtet und aufgelistet und schob Miss Little eine entsprechende Aufstellung zu. »Bitte unterschreiben Sie, dass Sie uns diese Unterlagen ausgehändigt haben.«

Victor Rehnhoffs gute Verbindungen ermöglichten, dass die Kriminalpolizei die sterblichen Überreste von Sarah bald zur Bestattung freigab. Er bereitete alles für eine Beisetzung auf dem Engesohder Friedhof vor – vermutlich würde ihr Vater Wert auf ein standesgemäßes Begräbnis für seine Tochter legen. Falls doch eine Überführung der Leiche bestimmt wurde, konnte er immer noch entsprechend handeln. Bis Anweisungen aus Amerika kamen, lag Sarah Amber im Eishaus des Friedhofs.

Weitere Befragungen

Justus Hahn sah der zweiten Tageshälfte mit mäßiger Freude entgegen. Als Erstes erwartete er August Remmèrs, um fünf Uhr traf er sich mit Theobald von Lensing in der Weinstraße. Es war ihm nicht ratsam erschienen, den Herrn Chemiefabrikanten ohne Weiteres in die Polizeidirektion einzubestellen. Der Polizeipräsident hatte ihm heute Mittag nachdrücklich seinen Unmut über Berichte in der Zeitung übermittelt. Und ihn indirekt bezichtigt, einen Verräter in seiner Abteilung zu haben, der die Presse mit Informationen versorge. Dies vergällte ihm nach der irritierenden Befragung des außergewöhnlichen Fräulein Martin endgültig den Appetit auf ein Mittagsmahl.

Missmutig verzehrte er eine vom Wachtmeister besorgte Schmalzstulle und trank dazu starken, bitteren Kaffee. Diese frugale Mahlzeit quittierte sein Magen mit Sodbrennen, wodurch seine Laune weiter gen Nullpunkt sank.

August Remmèrs erschien pünktlich um zehn Minuten vor drei mit seinem Anwalt. Um zehn Minuten nach drei Uhr ließ der Inspektor die Herren hereinbitten. Den Advokaten kannte er flüchtig von anderen Gelegenheiten. Dabei war er ihm durch seine Theatralik einige Male unangenehm aufgefallen. August Remmèrs wirkte angegriffen.

Der Rechtsanwalt eröffnete das Gespräch. »Mein Mandant fühlt sich etwas indisponiert. Daher würde ich Ihnen gern berichten, was er bezüglich seines Aufenthaltes am Freitagabend belegen kann.« Justus Hahn nickte.

Der Anwalt berichtete ziemlich weitschweifig, benannte Zeugen für die Anwesenheit von Remmèrs in der Münchner Bierhalle und zu seiner Ankunft im Grand Hotel Hartmann.

Hahn erfasste trotz seines schlechten Zustandes routiniert, wo sich die Lücken befanden. Er unterbrach den Redeschwall des Rechtsanwaltes. »Wir verfügen nur über eine ungefähre Zeitangabe aus dem Münchner Lokal und eine konkrete aus dem Hotel. Das heißt, Herr Remmèrs hätte mit Leichtigkeit zum Königlichen Schauspielhaus gehen können, bevor er das Grand Hotel aufsuchte. Möglicherweise, um den Cognac zu vergiften, möglicherweise, um den Ring in der Garderobe von Fräulein Stein zu suchen, möglicherweise, um beides zu tun.«

August Remmèrs riss sich merklich zusammen. »Mir ist klar, Herr Kriminalinspektor, dass ich meinen Aufenthalt leider nicht lückenlos nachweisen kann. Aber ich schwöre Ihnen, ich ging nicht ins Schauspielhaus. Und wahrscheinlich besitzt nicht jeder, den Sie verdächtigen, ein vollständiges Alibi.«

Hahn kannte die Polizeiarbeit lange genug, um zu wissen, von welchen Zufällen der Nachweis eines Alibis oft abhing. Auch dieser Gedanke hob seine Stimmung keineswegs.

»Nicht jeder Verdächtige wird am nächsten Morgen unbefugt in der Wohnung einer Dame aufgegriffen, die in den Fall verwickelt ist«, konterte er knurrig.

Der Anwalt warf wie im Schmierentheater sofort die Arme hoch. »Herr Kriminalinspektor Hahn, nichts bedauert mein Mandant mehr als diese Dummheit! Natürlich gibt es keine Entschuldigung für dieses Verhalten. Mein Klient verlor den Kopf, weil er sich in einer schrecklichen Zwickmühle befand.«

»So, so, den Kopf hat er verloren, der Ärmste! Immerhin Herr Remmèrs, besaßen Sie ja noch so viel Verstand, sich in Köln einen Schlüssel nachmachen zu lassen. Und nach einer guten Gelegenheit rund um die Premiere zu suchen, um Ring und Briefe wieder an sich zu bringen. In diesem Fall handelte es sich ebenso wenig um eine spontane Handlung, wie das Gift in den Cognac zu schütten.«

August Remmèrs standen die Schweißperlen auf der Stirn. »Ich weiß, dass der Schein gegen mich spricht, Herr Kriminalinspektor, aber ich war es nicht. Das Schicksal spielt mir hier einen üblen Streich, der mich sowohl privat als auch beruflich ganz entsetzlich beutelt. Sie sehen einen gebrochenen Mann vor sich! Das alles bedeutet nicht weniger als meinen Ruin. Bitte lassen Sie mich nach Köln zurückkehren.«

Justus Hahn fühlte Übelkeit bei so viel Selbstmitleid. Wie oft erlebte er im Verhör Menschen, die zu ihrer Situation ein gerütteltes Maß beigetragen hatten, sich aber als völlig unschuldiges Opfer der Umstände präsentierten. Wie schon bei der ersten Befragung spürte er Ungeduld. Er würde Remmèrs nicht verhaften können, dafür lag zu wenig greifbares Beweismaterial vor. Zumal Fräulein Stein ja immer noch keine Anzeige wegen Hausfriedensbruch erstattet hatte.

»Wir befinden uns in einem schwebenden Verfahren«, wandte er sich an den Anwalt. »Meinetwegen kann Ihr Mandant heute mit dem Nachtzug nach Hause zurückkehren. Allerdings mit der Auflage, dass er vorläufig die Stadt nicht verlassen darf. Außerdem muss er sich täglich in der Kölner Polizeidirektion melden. Machen Sie ihm klar, was es bedeutet, wenn er diese Bedingungen nicht einhält!«

»Nämlich was«, wagte August immerhin schon zu fragen, während sich Erleichterung in seinen Gesichtszügen ausbreitete.

»Sofortige Verhaftung, Remmèrs! Und jetzt dürfen Sie sich verabschieden! Tun Sie es schnell, bevor ich es mir anders überlege«, zischte Julius Hahn, woraufhin sich die Herren eiligst entfernten.

Nachdem er noch eine Weile Notizen geschrieben, Unterlagen gelesen und geordnet hatte, zückte Hahn seine Repetieruhr. Er beschloss zur Gaststätte Klickmühle gegenüber der im Bau befindlichen Markthalle zu gehen und sich dort eine warme Suppe und einen Doppelkorn zu gönnen. In dieser einfachen, sauberen und gemütlichen Schankwirtschaft kannte man ihn. Ab und zu hatte er sich hier auch schon unauffällig mit Informanten getroffen.

Die Wirtin grüßte freundlich, wohl wissend, dass er nicht mit seinem Titel angeredet zu werden wünschte.

»Guten Tag, Herr Hahn.«

»Guten Tag. Was gibt es heute für eine Suppe?«

»Gerade gekochtes, leckeres buntes Huhn.«

»Das ist genau das Richtige, nehme ich.«

»Buntes Huhn für Herrn Hahn«, rief die Wirtin in die Küche, wobei sie sich offensichtlich über das Wortspiel amüsierte. Das Eintopfgericht mit mehrerlei frischen Gemüsen und weißen Bohnen in Hühnerbrühe hieß nun mal so.

Der Inspektor brachte immerhin ein schwaches Lächeln zustande. Der Eintopf, mit viel Petersilie abgerundet, schmeckte ihm so ausgezeichnet, dass er die Terrine bis auf den letzten Löffel leerte. Danach fühlte er sich wieder so weit hergestellt, dass er auf den Schnaps verzichtete. Er schlenderte zur Pferdetram und fuhr bis zum Aegidienthorplatz. Von dort aus folgte er ein kurzes Stück der Richtung Süden führenden Hildesheimer Straße und bog links in die Weinstraße ein. Die ehemalige Gartenstadt, die sich um die im Neubau befindliche Gartenkirche gruppierte, befand sich im Wandel. Hinter dem Aegidienthor waren früher Obst und Gemüse für die Hannoveraner angebaut worden. Die Gartenkosaken, wie man die Kleinbauern nannte, lebten zum Teil noch in der Baumstraße oder in der Großen Barlinge, einer langen gewundenen Straße, die sich ursprünglich durch die Felder geschlängelt hatte. Die Stadt veränderte sich auch dort in rasantem Tempo. Jetzt standen hier schöne Villen.

Ziemlich am Ende der Weinstraße befand sich das Haus von Theobald von Lensing, eine gepflegte zweistöckige Villa in gelbem Backstein. Eine großzügige Toreinfahrt führte zu den Pferdeställen und dem Kutscherhaus. Justus Hahn zog seinen Binder zurecht, ging durch den Vorgarten, sodann drei Stufen zum Eingang hoch und betätigte den an einem Löwenkopf befestigten Türklopfer. Nach kurzer Zeit öffnete sich die Tür, und ein Diener in Livree nahm seine Karte entgegen. Während Hahn wartete, sah er sich in der großen Vorhalle um, denn einen Vorplatz konnte man ein Entree solchen Ausmaßes kaum noch nennen. Es blieb ihm wenig Gelegenheit, sich weiter umzuschauen, da er unverzüglich in das Studierzimmer des Hausherrn geleitet wurde.

»Herr Kriminalinspektor, bitte nehmen Sie Platz. Kann ich Ihnen einen Sherry oder einen Port anbieten? Oder dürfen Sie im Dienst nichts akzeptieren?«, fügte von Lensing etwas süffisant hinzu.

Justus Hahn, von der guten Suppe wieder ins Lot gebracht, beschloss, sämtliche Spitzen zu überhören. »Gern einen Sherry.« Durch eine Flügeltür sah er in einen großen Garten mit hohen alten Bäumen. Von Lensing, der seinen Blick bemerkte, erklärte: »Ich ließ bewusst einige Obstbäume, vor allem aber den wunderbaren Walnussbaum stehen. Und zwei Kastanien am Ende des Grundstückes. So, Ihr Sherry. Was kann ich für Sie tun?«

»Wir befragen sämtliche Personen, die uns möglicherweise mit Beobachtungen bei dem Mord im Königlichen Schauspielhaus weiterhelfen können. Und Sie gehörten zu den Herren, die vor der Premiere den Schauspielerinnen ihre Aufwartung machten.«

»Das stimmt.«

»Darf ich fragen, welche der Damen Sie besuchten?«, erkundigte sich Justus Hahn. Denn er besaß längst von einem seiner Informanten, einem jungen Hilfskellner im Café Kröpcke, einige Hinweise. Danach sollte es im Mai zwischen Fräulein Stein und Herrn von Lensing zu einer kurzen, aber heftigen Szene gekommen sein.

»Ich wollte Roberta Glück für die Premiere wünschen.« Von Lensing stockte einen Moment, um mit unbewegter Miene fortzufahren: »Ich sah sie allerdings nicht persönlich.«

»Wieso nicht?«

»Ihre Garderobiere Grete schirmte sie regelrecht ab, als ich erschien.«

Justus Hahn sah ihn ebenso unbewegt an. »Wie ich gehört habe, sind Sie ein alter Freund und Verehrer unserer großen Schauspielerin. Aus welchen Gründen ließ Grete Sie denn nicht vor?«

»Fräulein Stein weiß eben nicht, was gut für sie ist«, zischte Lensing, der hochrot anlief. »Ich konnte nur einen flüchtigen Blick durch die halboffene Tür auf sie erhaschen. Dann bin ich gegangen.«

»Fiel Ihnen etwas auf? War jemand da, den Sie kannten?«

»Den jungen von Elßtorff sah ich mit einem großen Blumenbouquet, er scharwenzelte offensichtlich um diese Sarah Amber herum. Auch Ferdinand von Salzen wollte ihr offenbar Glück wünschen. Sonst ist mir nichts aufgefallen.«

Justus Hahn zückte eine Fotografie von August Remmèrs.

»Sahen Sie diesen Herrn hinter der Bühne?«

An der Schläfe von Lensings begann eine Ader zu pochen.

»Ich verspüre die Versuchung, ja zu sagen, Herr Hahn, aber ich tue es nicht. Nein, ich sah diesen Kölner Casanova nicht.«

»Was machten Sie danach?«

»Ich sah mir in meiner Loge das Stück an. Ich war allein, was Sie ja sicher wissen wollen. Und ging zur Pause nach Hause, zu Fuß. Von dem Unglück erfuhr ich erst durch die Zeitung.«

»Kann jemand von Ihrer Dienerschaft bezeugen, wann Sie zurückgekommen sind?«

»Nein, es wird für meine Rückkehr alles gerichtet, aber ich gestatte dem Personal ab und an sich zurückzuziehen, wenn ich abends aus dem Hause gehe. Und um Ihrer Frage zuvorzukommen, ich kehrte auch nirgends mehr ein.«

»Das heißt, Sie besitzen kein Alibi.«

»Herr Hahn, das ist eine Unverschämtheit. Was habe ich mit dem Tod von Fräulein Amber zu tun. Ich kannte sie doch gar nicht.«

»Aber Sie standen in einer intensiveren Beziehung zu Roberta Stein. Und es spricht vieles dafür, dass der Mordanschlag ihr und nicht Miss Amber gegolten hat.«

Von Lensing starrte ihn an. »Sie wollen mich doch wohl nicht hinters Licht führen, Inspektor?«

»Gewiss nicht.«

Sein Gegenüber griff schnell nach einer Schublade seines Schreibtisches, was Hahn instinktiv aufspringen ließ. Geradezu automatisch fasste er mit der rechten Hand in seine Jackentasche, bis ihm einfiel, dass er keine Waffe mit sich trug. Von Lensing hob schnell die Hände.

»Ganz ruhig, Hahn, ich wollte nur meine Zigaretten. Überzeugen Sie sich bitte selbst!«

»Sie rühren sich nicht!« Hahn umrundete den Schreibtisch, zog die oberste Schublade auf und blickte auf diverse Schachteln feinster ägyptischer Zigaretten.

»Herr Kriminalinspektor, darf ich Ihnen auf den Schreck eine anbieten?«

Hahn nickte und ließ einen Teil der Maske fallen. »Ja, eine gute

Idee, dieser Tag hatte es in sich.«

Die ovalen Zigaretten verströmten einen angenehmen Geruch.

Von Lensing schenkte mit geistesabwesendem Gesichtsausdruck Sherry nach. Anschließend nahm er wieder Platz und blickte Hahn offen ins Gesicht.

»Es fällt mir nicht leicht, was ich jetzt sage. Und ich bitte Sie um äußerste Diskretion.«

»Versprochen, Herr von Lensing.«

»Ich wollte Roberta Stein heiraten – ich bewundere sie zutiefst. Sie gab mir einen Korb, weil sie die Bühne nicht aufgeben will. Ich bin wütend und kann das nicht verstehen. Noch nie wies eine Frau mich ab. Sie scheint diesen windigen Kölner Opernsänger meiner Person vorzuziehen. Das begreife ich am allerwenigsten. Ich könnte mich zu einigem hinreißen lassen, Herr Inspektor. Aber ich würde nie den Menschen umbringen, den ich so verehre.«

Justus Hahn fand diesen stark von sich selbst eingenommenen Mann nicht unbedingt sympathisch. Allerdings spürte er, was es von Lensing gekostet hatte, so offen zu sprechen. Er neigte sogar dazu, ihm zu glauben. Damit gab es jetzt den zweiten Verdächtigen ohne Alibi! Und eine Lösung des Falles schien ihm ferner denn je. Er merkte, dass er kaum noch einen klaren Gedanken fassen konnte. Es wurde Zeit, für heute die Arbeit zu beenden. Zu seiner Wohnung in der Marienstraße benötigte er nur wenige Minuten. Mit einigen höflichen Sätzen verabschiedete er sich bei von Lensing und ging gedankenversunken nach Hause.

Lagebesprechung in der Königstraße

»Wenn Cord heute Abend kommt, Marga, lass mir bitte Bescheid sagen. Mir wäre es wichtig, dass wir zuerst erfahren, ob er noch etwas herausfinden konnte. Ich möchte nicht, dass Victor Rehnhoff erneut misstrauisch wird.«

Marga nickte. »Ja, das finde ich auch besser. Wir wollen ihn ja keineswegs in Schwierigkeiten bringen.«

Gegen sieben Uhr meldete Trine: »Frau Lheiß fragt, ob Sie noch einen Moment zu ihr in den Garten kommen möchten.«

Sofort eilte Elsa hinunter und fand Marga und Cord mit einer Limonade in der Gartenecke sitzend. Cord ließ sich nicht lange bitten.

»Sie hatten recht mit Ihrer Vermutung«, begann er voller Hochachtung. »Amalie Röscher interessiert sich tatsächlich stark für Oscar Leitner. Sie scheint wohl auch eifersüchtig auf Roberta Stein zu sein, das meinte wenigstens das Dienstmädchen. Es freute sie jedenfalls, als Fräulein Stein mit Herrn Remmèrs liiert war. Vor ungefähr zwei Wochen soll sie erst am frühen Morgen nach Hause gekommen sein, was bis dahin nie vorkam. Und da schickte ihr Herr Leitner Blumen.«

»Also hast du die richtigen Schlüsse aus deinen Beobachtungen gezogen, Elsa«, stellte Marga fest. »Und deine Erkenntnisse, Cord, sind wieder hilfreich.«

»Es gibt aber noch mehr«, verkündete der voller Stolz. »Fräulein Röscher ist die Tochter eines Apothekers. Und nicht nur das: Sie mischt eigene Salben und Medikamente selbst und besitzt auch einen kleinen abschließbaren Schrank in ihrem Studierzimmer. So einen mit Totenkopf und gekreuzten Knochen drunter.«

Cord hatte sich einige Wirkung davon versprochen, wenn er diese Bombe platzen ließ. Er wurde nicht enttäuscht. Die beiden Frauen blickten ihn fassungslos an.

»Einen Giftschrank?«, stammelte Elsa. »Und sie kam bei der Premiere ganz spät in den Zuschauerraum geeilt. Wir müssen herausbekommen, wo sie war und was sie machte.«

»Ja«, entgegnete Marga. »Wir können vorsichtig Roberta fragen. Und ihre Garderobiere Grete aufsuchen. Das könntest du demnächst machen, dir wird sie vertrauen.«

Elsa nickte. »Ja, eine gute Idee. Sobald ich es einrichten kann, suche ich sie auf. Mit Amalie gibt es drei Verdächtige, die die Gelegenheit und ein Motiv hatten. Und für zwei von ihnen, nämlich für Amalie Röscher und Theobald von Lensing dürfte es auch noch ein Leichtes gewesen sein, an das Gift heranzukommen.«

»Die Sache wird immer komplizierter«, meinte Cord.

»Bevor wir nicht mehr wissen, zu niemandem ein Wort«, schlug Elsa vor. Alle drei blickten sich komplizenhaft an.

»Danke, Cord«, fügte sie hinzu, »das hast du wieder hervorragend gemacht.« Der registrierte das Lob mit Stolz gestrafften Schultern und verabschiedete sich eilig.

Justus Hahn ärgert sich

Die Schlagzeile in der Zeitung lautete: »Galt Mordanschlag Roberta Stein?« In diesem Fall wusste Justus Hahn bereits, welchem Informanten der Zeitungsredakteur diese Neuigkeit zu verdanken hatte. August Remmèrs hatte sich in seiner Empörung, dass man ihn so lange in Hannover festhielt, einem findigen Zeitungsreporter gegenüber verplappert, ehe er am Dienstag den Nachtzug nach Köln bestieg.

Der Reporter indessen zeigte sich wenig dankbar und stellte August Remmèrs als etwas schillernde Figur hin, die keineswegs über jeden Verdacht erhaben schien. Das geschah diesem wirklich recht!

Hahn fand den Sänger immer unsympathischer, denn der brachte Roberta Stein mit seinem Verhalten auch noch möglicherweise in Gefahr. Er musste unbedingt die Schauspielerin persönlich befragen. Die Ermittlungen begannen zu stocken. Am Nachmittag wollte er blaumachen und das schöne Wetter nutzen, um einen langen Spaziergang in der Eilenriede zu machen und im Restaurant des Tiergartens einzukehren. Arbeiten konnte er ebenso gut abends. Mit diesem erfreulichen Gedanken wischte er allen Ärger beiseite.

Viele Verdächtige

An diesem Morgen kam Elsa spät zum Frühstück, sie traf niemanden mehr im Speisezimmer an. Dort stand noch eine üppige Frühstücksauswahl. Nach einer fast schlaflosen Nacht fühlte sie sich zerschlagen und appetitlos. Der Vortag war nicht gerade erholsam verlaufen. Vormittags die Garderobiere Grete zu befragen, nachmittags Roberta, der es endlich besser ging, schonend die letzten Ereignisse beizubringen, strengte sie sehr an. Die Freundin reagierte nicht ganz so schockiert, wie sie befürchtet hatte. So einiges musste sie sich bereits zusammengereimt haben. Elsa wich kaum von ihrer Seite. Immerhin verbrachten sie den Nachmittag schon ein Stündchen an der frischen Luft in Margas Gartenecke. Sie bereitete Roberta darauf vor, dass der Kriminalinspektor Hahn sie befragen wollte. Und versuchte Roberta schmackhaft zu machen, so bald als möglich für mindestens zwei Wochen zu Sophie nach Salzuflen zu fahren, um dort ihre Kräfte zu stärken. Dr. Petzold befürwortete den Plan nachdrücklich. Trude könnte für ihre Herrin packen und sie begleiten. Die Freundin stimmte seltsam lammfromm allem zu. Dies verstärkte Elsas Eindruck, dass Roberta dringend Ruhe, Erholung und besonders einen Ortswechsel brauchte.

Genau wie ich macht sie sich immer noch Sorgen wegen eines zweiten Mordanschlages, vermutete Elsa. Und ich möchte Bobby gern weit weg von Hannover wissen, wenn Sarah Ambers Beerdigung ansteht.

Marga Lheiß schlüpfte ins Speisezimmer. »Du bist ungewöhnlich spät dran, guten Morgen und wohl bekomm's.« Nach einem kurzen Blick auf Elsa nahm sie diese herzlich in den Arm. »Bei dir hat heute Morgenstunde aber kein Gold im Mund, Mädchen.«

»Ach Marga, in der Realität entpuppen sich Mordgeschichten doch als anstrengend.«

»Ja, das finde ich auch.«

»Gestern traf ich Robertas Garderobiere Grete zu Hause an. Du kannst dir vorstellen, wie schockiert sie von den Schlagzeilen im Hannoverschen Courier war. Sie freute sich, dass ich kam und sie mit mir alles bereden konnte. Und ich hörte geduldig zu und brachte sie durch weitere Fragen zum Sprechen. So bekam ich schnell heraus, was sie bemerkt und wen sie gesehen hat. Übrigens wird der Kriminalinspektor sie auch noch befragen, aber wir sind ihm weiterhin mindestens eine Nasenlänge voraus.«

»Bitte komm zur Sache, Elsa«, unterbrach Marga sie ungeduldig.

»Also, Amalie hielt sich vor der Vorstellung offenbar überwiegend bei Oscar auf. Bei Roberta und Sarah schaute sie nur kurz rein und wünschte toi, toi, toi für die Premiere. Übrigens meint Grete ebenfalls, dass die Tänzerin Oscar schon lange mag und sich Chancen ausrechnete, als Roberta August Remmèrs erhörte. Denn die bemerkte nicht, dass sich der Schauspieler nach so vielen Jahren der platonischen Freundschaft auch etwas anderes von ihr wünschen könnte.«

Marga stöhnte. »Oscar Leitner interessiert an Roberta – nun, so ist das Leben! Und gab es für Amalie die Gelegenheit, den Cognac zu vergiften?«

»So direkt befragte ich Grete natürlich nicht. Sie meint, das sei in dem ganzen Trubel praktisch für jeden möglich gewesen. Bei einer Premiere herrscht immer Ausnahmezustand. Alle wirbeln durcheinander, die Garderobieren helfen überall mit aus. Lizzy ging sowohl in Robertas als auch in Oscars Garderobe. Also hätte sie ebenfalls eine Gelegenheit gehabt. Zumal Roberta ja schon mit Oscar als Erste oben hinter dem Vorhang stand und Grete selbst sich nicht die ganze Zeit bei Bobby aufhielt.«

»Das heißt, alle Garderobieren müssen neben Amalie auch auf unsere Liste der Verdächtigen.«

Elsa bestätigte dies seufzend. »Der Einzige, der sich vermutlich durchgehend in seiner Garderobe aufhielt, scheint Oscar zu sein. Er laborierte etwas mit der Stimme und wollte sich schonen. Das jedenfalls würde ihn aus dem Kreis der Verdächtigen ausschließen.«

Es klopfte, und Trine meldete den Kriminalinspektor Hahn. Elsa führte ihn zu Roberta, die als blasse Schönheit, in ein Hausgewand gekleidet, in einem Sessel saß.

»Fräulein Stein, ich brauche nur Ihre Zeugenaussage. Ihre Freundin informierte mich bereits über vieles. Und ich möchte Sie nicht unnötig belasten.«

»Sie verhalten sich sehr rücksichtsvoll, Herr Kriminalinspektor. Tun Sie Ihre Pflicht. Je eher der feige Mörder verhaftet wird, desto besser für uns alle.«

Wie Hahn schon vermutet hatte, traten durch Robertas Aussage keinerlei neue Aspekte zutage. Er bewunderte sie im Stillen, wie sie zumindest äußerlich gefasst vor ihm saß. Bereits nach einer guten Viertelstunde endete die Befragung.

»Meine Freundin Elsa schlug vor, dass ich mich in Salzuflen erhole. Frau von Elßtorff befindet sich auch dort zur Kur. Spricht etwas dagegen, Herr Kriminalinspektor?«

»Nein, gnädiges Fräulein, fahren Sie nur und versuchen Sie, Abstand zu den schrecklichen Ereignissen zu gewinnen.«

Ein Herrenessen

Maximilian von Elßtorff hatte eine größere Runde der bedeutendsten Baumeister und Architekten der Stadt eingeladen, mit denen er gern in einen regelmäßigen kollegialen Gedankenaustausch treten wollte.

»Wer kommt denn, Marga?«, fragte Elsa, die sich auch für Architektur interessierte.

»Paul Rowald wird sich einfinden, der seit einigen Jahren die Hochbauabteilung im Stadtbauamt leitet. Die riesige Markthalle in Eisenarchitektur hat er entworfen. Möglicherweise kommt auch unser großer Unternehmer Ferdinand Wahlbrecht, der Chemiefabrikant Theobald von Lensing ist ebenfalls eingeladen, er trägt sich mit dem Gedanken, in Wülfel eine Fabrik zu bauen.«

»Was, der abgeblitzte Verehrer von Roberta – und das sagst du mir erst jetzt? Er darf keinesfalls mit ihr sprechen, ihr geht es schon miserabel genug.« Elsa war völlig außer sich bei dem Gedanken, von Lensing könne der Freundin Schaden zufügen.

»Keine Sorge, das ist bereits alles geregelt. Das Personal weiß Bescheid, dass er im ersten Stock nicht eingelassen werden darf, der Neffe von Franz, ein kräftiger Kerl, kommt zur Verstärkung, und dem gnädigen Herrn habe ich es auch erklärt. Dieser konnte den Gast ja schlecht wieder ausladen.«

Etwas erleichtert nickte Elsa.

»Dazu kommen weitere Architekten und der Altmeister, der bekannte Conrad Wilhelm Hase.«

»Ach Marga, heute Abend würde ich zu gern Mäuschen spielen. Du weißt, mit wie viel Interesse ich den Diskussionen über Architektur und Stile zuhöre. Besonders Hase schätze ich. Das Künstlerhaus in der Sophienstraße finde ich ebenso prachtvoll wie erhaben. Die Säle besitzen eine wunderbare Atmosphäre, um dort Bilder zu schauen.«

Als Kind war Elsa oft mit Onkel Maximilian an dem großzügigen Treppenaufbau vorbeigekommen, der in vielen breiten Stufen zum Eingang führt. Am Beginn der Treppen befanden sich Podeste, auf denen zwei Löwen ruhten. Hier streichelte sie stets die Bronze auf der rechten Seite.

Warum streichelst du immer nur den einen Löwen, Elsa? hatte Maximilian sie damals gefragt. Sie hatte fröhlich geantwortet, dass der linke zu einem anderen kleinen Mädchen gehöre, und sich darüber gewundert, dass der Onkel auf einmal so ein ernstes Gesicht machte. Sehr seltsam hatte er sich verhalten, etwas von schwerer Entscheidung gemurmelt. Diese kleine Szene brannte sich seltsamerweise in ihr Gedächtnis ein.

»Leider müssen wir uns damit abfinden, dass die Herren ihre Fachgespräche unter sich führen wollen«, holte Marga Elsa aus ihren Gedanken.

»Ja, das finde ich schade. Ich werde aus dem Fenster gucken, wenn die Gäste eintreffen. Conrad Hase sieht immer so ehrwürdig aus, mit dem Barett auf dem Kopf, dem langen Haupthaar und dem üppigen Bart. Wie ein Künstler eben. Dabei scheint er viel Humor zu besitzen.«

»Wie kommst du darauf, Elsa?«

»Durch den Spruch, der in seinem Wohnhaus, der Hasenburg, im Flur an der Wand steht. Er lautet: ›Dies Haus hab ich für mich gemacht, ob ihr drob spottet oder lacht, ein jeder baut nach seiner Nase, ich heiße Conrad Wilhelm Hase.‹«

Marga lächelte. »Ja, ich verstehe, was du meinst. Bestimmt wäre es lohnend, sich mit ihm zu unterhalten.«

Mittlerweile hatte sich die Herrengesellschaft komplett versammelt. Theobald von Lensing vergriff sich gleich als Erster im Ton.

»Na, von Elßtorff, Sie sind mir ja ein Tausendsassa! Tun immer etwas dröge, und jetzt beherbergen Sie die berühmteste und schönste Schauspielerin Hannovers unter ihrem Dach, und die Frau Gemahlin weilt zur Kur. Das ist …«

»Lensing«, schnarrte Maximilian in einem scharfen Offizierston, »halten Sie sofort die Klappe! Sie wollen mich doch wohl in meinem Haus nicht mit Duellfolgen beleidigen!«

Der Chemiefabrikant erblasste. »Aber, aber …«

Bevor er weiter ins Stottern kam, erhielt er vom Hausherrn einen derben Schlag auf die Schulter. »Meine Herren«, tat Maximilian mit einem schmalen Lächeln kund, »ein Scherz! Fräulein Stein fährt übrigens morgen nach Salzuflen, um sich zu erholen und um meiner Frau in der Kur Gesellschaft zu leisten. Und damit heiße ich Sie offiziell und herzlich zu unserem heutigen Herrenessen willkommen. Bitte treten Sie näher!«

Theobald von Lensing, der bereits angetrunken schien, brummte wütend vor sich hin. »Es reicht ihr scheinbar nicht mehr, die Herren in Hannover zu brüskieren, nun will sie sich bestimmt noch einen Kurschatten zulegen.«

Maximilian jedoch verstand ihn sehr wohl und beschloss, ihn im Laufe des Abends genau im Auge zu behalten. Außerdem ärgerte er sich insgeheim, dass er nicht doch Elsa gebeten hatte, die Begrüßung zu übernehmen und die Honneurs zu machen. In Gegenwart einer jungen Dame gaben sich die Herren in Sprache und Themenauswahl wesentlich gemäßigter! Andererseits kamen in diesen etwas raueren Männerrunden aber auch die besten Kontakte zustande, er erfuhr viel über neue Bauvorhaben und konnte nicht zuletzt so manches gute Geschäft anbahnen.

Sophie hatte sich damals wegen der Planung eines großen Speisezimmers in seinen Büroräumen arg gewundert. »Maximilian, du kannst doch deine Geschäftsfreunde zu uns nach oben bitten. Man wird meinen, ich sei eine schlechte Gastgeberin.«

»Meine Liebe, du bewirtest Gäste stets exzellent! Aber so manche geschäftliche Verbindung möchte ich weder in Kastens Hotel, noch in unseren privaten Räumen anbahnen oder vertiefen. Ein rustikales Esszimmer, in dem ich zum Beispiel auch ein Herrenfrühstück geben kann, bei dem wir völlig unter uns Geschäftsfreunden bleiben, das ist ideal.«

Dafür schuf er mit seinen Planungen allerbeste Voraussetzungen. Bei der Anordnung der Hauswirtschaftsräume im Souterrain richtete er sich weitgehend nach dem Vorbild des elterlichen Gutshauses. Allerdings sorgte er für einen Speiseaufzug, der sowohl sein Empfangszimmer im Parterre als auch das oberhalb liegende Speisezimmer im ersten Stock bediente. Zu oft hatte er sich im Elternhaus über nur noch lauwarm serviertes Essen geärgert.

Für die weitere Planung der Küche und der Esszimmer hatte er von seinem Freund, dem Hotelbesitzer Heinrich Kasten, viele wertvolle Hinweise erhalten. So bewirkten in beiden Speisezimmern beheizbare Wärmeschränke, dass die Tafelfreuden heiß auf den Tisch kamen. Die Räume im Souterrain stattete er, bis auf Vorratskammern, mit relativ großen Fenstern aus, um alle Versorgungsräume wie die Küche, aber auch die Schlafstuben für das Personal, mit ausreichend Licht zu versehen.

Es gab einen extra Raum zum Lagern und Putzen von Kartoffeln und Gemüse, eine Speisekammer mit Eiskästen und Hackklotz und ein Gelass zum Aufbewahren und Polieren von Silber. In der Spülküche befanden sich drei mit Zink ausgeschlagene Spülkästen mit Zuleitungen für heißes und kaltes Wasser, ein Ausguss, ein breiter Tisch und der Porzellanschrank.

In der geräumigen Küche, dem eigentlichen Reich der Köchin, prangte in der Mitte der Herd mit vier großen und zwei kleinen Kochstellen. Zwischen den Herdplatten eingelassen, befand sich die

Bain-Marie, das Wasserbad, auf welches die Küchenmeisterin neben der Spießbraterei besonderen Wert legte. An der Stirnwand hinter den Kochplatten hingen zahlreiche Regale und Haken, die der Aufbewahrung der stets auf Hochglanz polierten Kupfertöpfe, Pfannen und Kasserollen dienten. Nahe dem Tellerschrank stand ein großer, runder Tisch mit Stühlen. Kein Wunder, dass es Heinrich und Elsa als Kinder immer wieder in diese gemütliche Küche gezogen hatte.

Die Einrichtung des Speisezimmers für seine Herrenessen beruhte auf englischen Vorbildern. Bei einem Aufenthalt in London hatte er die englischen Clubs kennen- und schätzen gelernt. Er mochte den Geruch nach den typisch britischen Rasierwassern, nach Leder, Kaminholz, Tabak und Whisky. In dieser Atmosphäre konnte sich ein Mann bestens entspannen. Vielleicht nicht zuletzt deshalb, weil man unter sich war. Frauen erhielten keinen Zutritt.

Im Speisezimmer formten klassische englische Mahagonimöbel inklusive eines Bücherschrankes, mehrere Sitzgruppen mit bequemen Ledersesseln, dazu zwei großformatige Seestücke an den Wänden ein Ambiente, das Männern behagte. Kein Restaurant konnte ihm das bieten. Die Herrenessen wurden zu einem Begriff bei seinen Geschäftsfreunden.

Trine und Franz standen bereit mit Tabletts mit Champagner Veuve Cliquot, der in feinsten Kristallflöten moussierte.

»Meine Herren, lassen Sie sich bitte nicht nötigen, trinken wir auf einen gelungenen Abend! Oh wie herrlich perlt die Blase, der Witwe Cliquot in der Nase! Prost und wohl bekomm's!« Und die Baumeister und Architekten ließen sich nicht bitten, sondern griffen frisch zu den Gläsern. Franz ging herum und schenkte großzügig nach. Elsa hatte für die Herren ein ziemlich rustikales Mahl zusammengestellt, das ihnen eine gute Grundlage gab. Es gab eine kräftige Mockturtle, die die Köchin als Frau aus dem Ammerland besonders gut zubereitete. Als weitere Gänge gab es Schollenfilets, Tournedos Rossini und als Abschluss eine Eisbombe, die nicht nur durch Größe und Dekoration Eindruck machte, sondern auch köstlich schmeckte. Elsa wusste, dass die meisten Männer einem süßen Nachtisch kaum widerstehen konnten.

Dem Fässchen Herrenhäuser Bier wurde rege zugesprochen. Seit der Reichsgründung galt der Gerstensaft als deutsches Nationalgetränk, sein Konsum geradezu als eine Art patriotische Tugend. Die außerdem kredenzten Weine, selbstverständlich vom Feinsten, ließen sich ein paar Kenner besonders schmecken. Maximilian verfolgte den Verlauf des Dinners hochzufrieden. Einige informative Gespräche verhießen, sich in interessante Geschäfte zu verwandeln. Ein ganz neues, anspruchsvolles Villenviertel würde rechts und links des Döhrener Turms entstehen. Direkt an der Eilenriede gelegen, mit einzelnen Villen, aber auch mit maximal dreistöckigen Mietshäusern. Diese boten pro Stockwerk beste Wohnungen mit mindestens hundertachtzig Quadratmetern. Die Vorverhandlungen über einige profitable Grundstücke wollte Maximilian nicht nur zum Abschluss bringen, sondern er plante, dort noch mehr zu investieren.

Zu fortgeschrittener Stunde wandten sich die Gespräche von Baumeisterei und Architektur ab und politischen Themen zu. Wie so oft in den letzten Wochen wurde der Rücktritt des Reichskanzlers Bismarck und dessen Folgen diskutiert.

»Der Lotse ging von Bord«, bemerkte Baumeister Hase nachdenklich, »wie soll der in der Politik recht unerfahrene General von Caprivi denn den Kurs bestimmen?«

»Das wird uns unser junger Kaiser schon zeigen. Seine Majestät steht auf der Kommandobrücke und ergreift persönlich das Ruder. Volldampf voraus, heißt das Motto, meine Herren! Die Meere sind der Tummelplatz der Kraft und des Unternehmertums. Wer an den Meeren keinen Anteil hat, ist ausgeschlossen von den guten Dingen und Ehren der Welt, ist geradezu unseres Herrgottes Stiefkind. Die Wahrheit dieser großen Worte von Friedrich List hat niemand besser erkannt als unser Kaiser.« Architekt Simons blickte auffordernd in die Runde. »Wir sind schließlich Männer der Tat! Wer rastet, der rostet. Mit der für die Hapag in Hamburg gebauten ›Fürst Bismarck‹ werden wir den Engländern demnächst zeigen, dass deutsche Werften mit den englischen mithalten können.«

»Was wir brauchen, ist eine solide wirtschaftliche Entwicklung«, ergriff Maximilian das Wort. »Nur mit der Verteufelung und Unterdrückung der Sozialdemokraten, wie Bismarck das versuchte, kommen wir da auch nicht weiter. Leo von Caprivi denkt da wohl teilweise anders und fühlt sich offenbar nicht nur für Preußen zuständig.«

»Sehr richtig«, pflichtete Hase ihm bei. »Egal, ob in der Fabrik oder auf der Baustelle, die Leute müssen ein Auskommen haben. Abgesehen davon hätten wir ohne Bismarck kein Deutsches Reich.«

Eine kleine, zustimmende Pause entstand.

»Das sehe ich auch so, aber das ist Schnee von gestern. Wir schreiben das Jahr 1890 und nicht mehr 1871. Deshalb streben wir Deutschen jetzt unter unserem genialen Monarchen zur Sonne.« Simons zwirbelte die Enden seines Schnurrbartes, den er selbstverständlich genau wie Seine Majestät trug. »Neidlinge und Missgönnende werden zerschmettert. Wir deutsche Soldaten fürchten Gott, sonst nichts auf der Welt.«

Maximilian und Baumeister Hase sahen sich vielsagend an. Beide schätzten die Parolen der Hohenzollern-Partei keineswegs.

Theobald von Lensing nahm den Hausherrn beiseite. »Es bleibt bei unserem Bauvorhaben«, artikulierte er in der sorgfältigen Art des Angetrunkenen, um grimmig fortzufahren: »Aber dass ich an Ihrer Wohnungstür abgewiesen werde, ist ein starkes Stück! Ich wollte doch lediglich wissen, wie es Roberta geht.«

»Es geht Fräulein Stein den Umständen entsprechend, die Luftveränderung wird ihr guttun«, lautete Maximilians lakonische Antwort auf das hartnäckige Ansinnen des Mannes, dessen Verhalten ihm seltsam vorkam.

Die jüngeren Herren hatten sich am Ende des Tisches zusammengefunden. Mittlerweile trank man wieder Champagner. Ein Blondgelockter mit Vollbart, der aussah, als ob er kein Wässerchen trüben könne, erzählte, die Zigarre zwischen den Zähnen, Weibergeschichten. Ja, da nannte man die Dinge beim Namen. Es wurde laut und schallend gelacht. Ein anderer berichtete von Erlebnissen, die er auf Reisen gehabt hatte, es kamen Details auf den Tisch, die verblüfften.

Der Gastgeber hörte nur mit halbem Ohr zu und dachte an die Worte seines Vaters, die er ihm als junger Mann am Ende eines derartigen Herrenabends mit auf den Weg gab: Maximilian, nirgends wird so viel gelogen und so stark übertrieben wie bei solchen Männergesprächen. Der Architekt Simons beschrieb mittlerweile in beredten Bildern ein Etablissement, welches angeblich in Hannover seinesgleichen suchte.

»Alles vom Feinsten: die Einrichtung, die Getränke und vor allem – die jungen Damen!«

»Um Damen handelt es sich wohl kaum«, kommentierte Wahlbrecht, der neben ihm saß.

»Bis auf den einen entscheidenden Punkt benehmen sie sich aber so«, trumpfte Simons auf, der für diese Anmerkung mit brüllendem Gelächter belohnt wurde. Nachdem sich die Gemüter wieder beruhigt hatten, fuhr er fort: »Sie können sich ja überzeugen, meine Herren, Klavierspiel, Gesang, Konversation. Alles sehr distinguiert. Und Sie, von Elßtorff, besitzen ja heute als Strohwitwer auch keine Ausrede, nicht mitzukommen.«

Maximilian, der dem Champagner mehr zugesprochen hatte als gewöhnlich, zuckte nonchalant mit den Achseln. »Es kann ja nicht schaden, sich dieses sagenhafte Haus anzusehen.«

Damit war das Zeichen zum Aufbruch gegeben. Einige Herren strebten an den heimischen Herd, andere, unter ihnen Simons, machten es sich in der von Elßtorffschen Kutsche bequem, die Franz inzwischen vorgefahren hatte.

»Wir fahren bis zum Pferdeturm und hiernach zu einer entzückenden kleinen Villa in Kleefeld, die etwas versteckt direkt an der Eilenriede liegt.«

Während die Kutsche in flottem Tempo den kaum befahrenen Misburger Damm stadtauswärts fuhr, verbreitete sich Simons weiter über das Ziel der Fahrt. »Das Haus legt Wert auf höchste Diskretion. Die Besitzerin des Etablissements soll eine Dame aus bester Gesellschaft sein, die von ihrer Familie verstoßen wurde.«

»Mein lieber Simons«, entgegnete Maximilian, »das klingt mir stark nach Trivialroman! Aber lassen wir uns überraschen.« Er nutzte die Fahrt, um ein wenig die Augen zu schließen, Bordellbesuche übten einen geringen Reiz auf ihn aus. Schon die Angst vor Ansteckung bildete Hinderungsgrund genug, denn mit der Syphilis war überhaupt nicht zu spaßen. Davor boten auch die besten Häuser keinen wirklichen Schutz. In München hatte er als junger Kerl ab und zu ein Bordell besucht, aber was wollte er jetzt hier? Er beschloss, sich umzusehen und späterhin so rasch zu verschwinden, wie es ohne Gesichtsverlust ging. Die Kutsche hielt. Aus einem Pförtnerhaus trat ein Mann in dezenter grüner Uniform, der, nachdem Simons sich gezeigt hatte, wortlos das Tor öffnete. Trotz der geschlossenen Vorhänge drang etwas Licht aus den Fenstern der Villa, deren Entree rote Lampen erleuchteten. Die Herren stiegen aus. Simons ging voran zu der hohen Eingangstür. Ein bulliger Diener, ebenfalls in grüner Uniform, öffnete. Dieser musterte die Wartenden ruhig, nickte förmlich und betätigte einen Klingelzug.

Ein Hausmädchen in einem grünen Kleidchen, den Livreés im Stil angepasst, erschien in einer der drei Türen, die von dem säulengeschmückten halbrunden Vorplatz abgingen.

»Wenn mir die Herren bitte die Mäntel anvertrauen wollen.«

Sie gelangten in einen Salon von üppigem Ausmaß. Maximilian schätzte den rechteckigen Raum auf mindestens achtzig Quadratmeter. Einzelne Sitzgruppen waren geschickt auf großen Perserteppichen platziert, dazwischen befanden sich Palmen in voluminösen Kübeln. An den Wänden standen halbhohe Anrichten mit Getränken und kleinen Leckereien. Darüber hingen monumentale Ölbilder in Goldrahmen, die viel klassische Nacktheit zeigten, von Susanna im Bade bis hin zu allegorischen Darstellungen griechischer Göttinnen. Es handelte sich offenbar um gutgemachte Kopien. An den Schmalseiten führten dezent mit Vorhängen geschützte Treppenaufgänge nach oben.

An einem großen, schwarzen Flügel saß ein junges, weibliches Wesen und spielte einen langsamen Walzer. Zwei Frauen drehten sich dazu selbstvergessen auf dem Parkett. Um sie herum saßen lauschend weitere jugendliche Damen, andere unterhielten sich leise. Plötzlich stand eine wohlproportionierte, elegante Dame in einer tief dekolletierten, saphirgrünen Abendrobe vor ihnen. Das dunkle, sorgfältig frisierte Haar kontrastierte zu dem hellen Teint.

»Herzlich willkommen, bienvenido in meinem Domizil, meine Herren«, sagte sie mit der Spur eines Akzentes und streckte Simons die Hand zum Kuss hin. »Wie schön, amigo mio, dass Sie einige Freunde mitbringen.«

»Donna Isabella, Sie sehen wie immer hinreißend aus!«

Die Herrin des Hauses nahm dieses Kompliment mit Grandezza entgegen, in dem sie kurz den Kopf dankend neigte und sich mit einem kostbaren Fächer Luft zuwedelte, um sodann alle Neuankömmlinge anzusprechen: »Sehen Sie sich um, meine Herren, nehmen Sie eine Erfrischung. Meine Damen werden sich gern mit Ihnen unterhalten. Bei speziellen Wünschen wenden Sie sich bitte zunächst vertrauensvoll an mich! Hier ist erlaubt, was gefällt. Jedenfalls, solange es meinen Damen hier keinerlei Schaden zufügt.« Bei diesen letzten Worten verschwand das Lächeln aus ihrem Gesicht – und man konnte sich unschwer vorstellen, dass es bei Zuwiderhandlungen mit ihr äußerst unangenehm werden würde.

Theobald von Lensing nahm sie sofort beiseite, um ihr in aggressivem Tonfall etwas zu erklären. Maximilian von Elßtorff griff wie die anderen ein Glas Champagner und ging auf den Flügel zu. Es handelte sich tatsächlich um einen echten Steinway!

Jetzt betrachtete er die jungen Frauen genauer, die von weitem wie Töchter aus gutem Hause wirkten. Das Haar mit Blumen oder Bändern geschmückt, in schöne Abendroben gekleidet – aber irgendetwas war anders. Sein Blick erfasste erneut die beiden tanzenden Frauen, und da fiel es ihm wie Schuppen von den Augen. Keine von ihnen trug ein Korsett!

Der bevorzugte Farbton der Kleidungsstücke war weiß. Maximilian kam sich vor wie auf einem Maskenball, denn es gab viele Anlehnungen an griechische, römische und byzantinische Gewänder. Ihm fielen sogar zwei Frauen in indischen Saris auf. Andere trugen weiße, tief dekolletierte Musselinkleider, die locker im Empirestil am Körper herunterflossen. Unwillkürlich musste Maximilian von Elßtorff an den wackeren Dr. Petzold denken, der ja seine Sophie vom Tragen der sogenannten Reformkleidung überzeugen wollte. Wenn der gute Doktor sähe, wie erotisch der vom Korsett befreite Frauenkörper wirken konnte! Oder wusste er es sogar? Ein Weib eng angeschmiegt warm und weich spüren zu können hatte eine animalische Direktheit. Mit Wespentaille und Tournüre bot eine Frau durchaus einen erotisch stimulierenden Anblick. Es hatte auch seine Reize, sie Stück für Stück aus dem Korsett zu befreien, sich dabei schon die eine oder andere Freiheit zu erlauben, um die Lust mehr anzustacheln. Weniger erfreulich war es allerdings, welch tiefe Furchen und rote Abdrücke zum Vorschein kamen, wenn er seine Sophie aus dem Korsett gepellt hatte.

Während er lächelnd darüber sinnierte, dass er in einem Bordell stand und an seine Frau und seinen Hausarzt dachte, kam eine ungewöhnlich große, schlanke, langbeinige Blondine in einem weißen griechischen Gewand mit goldenen Mäander-Mustern zu ihm. Sie hob ihr Champagnerglas, prostete ihm zu und sagte: »Sie wirken gerade amüsiert. Ich mag Männer mit Geschmack und Humor. Darf ich gemeinsam mit Ihnen lächeln?«

»Wenn Sie mir Ihren Namen verraten, würde ich gern mit Ihnen anstoßen.«

»Ich heiße Helena«, lächelte die Schöne. Ob das nun stimmt oder nicht, gut ausgedacht ist es jedenfalls, stellte Maximilian fest und prostete ihr zu. »So, so, die schöne Helena, der Name passt perfekt zu Ihnen und zu Ihrem ebenso ungewöhnlichen wie aufregenden Kleid«, drechselte er ein nettes Kompliment und hob erneut sein Glas. Der helle Klang der kostbaren Kristallgläser ließ ihm einen Schauer den Rücken hinunterlaufen.

»Was halten Sie davon, wenn wir uns setzen und ein wenig plaudern?«, schlug die blonde Schönheit vor.

Maximilian schätzte sie auf Mitte zwanzig, und auch die anderen Frauen im Raum schienen bis auf einige Ausnahmen überwiegend in diesem Alter zu sein. Kaum hatten die beiden Platz genommen, erschien ein Dienstmädchen und legte mehrere Bücher und Bildbände auf ein Tischchen. Helena nickte dankend und erklärte: »Donna Isabella legt in vielerlei Hinsicht Wert auf Kultur. Wir können so vieles aus der Geschichte lernen, das betont sie immer wieder. Gerade die griechische Lebensart gibt uns da zahlreiche Anregungen!« Und damit überreichte sie ihm mit unschuldigem Gesichtsausdruck einen Bildband, der Abbildungen von hellenischen Amphoren, Vasen und Reliefs enthielt. Maximilian, zunächst von so viel Kulturbeflissenheit in einem Bordell völlig aus dem Konzept gebracht, bemerkte erst auf den zweiten Blick, auf was er da schaute. Die vielfältigsten Stellungen beim Geschlechtsakt wurden hier mit großer Deutlichkeit dargestellt, wobei es auch Abbildungen mit Knaben und Tieren gab.

»Von den unterschiedlichen Kulturen erhalten wir viele Anregungen«, fuhr Helena in aller Seelenruhe fort. Sie blickte dezent in die Richtung einer Frau im Sari. »Indira zum Beispiel besitzt ein Buch aus Indien, das Kamasutra heißt. Auch hier gibt es Interessantes zu sehen, was man selber manchmal gar nicht so kennt.«

Maximilian wurde der Hemdkragen eng. Aus den Augenwinkeln sah er, wie von Lensing, eingerahmt von zwei lachenden Frauen, dem rechten Treppenhaus zustrebte.

»Helena, wir könnten ja zunächst mit dem Studium der griechischen Kultur beginnen. Nur vielleicht nicht gerade hier unten.«

»Monsieur, ich liebe Männer mit feinem Humor. Mögen Sie mich nach oben begleiten?«

Als seine Begleiterin sich erhob, bemerkte Maximilian, dass ihr Kleid auf der rechten Seite bis zum Oberschenkel geschlitzt war.

»Lassen Sie uns intensiv in die griechische Kultur eintauchen, schöne Helena«, verkündete er mit heiserer Stimme und bot ihr den Arm. »Mein Kutscher ...«, fiel ihm gerade noch ein.

»Keine Sorge, Monsieur, es wird für ihn gesorgt. Er kommt, wenn Sie ihn brauchen. Die anderen Herren nehmen eine Droschke.«

»Mir scheint, hier denkt man wirklich an alles.« Und mit dieser Feststellung wandte sich Maximilian von den schnöden Dingen des Alltags ab.

Die schöne Helena ergriff den ihr gebotenen Arm. »Ich möchte Sie gern Maximus nennen«, gurrte sie und nahm den Bildband mit. »Falls wir unsere Studien noch weiter vertiefen wollen.«

Auf der ersten Etage angekommen, gingen sie den diffus beleuchteten Flur entlang. Helena öffnete die Tür am Kopfende des Ganges. »Willkommen in meinem Refugium!«

Erneut zeigte sich Maximilian überrascht. Nach einem kleinen Vorplatz mit Garderobe und Spiegel befand sich ein Raum mit einer Sitzgruppe, die sich um einen Kamin gruppierte. Champagner stand bereit, die Atmosphäre war intim und zugleich kultiviert.

»Ich würde dir gern alles zeigen, Maximus«, bemerkte Helena. »Hier siehst du den Wohnbereich, im Alkoven gibt es eine kleine Essgelegenheit. Tagsüber blickt man von da aus ins Grüne in die Eilenriede. Und dort kommt mein Schlafgemach.«

Er stand vor einer Bettstatt von zwei mal zwei Metern. Die Decke des Schlafraumes bestand aus vier großen Spiegeln, ebenso waren die

Wände verspiegelt. »Wenn dir das zu viele Spiegelbilder sind, Maximus, können wir Gardinen vorziehen.«

»Ich glaube, daran müsste ich mich erst gewöhnen. Aber sag, wieso ist die Bettstatt so ungewöhnlich hoch? Und warum gibt es kein Fußende?«

Helena lächelte. »Das bietet einfach mehr Bequemlichkeit als die flacheren Betten. Außerdem besitzt das höhere Ruhelager noch einige schöne Vorteile, die ich dir später zeigen könnte. Ich glaube, das wird dir gefallen.«

Maximilian stutzte, sodann malte sich eine Ahnung von Verstehen auf seine Züge.

»Helena, ich folge gern deinen Lektionen.«

»Gut, Maximus«, entgegnete sie lächelnd. Sie nestelte an ihrem griechischen Gewand, schlüpfte mit einer eleganten Bewegung heraus. Nun stand sie lediglich mit einer Hebe bekleidet, die ihre wunderschönen Brüste auf das Vorteilhafteste präsentierte, sowie einem spitzenbesetzten winzigen Unterhöschen vor ihm. Maximilian von Elßtorff öffnete seinen Kragenknopf, seine Kehle war völlig trocken. Helena schwang sich auf das hohe Bett. Sie stützte sich mit den Armen ab und spreizte ihre langen Beine. Das spitzenbesetzte Dessous bestand offensichtlich aus zwei Teilen und enthüllte nunmehr alles.

»Gefällt dir, was du siehst, Maximus? Sowohl der Entwurf als auch die Näharbeit stammen von mir.«

Sie musste plötzlich an die endlosen Stunden denken, die sie schon als kleines Mädchen täglich nähend verbrachte, um der Mutter bei der Heimarbeit zu helfen. Aber selbst das konnte sie beide nicht vor der völligen Armut und ihre Mutter nicht vor der Schwindsucht bewahren. Helena riss sich zusammen und rief sich die Anweisung von Donna Isabella ins Gedächtnis zurück: Kein Freier will ernsthaft wissen, aus welchen Gründen eine das hier tut und ob sie es gern tut. Die Männer kommen hierher, um sich zu amüsieren. Und selbstverständlich werdet ihr jedem weismachen, dass er eine Offenbarung im Bett ist!

»Nun, Maximus«, wiederholte Helena, »gefällt dir, was du siehst?«

Der Befragte feuchtete seine Kehle mit einem Glas Champagner an, entledigte sich in Windeseile seiner Kleidung und entgegnete mit rauer Stimme: »Das werde ich dir jetzt beweisen.«

Morgens gegen halb fünf Uhr brachte Franz seinen Herrn im ersten Morgendämmern nach Hause. Während er auf dem Kutschbock saß und die beiden Pferde heimwärts lenkte, machte er sich so seine Gedanken. Sein Herr befand sich jetzt in den besten Jahren, da fingen viele Männer an, Dummheiten zu begehen, die über ein einmaliges

Abenteuer hinausgingen. Daraus konnten leicht ernste Probleme in der Ehe entstehen – dies wusste er sowohl aus seinen eigenen als auch aus den Kreisen der Herrschaft.

Maximilian von Elßtorff beauftragte Franz: »Gib dir Mühe, leise zu sein, du brauchst nicht das ganze Haus aufzuwecken. Ich benötige dich nicht vor der Mittagszeit – und sorge dafür, dass mich bis dahin niemand stört.«

»Gnädiger Herr, heute früh um acht fährt Fräulein Stein mit ihrer Zofe nach Salzuflen.«

Maximilian von Elßtorff fluchte kräftig: »Verdammt noch eins, daran dachte ich überhaupt nicht mehr.« Prüfend sah er Franz an. »Kannst du kutschieren?«

»Ja, gnädiger Herr, darf ich dazu etwas vorschlagen?«

»Raus mit der Sprache, mach kein langes Grün drum herum!«

»Mein Neffe beendete kürzlich seinen Militärdienst, und er kutschiert gut. Wenn wir uns ablösen, gelangen wir auch übermorgen schneller zurück.«

»Einverstanden, er soll kommen. Und lass mir um halb acht ein kleines Katerfrühstück bringen. Ich werde Fräulein Stein formvollendet verabschieden.«

Als Nächstes suchte er ohne weitere Verzögerung sein Schlafzimmer auf und begab sich zu Bett. Er meinte, noch einmal Helena in höchster Ekstase »Maximus« stöhnen zu hören, bevor er in das Land der Träume wechselte.

Das glückliche Lächeln in seinem Gesicht zeigte, dass er mit sich hochzufrieden war und sich auf dem Höhepunkt seiner Manneskraft fühlte. Er fiel in einen tiefen, wohligen Schlaf.

Robertas Abreise

Von seinem Diener erbarmungslos wachgerüttelt, stand Maximilian rechtzeitig bereit, um die Schauspielerin zu verabschieden. Der Neffe von Franz machte sich beim Beladen nützlich. Offenbar war er eine Frohnatur. Er pfiff gutgelaunt vor sich hin, während er einen schweren Koffer auf dem Rücken schleppte. Eine für knapp zwei Wochen beachtliche Menge von Gepäckstücken, Hutschachteln und Taschen musste verstaut werden, erstaunlich, was Frauen auf Reisen alles mitnahmen! Dabei zwinkerte er auch noch in dem ganzen Durcheinander frech Elsa zu.

»Was Damen für eine Badekur so brauchen, Onkel Franz«, staunte er, vorgeblich an den Oheim gewandt. »Na, es heißt ja nicht umsonst: Das Bad und die Kur war allen gesund, denn schwanger waren Mutter und Tochter, die Magd und der Hund.«

»Halt den Mund und arbeite, du dummer Bengel.« Franz eilte mit Elsa zum Haus. »Entschuldigen Sie, gnädiges Fräulein, dem muss ich noch Manieren beibringen!«

Diese konnte sich nur mit Mühe ein Lächeln verkneifen und beruhigte ihn. »Schon gut, Hauptsache, er versteht was vom Kutschieren. Bringt mir meine Freundin und ihre Zofe heil nach Salzuflen.«

»Versprochen, gnädiges Fräulein!«

Mit wachsender Sorge hatte Elsa Roberta beobachtet. Diese verhielt sich bezüglich des Mordanschlages verschlossen wie eine Auster, sie schien innerlich erstarrt. Das Thema Mord vermied sie strikt, aber sie erschien nervös und schreckhaft. Es täte ihr bestimmt gut, wenn sie über alles reden würde, glaubte Elsa. Ich habe entsprechend an Sophie geschrieben – vielleicht spricht sich Roberta eher bei ihr aus.

Roberta, in einem eleganten hellgrauen Reisekleid und einem leichten Staubmantel, wirkte noch etwas blass. Dies galt auch für den Hausherrn. Elsa bat die Freundin, einen Brief und einige Päckchen für Sophie mitzunehmen. Fast pünktlich gegen acht Uhr morgens fuhr die Kutsche gen Salzuflen los.

Danach zog sich Maximilian in sein Arbeitszimmer zurück, wobei er sich jedwede Störung bis zum Mittagessen verbat. Sofort machte er es sich auf der Chaiselongue bequem und setzte seinen unterbrochenen Schlaf umgehend fort.

Nichts Neues unter der Sonne

Victor Rehnhoff saß bereits seit acht Uhr in seinem Büro. Er studierte das Antworttelegramm des Rechtsanwaltes von Mr. Amber aus Amerika. Wie erwartet, ordnete dieser eine würdige Bestattung seiner Tochter an. Außerdem bat er, Miss Little bei der Auflösung der Wohnung zu unterstützen und sobald sie dazu in der Lage sei, ihr eine Passage nach Amerika zu buchen. Entsprechende Banksicherheiten fügte er bei. Die Einzelheiten des tragischen Unfalles erwarte er in einem schriftlichen Bericht per Post. Rehnhoff machte sich Notizen. Zunächst galt es, die Beerdigung von Sarah Amber zu veranlassen. Alles war vorbereitet, sein Bürovorsteher instruiert.

Es hieß abzuwarten, wie sich der Gesundheitszustand von Miss Little entwickelte. Erst späterhin konnte man an die Buchung der Schiffspassage denken. Und wegen der Auflösung des Haushaltes brauchte er einige Ratschläge. Die praktische Marga Lheiß fiel ihm ein. Dringend musste er sich auch um seinen jungen Freund Heinrich kümmern, der von dem Tod von Sarah Amber sehr mitgenommen war. Außerdem freute er sich darauf, Elsa zu sehen. Inzwischen würde sie gewiss Neues zu berichten wissen, sie war bestimmt nicht untätig geblieben. Die etwas undurchsichtige Rolle dieses Lehrersohnes aus Linden schien ihm noch nicht wirklich geklärt zu sein. Wie eine Löwin ihr Junges, so versuchte sie diesen Cord zu verteidigen, der Elsa offenbar anhimmelte wie ein Junglöwe.

Am Nachmittag wollte er seine Aufwartung in der Königstraße machen, bis dahin galt es herauszufinden, wann die Beerdigung für Sarah Amber stattfinden würde.

Elsa rührte unterdessen in ihrer heißen Schokolade, die sie zur Stärkung der Nerven bestellt hatte. So viel Kakao wie seit dem Mord trank man im Hause von Elßtorff sonst nicht. Für Heinrich gab Miene außer etwas Muskat einen Hauch Chili dazu, der die Blässe aus seinem Gesicht vertrieb. »Es herrscht Abreisestimmung. Umso mehr freue ich mich, dass du hier bist.«

»Ja, so geht es mir auch. Zumal wir ja das Glück haben, dass Tante Edelgarde sich selbst für den ganzen Sommer bei der Großmama aufs Rittergut Rosenberg einlud. Da kann sie dich wenigstens nicht mehr triezen.«

»Bei der exzellenten Küche dort wird sie noch weiter an Gestalt zunehmen – aber leider nicht an Weisheit. Selbst der Einfluss der gütigen und heiteren Großmutter vermag Edelgardes Neigung zu taktlosen spitzen Bemerkungen nicht mildern.«

»Das sehe ich genauso. Die bleibt ein hoffnungsloser Fall. Und mich beruhigt, dass Mutter in Salzuflen weilt. Was sie so auf den Ansichtskarten schreibt, klingt erfreulich. Sie scheint ja regelrechte Körperertüchtigung zu betreiben. Diese Aufregungen hier wären Gift für sie.« Er unterbrach sich, blickte Elsa unglücklich an und fuhr fort. »Nach diesem Mord erscheint nichts mehr, wie es war, selbst harmlose Formulierungen lassen mich sofort an die arme Sarah und ihren schrecklichen Tod denken.«

»Ich finde das verständlich. Mich verfolgt das alles bis in den Schlaf. Und die Anzahl der Personen, die Gelegenheit hatten, den Cognac zu vergiften, nimmt zu. Außerdem bleibt unklar, wieso sich eigentlich beide Gifte im Glas befanden. Sowohl etwas Belladonna, welches ja sozusagen griffbereit stand, als auch Aconitin, das vorsätzlich mitgebracht wurde.«

»Du liebe Güte, das verloren wir völlig aus den Augen.«

»Das heißt doch, es könnten sogar zwei unterschiedliche Personen den Cognac vergiftet haben. Ganz unabhängig voneinander.«

Heinrich nickte. »Und das hieße, dass der eine Verbrecher im Affekt, der andere nach Plan handelte. Was hat Roberta nur an sich, so viel Mordlust zu erwecken?«

»Möglicherweise geschah es so, vielleicht auch nicht. Der Mörder könnte Belladonna ebenso aus dem Moment heraus mit dazugekippt haben, um ganz sicherzugehen. Eventuell handelt es sich gar um ein Versehen.«

»Möglich ist alles. Diese Amalie als Apothekertochter scheint ja einiges über Medikamente zu wissen, sie kommt mir gleichfalls ziemlich verdächtig vor.«

Elsa nickte. »Und irgendetwas stimmt auch mit dieser Lizzy Little nicht.«

»Aus welchen Gründen meinst du das?«

»Ab und zu benahm sie sich eigenartig. Manchmal erschien sie mir merkwürdig abwesend, dann wieder völlig überdreht. Und nach dem Tod von Miss Amber musste man ja schier um ihren Verstand fürchten.«

»Das muss aber hinsichtlich des Mordes nichts bedeuten. Bedenke doch, diese Lizzy hing nach schweren Schicksalsschlägen besonders an ihrer Herrin.«

»Ach«, fragte Elsa, »woher weißt du das denn?«

Heinrich errötete leicht und entgegnete: »Vor der Premiere traf ich Sarah rein zufällig am Café Kröpcke. Miss Little kam vom Pagodentempel dazu, wo sie Blumen besorgt hatte. Ich bot den Damen Platz an, und so kamen wir ins Gespräch. Sarah erwähnte unter anderem, dass Lizzy ein außerordentlich umfangreiches Wissen über Heilkräuter und Medizin besitze.«

»Du liebe Güte«, rief Elsa aufgeregt, »das macht sie doch verdächtig. Wie konntest du das unerwähnt lassen? Ich dachte, sie kennt sich lediglich ein wenig mit Kräutern aus. Auf dem Markt kaufte sie bei der Kräuterhexe.«

»Das tun viele andere Frauen auch für die Hausapotheke.«

»Aber Lizzy ist so ein dunkler Typ! Wer weiß, ob sie nicht eine ehemalige Sklavin ist oder von Sklaven abstammt.«

»Wirklich, du hast zu oft ›Onkel Toms Hütte‹ gelesen! Bei dem Buch ging ja schon früher deine Phantasie mit dir durch. Du musstest unbedingt das Bühnenstück zweimal sehen, und deine liebsten Spielkarten waren die mit den Figuren des Romans. Dabei gilt es doch als ein schrecklich sentimentales Werk!«

»Das stimmt nicht, George Sand nannte die Autorin eine Heilige, und Heinrich Heine verglich ihr Buch sogar mit der Bibel.«

Sichtlich um Ruhe bemüht, erwiderte Heinrich: »Aus welchen Gründen sollte Lizzy Little die Schauspielerin Roberta Stein vergiften? Es gibt nicht die Spur eines Motivs. Was verbindet diese beiden Personen miteinander?«

»Gut, lass uns Fakten sammeln. Sie versteht viel von Medizin im weitesten Sinne. Ihre Herrin ist Schauspielerin wie Roberta.« Elsa seufzte unwillkürlich, als sich die Gemeinsamkeiten damit erschöpften. »Na gut, das führt zu nichts, wahrscheinlich werde ich langsam irre. Je mehr Nachforschungen wir anstellen, desto undurchsichtiger wird alles. Stell dir bloß vor, der Mörder bleibt unerkannt – dann kann Roberta ihr Leben lang in keinster Weise sicher sein, ob es nicht einen weiteren Anschlag auf sie gibt.«

»Ja, das wäre schrecklich. Ich wüsste augenblicklich jedoch nicht, was wir zusätzlich unternehmen könnten. Abgesehen davon schätzen weder Victor Rehnhoff noch Kriminalinspektor Hahn deine detektivischen Ambitionen.«

»Das kümmert mich wenig, Heinrich. Aber mir gehen langsam auch die Ideen aus. Immerhin werde ich gemeinsam mit Isidora alle Notizen nochmals durchgehen. Vielleicht übersahen wir einen wichtigen Aspekt.«

In Salzuflen

Sophie freute sich, als ihr ein Telegramm von Maximilian Robertas Ankunft ankündigte. Es gab wirklich wenig Abwechslung. Mit Roberta konnte sie sich doch anders unterhalten als mit den hohlköpfigen Damen im Hotel. Sie seufzte etwas beschämt über ihr hartes Urteil. Und von Frau Siebrecht aus Lemgo erhielt sie auch noch giftige Blicke, weil der Kommerzienrat aus Bielefeld ihr den Hof machte. Er bedachte sie als Mann von Welt mit äußerst höflichem und aufmerksamem Verhalten. Dabei legte Sophie keinen Wert auf einen Kurschatten. Ein leichtes Lächeln glitt über ihre Züge. Vom mondänen Badeleben, wie zum Beispiel in Bad Pyrmont oder Bad Ems, wo es Gang und gäbe war, Bekanntschaften zu machen, trennten Salzuflen allerdings noch Welten. Aber sie fühlte sich merklich kräftiger, das Baden bekam ihr, und die Spaziergänge wurden länger. Es bleibt ihr auch nichts anderes übrig, als zu laufen. Es gab kein weiteres halbwegs akzeptables Hotel. Das Badehaus I lag recht nah. Zum Gradierwerk brauchte es schon fünfzehn Minuten. Dort erhielt man sodann zur Belohnung ein Glas von dem köstlichen Wasser der Sophienquelle!

Bei diesem Gedanken schüttelte sich Sophie leicht. Die Quelle enthielt reichlich Salz und schmeckte einfach scheußlich. Dass sie in der Brandeschen Mineralwasserfabrik mit Süßwasser und Kohlensäure aufbereitet wurde, verbesserte nicht den Geschmack. Nur mit Mühe brachte sie inzwischen das tägliche Glas hinunter. Ihr Blick fiel auf ihre kleine Reiseuhr – schon fünf Uhr am Nachmittag! Sie würde in der Halle einen Tee trinken, etwas lesen und hoffen, dass Roberta bald käme.

Im Foyer saß bereits Fräulein Siebrecht und traktierte mehr schlecht als recht den Blüthner-Flügel. Ihre stolze und offenbar nicht sonderlich musikalische Mutter hörte wohlgefällig zu. Diese erwog allerdings demnächst abzureisen, da im ganzen Kurhotel kein auch nur im Geringsten angemessener Ehekandidat für ihre Tochter logierte. Sophie setzte sich so weit als möglich entfernt in einen bequemen Armlehnstuhl und begann sofort demonstrativ zu lesen. Nachdem sie ihren Tee getrunken hatte, versank sie vollends in der Welt eines Romans von Paul Lindlau. So schreckte sie regelrecht auf, als die Standuhr in der Halle dröhnend sechs Mal schlug.

Kurz darauf vernahm sie Hufgetrappel und schnaubende Pferde. Die Tür des Hotels öffnete sich schwungvoll, und Roberta erschien, gefolgt von ihrer Zofe. Sie tritt wirklich auf wie eine große Dame, beobachtete Sophie bewundernd, aber sie sieht blass und müde aus.

Alle Köpfe wandten sich der Schauspielerin zu, die huldvoll nickte, um alsdann mit herzlichem Lächeln auf Sophie zuzueilen. Die beiden umarmten sich spontan.

»Fräulein Stein, ich freue mich sehr, dass Sie gut angekommen sind. Ich sorgte dafür, dass Sie zwei angenehme Zimmer bekommen. Wir wohnen einander genau gegenüber.«

»Wie freundlich, Frau von Elßtorff, vielen Dank! Sie sehen übrigens schon richtig erholt aus.«

»Ja, die Anwendungen tun mir gut. Alles Weitere werde ich Ihnen nach und nach zeigen und erzählen. Da kommt Franz bereits mit Ihrem Gepäck.«

Der Neffe half mit den diversen Gepäckstücken. Sobald Franz seine Herrin sah, gab er ein paar kurze Anweisungen und ging zu ihr.

»Gnädige Frau, der junge Mann ist mein Neffe, der mir hilft. Hier bringe ich Ihnen wohlbehalten Fräulein Stein, dazu Briefe, Päckchen und eine Empfehlung Ihres Gatten.«

»Haben Sie denn von ihm keine Nachricht für mich?«, fragte Sophie enttäuscht. Franz versuchte, seine leichte Verlegenheit zu überspielen – das fehlte gerade noch, dass die Herrin durch seine Dummheit Verdacht schöpfte. Er zückte schnell alles, was er von Elsa und Heinrich dabeihatte.

»Der gnädige Herr lässt sich entschuldigen«, log er rasch. »Es gab so viel zu tun – und dann war ja gestern das Herrenessen.«

Sophie, die sich bereits über ihre spontane Frage ärgerte, nickte mit unbewegter Miene. »Schon gut! Werdet ihr hier nächtigen?«

»Nein, gnädige Frau. Wir werden nur eine kurze Rast machen und zurückfahren, solange es noch hell ist. Wir übernachten in der nächsten Poststation, wo die Pferde sich ausruhen können.«

»Wie du meinst. Aber vorher esst ihr in der Küche eine ordentliche Brotzeit! Ich lasse Bescheid geben, dass ihr bestens versorgt werdet.«

»Danke, Frau von Elßtorff. Darf ich mich gleich verabschieden?«

»Ja, Franz. Fahrt vorsichtig. Und grüß morgen in Hannover meine Familie!« Den Brief, den Sophie vormittags an Maximilian geschrieben hatte, ließ sie nach kurzem, innerem Kampf in der Rocktasche.

Mit einem tiefen Diener entschwand Franz erleichtert. Die Gnädige schien nichts gemerkt zu haben.

Sophie wandte sich Roberta zu, deren Gepäck inzwischen vom Hausdiener nach oben gebracht wurde. Robertas Zofe erklomm bereits mit Hutschachteln bepackt die Treppe.

»Fräulein Stein, wir gehen in den ersten Stock. Ihr Mädchen kann mit dem Auspacken beginnen, und Sie ruhen vielleicht ein wenig. Ist es Ihnen recht, wenn ich Sie um acht Uhr zum Dinner abhole?«

»Wunderbar, Frau von Elßtorff, bis später.«

Sophie setzte sich und las den kurzen Brief von Elsa, die sie bat, ein wachsames Auge auf Roberta zu halten, diese auch möglichst aus ihrer Erstarrung zu lösen und zum Sprechen zu bringen.

Sie schritt vor lauter Nachdenken ans Fenster, nahm aber den Blick ins Grüne nicht bewusst wahr. Wieso schrieb ihr Maximilian nicht? Wenigstens ein paar Zeilen – dazu findet sich doch immer Zeit. Franz schien ihr leicht verlegen gewesen zu sein.

Sophie erinnerte sich an ein Gespräch mit ihrem Gatten vor mehr als zwanzig Jahren, wo er ihr, auch am Beispiel von Franz, etwas über das Naturell der Hannoveraner erklärt hatte. »Du wirst dich nach kurzer Zeit dort wohlfühlen, meine Liebe«, so hatte er beteuert, »selbst wenn die Unterschiede der Temperamente sicherlich zunächst recht groß erscheinen.«

»So gemütlich wie die Münchner sollen die steifen Norddeutschen aber nicht sein«, hatte Sophie weiterhin ihre Zweifel geäußert.

»Der Hannoveraner erscheint, ähnlich wie der Brite, auf den ersten Blick förmlich, spröde und zurückhaltend. Wird ihm jedoch ein Fremder von befreundeter Seite formvollendet vorgestellt, so verliert er schlagartig sein steifes Wesen. Wem wir einmal unser Herz erschließen, der kann sich voll und ganz auf uns verlassen. Das wirst du auch daran sehen, wie getreu mein Bursche Franz uns immer dienen wird.«

Sophie kannte den Bediensteten bereits und hatte daher zaghaft genickt: »Das glaube ich sofort – aber ich fürchte, es geht allgemein in der Gesellschaft recht förmlich zu.«

»Allerdings«, Maximilian hatte fein gelächelt, »wenn ich außer an die Münchner auch noch an deine rheinländische Verwandtschaft denke: Die sogenannte Gemütlichkeit, die gleich die erste Bekanntschaft mit Küssen und Umarmungen beginnt, das ist nicht die Stärke von uns Hannoveranern.«

Nun, was Franz betraf – und so schloss Sophie ihren gedanklichen Kreis über unterschiedliche Mentalitäten in Bayern und Niedersachsen –, galt dessen Treue im Zweifelsfall zunächst seinem Herrn.

Ein Klopfen riss sie aus ihren Überlegungen, sie war bereits verspätet, daher holte Roberta sie zum Dinner ab. Nach der Vorstellung mit den übrigen Gästen studierten die Damen die Speisekarte. Sophie wählte Forelle blau mit Butter und Kartoffeln, Roberta Roastbeef mit Schneidebohnen. Die Schauspielerin entpuppte sich trotz aller durchgestandener Kümmernisse schnell als angenehme Gesellschaft und gute Gesprächspartnerin. »Gemeinsam werden wir aus dem Aufenthalt in diesem Bauernbad das Beste machen«, verkündete Sophie mit gedämpfter Stimme und prostete Roberta zu.

»Das tun wir! Der Wein schmeckt mir, ein Rauenthaler Berg vom Rhein. Und auch das Essen mundet recht gut«, entgegnete diese, während sie ihr Glas erhob. Dabei sah sie sich diskret um. »Immerhin sitzen heute Abend sechzehn Personen beim Dinner.«

»Das Hotel verfügt über fünfzehn Logierzimmer, einen Saal und zwei Gesellschaftsräume«, informierte Sophie. »Die meisten Gäste weilen zur Kur hier. Ab und zu kommen aber auch Geschäftsleute, die zu Hoffmanns Stärkefabriken wollen.«

»Sind das die mit der Katze auf der Verpackung? In meinem Wäscheschrank liegen Sachets von dieser Firma, die gab es vor einiger Zeit als Werbegeschenk.«

»Ja, die Katze bildet sozusagen das Markenzeichen. Die Fabrik befindet sich nicht weit von hier. Es handelt sich um die größte Reisstärkefabrik der Welt. Über tausend Menschen arbeiten dort, davon fast vierhundert Frauen.«

Roberta blickte sie erstaunt an. »Woher wissen Sie das nur alles?«

Sophie entgegnete ein wenig verlegen: »Der Kommerzienrat Michaelis kennt die Besitzer und lud mich zu einer Besichtigungstour ein. Das gilt als etwas ganz Besonderes, da normalerweise die Firma Besucher nicht zulässt. Es ist auch alles abgeriegelt.«

»Wieso denn das?«

»Man befürchtet Werksspionage, darum wird streng beaufsichtigt.«

»Das klingt ja interessant. Wie kamen Sie dort hin?«

»Herr Hoffmann ließ eine Equipage schicken. Der Kutscher trug eine dunkelblaue Livree mit Silberknöpfen, dazu einen Lackzylinder mit einer grünroten Rosette, den Farben der Stärkefabrik. Blaue Dienstbekleidung, grünrote Rosette, so eine Farbzusammenstellung hätte ich nie gewählt.«

Roberta musste sich ein Lächeln verkneifen, das war typisch für Sophie.

Schon fuhr diese fort. »Die Arbeiterinnen trifft fürwahr ein hartes Los. Sie arbeiten von sechs bis achtzehn Uhr, insgesamt haben sie zwei Stunden Pause vormittags, mittags und nachmittags. Die Verheirateten müssen hinterher noch den Haushalt versorgen.«

»Und die ledigen Frauen – wo mieten die sich ein?«

»Innerhalb des Werksgeländes stehen die sogenannten Kasernen, barackenähnliche Häuser, wo die unverheirateten Arbeiterinnen und Arbeiter wohnen. Viele stammen übrigens aus dem Eichsfeld. Dort sind die Möglichkeiten, das Leben zu fristen, so schlecht, dass die Menschen ihre Heimat verlassen müssen. Mittag gegessen wird in großen Speisesälen, einige Angehörige kommen zum Teil von weit her, um das Essen zu bringen.«

»Ja, da werden unsere eigenen Sorgen klein. Einiges wurde ja für die Arbeiterschaft verbessert, aber es bleibt immer noch viel zu tun.«

»Nachdem ich die Fabrik besichtigen konnte, Fräulein Stein, begreife ich das erst richtig. Es bedeutet doch etwas anderes, direkt zu erleben, wie hart die Leute arbeiten müssen. Dabei bemüht man sich in den Stärkefabriken ja schon darum, Erkrankungen durch Hitze und Staub sowie schwere Unfälle zu vermeiden.«

Roberta blickte Sophie mit großen Augen an und fragte zögernd: »Meinen Sie etwa auch tödliche Unglücksfälle?«

»Ja, leider. Erst Anfang des Jahres wurde ein Arbeiter in einem Kessel mit kochender Lauge tot aufgefunden. Das erzählte mir der Kommerzienrat unter dem Siegel der Verschwiegenheit.«

Sophie sah, wie Roberta erblasste, und hätte sich selbst auf die Zunge beißen können. Wie konnte ich nur mit so etwas anfangen?

Dankbar bemerkte sie, dass der Kellner kam, um das Dessert, eine rote Grütze mit Vanillesauce, zu servieren.

Sie beschloss, sofort das Thema zu wechseln und ergriff ihr Weinglas. »Als die Ältere möchte ich das Du anbieten. Auf eine gute gemeinsame Zeit!«

»Ich freue mich darauf, meine Liebe.« Die Damen ließen die Gläser klingen und lächelten sich an.

»Außerdem beruhigt es mich, hier mit dir zusammenzusein. Allein würde ich mich noch mehr ängstigen. Solange ich nicht weiß, wer mir nach dem Leben trachtet und dabei vor allem ein zweiter Anschlag möglich erscheint, fühle ich mich in Gesellschaft und außerhalb von Hannover weniger in Gefahr.«

Sophie ergriff ihre Hand. »Ich wollte das Thema von mir aus nicht ansprechen, du erscheinst so außerordentlich tapfer und beherrscht. Gewiss kannst du dich hier sicher fühlen und von den schrecklichen Ereignissen etwas mehr Abstand gewinnen.«

»Ja, das wäre wohltuend. Denn ich grübele doch immer wieder, wer mich töten wollte und warum. Und dabei gehen mir die abstrusesten Ideen und Verdächtigungen durch den Kopf. August, Theobald, sogar Oscar, auch Menschen, wo mir nicht der geringste Grund einfällt – wer tat es? Besonders nachts packt mich manchmal regelrecht das Grausen vor diesen ungeheuerlichen Geschehnissen.«

»Nur zu verständlich, das lässt sich leicht nachempfinden. Bestimmt wird sich bald alles aufklären, und bis dahin versuchen wir hier, etwas zur Ruhe zu kommen und uns körperlich und geistig zu erholen. Ich werde tun, was ich kann, um dich dabei zu unterstützen.«

Über Robertas blasses Gesicht glitt ein kleines, dankbares Lächeln. »Es war eine gute Idee von Elsa, mich zu dieser Reise zu überreden. Danke, bei aller Zartheit strahlst du eine wohltuende Ruhe aus.«

Sophie drückte erneut ihre Hand. »Du siehst müde aus, meinst du, es wäre günstig, sich jetzt zurückzuziehen? Der Tag wird morgen früh beginnen.«

»Ja, ich fand es anstrengend heute, gehen wir zu Bett.«

Das erste Frühstück um sieben Uhr fiel äußerst frugal aus und bestand aus Kaffee, einem leichten Brötchen, etwas Konfitüre, Butter und einem gekochten Ei. »Das sind für eine Schauspielerin völlig ungewohnte Zeiten und Gebräuche. Da muss ich mich immens umstellen«, merkte Roberta an.

»Vor dem Baden gibt es nur leichte Kost«, erklärte Sophie. »Wir können vor dem Lunch noch einen Imbiss bekommen. Aber mit vollem Magen verträgst du das Bad nicht. Dr. Lenzenberg wird dir das gleich alles erklären.«

Roberta nickte ergeben. »Du kennst dich ja schon bestens aus, ich werde mich dir vertrauensvoll anschließen.«

Nach dem Frühstück ging Roberta zur Praxis des Doktors, die dem Kurhotel gegenüberlag. Sanitätsrat Dr. Lenzenberg entpuppte sich als weißhaariger, älterer Herr mit einem kurzgestutzten Backenbart, der sie freundlich empfing. »Was führt Sie zu uns, Fräulein Stein?«

Kurz und bündig berichtete sie ihm, was ihr widerfahren war.

»Gnädiges Fräulein, eine unglückliche Liebesgeschichte und ein Mordanschlag, das kann an niemandem spurlos vorübergehen. Sie können sich in Uflen neben dem Gebrauch der Bäder nicht in den Strudel des Lebens stürzen wie anderswo, hier finden Sie die notwendige Ruhe.«

Roberta lächelte unwillkürlich. »Ja, vor allem scheint es ruhig zu sein.«

Dem guten Doktor, der seit Jahrzehnten für den Badebetrieb warb, entging die leise Ironie. Nach einer kurzen Untersuchung, die zur Zufriedenheit des Arztes ausfiel, was er mit leichten Brummtönen kommentierte, meinte er: »Unsere unvergleichliche Sole wird Ihnen hervorragend bekommen und sowohl den Körper als auch den Geist stärken.«

»Ach Herr Doktor, wenn ich nur diese furchtbaren Albträume vor dem Einschlafen nicht mehr hätte. Jeden Abend grüble ich, wer mich vergiften wollte und wieso. Das geht wie ein Kreis durch meinen Kopf.«

»Das scheint mir nach diesem schrecklichen Erlebnis nicht ungewöhnlich. Versuchen Sie, sich auf etwas Erfreuliches zu konzentrieren, ein schönes Bild in Ihren Gedanken zu erzeugen. Und auch für den Schlaf wird unsere Sole hilfreich sein.«

»Was besitzt die Salzlake so Besonderes, Herr Doktor Lenzenberg?«

»Die Zusammensetzung des Heilwassers ist außerordentlich reichhaltig. Jedes Bad enthält dreiundfünfzig Pfund Salz. Die menschliche Haut wird im Wannenbad über längere Zeit mit dieser gesättigten Salzlösung in Verbindung gebracht, zur größten Tätigkeit angespornt und dadurch sowohl der allgemeine als auch der örtliche Stoffwechsel angeregt.«

»Das klingt hochinteressant, Herr Doktor. Wie viele Bäder empfehlen Sie?«

»Ein Bad täglich reicht völlig aus. Es wäre gut, vierzehn Anwendungen zu nehmen, das bildet die kleine Kur. Nachmittags promenieren Sie an den Gradierwerken. Beginnen Sie mit einem halben Glas von der Sophienquelle und versuchen Sie, sich in drei bis vier Tagen auf einen Becher zu steigern. Wir sehen uns in einer Woche wieder, wenn nichts Besonderes vorfällt.«

Damit war Roberta entlassen. Die beiden Damen machten sich um kurz vor neun auf den Weg zum Badehaus. Roberta trug auf Sophies Rat hin ihre bequemsten Stiefeletten, eine Untertaille, Rock und Bluse. »Das Aus- und Ankleiden für die Bäder fällt sowieso schon lästig«, hatte Sophie erklärt. »Mit Kleid und Korsett und Schnüren wird es noch schlimmer. Wir gehen in das Badehaus am Salzhof. Bisher ging ich immer morgens dorthin, ruhte danach im Hotel und unternahm nachmittags den Spaziergang zu den Gradierwerken.«

»Das klingt nach einer guten Einteilung, Sophie. Du siehst wunderbar frisch und ausgeglichen aus.« Gefolgt von ihren Zofen, die in kleinen Reisetaschen alles mit sich trugen, was für das Baden benötigt wurde, erreichten die Damen inzwischen den Marktplatz. Sie gingen am Rathaus vorbei, überquerten die Salze und liefen die Lange Straße weiter am Salzhof entlang. Roberta krauste die Nase. »Hier riecht es aber nicht gut – und laut ist es auch.«

»Ja, der Salzhof befindet sich als Industriebetrieb mitten im Ort. Bei Tag und Nacht lärmt es, aus den Siedekotten entweicht Rauch und Gestank, die Abwässer werden in die Salze geleitet. Aber da liegt ja das Badehaus!«

Es handelte sich um einen Fachwerkbau, überragt von einem schmalen, runden Turm, der Roberta an die Ziegeleitürme in der Umgebung Hannovers erinnerte. Sie gelangten durch einen kleinen Garten zum Eingang.

»Da können unsere Zofen nachher warten. Und nun geht es ab in die Wanne!«

»Na, auf die Prozedur bin ich gespannt.«

Eine Badefrau führte Roberta in eine einfache Kabine, deren Ausstattung aus einem Stuhl, einem Tischchen, einem Spiegel und einem Garderobenständer bestand. Eine große, mit Bändern beschlagene Holzwanne wurde bereits mittels einer Schwengelpumpe gefüllt. Die Badefrau fühlte sich offenbar durch die Anwesenheit von Robertas Zofe gestört, möglicherweise befürchtete sie auch ein geringeres Trinkgeld. »Ich mache hier schon alles, Gnädigste. Ihre Dienerin kann im Garten warten, ich lasse sie heraufrufen, wenn sie gebraucht wird.«

Roberta nickte zustimmend.

»Wie viele Bäder hat Ihnen der Doktor verordnet?«

»Die kleine Kur.«

Die Badefrau half ihr flink und geschickt beim Auskleiden, schlang ihr ein großes weißes, leinenes Badetuch um und führte sie zur Wanne, die mit einer Trittleiter erklommen wurde. Vorsichtig ließ sie sich in die warme Sole gleiten. Roberta schloss die Augen, entspannte sich. Es erschien ihr nicht viel Zeit vergangen, als die Badefrau zurückkam. Sie trocknete die Kurpatientin sorgfältig ab, half ihr beim Anziehen.

»Bevor Sie sich auf den Weg machen, trinken Sie bitte noch ein Glas Wasser, gnädiges Fräulein.«

Auf dem Rückweg zum Kurhotel fühlte Roberta sich angenehm müde. »Das macht die Sole«, bemerkte Sophie.

»Und das frühe Aufstehen«, entgegnete Roberta. »Ich werde bis zum Lunch ruhen.«

»Morgen können wir es später angehen lassen.« Diese Aussicht erfreute Roberta sichtlich.

Am frühen Nachmittag brachen die Damen zu den Gradierwerken auf. »Zu zweit fühle ich mich mutiger, wir können doch an der Salze entlang durch die untere Mühlenstraße gehen.«

Dies erwies sich als ein kleiner Ausflug in das immer noch ländlich geprägte Salzuflen. Staunend gingen die beiden Städterinnen an Wohngebäuden und Ställen vorbei, bewunderten die Enten auf dem Flüsschen Salze und hielten sich bei Erreichen des ersten Misthaufens die Nase zu. Als sie gerade einen Jauchewagen passierten, meinte Roberta: »Sophie, es handelt sich in doppelter Hinsicht um ein Bauernbad.«

»In der Tat, wenn man hier die feinen Leute will, wie in Pyrmont oder Oeynhausen, muss man künftig eine Menge tun.«

Sie überquerten die Salze und gelangten schließlich bei den Gradierwerken an. Dort sorgten schon einige Anpflanzungen und ein Rosenbeet für ein freundliches Ambiente. Etliche Bänke luden dazu ein, die salzhaltige Luft zu genießen. Roberta atmete tief ein. Der Gang durch die teilweise einsamen Gassen hatte ihr aus heiterem Himmel nicht mehr behagt, sie war froh, wieder unter Menschen zu sein. Auch jetzt blickte sie misstrauisch einmal um sich. Sie betrachtete die hohen Gradierhecken, durch die das Solewasser floss. Der Herr, der da hinten entlang spazierte, war das etwa August? Heftig rieb sie sich die Augen, da entschwand die Gestalt um die Ecke. Die Ungewissheit quälte sie schrecklich. Wahrscheinlich war Zerstreuung die beste Medizin.

Da erwies ihnen der Kommerzienrat seine Referenz. Sophie, die Robertas Verhalten besorgt beobachtete, begrüßte innerlich die Ablenkung.

»Die Hecken gibt es schon über hundert Jahre, meine Damen. Sie bewerkstelligen das Eindicken der Sole. Ein Pumpwerk befördert die konzentrierte Salzlauge sodann durch Holzrohre zu dem Siedekotten im Salzhof. Die Pumpen werden mit einem Gestänge angetrieben, welches mithilfe eines riesigen Schaufelrades in der Salze betätigt wird.«

Die Damen lauschten diesen Erklärungen mit höflicher Aufmerksamkeit.

»Was sind das für Zweige, aus denen die Hecken bestehen?«, fragte Roberta.

Der Kommerzienrat freute sich über das Interesse, welches ihm eine willkommene Möglichkeit bot, vor den Damen Bella Figura zu machen. »Es handelt sich um Schlehendorn, auch Schwarzdorn genannt. Der wächst hier in der unmittelbaren Umgebung. Sowie Sie genau hinsehen, erkennen Sie die langen, spitzen Stacheln.«

Roberta trat näher an die Hecke heran und nickte. Unbewusst fuhr sie sich mit der Zunge über die Lippen. »Das schmeckt ja richtig salzig. Wie hoch ist die Konzentration des Salzes, wenn es abgepumpt wird?«

»Man lässt die Sole siebenfach drüberlaufen, das ergibt eine Salzpampe mit fünfunddreißig Prozent Salzgehalt.«

Inzwischen hatte man auf einer Bank Platz genommen.

Roberta fand es angenehm zu sitzen, sie war im Spazierengehen noch nicht so trainiert wie ihre Begleiterin.

»Hochinteressant, Herr Kommerzienrat!«, flötete Sophie.

»Darf ich den Damen ein Gläschen von der guten Sophienquelle holen?«

»Zu gütig, ich fühle mich jetzt etwas erschöpft«, dankte Roberta artig. Sie sah die Gradierhecke hinauf. »Das sind ja wirklich große Gebilde, die müssen doch mindestens acht Meter hoch sein.«

Während der Kommerzienrat straffen Schrittes davoneilte, sagte Sophie leise im Verschwörerton: »Wir werden seine Begleitung zurück aber nur ein Stück des Weges annehmen, ich habe noch eine kleine Überraschung für dich.«

Roberta nickte lächelnd. »Wieso gibt es eigentlich so viele Kinder hier an den Gradierwerken?«

»In Salzuflen befindet sich eine hervorragende Kinderheilanstalt. Sie entwickelt sich zur größten Einrichtung im ganzen Kaiserreich. An diesem Ort werden die lungenkranken Kleinen aus den Städten aufgepäppelt, für die in erster Linie das Badehaus II gedacht ist.«

»Was du alles über dieses Städtchen weißt, Sophie.«

»Na ja, ich fand es ziemlich langweilig, bis du kamst. So beschäftigte ich mich mit den örtlichen Gegebenheiten und hielt Augen und Ohren offen.«

Auf dem Rückweg gingen die Damen, eskortiert vom Kommerzienrat, die Lange Straße entlang. Doch trennten sich die Wege bald, da die beiden noch eine Besorgung machen wollten. Ihr Begleiter verabschiedete sich formvollendet, wobei er jeder Dame bedeutungsvoll tief in die Augen schaute. Sophie wandte sich einem recht unauffällig aussehenden Ladengeschäft mit einem kleinen, blitzblanken Schaufenster zu, in welchem einige schöne Stoffe gefällig arrangiert waren.

Maria Kopmann, Schneiderin, stand an der Tür.

»Ist das deine Überraschung?«, fragte Roberta sichtlich erstaunt.

»Wir werden sehen. Allein mochte ich nicht gehen. Dr. Petzold gab mir auf Empfehlung seiner Frau die Adresse mit.«

Beim Klingeln an der Ladentür legte eine Näherin ein Kleid beiseite, an dem sie gerade Knöpfe befestigte. Eine andere blickte nur kurz auf, grüßte und ließ ihre Nähmaschine weiter rattern. Sophie bemerkte, dass das schwarze Gerät der Firma Pfaff aufwendig mit goldenen Ornamenten verziert war.

»Was kann ich für Sie tun, meine Damen? Ich heiße Maria Kopmann.«

»Die Gemahlin von Dr. Petzold in Hannover gab mir Ihre Adresse.«

Die bisher reservierte Miene der Schneiderin erstrahlte. Sie trug ein loses Kleid aus einem leichten Baumwollstoff, dessen Oberteil mit einem züchtigen Ausschnitt eng anlag, unter der Brust wie im Empirestil sanft schwingend bis zu den Knöcheln ging. »Ja, Frau Petzold schätzt meine Modelle. Sowohl meine Kleidungsstücke als auch meine federleichten und komfortablen Untergewänder. Möchten Sie etwas sehen?«

Beide Damen nickten gespannt. Bald waren sie mit zwei feinen Kleidern beschäftigt, danach mit den Zeichnungen von weiteren Roben, Röcken und Blusen.

»Das Reformkleid besteht aus einem von den Schultern lose herabhängenden Gewand, mit bequem weiten Ärmeln, welches ohne Korsett getragen werden kann. In Amerika und England ist man damit schon fortgeschrittener als bei uns. Auch hier gehen einige Künstlerinnen, ebenso mehrere Damen der Gesellschaft mit gutem Beispiel voran. Auch viele Mediziner in Deutschland wenden sich mittlerweile gegen das Schnürmieder mit Stahlstangen und Fischbeinstäben. Die gesundheitlichen Schädigungen sind einfach zu groß.«

»Das sagt Dr. Petzold genauso«, bestätigte Sophie. »Aber wir wollen doch gleichwohl elegant und chic sein.«

Maria Kopmann lächelte. »Das geht ja auch! Es dürfen keine schweren Stoffe wie zum Beispiel Samt verarbeitet werden. Solche Gewänder erinnern in der Tat an Säcke. Leichte Gewebe wie etwa Seide sorgen dafür, dass der Faltenwurf locker fällt und die Figur schmeichelnd umspielt.«

»Und was wird unter diesen Kleidern getragen?«, fragte Roberta. »Ein Leben ohne Korsett – das ist ja fast unvorstellbar!«

»Und im wahrsten Sinne des Wortes unbeschwerter! Hemd, Beinkleid, Schnürmieder und zwei Unterröcke, also die normale Unterwäsche einer Frau wiegen durchschnittlich fünf Pfund. Das belastet uns zusätzlich, von der umständlichen und langwierigen Prozedur des Schnürens ganz zu schweigen. Zahlreiche Reformer glauben, der weibliche Körper könne sich ohne Stütze nicht gerade aufrichten, und empfehlen das Reformkorsett, bei dem weicheres Material verwendet und auf Fischbeinstäbchen und Spiralfedern verzichtet wird. Ich halte das für Unfug. Mit Brustband oder Brustgürtel, meinetwegen ebenfalls einem Reformleibchen, kommt jede Frau bestens zurecht. Dazu Reformhemdhose und Reformbeinkleider, die sind wie Hosen geschlossen. Damit bieten sie, im Gegensatz zu den üblichen offenen Beinkleidern, sowohl mehr Wärme als auch Schutz vor Schmutz und Staub der Straße.«

Die Damen hörten fasziniert zu, fühlten sich aber zugleich verunsichert.

»Das wäre wie eine tiefgreifende Wandlung«, erkannte Sophie.

»Nein, wie eine große Revolution«, entgegnete Roberta. »Das gäbe uns im wahrsten Sinne des Wortes eine Bewegungsfreiheit, die wir mit einer auf fünfundvierzig Zentimeter geschnürten Taille und Knöpfstiefelchen nicht haben.«

»Das Kleid aus grünem Musseline könnte Ihnen passen«, wandte sich die Schneiderin an Roberta. »Möchten Sie es probieren?«

»Ach, wir haben unsere Zofen nicht dabei, die bügeln heute Nachmittag.«

»Da helfe ich Ihnen gern. Ich hätte in Ihrer Größe alles da. Sie könnten es ausprobieren.«

Roberta zögerte keine Sekunde länger. »Also los«, sagte sie und verschwand mit der Schneiderin in der Umkleidekabine. Sophie wartete in einem Sesselchen und blätterte in einer amerikanischen Zeitschrift mit Modellen von Reformkleidern. Besonders die Kombinationen mit Hosenröcken gefielen ihr ausnehmend gut.

»Frau Kopmann, wie kommen Sie an diese Magazine aus den Staaten?«

»Von meiner Schwester, gnädige Frau. Sie lernte auch schneidern und wanderte nach Amerika aus. Das würde ich gleichermaßen gern tun. Aber ich muss mich um die Eltern kümmern. Hier in Salzuflen fällt es schwer, Damen von der Reformkleidung zu überzeugen. Immerhin lassen die Gattin von Fabrikbesitzer Hoffmann und die Gemahlin von Dr. Lenzenberg ihre Hauskleider bei mir fertigen.«

Roberta trat aus der Umkleidekabine. Das Kleid stand ihr ausgezeichnet. »Es erscheint mir natürlich ungewohnt, so ohne die betonte Taille«, sagte sie halb zu sich selbst.

»Ein bisschen gleicht es einem Teekleid, das als leichtes Hausgewand getragen wird.«

»Ich muss zugeben, es kleidet dich hervorragend, Roberta. Du siehst sehr weiblich aus. Und wie fühlt sich die Unterkleidung an?«

»Himmlisch, Sophie! Nichts kneift, nichts drückt, ich kann wunderbar frei atmen! Frau Kopmann, ich möchte sofort dieses Kleid kaufen!«

»Sehr gern, gnädiges Fräulein. Aber einige Kleinigkeiten muss ich noch ändern, das lässt meine Ehre als Schneiderin sonst nicht zu.«

»Einverstanden. Die Unterkleidung brauche ich fünffach. Und wir suchen jetzt Gewebe für zwei weitere Kleider aus. Und außerdem für eine Kombination mit einem Hosenrock, einen strapazierfähigen Stoff.«

Sophie starrte ihre entscheidungsfreudige Freundin ziemlich fassungslos an. »Willst du das nicht noch überschlafen?«

»Nein, das brauche ich nicht. Als Künstlerin verfüge ich da über etwas mehr Freiheitsspielraum als du. Ich bedaure jetzt schon, dass ich meine Garderobe nicht sofort komplett umstellen kann. Von der geschnürten Taillenweite von fünfundvierzig Zentimetern werde ich mich mit Wonne verabschieden. Und wenn ich einem Mann nur gefalle, weil sich meine brutal zusammengeschnürte Leibesmitte mit beiden Händen umfassen lässt, dann handelt es sich sowieso nicht um den Richtigen für mich.«

»Gnädiges Fräulein, ich danke herzlich für diesen Auftrag. Die erste Garnitur und das grüne Musselinkleid schicke ich Ihnen morgen Mittag ins Kurhotel. Wollen wir jetzt die weiteren Schnitte und Stoffe aussuchen? Und genau Maß nehmen muss ich auch noch.«

Sophie rauchte der Kopf, aber sie stand Roberta bei der Auswahl getreulich zur Seite. Eine Stunde später verließen die Damen das Geschäft.

»Liebe Sophie«, sagte sie, »heute fasste ich einen wichtigen Entschluss. Es ist schon verrückt, dass ich mich ausgerechnet im Bauernbad Salzuflen auf Reformkleider umstelle. Darf ich dich vor dem Dinner zur Feier des Tages auf ein Glas Champagner einladen?«

Als die beiden abends mit einem Gläschen Heidsieck Monopol anstießen, bewunderte Sophie Roberta insgeheim für ihre Entschlusskraft. Ich kann es mir ja immer noch überlegen, dachte sie. Was würde Maximilian davon halten – und vor allem, gefiele ich ihm in diesen Gewändern? Solch eine Entscheidung mag ich nicht allein treffen …

In der Nacht träumte sie wirr von Kleidern und Reformschuhen, plötzlich jedoch von der Fabrik, wo sie als Arbeiterin schuftete. Dann tauchte in dem Dampf Edelgarde Gräfin von Potocki auf, die mit einem Brief winkte. »Von Maximilian«, rief sie und warf Sophie das Schreiben zu. Dies segelte um Haaresbreite an ihrer ausgestreckten Hand vorbei und landete in einem Bottich. Sie haschte danach und verbrühte sich die Finger, Edelgarde lachte höhnisch. Von ihrem eigenen Schrei erwachte sie und war völlig nassgeschwitzt. Ihre Zofe Lena klopfte leise und spähte vorsichtig mit einem Nachtlicht durch den geöffneten Türspalt.

»Gnädige Frau, haben Sie schlecht geträumt?«

Sophie nickte.

Die Zofe begann in Windeseile, ihre zitternde Herrin in ein frisches Nachthemd zu hüllen und neue Laken aufzuziehen. Als Nächstes kam sie mit einem Glas Wasser und einem Schlafpulver. »Bisher schliefen Sie hier so gut. Morgen sieht die Welt wieder anders aus.«

»Danke Lena, tut mir leid, dass ich dich geweckt habe, schlaf schnell aufs Neue ein.«

Die Zofe schloss leise die Tür und wunderte sich. Sophie war ihr immer eine gute Herrin gewesen – aber für eine nächtliche Störung ihrer Nachtruhe, was nicht selten vorgekommen war, hatte sie sich noch nie entschuldigt.

Was Gräber ans Licht bringen …

Die vergangenen Wochen waren recht ereignislos verlaufen, fand Elsa. Onkel Maximilian hatte sich den Bart abnehmen lassen, was seine Frau sicherlich überraschen würde. Er arbeitete sehr viel, so dass Heinrich und sie oft allein die Mahlzeiten einnahmen. Der Mord im Königlichen Schauspielhaus verschwand aus den Schlagzeilen. Auch Victor Rehnhoff wusste nichts Neues. Kriminalinspektor Hahn führte umfangreiche Befragungen durch und kam zu keinen weiterführenden Ergebnissen. Mit einer Verkühlung musste Elsa einige Tage das Haus hüten und konnte deshalb nicht an Sarah Ambers Begräbnis teilnehmen. Miss Little brach bei der Beerdigung völlig zusammen und stand erst seit kurzem wieder auf den Beinen.

Elsa hatte Tante Sophie versprochen, nach dem Grab einer Freundin zu sehen, deren letzte Ruhestätte sich auf dem Stadtfriedhof am Engesohder Berge befand. Morgen sollten Sophie und Roberta zurückkehren, es war also allerhöchste Zeit, sich zu kümmern.

Friedhofsbesuche gefielen Elsa überhaupt nicht. Da mochte der Engesohder Friedhof mit einer schönen, mit neugotischen Burgfensterchen durchbrochenen Backsteinmauer umgeben und parkartig gestaltet sein – sie unternahm diese Fahrt nur, weil sie es musste.

Nach allen Aufregungen und vergeblichen Mühen, den Mordfall zu klären, verspürte sie wenig Lust, allein zum Friedhof zu fahren. Daher bat sie Cord um seine Begleitung. Die Pferdetram ratterte vom Aegidienthorplatz in Richtung Süden die Hildesheimer Straße hinunter, ihre Karten galten bis zur Endstation, dem Döhrener Turm. Und sie genoss es, endlich wieder als Dienstmädchen unterwegs zu sein. Wenn das Tante Edelgarde wüsste! Bei dieser Vorstellung lächelte sie erstmals nach langer Zeit fröhlich vor sich hin. Ein Rippenstoß von Cord riss sie aus den Gedanken. Im Hochblicken bemerkte sie, dass ein junger Dachs ihr gegenüber ihr Lächeln offensichtlich als Aufforderung empfand. Sie feuerte einen ihrer eisigen höhere-Tochter-Blicke ab, mit dem sie den armen Menschen blitzschnell verächtlich taxierte. Der suchte sich vollständig verwirrt schleunigst einen anderen Platz.

Elsa lächelte Cord an. »Wenn wir auf dem Friedhof alles erledigt haben, könnten wir uns zur Feier des Tages eine Berliner Weiße mit Schuss gönnen. Oder auch eine schöne Fassbrause.«

»Gute Idee, das löscht den Durst bei der Wärme.«

Beide blickten hinaus ins Grüne, die Stadt lag bereits hinter ihnen. Sie überquerten die Eisenbahnlinie, den Altenbekener Damm und passierten die Bierbrauerei, einen schmucken, burgähnlichen Bau aus roten Ziegeln mit vielen Türmchen. Gerade verteilte ein Windstoß den typischen Sudgeruch. An der Endstation verließen sie die Pferdestraßenbahn und betraten den Friedhof durch ein schönes, schmiedeeisernes Tor. Sie passierten große Familiengräber mit kunstvollen Marmorengeln und ausladenden Figuren. »An diesem Ort liegen wohl viele, die in Hannover Rang und Namen hatten«, sagte Cord, der im Vorbeigehen einige Inschriften erkannte.

»Du sagst es. Der Gründer der höheren Gewerbeschule Karl Karmarsch fand hier ebenso seine letzte Ruhe wie der Schauspieler Carl Devrient und der Baumeister Laves, der unser Schauspielhaus erbaute. Aber lass uns sehen, dass wir schnell fertig werden.«

Elsa eilte suchend voran und erblickte zwei Gänge weiter das Grab von Sophies Freundin. Langsamer folgte ihr Cord, da er immer wieder anhielt, um die teilweise äußerst prächtigen Grabanlagen zu bestaunen. Da gab es die Büste eines Mannes mit prachtvollem Bart, der ihn mit ernster Miene ansah. Nachdenklich blieb er vor einem Engel aus Bronze mit weit ausgebreiteten großen Flügeln stehen, den er auf mindestens einen Meter achtzig schätzte. »Der wiegt bestimmt dreihundert Kilo«, vermutete er, während er auf Elsa zuging. Diese nickte jedoch nur wenig interessiert.

»Wir zupfen alle welken Blätter und Blüten ab, Cord. Einige Pflanzen haben in der Hitze doch gelitten. Hiernach setze ich die Dahlien ein, und du holst bitte Wasser zum Gießen.« Einträchtig machten sich beide ans Werk. Nach einer halben Stunde blickte Elsa befriedigt auf das Grab, welches nun auch kritischster Betrachtung standgehalten hätte. »Auf die Berliner Weiße freue ich mich, ich möchte gern den grünen Schuss mit Waldmeistergeschmack.«

Sie bogen links ab, um in Richtung Haupttor zurückzugehen. Elsa blieb so abrupt stehen, dass Cord, der ihr galant den Arm gereicht hatte, förmlich zurückgerissen wurde.

»Du liebe Güte«, flüsterte sie, »ich dachte nicht daran, dass Miss Amber hier ihre letzte Ruhe gefunden hat.«

Vier Grabstellen von ihnen entfernt kniete Lizzy Little vor Sarah Ambers Grab. Die dunklen Locken standen ihr wild vom Kopf, der Oberkörper bewegte sich vor und zurück. Dabei gab sie Klagelaute von sich, die Elsa einen Schauer über den Rücken laufen ließen. Jetzt schlug Lizzy gar die Stirn auf die steinerne Umfriedung der Grabstelle.

Handelte es sich um maßlose Trauer und tiefen Gram, oder war dieses Verhalten auch Ausdruck schrecklicher Schuldgefühle? Elsa erinnerte sich beschämt, wie Heinrich ihr wegen ihres Verdachtes die Leviten gelesen hatte. Aber wenn sie Lizzy so betrachtete, gab dies ihren alten Zweifeln neue Nahrung. Sie wischte die Gedanken beiseite, straffte die Schultern, nickte Cord zu und flüsterte: »Wir müssen uns um sie kümmern.«

Obwohl sie sich bemühte, ihr Kommen durch kräftige Schritte im knirschenden Kies anzukündigen, nahm Lizzy sie nicht wahr. Sie klagte und murmelte auf Englisch vor sich hin, und Elsa meinte, das Wort »guilty« zu verstehen. Schuldig? Woran war Lizzy schuld? Etwa am Tod ihrer Herrin? Behutsam fasste Elsa die bebende Frau an der Schulter. »Bitte beruhigen Sie sich. Kommen Sie, ich helfe Ihnen hoch.«

Lizzy blickte auf und sah sie ohne ein Zeichen des Erkennens an. Erst da fiel Elsa ihre Verkleidung wieder ein. »Ich kenne das Dienstmädchen von Miss Amber. Ich heiße Else«, log sie geistesgegenwärtig. Sie fasste Miss Little am Ellenbogen, begann sie hochzuziehen und bot ihr den Arm, um sie zu stützen. Da sah Elsa den Ring an Lizzies rechter Hand. Ein durchbohrter Rubin mit einer spiralförmigen Fassung. Lizzy schien ihren Blick zu spüren, und Elsa zwang sich, zu Cord zu sehen. Sie musste sich beruhigen. Das konnte nur der Ring von August Remmèrs ohne die fünfsternige Umrandung mit den Diamantsplittern sein. Das Schmuckstück war geändert worden, da gab es keinen Zweifel! Diese seltsame Durchbohrung gab es nicht zweimal!

Inzwischen stützte Cord Miss Little, die kaum in der Lage war, sich auf den Beinen zu halten. Elsa fühlte sich plötzlich ganz ruhig und flüsterte ihm zu: »Wir bringen sie nach Hause. Du musst unbedingt versuchen, dass Inspektor Hahn in die Sophienstraße kommt!«

Der erblasste und starrte sie entsetzt an. »Bist du sicher?«

Sie nickte nur und stützte Lizzy allein, die gerade wieder wimmernde Klagelaute ausstieß. Schnell drehte Cord ihnen den Rücken zu und beschrieb einen Zettel, den er eng zusammenrollte und in seine Jackentasche steckte. Anschließend wandte er sich erneut den beiden Frauen zu.

»Miss Little, wir bringen Sie jetzt heim. Die Else hier kann sich um Sie kümmern, wir begleiten Sie in der Tram.«

Diese sah in ihrem verschmutzten Kleid und der aufgelösten Frisur in der Tat beklagenswert aus. Ihr Blick wirkte leer, aber sie nickte.

Am Eingang des Friedhofes standen zwei Blumenfrauen, eine Trauergesellschaft versammelte sich. Einige halbwüchsige Jungen wollten sich offenbar ein paar zusätzliche Pfennige verdienen, indem sie Hilfe beim Tragen von Kränzen und Blumengestecken anboten. Cord stieß einen leisen Pfiff aus, woraufhin sich ihnen sofort ein hochaufgeschossener Bube von etwa vierzehn Jahren näherte. Elsa stützte Miss Little und verfolgte die blitzschnelle Begrüßungsszene aus den Augenwinkeln. Der Bursche jedenfalls drehte auf dem Absatz um und rannte in rasantem Tempo zur wartenden Pferdetram, auf die er in letzter Sekunde aufspringen konnte, bevor sie sich in Bewegung setzte. Elsa tauschte einen kurzen Blick mit Cord. Hierdurch gewannen sie genau den zeitlichen Vorsprung, den sie brauchten, damit sich die Polizei bereits in der Sophienstraße befand, wenn sie ankamen.

»Während wir auf die Tram warten, Miss Little, sollten wir etwas trinken. Wir setzen uns hier auf die Bank, und Cord holt uns eine Erfrischung.«

Die Zeit bis zur nächsten Pferdetram verging ziemlich schnell, da Lizzy, nachdem sie eine Limonade getrunken hatte, die Augen schloss und mit im Schoß verkrampften Händen dasaß. So musste Elsa nicht nach Gesprächsthemen suchen und hing ihren Gedanken nach. Wenn Miss Little wirklich Gift in das Cognacglas von Roberta geschüttet hatte, was konnten nur die Gründe sein? Dazu fiel ihr beim besten Willen keine Erklärung ein. Auf der Rückfahrt nahm Elsa kaum die Stationen wahr, die sie passierten. Den kurzen Weg vom Aegidienthorplatz zur Sophienstraße schaffte Sarahs Gesellschafterin nur mit Müh und Not.

Dort stand bereits Kriminalinspektor Hahn mit einem Schutzmann vor der Tür. Cord zog die Mütze und sagte: »Das Dienstmädchen und ich begleiteten Miss Little nach Hause, da sie sich nicht wohlfühlte.«

Der Blick des Beamten glitt gleichgültig zu Elsa, bis er plötzlich an den dunklen Augenbrauen über den strahlend blauen Augen hängenblieb.

»Wie heißt du denn?«, fragte er.

»Ich bin das Elschen«, lispelte das Dienstmädchen, ohne ihn anzusehen, und knickste.

Er zuckte kaum wahrnehmbar zusammen, hatte sich jedoch sofort wieder in der Gewalt. Mit dieser jungen Dame würde er noch Tacheles reden, beschloss er. Nach dem Gespräch in der Königstraße traute er ihr schon einiges zu. Aber dass sie sich hier mit dem Sohn vom roten Breuer als Dienstmädchen herumtrieb, das schlug seiner Meinung nach doch wohl dem Fass den Boden aus.

»So, so, Elschen heißt du. Wo tust du denn Dienst?«

Da wusste Elsa, dass er sie erkannt hatte. Sie knickste und erwiderte: »Ich arbeite ganz neu bei von Elßtorffs.«

Kriminalinspektor Hahn nickte grimmig und wandte sich an Lizzy: »Miss Little, es gibt noch einige Fragen an Sie wegen des Mordes im Königlichen Schauspielhaus. Lassen Sie uns nach oben gehen.«

Etwas verwirrt blickte Miss Little von einem zum anderen, öffnete aber die kunstvoll geschnitzte Haustür.

Elsa stützte Lizzy, die sich mühsam am Treppenlauf hochzog und mit zitternden Händen die Wohnungstür aufschloss. Das hochherrschaftliche Treppenhaus mit Marmor und Messing stand dem in der Königstraße kaum nach.

Von dem quadratischen Vorplatz gingen sechs Türen ab. An einer Wand befand sich eine ausladende Garderobe aus dunkler Eiche mit viel gotisierendem Geschnörkel, Messinghaken, einem Schirmständer und einem großen Spiegel. Lizzy Little zog an einem Klingelzug, woraufhin ein junges Dienstmädchen erschien. »Bring uns bitte Tee und Gebäck in den Salon«, beauftragte sie das Mädchen mit schwacher Stimme. Diese Gelegenheit nutzte Elsa, um dem Kriminalinspektor, der gerade seinen Hut absetzte, zuzuflüstern: »Der Rubinring, das ist der gestohlene aus Roberta Steins Garderobe.«

Dieses Mal gelang es ihm nicht mehr, sein Gesicht zu beherrschen. Kriminalinspektor Hahn starrte sie völlig fassungslos an. »Ganz sicher?«, fragte er.

Elsa nickte energisch und wies mit ihrem Blick Richtung Tür, die das Mädchen inzwischen geöffnet hatte. Auch der Salon prunkte mit dunklen schweren Eichenmöbeln im wilhelminischen Stil und wirkte trotz des schönen Sommertages mit den roten, üppig dekorierten Vorhängen fast düster. Elsa überlief unwillkürlich ein Schauer: Das passt zu dieser ganzen Situation. Die junge Herrin dieser Wohnung wurde durch eine Verwechslung ermordet – und das wahrscheinlich von der eigenen Amme. Ich mag mir nicht vorstellen, wie es in Lizzy Little aussieht. Sie brachte den Menschen um, den sie abgöttisch liebte. Schon vorher kam sie mir ja manchmal etwas verrückt vor, aber wenn alles so verlief, wie ich vermute, muss sie jetzt dem Wahnsinn nahe sein.

Inspektor Hahn versuchte offensichtlich, bis zum Eintreffen des Tees die Zeit zu überbrücken.

»Wie gut, dass die beiden jungen Leute Sie zufällig trafen und Sie nach Hause bringen konnten, Miss Little. Nach dem schrecklichen Unglück fühlen Sie sich ja höchstwahrscheinlich ziemlich allein hier?«

Sie nickte mit Tränen in den Augen. »Wollen Sie denn zurück nach Amerika gehen!«, fuhr der Inspektor fort. Lizzy zuckte kaum merklich die Schultern, in dem Armlehnstuhl wirkte sie wie ein zusammengefallenes Häufchen Elend.

»I'm sorry, ich weiß es nicht, ich fühle mich zu schwach, um eine Entscheidung zu treffen.«

Endlich kam der Tee, den das Dienstmädchen recht ungeschickt servierte. Dies hinderte es aber nicht daran, ihre Missbilligung darüber zu signalisieren, dass sie eine Dienstbotin und einen jungen Mann bedienen musste, der seiner Sprache nach wohl aus der Arbeiterstadt Linden stammte.

»Miss Little«, hub Hahn an, nachdem das Hausmädchen sich auf seinen Wink mit mürrischem Gesicht zurückgezogen hatte, »der Mord an Ihrer Herrin ist ja leider noch immer nicht geklärt. Die Hinweise mehren sich, dass Sarah Amber einer Verwechslung zum Opfer gefallen ist. Wahrscheinlich galt der Giftanschlag Fräulein Stein.«

Lizzy zuckte zusammen, blickte ihn mit leeren Augen an. »Ich las es in der Zeitung. Meine Sarah ist tot. Nur daran kann ich noch denken!«

»Aber Miss Little«, mischte sich Elsa ein, die den Kriminalinspektor unterstützen wollte, »es muss doch geklärt werden, wer Sarah getötet hat!«

»Mein Engelchen starb, nichts macht sie mehr lebendig«, murmelte Lizzy. Sie begann wieder, den Oberkörper leicht vor und zurück zu wiegen. Sie wirkte völlig abwesend.

Cord, Elsa und der Inspektor wechselten einen schnellen Blick. Hahn nickte unmerklich und ging zum Angriff über: »Miss Little«, er wartete darauf, dass sie ihn ansah, »woher stammt der Rubinring auf Ihrem rechten Ringfinger?«

Plötzlich fuhr ein Ruck durch die ganze Gestalt. Sie sah auf den Ring, dann zum Inspektor. »Den schenkte mir Sarah. Sie wusste, wie sehr ich Edelsteine liebe.«

»Dieser Reif wurde am Abend des Mordes aus der Garderobe von Roberta Stein gestohlen. Also ist es völlig unmöglich, dass Sie ihn von Ihrer Herrin geschenkt bekamen.«

Lizzy Little straffte erneut die Schultern. »Das kann keinesfalls sein, hier liegt bestimmt eine Verwechslung vor.«

Es half alles nichts mehr, Elsa musste eingreifen. »Der Rubin lässt sich kaum verwechseln. Der Stein muss sehr alt sein, er wurde nämlich durchbohrt. Und diese Durchbohrung verläuft etwas schief.«

»Bitte zeigen Sie mir den Ring, Miss Little«, befahl Hahn mit harter Stimme. Für einen Moment sah es so aus, als ob diese, plötzlich von ungeahnten Kräften beflügelt, aufspringen und davonrennen wollte. Cord schnellte sofort hoch.

Doch Lizzy blieb auf ihrem Platz, zog den Rubinring ab und gab ihn dem Inspektor. Elsa schauderte erneut, als sie sich erinnerte, wie glücklich Roberta dieses Schmuckstück noch vor gar nicht so langer Zeit getragen hatte. Dieser Ring bringt keinen Segen, grübelte sie. Wer weiß, wie es den Frauen der Familie Remmèrs mit ihren Männern erging.

Inzwischen betrachtete Hahn den Reif genauestens. »Der Rubin ist tatsächlich durchbohrt. Es liegt der Verdacht sehr, sehr nah, dass Sie sich am Abend der Tat in der Garderobe von Fräulein Stein befanden und den Ring gestohlen haben. Also ergriffen Sie auch gleichzeitig die Gelegenheit, den Cognac zu vergiften. Miss Little, aus welchen Gründen wollten Sie Roberta töten?«

Elsa spürte, dass Cord, der neben ihr saß, ebenfalls die Luft anhielt. Genau dies war die entscheidende Frage, über die sie immer wieder vergeblich gegrübelt hatte! Inzwischen saß Lizzy gerade und starr in ihrem Sessel. Ihr Gesicht nahm eine fahle, grünliche Farbe an.

»Miss Little«, setzte Hahn als routinierter Kriminaler nach, »erleichtern Sie nach allem doch Ihr Gewissen. Was bildete die Hintergründe für diese schreckliche Tat? Gestehen Sie endlich!«

Elsa ballte vor lauter Aufregung die Hände so fest zu Fäusten, dass sie die Fingernägel schmerzhaft in die Handflächen drückte.

»Sarah, mein Liebling. Mit meiner Milch wurde sie groß und kräftig. Wie eine Tochter war sie für mich. Aber ihr Vater verwöhnte sie maßlos. My little Sweetheart, sie liebte den Luxus über alles, sie konnte sich überhaupt nicht vorstellen, in bescheidenen Verhältnissen zu leben, schon der Gedanke ließ sie hysterisch werden. Ich musste sie doch retten! Und sie ahnte ja nicht, was auf sie zukam. Ihr Daddy hätte es ihr vor der Abreise sagen müssen, aber er fand die Kraft nicht. Und er hing noch an der Hoffnung, vielleicht etwas zu Sarahs Gunsten regeln zu können. Seit wir uns hier in Deutschland befinden, musste ich allein die Last tragen. Die Sorge, wie mein Sweethart als arme Frau würde leben sollen. Aber nun ist alles vorbei. Ich wollte ihr helfen, stattdessen habe ich meine Sarah umgebracht!«

Lizzy Little weinte heftig. Sie verbarg ihre Hände im Gesicht.

Genau hier hakte Hahn ein: »Welche Verbindung besteht zwischen dem Vater von Sarah Amber und Fräulein Stein? Wieso wollten Sie Roberta töten?«

»Die beiden waren Halbschwestern«, entgegnete Lizzy fast tonlos.

»Um Himmels willen«, platzte Cord heraus, »das kann doch kein Grund sein, Roberta umzubringen!«

Inspektor Hahn warf ihm einen warnenden Blick zu und sprach Lizzy erneut an: »Bitte trinken Sie einen Schluck Tee. Und versuchen Sie, von Anfang an zu erzählen. Sie standen im Dienst bei Herrn Amber. Und Sie dienten zunächst als Amme von Sarah?«

Lizzy trank von ihrem Tee und sagte: »Ja, das war ich, die Nährmutter. Mein weißer Vater besaß die Plantage, auf der meine Mama Cassy, eine Quadronin, und ich lebten.«

»Was ist eine Quadronin, Miss Little?«, fragte Cord.

»So sagt man zu einem Mischling mit einem Viertel Negerblut. Meine Ma galt schon als sehr hellhäutig, und ich werde meist für eine Weiße gehalten.« Mit leiser Stimme fuhr sie fort: »Wir blieben nach Lincolns Proklamation zur Befreiung der Sklaven weiterhin auf der Plantage, wir wussten nicht wohin oder was wir machen sollten. Dann entehrte mich ein Sohn des Besitzers, und ich bekam ein Baby, ein kleines Mädchen, es starb wenige Tage nach seiner Geburt.« Sie machte eine Pause und starrte in die Ferne. »Dann hörten wir, dass ein Nachbar, Mr. Amber, eine zuverlässige Haushälterin und eine Amme für seine gerade geborene Tochter suchte. Als Haushälterin stellte er meine Mutter ein.«

Es herrschte bedrücktes Schweigen. Was hat diese arme Frau alles mitgemacht, überlegte Elsa.

»Gefiel es Ihnen, bei Mr. Amber Arbeit und Brot gefunden zu haben?«, versuchte der Inspektor Lizzy zum Weiterreden anzuregen.

»Ja, denn wir lebten nicht mehr wie Sklaven und wurden tadellos behandelt. Meine Mutter Cassy führte den Haushalt, da Mrs. Amber kränkelte. Ich vergötterte Sarah, die mir ans Herz wuchs wie ein eigenes Kind. Als Mrs. Amber nach langer Krankheit starb, blieb Sarah in der Obhut von Cassy und mir. Die übrigen Bediensteten nannten meine Mutter respektvoll Mama Cassy. Sowohl die Angestellten von Amber als auch viele Farbige aus der Umgebung kamen mit gesundheitlichen Problemen zu ihr. Von ihr lernte ich alle möglichen Kräuter und Tinkturen kennen, außerdem zahlreiche Zaubermittel aus dem Voodoo. Nach und nach brachte sie mir ihre Heilkünste bei. So manches probierten wir an uns selber aus. Und manchmal sah meine Mutter Dinge; sie hatte das zweite Gesicht.«

Lizzy Little sah in die Runde. »Irgendwann merkte ich, dass ich diese Gabe ebenfalls besaß, auch wenn ich das gar nicht wollte. Mama erklärte mir, dass die Befähigung vererbt wird und man sie nie missbrauchen darf. Aber bei mir war es nur schwach ausgeprägt.« Sie machte eine Pause. »Sonst wäre das Unglück nicht geschehen.«

»Wie kam es, Miss Little, dass Sie so ausgezeichnet Deutsch gelernt haben?«, fragte Elsa.

Hahn nickte ihr unmerklich zu.

»Ich liebte Sarah wie eine Tochter. Aber ich war ja nur eine farbige Hausangestellte, auch wenn mir das niemand ansah und mich alle für eine Weiße hielten. So beschloss ich, so viel wie möglich zu lernen. Da Mr. Amber darauf bestand, dass Sarah zweisprachig aufwuchs, eignete ich mir nach und nach ein recht gutes Deutsch an. Gleichzeitig arbeitete ich auch an meinem Englisch, meiner Bildung und meinem Auftreten. Ich begleitete Sarah zu vielen Proben und zum Unterricht und lernte selber mit. Mein Ziel war es, eines Tages zumindest die Stelle der Gesellschafterin einzunehmen. Als Sarah begann, die deutschen Klassiker zu studieren, verbesserten sich auch meine Kenntnisse immer mehr.«

»Das gelang Ihnen ja alles hervorragend. Wie entdeckten Sie, dass Sarah noch eine ältere Schwester in Deutschland hatte?«, fragte Hahn.

»Seit Mrs. Ambers Tod verfolgte ich genau, was im Hause vorging. Und ich informierte mich auch unauffällig über den Stand der Geschäfte des Masters, er verdiente enorm viel Geld. Und verwöhnte Sarah ohne jedes Maß. Mir kam es so vor, dass ihr Wunsch Schauspielerin zu werden, ihm keinesfalls behagte. Aber er konnte ihr einfach nichts abschlagen. Als feststand, dass seine Tochter in meiner Begleitung nach Deutschland gehen würde, erschien er mir häufig bedrückt. Seine gesundheitlichen Probleme nahmen zu. Sein Anwalt suchte ihn mehrfach auf, und die beiden Männer führten in Mr. Ambers Bibliothek lange Gespräche, bei denen es jedermann strikt untersagt war zu stören. Eines Abends, ungefähr ein halbes Jahr vor unserer Abreise, hörte ich im Musikzimmer, wie nebenan im Salon ihr Vater mit Sarah ein ernstes Gespräch führte. Er vertraute ihr an, dass er schweres Unrecht auf sich geladen habe, als er aus Deutschland wegging. Menschen, die dies nicht verdienten, ließ er ohne Nachricht und schlecht versorgt zurück. Wenn es überhaupt noch möglich sei, hoffe er, einiges wiedergutmachen zu können. Große Sorge bereitete ihm, dass Sarah nie gelernt habe zu teilen, geschweige denn mit Geld umzugehen. Beides Dinge, die er leider versäumt hatte, ihr beizubringen. Das hörte Sarah nicht gern. Aber sie musste ihm schwören, seine letztwilligen Verfügungen zu achten, was sie unter Tränen tat.«

Miss Little schien ganz in ihre Gedanken versunken. Doch dann fuhr sie fort: »Nach diesem belauschten Gespräch fühlte ich mich außerordentlich beunruhigt. Da stimmte etwas nicht. Ich brauchte Gewissheit. Ich wusste, dass Master Amber alle vertraulichen Papiere in einem bestimmten Schubfach seines Sekretärs verschloss. Diese Schublade sicherte ein besonderes Schloss. Den Schlüssel hierfür ließ ich mir von einem fahrenden Büchsenmacher nachmachen. In einer der nächsten Nächte, als Master Amber sich auf Geschäftsreise befand, schlich ich ins Arbeitszimmer und öffnete die Schublade.« Miss Little räusperte sich und ließ sich Tee nachschenken. Sie blickte zu Inspektor Hahn, der ihr zunickte. Offenbar erleichtert es einen Menschen, der ein Verbrechen verübt hatte, über alles zu sprechen. So ähnlich muss es für die Katholiken im Beichtstuhl sein, urteilte der wackere Protestant.

»Was fanden Sie für Unterlagen, Miss Little?«, forderte er sie auf fortzufahren.

»Aufzeichnungen von ihm für ein Testament. Und den Briefwechsel mit seinen Anwälten. Aus den Papieren ging hervor, dass es eine weitere Tochter mit Namen Berta gab. Amber nannte er sich in Amerika, als Übersetzung von Bernstein.«

»Also hieß sein Kind hier Berta Bernstein«, platzte Elsa heraus, die es vor lauter Aufregung kaum noch auf ihrem Stuhl hielt.

Hahn schoss einen unfreundlichen Blick auf sie ab, und sie saß sofort wieder still. Dann hatte er ebenfalls offenbar nachvollzogen, um was es ging. Berta Bernstein, den meisten nur bekannt unter ihrem Bühnennamen Roberta Stein, war die besagte Halbschwester!

Lizzy blickte das erste Mal Elsa bewusst an. »Ja, das erfuhr ich kurz vor der Premiere. Als Herr Leitner diesen Trinkspruch sagte. Mit dem Rubin und dem Edelstein. Und da fiel es mir wie Schuppen von den Augen.«

»Wieso?«, fragten Cord und Hahn unisono.

»Das riesige Erbe fällt an Berta Bernstein. Mr. Amber lebte ja mit Sarahs Mutter in Bigamie, da seine Ehe in Deutschland nie geschieden wurde. Diese große Sorge, für die er offenbar keine Lösung fand, trieb ihn immer mehr in die Krankheit. Denn Berta, als sein einziges eheliches Kind, erbte sein gesamtes Vermögen. Und könnte alles, was er Sarah bereits gegeben hatte und vermachte, anfechten.«

»Nie würde Roberta so etwas tun! Wahrscheinlich hätte sie sich gefreut, eine Schwester zu haben – sie steht ja sonst allein in der Welt«, hielt Elsa ihr entgegen. Der völlig leere Blick, mit dem Lizzy ihre Antwort quittierte, erschreckte sie. Die Frau schien dem Wahnsinn nahe zu sein. Sie nahm scheinbar nicht mehr richtig auf, was um sie herum geschah.

Mit gesenkten Augen blickte Lizzy Little vor sich auf den Tisch. »Seitdem wir in Deutschland lebten, fürchtete ich mich davor, wie es weitergehen sollte. Was passieren würde, wenn Mr. Amber starb und Sarah die Wahrheit erfuhr. Dass sie plötzlich eine uneheliche Tochter war, ohne Ansehen und ohne Vermögen. Sie verhielt sich so sorglos und so maßlos. Mit Entsetzen beobachtete ich, wie sich ihre Ansprüche und ihr Lebensstil dauernd höher schraubten. Ich schlief kaum noch. Die Mittel, die ich zur Beruhigung nahm, halfen mir nicht.

Als Sarah mir erzählte, sie wolle nicht nur eigene Pferde, sondern auch möglichst ein Anwesen vor den Toren Hannovers kaufen, geriet ich immer mehr in Panik. Nur mit dem gesamten Erbe ihres Vaters, so schien es mir, konnte ihr Leben glücklich weitergehen. In der Nacht vor der Premiere sah ich im Traum die Lösung vor mir: Gift im Cognac von Berta Bernstein, aber so, dass es wie ein plötzlicher Herztod aussah. Damit wollte ich meine kleine, verwöhnte Sarah retten. Stattdessen bedeutete es ihren Tod.«

Betretene Stille herrschte nach diesem Geständnis. Das Schreibgeräusch des Bleistiftes, mit dem der Schutzmann die ganze Zeit eifrig Notizen machte, klang unnatürlich laut.

»Lizzy Little«, verkündete Kriminalinspektor Hahn, »ich verhafte Sie wegen Mordversuchs an Roberta Stein und Mordes an Sarah Amber. Lassen Sie sich von Elschen helfen, einige Sachen zu packen.«

»Auf keinen Fall, Herr Inspektor.« Miss Little schüttelte sich heftig. Sie griff blitzschnell in ihre Rocktasche, zog eine kleine Flasche heraus, entkorkte sie und schüttete sich den Inhalt mit nach hinten geworfenem Kopf in den weit geöffneten Mund. Elsa konnte einen entsetzten Aufschrei nicht unterdrücken. Justus Hahn sprang auf.

»Wir müssen sie zum Erbrechen bringen«, rief er.

Lizzy Little zitterte leicht, sprach aber ruhig und bestimmt: »Es handelt sich um dasselbe Gift, jedoch noch höher dosiert. Es geht schnell, bald werde ich bei meiner Sarah sein. Sehr bald!« Sie begann auf ihrem Stuhl zu schwanken, und ihr Gesicht verzerrte sich in Krämpfen.

Justus Hahn zuckte mit den Schultern, hier half offenbar nichts mehr. Und er wollte Elsa Martin den Anblick der sterbenden Frau ersparen.

»Wir legen sie im Schlafzimmer aufs Bett. Kommen Sie, Wachtmeister, helfen Sie mir, sie zu tragen.«

Die beiden Männer trugen die offenbar schon ohnmächtige Lizzy Little aus dem Zimmer. Völlig entsetzt saß Elsa da und zitterte so am ganzen Körper, dass sogar ihre Zähne klapperten. Cord schenkte ihr einen Tee ein und hielt ihr vorsichtig die Tasse an die Lippen. Gehorsam trank sie einige Schlucke, danach begann sie leise zu weinen. Da nahm Cord sie einfach in die Arme, woraufhin Elsa ihren Kopf wie selbstverständlich an seine Schulter lehnte. Beruhigend und sanft redete er ihr zu, wie bei einem kleinen Kind. Minuten vergingen, bis er merkte, dass sie sich etwas beruhigte. Sie löste sich aus seinem Arm. »Danke«, murmelte sie ein wenig verlegen. Sie bemerkte, dass ihre Perücke verrutscht war, zog einige Haarnadeln heraus und nahm sie ab. Cord begann, in seinen Taschen zu wühlen und beförderte einen Kamm hervor, den er Elsa reichte.

Sie nickte ihm dankbar zu und fuhr sich, die Glastür eines Schrankes statt Spiegel nutzend, erleichtert durch ihr eigenes Haar und schlang es zu einem lockeren Knoten zusammen. Sie drehte sich zu Cord um: »Wie furchtbar das alles ist. Und so sinnlos!«

»Ja, Elsa, das dachte ich auch gerade. Nur weil es um viel Geld ging. Wobei es mir so vorkommt, als wäre Lizzy Little nicht ganz bei klarem Verstand gewesen.«

»Das empfand ich genauso.«

»Wenn man es recht überlegt, ist jeder Verbrecher mehr oder weniger wahnsinnig«, bemerkte Justus Hahn, der soeben eintrat. »Miss Little lebt nicht mehr. Das Gift war offenbar hochkonzentriert. Ich veranlasse alles Nötige. Und morgen komme ich zu Ihnen, damit Sie das Protokoll unterschreiben können.«

Hiernach registrierte er, dass Elsa die Perücke abgenommen hatte und versuchte, ein wenig Abstand zu der dramatischen Situation zu gewinnen: »Vermute ich richtig, dass ich nicht Elschen, sondern Sie, gnädiges Fräulein, angeben soll?«

Diese nickte handzahm. »Ja bitte, Herr Kriminalinspektor. Das Elschen kennt außer Ihnen nur Cord Breuer. Ich wäre dankbar, wenn es dabei bleiben würde. Könnten Sie mir das versprechen?«

Justus Hahn grummelte vor sich hin, fand es jedoch schwer, sich dem ebenso bittenden wie ängstlichen Blick aus den aquamarinblauen Augen zu entziehen. Wie konnte eine junge Dame so anziehend sein und zugleich solche Kapriolen treiben?

»Also gut, ich werde vorerst schweigen, nichtsdestoweniger reden wir noch mal drüber. Und warnen Sie Elschen – wenn ich diese Frauensperson erneut treffe, könnte ich sie verhaften.«

Unter dieser Androhung zuckte Elsa zwar zusammen, aber darüber wollte sie sich momentan nicht den Kopf zerbrechen.

»Wann kommt Fräulein Stein aus Salzuflen zurück?«

»Morgen, Herr Kriminalinspektor, gemeinsam mit Tante Sophie.«

»Der Fall ist gelöst, und ihre Freundin muss nicht mehr um ihr Leben bangen. Aber es wird viel auf sie einstürmen. Es existiert eine Halbschwester, Miss Amber. Diese wurde versehentlich das Opfer des Mordanschlages, der Roberta galt. Das Verbrechen beging die Gesellschafterin aus Habgier für ihre geliebte Sarah. Es folgt der Selbstmord der Mörderin. Und es gibt einen reichen Vater in Amerika. All das aufzunehmen, das würde selbst die Heldin eines Romans in der Gartenlaube überfordern.«

»Die arme Roberta, kaum kam sie etwas zur Ruhe, ereilen sie die nächsten Schicksalsschläge.«

Justus Hahn nickte nachdenklich.

»Wer soll Fräulein Stein dies alles erklären, Sie oder ich?«

Elsa merkte, dass sie weiche Knie bekam, und setzte sich schleunigst auf einen Stuhl. Schließlich erwiderte sie nach einigem Nachdenken: »Herr Kriminalinspektor, das würde ich nur zu gern Ihnen überlassen. Das kann ich jedoch nicht. Es wäre mir unerträglich, wenn sie das alles von einem Fremden erfahren müsste. Ich weiß zwar überhaupt nicht, wie ich es Roberta beibringen soll, aber ich werde es ihr möglichst schonend erklären.«

Justus Hahn deutete eine kleine Verbeugung an. »Respekt, Fräulein Martin, das nenne ich Freundschaft.«

Er wandte sich Cord zu: »Bringen Sie bitte das gnädige Fräulein nach Hause!«

Mit diesen Worten waren die beiden entlassen. Es kostete Elsa tatsächlich Mühe, den kurzen Weg zur Königstraße zu bewältigen.

»Fräulein Elsa, Sie machen mir doch nicht schlapp! Sie sind gleich zu Hause«, versuchte Cord, sie aufzumuntern.

»Keine Sorge, ich schaffe das schon. Und ich danke dir für alle deine Hilfe und Unterstützung. Du hast wesentlich zur Lösung dieses Falles beigetragen. Und ab heute bin ich für dich offiziell Elsa, egal, ob das comme il faut ist und was andere davon halten.«

Cord schluckte trocken und merkte, wie sehr er sich freute. Doch mehr als Kameradschaft konnte er sich leider kaum erhoffen, das wusste er. Er drückte ihre Hand und entgegnete: »Wenn du darauf bestehst, Elschen, werden wir es so halten.«

Er stand noch Schmiere am Kutscherhaus, während Elsa sich umzog. Zum Glück hatte niemand sie in Dienstmädchenkleidung, aber ohne Perücke bemerkt. Zu Cords großer Erleichterung nahte Marga aus dem Garten.

Er zog seine Mütze. »Wie gut, dass Sie gerade kommen, kümmern Sie sich bitte um Elsa. Sie klärte den Mord im Königlichen Schauspielhaus – und das war nicht ohne!«

Marga blickte ihn völlig perplex an. »Wer war es?«

»Miss Little. Sie ist tot, sie vergiftete sich selber!«

»Wie schrecklich, Cord!« Sie hielt einen Moment inne. »Bitte berichte kurz die Hintergründe, damit ich mich um Elsa kümmern kann und sie nicht alles fragen muss.«

Cord konnte gerade noch eine knappe Darstellung geben, da kam Elsa auch schon um die Ecke des Kutscherhauses. Sie sah erschreckend bleich und elend aus.

»Mein bedauernswertes Mädchen, was für eine schreckliche Geschichte! Was habt ihr durchgemacht!«

Liebevoll nahm Marga sie in die Arme. Dann klopfte sie Cord anerkennend auf die Schulter. »Wie gut, dass du dabei warst. Lauf zu Miene und bitte sie, für uns heiße Schokolade zu machen mit einem Schlückchen Rum, etwas Gebäck und Baumkuchen auch dazu. Das beruhigt die Nerven. Und lass Heinrich Bescheid sagen, damit er zu uns kommt.«

Marga umschlang Elsa fürsorglich und geleitete sie zu ihrem Lieblingsplatz. Mit einem tiefen Seufzer ließ sich Elsa in den bequemen Korbstuhl fallen und lehnte müde ihren Kopf an Margas Schulter. An diesem Tag war sie besonders dankbar für die Freundschaft, die ihr entgegengebracht wurde, sowohl von Cord als auch von Marga. Die beiden Frauen lauschten dem Gezwitscher der Vögel und blickten auf die bunten Sommerblumen. Elsa meinte, alles bewusster wahrzunehmen als sonst. »Was für ein behaglicher Winkel. Was für ein Gegensatz zu diesem entsetzlichen Nachmittag.«

Da kamen Heinrich und Cord raschen Schrittes auf sie zu. Heinrich beugte sich zu Elsa und umarmte sie.

»Schwesterlein, du große Detektivin, was hast du heute durchmachen müssen. Es tut mir so leid!«

»So etwas Schreckliches möchte ich nie mehr erleben. Ich sehe immer wieder vor mir, wie Lizzy Little plötzlich das Gift aus der Rocktasche zog und trank.«

Cord trat hinzu. »Den Anblick werden wir beide wohl nie vergessen. Der Inspektor und der Wachtmeister trugen sie ins Schlafzimmer, bevor sie vom Stuhl gefallen wäre.«

Marga nickte ihm unmerklich zu – wenigstens hatten die zwei das Sterben der unglückseligen Frau nicht miterleben müssen.

»Mir graust, wie ich das alles Roberta beibringen soll.« Bedrückt nippte Elsa an der Schokolade.

»Wenigstens konnte sich Fräulein Stein in Salzuflen erholen. Und so weit wir können, werden wir ihr helfen, diesen zusätzlichen Schicksalsschlag zu verkraften. Ich lasse vorsichtshalber das Gästezimmer für sie richten, sie kann noch einige Tage bei uns bleiben.«

»Du denkst wie immer praktisch, Marga. Wenigstens brauchen wir uns jetzt keine Sorgen mehr zu machen, dass auf Roberta ein weiterer Anschlag verübt wird.« Elsa fühlte sich plötzlich völlig erschöpft.

»Wir müssen Isidora Bescheid sagen. Und Victor Rehnhoff. Und wo steckt überhaupt Papa, hat er schon wieder Termine?«

»Ja, der gnädige Herr ließ ausrichten, dass es spät werden kann«, erwiderte Marga mit unbewegter Miene.

»Wahrscheinlich die neuen großen Vorhaben in Waldhausen. Nun, ich sorge dafür, dass Isidora und Victor Bescheid bekommen.« Sie sah einen Moment vor sich hin. »Ich brauche jetzt einige Zeit, um dies alles begreifen zu können. Arme Sarah, arme Roberta. Im Fall von Lizzy Little war die Liebe wirklich vergiftet.«

Elsa erhob sich rasch – da wurde ihr schwarz vor den Augen, und sie begann unsicher zu schwanken. Marga packte sie sofort am Arm. »Du legst dich umgehend hin, ich bringe dich nach oben.«

Die Würfel sind gefallen

Bereits morgens gegen sechs Uhr lag Elsa wach. Sie hörte von Ferne das Tuten der Eisenbahn, wahrscheinlich der Frühzug nach Berlin. Dann zwitscherten wieder Vögel, es herrschte ländliche Stille. Selbst in der Stadt ging es am Sonntagmorgen merklich ruhiger zu.

Mir graut vor der Aufgabe, Roberta alles zu erklären. Sollte ich das Gespräch unter vier Augen führen? Oder wer könnte dabei sein? Dieses Thema bespreche ich beim Frühstück mit Heinrich, entschied Elsa.

Trine hatte für zwei Personen im Erker des Salons eingedeckt, denn der Hausherr ließ sich entschuldigen. Er wünschte, zu späterer Stunde nur einen kleinen Morgenimbiss in seinem Zimmer zu sich zu nehmen. So befanden sich nur Elsa und Heinrich am Frühstückstisch. Da sie am Vortag kaum etwas gegessen hatte, spürte Elsa Hunger und griff zu. Der selbstgebackene Hefezopf, den Miene immer für den Sonntag zubereitete, duftete verführerisch. Und dazu das Gelee von schwarzen Johannisbeeren, das versprach Genuss. Heinrich nickte ihr zu. »Wir müssen beide etwas essen, auch der heutige Tag hat es in sich.«

Nach der ersten Stärkung erklärte Elsa ihre Bedenken.

»Ja, ich verstehe dich gut. Es fällt immer schwer, schlimme Nachrichten zu überbringen. Das ist ja schon geradezu sprichwörtlich. Aber letztendlich wird es Roberta viel lieber sein, von dir als guter Freundin die Einzelheiten zu erfahren. Es ist außerdem noch ein Glück im Unglück, dass die Damen heute gegen Abend zurückkommen. Stell dir vor, Roberta müsste am Montagmorgen all das ohne Vorwarnung in der Zeitung lesen. Darüber hinaus hast du ja den Mordfall aufgeklärt, wofür sie dir gewiss auch dankbar sein wird.«

Von der Warmhalteplatte nahm sich Heinrich Rührei und krossen Speck. Elsa wählte eine Scheibe Räucherlachs, Sahnemeerrettich und hübsch dekorierte hartgekochte Eihälften.

Heinrich überlegte. »Es gilt, ja noch einige Personen zu informieren. Zunächst Papa, der übrigens in letzter Zeit reichlich viel arbeitet und oft spät nach Hause kommt.«

»Das fiel mir auch auf«, entgegnete Elsa, »er ging zu zahlreichen auswärtigen Geschäftsessen, man bekommt ihn kaum noch zu Gesicht. Apropos Gesicht: Tante Sophie wird ja staunen, ihn ohne seinen Bart zu sehen.«

»Also, informiert werden müssen: Papa, Victor Rehnhoff, Isidora. Was hältst du davon, wenn ich heute Nachmittag alle zum Tee bitte? Das könnte ich allein übernehmen. Jeder wird verstehen, dass ich dich als indisponiert entschuldige.«

»Eine gute Idee, Heinrich. Ich weiß, dass es dir ebenfalls schwerfällt, umso mehr danke ich dir.«

Elsa zog es außerdem vor, heute nicht Victor Rehnhoff gegenübertreten zu müssen. Schließlich war ihr die Aufklärung des Falles als Elschen gelungen, was er möglichst nie erfahren sollte. Wenn Justus Hahn sich an sein Versprechen hielt, würde deren Existenz ein Geheimnis bleiben. Bei Victor musste sie mit haarscharfen Nachfragen rechnen.

Sie schüttelte sich innerlich: Dem bin ich heute noch nicht gewachsen. Außerdem bin ich völlig unsicher, ob und was ich ihm gegenüber empfinde. Offenbar fühlt sich ja etwas in mir von ihm angezogen, auch wenn sich das für höhere Töchter nicht gehört. Was eigentlich jeglicher Logik entbehrt – wieso sollten wir anders sein als alle anderen weiblichen Wesen?

Die grundlegenden Tatsachen darüber, wie bei Tier und Mensch die Fortpflanzung funktioniert, hatte sich Elsa bei Sommeraufenthalten auf dem Rittergut Rosenthal von Heinrichs Großmutter Indiz für Indiz zusammengereimt. Bei dem Getier fehlte es ja nicht an Anschauungsunterricht! Und die letzte Gewissheit fand sie in der Bibliothek in dem umfangreichen medizinischen Handbuch, welches sich hier auf dem Gut, im Gegensatz zu Hannover, nicht unter Verschluss befand.

Heinrich riss sie aus ihren Gedanken. »Und Roberta und Maman könnten zusammen Kenntnis erhalten, was geschah. Die zwei scheinen sich inzwischen freundschaftlich nähergekommen zu sein.«

»Ja, das würde mich freuen. Es wäre für beide ein Gewinn. Roberta hätte eine etwas ältere Vertraute, und Sophie könnte von Robertas größerer Selbständigkeit profitieren.«

»Manchmal verblüfft es mich immer noch, wie du ruck, zuck Dinge auf den Punkt bringen kannst. Eine wichtige Fähigkeit für eine Detektivin.«

Nachdenklich nickte Elsa. »Danke, Heinrich, das stimmt. Aber momentan habe ich zu detektivischen Aufgaben keinerlei Neigung mehr.«

»Warten wir ab, wie lange das anhält. Also, wenn du einverstanden bist, werden wir Roberta und Maman Bericht erstatten. Papa kann sich später zum Dinner wieder dazugesellen.«

Maximilian von Elßtorff hatte sich, unter dem Vorwand noch arbeiten zu müssen, in sein Arbeitszimmer im Parterre zurückgezogen. Seit dem denkwürdigen Herrenessen fühlte er sich Heinrich und Elsa gegenüber manchmal etwas befangen. Schließlich war Helena, wie er inzwischen wusste, nur wenige Jahre älter als sein Mündel. Das Klingeln des Telefons riss ihn aus seinen Gedanken. Er nahm das Hörrohr vom Haken, hielt es fest ans Ohr und hörte die Stimme des Fräuleins vom Amt.

Die Verbindung zu seiner Druckerei wurde hergestellt. Man teilte ihm unter mehrfachen Entschuldigungen mit, dass seine neuen Visitenkarten nun fertig geworden seien.

»So, so«, entgegnete Maximilian dem Drucker, »und deswegen stören Sie mich auch noch am Sonntag! Sie wollten schon am vergangenen Mittwoch liefern. Lassen Sie alles morgen früh in mein Büro in der Königstraße bringen, und fügen Sie bitte gleich die Rechnung bei.«

Obwohl er bei Anweisungen stets ein »Bitte« einfließen ließ, überwog in seiner Stimmführung immer noch der befehlsgewohnte Ton des ehemaligen Offiziers, der einen Widerspruch auszuschließen schien. So brauchte er seinem leichten Ärger über die verspätete Lieferung der Druckerei auch nicht groß Luft zu machen. Der Drucker, der offenbar gedient hatte, reagierte sofort, knallte selbst am Telefon die Hacken zusammen und entgegnete: »Zu Befehl, Herr von Elßtorff, äh, ich meine jawoll, wird morgen um acht Uhr pünktlich und ohne weitere Verzögerung erledigt!«

Nachdem Maximilian das Hörrohr eingehängt hatte, ging ihm durch den Kopf, wie segensreich doch der Fernsprecher sei. Bereits 1883 ließ er sich als Teilnehmer an das Fernsprechnetz anschließen. Die neuesten technischen Entwicklungen interessierten ihn ebenso sehr wie der großartige Aufschwung, den die Naturwissenschaften nahmen. Sein Sohn Heinrich befand sich in Berlin bei Professor Virchow und all den beeindruckenden Forschern der Charité, an der Quelle des medizinischen Fortschrittes.

Für das tägliche Leben in der Stadt jedoch würden die unterschiedlichen Anwendungsmöglichkeiten der Elektrizität große Auswirkungen haben. Dies betraf sowohl die Erzeugung von Licht als auch die Kraftentwicklung durch Maschinen und das Weiterleiten von Sprache.

Wie so oft bei Neuerungen sah er die Möglichkeiten der Telefonie ebenfalls richtig voraus. Inzwischen gab es bereits um die achthundert Telefonanschlüsse, damals waren es nur um die vierzig Teilnehmer in Hannover. Die Vermittlung von Hand führten anfangs Männer durch. Bei den häufig noch schlechten Leitungsqualitäten ergab die Praxis bald, dass die höheren Frequenzen einer Frauenstimme besser zu verstehen waren als die tieferen der Männer. Außerdem fand Maximilian es auch viel angenehmer, von einer netten weiblichen Stimme mit richtiger Aussprache und in gutem Deutsch verbunden zu werden. Er lächelte über sich selbst und wandte seine Gedanken wieder dem aktuellen Geschehen zu.

Für die Rückkehr seiner Gattin und Roberta Steins, deren Zofen und dem umfangreichen Gepäck schickte er eine vierspännige Kutsche nach Salzuflen. Der Neffe von Franz, der mittlerweile gelernt hatte, sich mit seinen Kommentaren zurückzuhalten, fuhr dorthin, um das Verladen zu überwachen und die Damen heil nach Hause zu geleiten. So musste Maximilian nicht für zwei Tage auf seinen vertrauten Kammerdiener verzichten, was er aus vielerlei Gründen vorzog. Zwar gestand man es einem Mann seiner Gesellschaftsklasse selbstverständlich zu, auch mit anderen Frauen als der eigenen zu verkehren, doch lag ihm viel an Diskretion. Und häufige Fahrten in die Ortschaft Kleefeld mit einer Mietdroschke würden irgendwann unweigerlich zu Gerede führen. Was er unbedingt vermeiden wollte.

Der Rückkehr von Sophie sah er mit gemischten Gefühlen entgegen. Einerseits freute er sich von Herzen darauf, seine Frau wieder an seiner Seite zu haben, sie hatte ihm in vielen Momenten gefehlt. In einer Hinsicht allerdings kaum mehr, seitdem er Helena, so oft er es einrichten konnte, besuchte. Dies sollte Sophie nicht merken, denn er wollte sie keinesfalls verletzen. Andere Ehemänner verhielten sich da weniger rücksichtsvoll. Aber er wusste, es würde seiner Frau tiefen Kummer bereiten. Er nahm sich vor, die Häufigkeit seiner Besuche bei Helena zu reduzieren.

Maximilian seufzte. Er hatte nie gedacht, dass ihm so etwas passieren würde. Seine Gedanken weilten beständig bei dieser Frau. Am liebsten hätte er sie täglich gesehen. Er dachte bisher, zu solchen Leidenschaften nicht fähig zu sein. Andererseits fühlte er sich seit langer Zeit nicht mehr so lebendig, so jung und so voller Elan.

Doch die Grübelei brachte ihn nicht voran. Er musste mit der Situation zurechtkommen und hoffen, dass Sophie nichts merken wird.

Maximilian, Heinrich und Elsa machten es sich auf dem schattigen großen Sitzplatz vor den Büroräumen bequem. Der schwüle Sommerabend ließ sich hier draußen wesentlich angenehmer verbringen als im Haus. Vor einigen Jahren hatte Maximilian diesen Platz im Stil eines luftigen englischen Wintergartens mit viel Glas und geschnörkelten, gusseisernen Säulen und Zierelementen überdachen lassen. Die Seite zur Toreinfahrt war undurchsichtig verglast, alles andere offen, damit die Luft zirkulieren konnte. Ein dreischaliger Springbrunnen verbreitete plätschernd Heiterkeit. Bequeme Rattanmöbel mit Kissen in englischem Leinen betonten den Eindruck, sich in einem Badeort zu befinden. In der Woche trat Maximilian oft heraus, um den Sommer zu genießen. Abends und am Wochenende saß an warmen Tagen die Familie gern draußen, zumal das Drahtglasdach vor Blicken von oben und das Gluckern des Brunnens vor neugierigen Ohren schützte.

Gekühlte Zitronenlimonade stand ebenso griffbereit wie ein Eiskübel mit Champagner. Da hörte man auch schon, wie die Torflügel der Einfahrt geöffnet wurden. Franz, der die Kutsche und seinen Neffen bereits ungeduldig auf der Königstraße auf und abgehend erwartet hatte, half den Damen beim Aussteigen. Als Erstes stieg Roberta aus, die den Schleier auf ihrem Reisehütchen zurückschlug und vorsichtig die zwei Stufen herunter trat. Elsa traute ihren Augen kaum: Die Freundin trug ein leichtes Kleid aus hellgrünem Musselin mit einem passenden Jäckchen, das ihre Figur sanft umschmeichelte. Sophie folgte in Lavendel, das gar nicht so züchtige Dekolleté mit Spitzen eingefasst, mit einer kurzen pflaumenblauen Seidenjacke. Ihr Teint schimmerte rosig, die Augen blitzten. So frisch hatte Elsa ihre Tante lange nicht gesehen. In ihr keimte der Verdacht auf, dass dies nicht nur an der erfolgreichen Kur lag, sondern auch daran, dass Roberta ihr ein paar Schminktipps beigebracht hatte. Die beiden Damen legten lässig einen großen Auftritt hin, wobei Sophie der Schauspielerin keineswegs nachstand.

Wie zwei Backfische, die sich einen Überraschungsstreich ausgedacht haben, beobachtete Elsa amüsiert. Nicht nur sie machte runde Augen, Heinrich, Maximilian und das inzwischen angetretene Personal staunten ebenfalls. Beide Damen trugen Reformkleidung. Und die wirkte keinesfalls unweiblich, obwohl sie offenbar auf enge Schnürkorsetts verzichtet hatten. Auch ohne Wespentaille boten sie ein ausgesprochen elegantes Bild. Sophie, die mit elastischen Schritten auf ihre Familie zuging, stutzte beim Anblick ihres bartlosen Mannes.

»Mein lieber Maximilian, wir haben uns offenbar beide etwas verändert«, bemerkte sie lächelnd.

Elsa und Roberta lagen sich in den Armen. Offensichtlich erholt, blickte diese besorgt auf ihre junge Freundin: »Meine Güte, mir scheint, jetzt brauchst du eine Sommerfrische!«

»Fräulein Stein bleibt heute Abend noch bei uns«, erklärte Sophie. »So können wir die Erholungstage gemeinsam ausklingen lassen.«

Heinrich und Elsa wechselten einen schnellen Blick – eine Sorge weniger. Während die Damen sich frisch machten und die Dienstboten Koffer und Taschen nach oben transportierten, begleitete Maximilian seine Frau in ihr Zimmer. »Du siehst blendend aus, meine Liebe, an diesen neuen Stil muss ich mich jedoch gewöhnen.«

Er umarmte sie und fand es reizvoll, ihre Figur ohne den Panzer des starren Korsetts fühlen zu können. Dabei musste er unwillkürlich an Helenas Gewänder denken – sein Körper reagierte prompt. Seine Frau, die dies in seiner Umarmung spürte, lächelte. »Du wirst dich leider bis heute Nacht gedulden müssen, Maximilian!«

Er schob sie recht abrupt von sich. »Sophie«, erwiderte er und gestand sich ein, dass es ihm ganz lieb war, noch etwas Abstand zu gewinnen. »Es gibt wichtige Dinge zu besprechen. Ich werde dich, Heinrich und Fräulein Stein gleich bis zum Dinner allein lassen. Elsa fand heraus, wer den Mord beging, und ich denke, ihr solltet Roberta zunächst ohne mich zur Seite stehen.«

Überrascht ließ sich Sophie in einen Sessel fallen. Ihr Mann informierte sie im kurzen, knappen Stil des Offiziers über die Lage. Erschüttert drückte sie die Hand ihres Gatten.

»Roberta wuchs mir in diesen Wochen richtig ans Herz, Maximilian. Sie ist eine liebenswerte und kluge Frau, dabei ganz auf sich allein gestellt. Wir werden sehen, wie wir sie unterstützen können.«

»Sei meiner Hilfestellung gewiss! Wir treffen uns spätestens zum Dinner.«

Sophie legte die sorgfältig verpackten, mit rundem Plattschiff dekorierten roten Bade- und Brunnengläser schnell auf die Kommode. Die aufwendig gefertigten Gläser hatte sie extra in ihrer Reisetasche transportiert, damit sie nicht zerbrechen konnten. Dies passt nicht als Zeitpunkt, um Souvenirs zu überreichen, dachte sie. Alles andere kann Lena auspacken. Jetzt gilt es, nach unten zu eilen und der Freundin beizustehen.

Nachdem mit einem Schluck Champagner auf die glückliche Heimkehr angestoßen war und erste Kommentare zum neuen Kleidungsstil der Damen ausgetauscht waren, fragte Roberta: »Wann fahrt ihr eigentlich in die Sommerfrische nach Norderney? Elsa, du siehst wirklich abgespannt und blass aus.«

Heinrich ergriff umgehend die Gelegenheit, um zum Thema zu kommen: »Gestern geschahen hier wichtige Dinge, Fräulein Stein. Und das betrifft auch Sie in starkem Maße. Es geht um den Mordanschlag im Königlichen Schauspielhaus. Elsa fand heraus, wer den Cognac vergiftet hat.«

Sophie rückte näher an Roberta heran und legte ihr die Hand auf die Schulter.

»Elsa, bitte erzähl sofort!«

Nachdem Elsa kurz und knapp die Tatsachen geschildert hatte, stellte Roberta ihr Glas so heftig ab, dass es klirrte. »Sarah war meine Schwester?«

»Ja, so ist es.«

»Aber wieso sollte Miss Little mich umbringen?«

»Sie befürchtete, dass Sarah nach dem Tod des Vaters in einfachen Verhältnissen würde leben müssen, sie aber nur eine Daseinsweise im Luxus glücklich machen könne. Als Lizzy bei dem Umtrunk im Café Kröpcke mitbekam, dass dein richtiger Name Berta Bernstein lautet, begriff sie sofort, dass du die ältere, eheliche Tochter und die Alleinerbin bist. Denn Amber bedeutet ja die Übersetzung von Bernstein. Und Lizzy beschloss, dich aus dem Weg zu räumen.«

»Und statt meiner brachte sie aus Versehen Sarah um. Das finde ich alles nur entsetzlich.«

»Ja, es gleicht einem Drama«, bestätigte Heinrich und fügte hinzu: »Und so endete es auch. Miss Little ist tot. Sie vergiftete sich selbst, als sie der Tat überführt worden war.«

Roberta blickte Elsa entsetzt an. »Noch ein Todesfall. Aber wie konntest du das denn alles herausfinden?«

»Ein wenig seltsam fand ich Lizzy Little schon immer. Die Wahrheit kam ans Licht, als ich gestern auf den Friedhof fuhr, um nach dem Grab deiner Freundin zu sehen, Tante Sophie.«

Und Elsa erzählte, wie sich alles begeben hatte.

Am Ende des Berichtes saßen Roberta und Sophie so blass in ihren Korbstühlen, dass Heinrich ihnen fürsorglich zur Stützung des Kreislaufes ein Champagnerglas anreichte.

»Kind«, klagte Sophie, »was musstest du Schreckliches mitmachen.«

»Und ohne deine Aufmerksamkeit wäre der Mord bis heute nicht geklärt«, fügte Roberta hinzu. »So schwer es alles erscheint, aber ich muss jetzt wenigstens nicht mehr befürchten, erneut Opfer eines Mordanschlages zu werden.«

»Unsere Elsa ist eben pyramidal, würde der flotte Ferdi sagen«, versuchte Heinrich die Spannung ein wenig zu lockern. Was ihm gelang.

»Den brauchst du beim besten Willen nicht zu zitieren«, konterte diese prompt.

»Wir sollten uns vor dem Dinner eine Stunde zurückziehen«, schlug Sophie vor.

»Vielleicht mag Elsa dir noch etwas Gesellschaft leisten, Roberta.«

Die beiden Freundinnen gingen in Elsas Salon und setzten sich eng umschlungen auf das Sofa. Roberta weinte still vor sich hin.

»Wie gut, dass Sophie geplant hatte, dass ich heute noch bei euch übernachte«, meinte sie schließlich.

»Du kannst gern einige Tage länger bleiben, Bobby.«

»Warten wir ab, wie es mir morgen geht, Elsa. Es muss ja auch Mr. Amber in Amerika informiert werden.« Das Wort Vater wollte ihr noch nicht über die Lippen kommen.

»Das wird Inspektor Hahn gemeinsam mit Dr. Rehnhoff erledigen, Roberta. Darum brauchst du dich nicht zu kümmern.«

»Das passt mir gut. Dem Anwalt vertraue ich. Er soll mich auch weiter vertreten. Und nun lass uns vor dem Essen beide noch ein halbes Stündchen ruhen. Appetit verspüre ich nicht. Aber ich werde es wohltuend finden, im Kreise eurer Familie und nicht allein zu sein.«

Beim Dinner bewegten sich die Gespräche um neutrale Themen. Konversation über Reformkleidung schien vor dem Hintergrund der jüngsten Ereignisse geradezu unverfänglich. Sophie und Roberta gaben mit verschwörerischer Miene einige Geheimnisse dieser Modelinie preis, wobei Elsa wirklich dankbar war, dass Tante Edelgarde an diesem Abendessen nicht teilnahm. Deren näselnd herablassende, oberflächliche Kommentare hätte sie am heutigen Abend nicht ertragen können. Das sorgfältig zusammengestellte, sommerlich leichte Willkommensdinner wurde allgemein gelobt, aber nicht völlig unbeschwert genossen. Besonders das Hühnchen à la Marengo mit Champignons und Krabben, ein Rezept, das angeblich auf ein Mahl nach einer Schlacht mit Napoleon fußte, fand Beifall. Und allen mundeten zum Nachtisch die köstlichen Monatserdbeeren aus dem Garten, die die Köchin Miene à la nature mit wenig von ihrem selbst angesetzten Vanillezucker und frischer Zitronenmelisse auftragen ließ.

Die Tafel wurde zeitig aufgehoben, was Elsa sehr zusagte, denn sie fühlte sich zerschlagen und müde. In ihrem Salon warf sie erstaunt einen Blick auf einen Strauß bunter Freilandrosen. Dann bemerkte sie ein Billet und ein Päckchen neben der Vase. Sofort öffnete sie neugierig das Schreiben – es stammte von Victor Rehnhoff. Lobende Worte und gute Wünsche, er entwickelt sich ja doch noch zum Kavalier, lächelte Elsa erfreut vor sich hin und schnupperte an den Rosen. In dem Geschenkpaket befand sich ein weiterer Roman von Wilkie Collins.

Heute Nacht werden mir keine Gedanken mehr zum Mord im Königlichen Schauspielhaus schlafschädigend durch den Kopf gehen, nahm sie sich vor. Ein Punkt allerdings erscheint mir nicht einsichtig.

Wieso kippte Lizzy Little zusätzlich zu dem hochgiftigen Eisenhut noch Belladonna in den Cognac? Bevor sich in ihren Gedanken erneute Fragen formten, fiel sie tiefe Müdigkeit an. Es lassen sich eben nicht alle Einzelheiten klären, schoss ihr durch den Kopf, dann übermannte sie der Schlaf.

Konsequenzen

An diesem Morgen erschien von Lensing sehr zeitig zum Frühstück. Sein Butler hatte für ihn im Wintergarten gedeckt und die Flügeltüren zum Garten geöffnet. Er schenkte seinem Herrn Kaffee ein und sagte: »Ich hole die Zeitungen.«

Der Herr des Hauses genoss seinen ersten Schluck Frühkaffee und köpfte sein weichgekochtes Frühstücksei. Da legte ihm der Butler auch schon die Morgenpresse auf den Tisch. Theobald von Lensing las und erhob sich so ruckartig, dass sein Stuhl umkippte, das Geschirr klapperte und der Kaffee in der Tasse überschwappte. ›Mord im Königlichen Schauspielhaus geklärt‹, lautete die Schlagzeile im Hannoverschen Courier. Ohne seinen Diener weiter zu beachten, schnappte von Lensing sich die Zeitung, ging zu seinem Lieblingsplatz, der Bank unter dem alten Wallnussbaum, und las: ›Die Mörderin, Miss Little, die Gesellschafterin des Opfers Sarah Amber, legte ein volles Geständnis ab. Das Motiv für die Tat, welche der Schauspielerin Roberta Stein galt, fußt in einer Familienangelegenheit um ein großes Erbe. Lizzy Little richtete sich selber mit einer hohen Dosis Aconitin, einem Extrakt aus dem Eisenhut, den sie auch für den Mord eingesetzt hatte. Zur Aufklärung des Falles trug wesentlich die Aufmerksamkeit von Fräulein Elsa Martin bei, wie Inspektor Hahn ausdrücklich betonte.‹

Theobald von Lensing las diese Zeilen mehrfach, danach durchflutete ihn eine unglaubliche Erleichterung. Oh ja, er hatte sich spontan an Roberta rächen wollen, deren Zurückweisung ihn immer noch schmerzte. Aber nie im Leben hatte er ihr den Tod gewünscht. Bei all seinem chemischen Sachverstand blieb ihm unerklärlich, wie einige Tropfen Belladonna das Opfer der Verwechslung, Sarah Amber, hatten töten können. Herzrasen, Trockenheit im Mund, Kreislaufstörungen hätten es Roberta unmöglich gemacht, auf der Bühne zu stehen. Das war sein spontaner Gedanke gewesen, als er das Fläschchen mit der Tinktur sah. Seit der Premiere fühlte er sich schuldig und schlecht. Über sich und seine Tat dachte er intensiv nach und kam nicht umhin, sich ein paar Charakterzüge einzugestehen, die ihm nicht sonderlich gefielen.

Zumindest war ich aus verletzter Eitelkeit gewillt, der Frau, die ich angeblich so liebte, körperlichen Schaden zuzufügen und ihr die Premiere zu vereiteln, gestand er sich selbst ein. Ich hatte wirklich mehr Glück als Verstand. Mit meiner Rachsucht hätte ich mir mein komplettes bürgerliches Leben ruinieren können. Man stelle sich die Schlagzeile vor: Chemiefabrikant setzt Schauspielerin aus Rache mit Belladonna matt!

Er nahm sich die Zeitung und ging gemessenen Schrittes zurück zum Wintergarten. Dort erwartete ihn sein Butler mit unbewegter Miene und einem wieder tadellos gedeckten Tisch.

Während er sein Frühstück fortsetzte, beschloss er als Dank an das gnädige Schicksal, namhafte Spenden zu tätigen. So hoch, dass sie selbst mir weh tun, dachte er. Strafe muss sein! Dabei werde ich sogar noch bei einigen wohltätigen Damen Hannovers, die sich bisher an mir die Zähne ausgebissen haben, in einem völlig neuen Licht dastehen. Die Henriettenstiftung, das Heim für ledige Mütter, das Institut für hilflose Bürgerkinder und das städtische Waisenhaus werde ich großzügig bedenken. Und als extra Sühne für mich selber stifte ich anonym dem Arbeiterbildungsverein in Linden hundert Bücher für die Bibliothek. Dabei denke ich jedoch weniger an Bebels ›Die Frau und der Sozialismus‹, Schriften von Lasalle oder gar ›Die Waffen nieder‹ der streitbaren Bertha von Suttner. Die Lage der arbeitenden Bevölkerung insgesamt muss verbessert werden. Aber alles, was die Sozialisten stärkt und die Arbeiterschaft rebellisch macht, ist von Übel!

Ansatzweise fand Theobald von Lensing zu seiner normalen Verfassung zurück. Ein ironisches Lächeln glitt über seine Züge – die Auswahl zur Erweiterung des proletarischen Gedankengutes wollte er denn doch in seinem Sinne steuern. Vernünftige Kochbücher für die sparsame Hausfrau in Stadt und Land, ebenfalls Naturheilbücher und gewerbliche Fachliteratur mochten von Nutzen sein. Romane von der Marlitt, ›Die drei Musketiere‹, auch Goethe und Schiller schienen ihm geeignet, dem wohl eher kleinen Teil der lesenden Arbeiterschaft andere Gedankenwelten zu vermitteln. Dazu gebundene Familienzeitschriften, wie die Gartenlaube, Daheim und Neue Welt und schließlich Die Bibliothek der Unterhaltung und des Wissens. Er machte sich Notizen, um seine Bestellung von der Buchhandlung Schmorl und von Seefeld in der Bahnhofstraße ausführen zu lassen. Nachdenklich beendete Theobald von Lensing sein Frühstück.

Es wird Zeit, dass ich mir eine vernünftige, ruhige Frau suche und häuslich werde. Aber kaum eine dieser jungen Gänse, denen von den Eltern jedweder Ansatz eigenen Denkens oder gar Wollens ausgetrieben wurde, könnte Roberta je das Wasser reichen. Ihn überkam eine

Ahnung, dass er sich soeben selbst widersprach. Daher beschloss er, sich schleunigst seinen Geschäften zu widmen.

An diesem Montagmorgen brach Amalie Röscher früh zu der katholischen Kirche in der Calenberger Neustadt auf. Nach dem Studium des Titelberichtes im Hannoverschen Courier blieb sie eine Weile am Frühstückstisch sitzen, ohne ihr Brötchen weiter anzurühren. Sie war noch mal davongekommen. Der Tod von Sarah in Folge der paar Tropfen Belladonna, die sie voller Wut spontan in Robertas Cognac-Karaffe gekippt hatte, hatte sie vor ein Rätsel gestellt. Möglicherweise hatte die junge Frau an einer Herzkrankheit gelitten? Auch dann blieb das ganze Geschehen unerklärlich. Bei ihrem Vater, dem Apotheker, konnte sie sich schlecht vergewissern. Der Kriminalinspektor schien wegen ihrer einschlägigen Kenntnisse und Arzneivorräte schon mehr als misstrauisch zu sein.

Wie oft hatte sie sich selbst für diesen ebenso unsinnigen wie idiotischen Versuch, sich an Roberta zu rächen und ihr die Premiere zu vermasseln, verflucht. Und das alles wegen eines Mannes, dessen weiteres Handeln so oder so ungewiss war. Neid und Missgunst können entsetzliche Dinge auslösen – unkontrollierte Bruchteile von Sekunden genügen, um großes Unheil anzurichten. Ausgerechnet sie, die sich über melodramatische Eifersuchtsdramen in Opern oft mokierte, wurde selbst zur unvernünftigen Täterin. Und sie hatte außerdem Glück, dass sie nicht das Fiasko von Gretchens Faust mit einer Schwangerschaft erlitten hatte. Das Schicksal gab ihr wirklich eine zweite Chance, daran glaubte sie fest.

Inzwischen am Kirchenportal angekommen, nahm sie drinnen eine riesige Kerze, die sie aufstellte und anzündete. Sie steckte zwei große Geldscheine in den Opferstock. Dann begab sie sich zum Beichtstuhl, um ihr Gewissen zu erleichtern.

Zu Fuß ging sie über die Leinebrücke durch die Altstadt zur Marktkirche. Auf dem Markt ließ sie sich drei Sträuße bunter Freilandrosen zu einem prachtvollen Bouquet aufbinden. Sie spazierte weiter bis zur Königstraße und gab die Blumen für Roberta mit guten Wünschen ab. Müde, aber innerlich etwas ruhiger, machte sie sich auf den Heimweg.

Seit über zwei Wochen meldete sich August Remmèrs Tag für Tag auf dem Polizeirevier. Zwar machte er mit den Wachtmeistern schon seine Späßckes, aber es geschah aus purem Galgenhumor, denn das Lachen blieb ihm mittlerweile in der Kehle stecken. Seitdem er müde und nervös mit dem Nachtzug in Köln angekommen war, widerfuhr ihm in seiner Heimatstadt kaum Gutes. Selbst seine eigene Mutter, von der er doch wohl anderes erwarten durfte, behandelte ihn äußerst frostig. »Du hast alles, aber auch alles versaubeutelt, du Westentaschen-Casanova«, herrschte sie ihn gleich zur Begrüßung an. »Verlobung, Aufnahme in den feinsten Kölner Klüngel, das können wir komplett vergessen, mein lieber Sohn. Die fassen uns mit der Kneifzange nicht mehr an. Und, bringst du wenigstens den Familienring wieder mit?«

»Nein, der wurde gestohlen.«

Seine Mutter blickte ihn ungläubig an. »Das glaubst du doch selber nicht! Jedenfalls sind wir unten durch, und nicht nur bei Rosas Familie. Beim Intendanten ließen die offenbar auch ein paar Wörtchen fallen, denn von dem hast du ebenfalls kaum Gutes zu erwarten!«

Das erwies sich leider nur als allzu wahr. Der Intendant bedeutete ihm, dass er seiner in diesem Jahr nicht mehr bedürfe. Und über Weiteres sei es zu früh, sich den Kopf zu zerbrechen. Er könne jetzt getrost seine Amerika-Tournee antreten, mit der er ja bei den letzten Verhandlungen um seine Gage so heftig gewunken habe. Mit diesem abschließenden Hieb war August entlassen. Es hatte sich die ganze Welt gegen ihn verschworen. Und das nur, weil er dem schönen Geschlecht gegenüber manchmal einfach wehrlos war! Wenn starke Gefühle im Spiel sind, handeln Männer eben ab und zu sehr unbesonnen. Die Tournee nach Amerika konnte er jedenfalls nicht antreten, solange er sich täglich auf der Wache melden musste, ein Vorgang, den er schon demütigend genug fand. Dennoch zog er bei zwei Agenten Erkundigungen ein. Immerhin sahen diese Möglichkeiten für Engagements. Allerdings zu schlechteren Konditionen, als er sie vormals erhalten hätte. Sobald der Mord endlich aufgeklärt war, würde er losfahren. Er ertrug es nicht mehr lange, tatenlos rumzusitzen. Abgesehen davon wurde es dringend Zeit, dass er wieder Geld verdiente. Für Roberta hatte er es mit beiden Händen ausgegeben, und nun büßte er bei dem teuren Ring, den sie nicht wollte, auch noch ein Drittel des Kaufpreises ein. Diese Juweliere waren doch alle Gauner!

Er erreichte die Wache. Gleich beim Eintreten stand der Wachtmeister auf und kam hinter die halbhohe Schranke, von wo aus den hier Erscheinenden Auskunft gewährt wurde.

»Gute Nachrichten, Herr Remmèrs. Der Mord ist geklärt. Das heißt, Sie können sich wieder frei bewegen.«

»Ja, datt isch datt noch erlewe darf«, gab August Remmèrs zurück. »Und wer war es denn?«

Der Wachtmeister reichte ihm eine Zeitung. »Schickten die Kollegen gestern extra mit dem Nachtzug mit. Steht alles drin.«

»Danke, na dann, meine Herren, ich trinke jetzt ein Kölsch darauf, dass wir uns nie wiedersehen. Nichts für ungut.«

August Remmèrs ging schnurstracks mit der Zeitung in den Bieresel, ließ sich ein Gaffel-Kölsch und einen halwen Hahn bringen und stürzte sich auf den Leitartikel.

Das klang für ihn alles recht mysteriös. Die Garderobiere Lizzy Little als Mörderin. Eine Familienangelegenheit als Motiv – soweit er sich erinnern konnte, besaß Roberta doch keine Familie mehr. War sie jetzt womöglich eine reiche Erbin? fragte er sich und musste sich eingestehen, dass er eine so schöne, geistreiche und temperamentvolle Frau wie Roberta kaum nochmals finden würde. Aber sie hatte ja so gar kein Verständnis für seine Situation und seine Probleme gezeigt.

Eine ganze Reihe von Gedanken schoss August Remmèrs durch den Kopf. Nach dem zweiten Kölsch beschloss er, sich um Amerika und seine Karriere zu kümmern. Die rheinische Spezialität, der halwe Hahn, Röggelchen mit Holländer Käse, sättigte ihn nicht genügend. Bei dem Gedanken daran, dass er diese ganzen Köstlichkeiten in den Vereinigten Staaten schmerzlich entbehren musste, bestellte er gleich noch eine Portion Himmel und Äd mit Flöns.

»Aber die Flöns schön kross gebraten«, gab er dem Kellner auf. Seine Bestellung verfolgte am Nachbartisch aufmerksam ein hochgewachsener, blonder Mann in einer Marineuniform. Der Herr nickte ihm zu und bemerkte: »Bei dem halben Hahn staunte ich ja schon, was Sie serviert bekamen. Darf ich fragen, was sich jetzt hinter Ihrer Bestellung verbirgt?«

Remmèrs lächelte. »Kommen Sie aus Norddeutschland?«

»Ja, aus Bremen.«

»Himmel und Äd bedeutet Äpfel und Kartoffel zusammengekocht und dazu gibt es gebratene Blutwurst und Zwiebeln.«

Sein Nachbar lächelte ebenfalls und meinte: »So weit sind wir nicht auseinander. Himmel und Erde mit in Griebenschmalz gerösteten Zwiebeln war schon das Lieblingsgericht meines Vaters. Ich wünsche Ihnen guten Appetit!«

Während des Essens wanderten Augusts Gedanken noch einmal nach Hannover. Man spielte mir in dieser Angelegenheit wirklich übel mit. Dieser Kriminalinspektor schien direkt etwas gegen mich zu haben. Er spülte den letzten Happen Blutwurst mit dem Rest des dritten Glases Kölsch herunter. Schluss mit den alten Kamellen, beschloss er, auf zu neuen Ufern, ins Land der unbegrenzten Möglichkeiten, nach Amerika.

Er wandte sich an seinen Nachbarn: »Sie sehen so aus, als ob Sie etwas mit der christlichen Seefahrt zu tun hätten.«

Sein Gegenüber nickte. »Genau erkannt.«

»Können Sie einer armen Landratte eine Empfehlung für ein hervorragendes Schiff nach Amerika geben?«

Die beiden Herren machten sich miteinander bekannt, und der Tischnachbar entpuppte sich als der erste Offizier auf der ›Normannia‹. Wenn das kein gutes Omen war! Bald schwirrte August der Kopf über die unterschiedlichen Möglichkeiten. Reisebeginn von Hamburg, Bremerhaven und von Holland, Stationen in Sevilla und auf den Kanarischen Inseln. Stolze Schiffe, die um das blaue Band kämpften. Unterbringungsmöglichkeiten vom primitivsten Unterdeck für die Auswanderer bis hin zu Suiten in der ersten Klasse, bei deren Preisen er innerlich zusammenzuckte. Was für ein Abenteuer! Er machte sich eifrig Notizen und bedankte sich bei dem freundlichen Offizier. Vielleicht würde man sich ja an Bord seines Ozeandampfers wiedersehen. Remmèrs winkte dem Köbes nach der Rechnung. Guten Mutes ging er zu seiner Wohnung in Rodenkirchen. Dabei überdachte er das Gehörte und beschloss, wenn möglich seine Passage auf dem Schiff ›Normannia‹ anzutreten. Er gedachte, den Blick auf Vater Rhein möglichst bald gegen den Blick auf den weiten Atlantik einzutauschen.

Im Kunstverein

Isidora und Victor Rehnhoff trafen sich mit Elsa im Kunstverein. Die Freunde hatten dies insgeheim beschlossen, da sie sich Sorgen um Elsas Verfassung machten. Der Vorschlag wurde recht erfreut aufgenommen. »Ja, eine gute Idee. Das verdanke ich auch dir, Isidora, dass du mich schon als Backfisch dorthin mitgenommen hast. Vielleicht treffen wir ja den netten alten Herrn Jacob wieder.«

»Ach ja, das ist länger her, dass wir zufällig seine Bekanntschaft machten.«

Damals war Elsa begeistert von Bild zu Bild gegangen. Und dabei stieß sie, gedankenversunken vor einem Gemälde stehenbleibend, leicht mit einem älteren Herrn zusammen.

Der verbeugte sich entschuldigend. »Junges Fräulein, ich bitte um Verzeihung, ich vertiefte mich zu intensiv in dieses Bild.«

»Ganz meinerseits, denn ich war auch unaufmerksam. Das Gemälde gefällt mir ausnehmend gut. Die Landschaftsbilder von Koken liebe ich besonders.«

In dem Moment gesellte sich Isidora zu ihnen. »Alles in Ordnung, Kleines?« Sie sah Elsa und den älteren Herrn forschend an.

»Gnädiges Fräulein, kein Grund zur Besorgnis, das junge Mädchen und ich waren so gefangen in der Bildbetrachtung, dass wir etwas zusammengestoßen sind. Gern würde ich mich bekannt machen: Wilhelm Jacob, Mitglied des Kunstvereins, Inhaber der gleichnamigen Möbelfabrik in Linden. Darf ich Ihnen meine Karte überreichen.«

Isidora blickte auf die Visitenkarte und stellte im Anschluss daran vor: »Meine junge Freundin Elsa Martin, und ich bin Isidora Kaulbach.«

»Oh, sind Sie die Tochter des berühmten Malers Friedrich Kaulbach?«

»Ja, Herr Jacob, das bin ich.«

»Welch eine Freude, auf diese ungewöhnliche Weise die beiden reizenden jungen Damen kennenzulernen. Ich verehre die Kunst Ihres Vaters, gnädiges Fräulein. Seine Porträts strahlen etwas ganz Besonderes aus – er vermittelt die Persönlichkeit des dargestellten Menschen. Zu meinem Bedauern wird er in letzter Zeit nicht mehr immer so gewürdigt, wie er es verdient.«

»Das verläuft leider so, Herr Jacob, auch in der Kunst gibt es so etwas wie Mode.«

»Stimmt, doch davon spürt man allerdings in unserem hannoverschen Kunstverein nicht allzu viel«, erwiderte Wilhelm Jacob, denn selbst seinem eher konventionellen Kunstgeschmack erschien die Ankaufspolitik insgesamt viel zu konservativ. »Fräulein Martin erinnert mich ein wenig an meine Tochter in den Jahren. Leider befinde ich mich heute in Eile, da ich noch in Geschäften verabredet bin. Wir werden uns hier gewiss wieder treffen. Vielleicht machen Sie dann mir älterem Herrn die Freude, Sie zu einer Schokolade einladen zu dürfen.« Damit verabschiedete sich Herr Jacob formvollendet.

»Ein Kavalier alter Schule und wirklich nett«, sagte Elsa. »Von seinem Auftreten und seiner Kleidung her hätte ich ihn nie für einen Möbelfabrikanten aus Linden gehalten.«

»Die ersten erfolgreichen Fabrikationen wurden in Linden gegründet. Von den dortigen Fabrikanten kamen einige zu beträchtlichem Wohlstand. Der letzte König von Hannover war äußerst konservativ und versuchte die Errichtung großer Werkstätten und Fabriken in seinem Hannover zu verhindern. Vom Qualm und den Gerüchen, die der Westwind aus den Lindener Schornsteinen gen Schloss trug, fühlte er sich schon genug belästigt. Gleichzeitig war er ein Feingeist, der die Künste liebte und förderte. Es war sicherlich hart für ihn, als er erblindete. Umso mehr wollen wir dankbar sein, dass wir diese schöne Ausstellung genießen dürfen, also lass uns weiterhin die Bilder betrachten.«

Das taten sie ausgiebig. In den folgenden Jahren trafen sie Herrn Jacob nie wieder.

Heute wandelte man durch die schönen Räume im zweiten Stockwerk und bewunderte Landschaftsbilder von Edmund Koken und seinem Sohn Paul. Elsa stand lange bewundernd vor einer Darstellung der Döhrener Mühle bei Hannover. Es tat ihr gut, auf andere Gedanken zu kommen. Da trat Isidora mit Herrn Jacob auf sie zu. »Vorhin sprachen wir noch darüber, dass wir Sie vor Jahren hier kennengelernt haben – und nun führt uns der Zufall wieder zusammen.«

»Ich freue mich, Sie beide zu sehen. Gnädiges Fräulein, Sie sind ja eine richtig erwachsene junge Dame geworden. Sie erinnern mich wahrhaftig …« Er unterbrach sich und fuhr fort: »Und Sie bieten nicht nur einen bezaubernden Anblick, sondern sind offenbar auch klug, da Sie der Polizei wichtige Hinweise gaben.«

In diesem Moment trat Victor Rehnhoff hinzu und wurde mit Herrn Jacob bekannt gemacht. Dieser schlug vor, nunmehr die Herrschaften auf eine heiße Schokolade einladen zu dürfen.

»Oder sind Sie dafür inzwischen zu alt, Fräulein Martin?«

»Für Schokolade gibt es keine Altersgrenzen, Herr Jacob.«

Victor reichte ihr demonstrativ den Arm, Herr Jacob folgte ihnen mit Isidora. Es wurde ein unterhaltsamer Nachmittag. Elsa erstaunte Herrn Jacob mit ihren Kenntnissen über unterschiedliche Hölzer und Möbelstile. Und erzählte, wie viel Spaß es ihr mache, Möbel zu zeichnen. Der Fabrikbesitzer berichtete ein bisschen wehmütig, dass seine verstorbene Frau ihn bei dem Entwurf neuartiger Modelle unterstützt hatte. »Sie besaß auch immer ein gutes Gespür dafür, was gefragt war. Und wann sich etwas änderte.«

»Es wird bestimmt bald wieder eine neue Richtung geben, Herr Jacob«, erwiderte Elsa eifrig. »Ich kann mir nicht vorstellen, dass diese schweren, zum Teil überreich verzierten Wohnungseinrichtungen noch lange gefallen. So, wie sich in der Malerei vieles verändert, werden die Menschen auch andere, leichtere Möbel in einer klaren Linienführung bevorzugen.« Herr Jacob sah sie ebenso verblüfft wie nachdenklich an, dann nickte er zustimmend. Anschließend drehte sich das Gespräch um den Mordfall. Mit einigem Stolz hob Victor Elsas gewichtige Rolle bei der Aufklärung hervor, was diese etwas verwundert, aber erfreut zur Kenntnis nahm. Von Elschen wusste er immer noch nichts – wenn es nach ihr ging, sollte er von deren Existenz auch nie erfahren. Victor entschuldigte sich kurz, um einen wichtigen Mandanten zu begrüßen.

Elsa wandte sich an Herrn Jacob. »Übrigens unterstützte mich ein Gymnasiast aus Linden, Cord Breuer, sehr bei der Ermittlung.«

»Ach, der Sohn vom roten Hannes, ja, ich kenne ihn, war ein Prachtbengel. Jetzt ist er ja schon ein junger Mann, von dem man einiges erwarten darf.«

Dem stimmte Elsa von Herzen zu, obwohl sie bisher Cord eher als jüngeren Freund denn als eine männliche Person gesehen hatte. Doch plötzlich musste sie wieder an das Geständnis von Lizzy denken und deren völlig verzerrtes Gesicht bei ihrem Selbstmord. Diesen schrecklichen Anblick würde sie wohl nie vergessen! Isidora, die bemerkte, wie die Freundin erblasste, lenkte das Gespräch auf Intarsienarbeiten.

»Da stellen wir auch kunstvolle, schöne Dinge her«, erzählte Herr Jacob, »und mir macht es große Freude, die Hölzer für Intarsien zusammenzustellen.«

Der unterhaltsame Nachmittag endete mit einer Einladung, sich einmal die Möbelproduktion in Linden anzusehen. Abends saß Elsa in ihrem Salon mit den schönen Louis-Phillipe-Möbeln. Nachdenklich strich sie über die wunderbar polierte, ovale Platte des Tisches, die sich geradezu seidig anfühlte. Wie es wohl in einer Möbelfabrik aussieht?

Meine Möbel jedenfalls entstanden in reiner Handarbeit. Und ich weiß noch genau, wann ich sie zuerst sah.

In ihrer Kindheit verbrachte Elsa ab und zu einige glückliche Wochen mit Heinrich auf dem Rittergut Rosenberg, wo sie ihn bereitwillig bei seinen Erkundungsgängen in die Ställe und auf die Felder begleitete. Beide ließen sich damals gern vom Gärtner viel über Pflanzen erklären. Die Sommerbesuche auf dem Gut derer von Elßtorff geschahen nach Elsas Geschmack zu selten. Für Maximilian, als dem dritten Sohn dieses uralt eingesessenen niedersächsischen Adelsgeschlechtes, stand schon in jungen Jahren fest, dass er seinen eigenen Weg suchen und seine Existenz selbst sichern wollte. Die agrarische Welt war ihm ziemlich fremd geworden. Nach einer Kriegsverletzung bei der Schlacht von Langensalza 1866 quittierte er den Dienst. Einen wilden Ritt querfeldein ließ seine Verletzung nicht mehr zu, seine Kriegserlebnisse hatten ihm außerdem die Freude an der Jagd gründlich verdorben. So verbrachte die Familie, zumal Heinrich die zarte Konstitution seiner Mutter geerbt zu haben schien, die Sommer überwiegend auf Norderney.

Elsas guter Blick für besondere Möbel hatte sich zuerst bei einem Sommeraufenthalt auf dem Rittergut gezeigt. An einem regnerischen Julitag spielten Heinrich, Elsa und die Kusinchen in den Gewölbekellern des Herrenhauses. Die Gouvernante hatte sich mit Migräne zurückgezogen, und die Erwachsenen waren mit verschiedenen Erntearbeiten beschäftigt. So blieben die Kinder ausnahmsweise sich selbst überlassen. Und das nutzten sie für eine Entdeckungstour weidlich aus. Heinrich, Elsa und die zwei etwas jüngeren Cousinen fanden die äußere Tür zum hinteren Vorratskeller offen und schlichen die Treppen hinunter. Von dort aus tappten sie leise durch die Speisekammer in die verwaiste Küche, wo es köstlich nach einer Suppe duftete, die in einem riesigen Kupfertopf auf dem Herd vor sich hin simmerte. Sie erreichten den quadratischen Vorplatz. Sowohl die Milchkammer, als auch die Waschküche und die Schlafkammern des Gesindes waren menschenleer. So ging es weiter bis zu einem besonders großen Gewölbekeller. Hier stellte man seit Jahrzehnten das Mobiliar ab, welches keine Verwendung mehr im Herrenhause fand. Es roch nach Staub und etwas muffig. Alle ausgelagerten Möbel schützten Decken und Tücher, so bestand schon eine Herausforderung darin zu raten, was sich hinter all diesen verhüllten Gebilden verbergen mochte. Elsa, damals dreizehn Jahre alt, fand sich eigentlich für diese Spiele schon zu erwachsen. Wie den Cousinen machte es ihr jedoch Freude herauszufinden, was unter einzelnen Umhüllungen steckte.

Die hinterste Ecke des in Halbdunkel getauchten Kellers war durch ein großes vergittertes Souterrainfenster etwas besser beleuchtet. Die kleinen Basen fingen an, bei einem über zwei Meter hohen Gebilde zu raten.

»Waschkommode mit Spiegel«, sagte die eine.

»Nein, eine Vitrine«, widersprach Elsa.

»Ein großer Schutzengel«, hauchte das andere Cousinchen.

»Lasst uns nachsehen«, beendete Heinrich etwas ungeduldig die Raterei.

Er hob das Tuch vorsichtig ab – dennoch erhob sich eine Staubwolke, die alle zum Niesen brachte. Zum Vorschein kam ein ungewöhnlicher Vitrinenschrank in hellem Mahagoni, dessen Unterteil vorn auf Säulen ruhte. Das zurückgesetzte Oberteil bestand überwiegend aus einer Tür mit in Messing gefassten und schön geschliffenen Gläsern. Die Krönung bildeten Messingfiguren und Ornamente.

»Was für ein wunderschöner und dekorativer Schrank«, rief Elsa bewundernd aus. »Und seht nur, wie exquisit die Frauenfiguren aus Messing gearbeitet sind.« Sie fanden im gleichen Stil noch einen kleinen Sekretär mit einer ausziehbaren Arbeitsplatte, einen ovalen Tisch, passende Armlehnstühle und eine Büchervitrine. Vor dem Abendessen versammelten sich die Kinder stets bei Heinrichs Großmutter, Hermine von Elßtorff. Elsa erzählte ihr mit vor Begeisterung glühenden Wangen von ihrem Fund.

»Meine Liebe, das müssen die Louis-Phillipe-Möbel von Tante Hanna sein. Und die gefallen dir so gut?«

»Ja«, antwortete Elsa, »sie sind zierlich und nicht so bombastisch wie die großen und verschnörkelten Möbelstücke im jetzt modernen Stil.«

Am Morgen ihres vierzehnten Geburtstages bat Sophie Elsa, gemeinsam mit Marga Lheiß den Blumenschmuck für die nachmittägliche Geburtstagstafel zu besorgen. Welche Überraschung erwartete sie, als sie nach Hause kam! Die eleganten französischen Möbel befanden sich in ihrem Zimmer! Der Sekretär prangte mit einer funkelnagelneuen, an den Rändern goldgepunzten hellgrünen Lederplatte. Im Vitrinenschrank ersetzte neues Spiegelglas die blinden Scheiben, die Messingbeschläge schimmerten matt – es war eine Pracht!

Elsa kehrte aus ihrem Ausflug in die Vergangenheit in die Gegenwart zurück. Wie schön, dass ich hier mein eigenes Reich schaffen durfte. Möbel zu entwerfen – das wäre genauso spannend wie Detektivarbeit! Und mit diesem Gedanken begab sie sich müde zu Bett.

Veränderungen

Im Leben fängt man dann und wann,
wieder mal von vorne an.
Wilhelm Busch

Roberta freute sich, in ihren eigenen vier Wänden zu sein. Sie brauchte die vertraute Umgebung, um ihren Gedanken nachzuhängen. Oft dachte sie an ihre Mutter, deren schwere Situation sie heute noch besser verstand als in jüngeren Jahren. Und während ihre Mama und sie selbst gelitten hatten, schien ihr Vater in Amerika scheinbar skrupellos mit der Gründung einer zweiten Familie zur Tagesordnung übergegangen zu sein. So, als ob ihre Mutter und sie ihm nichts mehr bedeuteten. Was wohl auch so stimmte, sinnierte Roberta bitter. Ich entsprach kaum seiner Vorstellung von einer braven, gehorsamen Tochter. Und das tut immer noch weh! Dabei hätte ich ihm so gern gefallen.

Es gab nur wenige schöne Erinnerungen an ihren Vater aus ihrer Kindheit. Viel mehr erinnerte sie sich an sein Unverständnis für ihre Lesebegeisterung und für das Theater. Und wie würde der Papa auf die neuesten Hiobsbotschaften reagieren? Immerhin hatte er offenbar Sarah vergöttert, während er damals seine Tochter Berta wenig beachtete. Was für eine Ironie des Schicksals, dass ihre Halbschwester ebenfalls Schauspielerin geworden war. Roberta sah gedankenverloren vor sich hin. Sarah vergiftet, tot. Dabei sollte ich sterben. Es scheint so völlig sinnlos. Meine Schwester und ich hätten noch so viel zusammen machen können. Diese wahnsinnige Lizzy zerstörte alles. Es ist und bleibt eine Tragödie! Bittere Tränen flossen.

Ihr Mädchen klopfte, knickste, sah sie mitleidig an und vermeldete: »Gnädiges Fräulein, ein Telegramm für Sie aus Amerika.«

Trude entfernte sich diskret auf Zehenspitzen bis zur Tür. Schließlich trocknete sich Roberta die Augen, putzte die Nase, trank ein Glas Wasser. Es muss weitergehen, redete sie sich selbst gut zu. Sie öffnete das Telegramm mit zitternden Händen: »Liebe Berta, bin erschüttert und entsetzt. Befinde mich zu krank für die Reise. Kannst Du kommen? Ich bitte Dich darum! Formalitäten über Dr. Rehnhoff. Hoffe, ich darf Dich erwarten! Vater.«

Mit dem Telegramm in der Hand setzte sie sich in den nächsten Sessel. Das Mädchen räusperte sich besorgt, um die Reaktion ihrer

Herrin zu erhalten. »Trude, bring mir bitte einen kleinen Schluck von dem Condurango Wein aus der Marien-Apotheke.«

Den wohlschmeckenden Likörwein aus Condurangorinde und aromatischen Kräutern hatte der Pharmazeut für ihre in letzter Zeit verstärkt auftretenden Magenbeschwerden empfohlen. »Die Rinde kommt aus Südamerika und enthält wertvolle Bitterstoffe«, lautete seine Erklärung. Roberta trank ein Schlückchen und seufzte. Sie spürte mehrere Seelen in ihrer Brust. Da gab es durchaus den Wunsch des kleinen Mädchens in ihr, den Vater zu sehen. Aber ihm verzeihen? Wollte sie das? Konnte sie das? Das Telegramm klang außerdem nach einem Ruf um Hilfe.

Roberta erhob sich und ging lange hin und her. Nachdem sie verschiedene Aspekte sorgfältig abgewogen hatte, stand ihr Entschluss fest: Ich reise nach Amerika! Das ist in der jetzigen Situation nicht die schlechteste Lösung. Außerdem wollte ich schon immer in die Staaten. Wie fasziniert war ich, als ich von Adele Sandrocks Tournee las. Mit meinen Ersparnissen beim Hannoverschen Sparkassenverband und den Zinseinkünften könnte ich auch problemlos einige Jahre gut auskommen, ohne zu arbeiten. Ich werde den Intendanten bitten, mich zunächst für mindestens zwölf Monate zu beurlauben. Danach sehen wir weiter.

Es klopfte, und das Mädchen brachte Kamillentee.

»Sag, was hältst du davon, wenn wir beide in die Staaten fahren? Ich würde mich nur höchst ungern ohne dich auf diese große Reise begeben.«

»Gnädiges Fräulein«, rief Trude, »wahrhaftig nach Amerika? Zu den Indianern? Den Goldgräbern? Den Cowboys! Nach allem, was wir durchgemacht haben, ließe ich Sie nie und nimmer allein dorthin ziehen!«

Beide Frauen lächelten sich mit Tränen in den Augen an. »Nur keine Rührung, Trude, so ist es beschlossene Sache. Wir fahren!«

Roberta Stein fühlte, wie sie behutsam anfing, die Fäden ihres Lebens wieder in die Hand zu nehmen. Sie ging zu ihrem Sekretär und begann, sich Notizen zu machen. Was galt es, als Nächstes zu tun? Ein Telegramm an ihren Vater zu schicken, dass sie demnächst die Überfahrt buchen würde.

Die Einzelheiten der Reise waren zu klären. Überseekoffer, Reisekleider: Ich nehme nur das Nötigste mit. Schließlich sind die Amerikanerinnen in vielen Dingen weiter als die deutschen Frauen. Dort werde ich mich mit bequemer und eleganter Reformkleidung ausstatten. Auf das Stahlkorsett, die Tournüre und engste Knöpfstiefel verzichte ich bis ans Ende meines Lebens. Das kann Trude alles aussortieren und verschenken. Unpraktische Tageskleider, die im Rücken zu knöpfen waren und die sich ohne Hilfe nicht schließen ließen, gebe ich ebenfalls weg. Sie war froh, dass sie sich in den zwei Wochen in Salzuflen über so manches klargeworden war.

Dr. Rehnhoff würde ihr einige Dinge abnehmen können. Um das Geschäftliche überhaupt, die Post, wie alle juristischen Angelegenheiten sollte er sich gleichfalls kümmern. Ihre Wohnung wollte sie behalten. Ein Schiffsagent musste mit der Buchung der Reise beauftragt werden. Die ›Normannia‹, mit der auch Adele Sandrock reiste, sollte ein gutes Schiff sein. Roberta atmete tief durch und bemerkte, dass sie sich besser fühlte, seitdem sie eine Entscheidung getroffen hatte. Der Abschied von Elsa und Sophie würde ihr schwerfallen. Auch Oscar würde sie vermissen. Aber in Anbetracht aller Umstände schien es ihr ein guter Weg. Roberta lächelte und fuhr fort, sich Notizen zu machen.

Ihr Blick fiel auf den Rubinring, der auf ihrem Sekretär lag. Der Inspektor hatte ihn vor einigen Tagen zusammen mit der sternförmigen Fassung gebracht. Roberta legte alles in ein Kästchen für das Schließfach bei der Bank. Wenn sie aus Amerika zurück war, würde sie entscheiden, was damit passierte, denn tragen wollte sie dieses Stück nicht mehr. Daran hingen zu viele schlechte Erinnerungen.

Sophie war in Robertas Gesellschaft in Salzuflen aufgefallen, wie rasch und selbstverständlich diese Entscheidungen, darunter auch kostspieligere, traf. Sie selbst tat sich schwer, obwohl sie über weitaus größere Mittel verfügen konnte. Denn ihr Mann verwaltete zwar ihre beträchtliche Mitgift. Das mütterliche Erbe jedoch, darauf bestand ihr Vater beim Ehevertrag, oblag ihren Entscheidungen. Bei größeren Ausgaben hatte sie dennoch in zarter Rücksichtnahme und Diplomatie stets ihren Gatten um seine Meinung gefragt. Bis auf die private Villa am Schiffgraben billigte er alle ihre Wünsche. Sie würde sich weiterhin mit ihm abstimmen, aber sie fragte ihn nicht mehr quasi um Erlaubnis, sondern informierte ihn über ihre Entscheidungen. Das Dinner wollte sie ausfallen lassen. Heinrich traf sich mit Freunden. Maximilian reiste mit der Eisenbahn zu einem Freimaurertreffen nach Osnabrück und wurde erst am nächsten Tag zurück erwartet. Und Elsa, so nahm sie an, dürfte es gut tun, einen netten Abend mit Isidora zu verleben.

Die hingegen zeigte sich nicht sofort einverstanden. »Was wirst du machen, Tante-Maman, es wäre mir nicht recht, dich ganz allein zu wissen.«

»Keine Sorge. Ich werde die Terrasse genießen. Und es gibt einiges mit Marga zu besprechen.«

Sophie hatte nämlich einen weiteren Entschluss gefasst. Roberta verfolgten momentan ihre eigenen Probleme, daher wollte sie die Freundin nicht mit Fragen und Gedanken über den offenbar untreuen Maximilian belasten. Es bedeutete einen ungewöhnlichen Schritt, mit Marga ein vertrauliches Gespräch zu führen. Aber sie schätzte deren gesunden Menschenverstand und Lebensklugheit ebenso wie ihre absolute Diskretion.

Indessen war Marga nicht verborgen geblieben, dass Maximilian im Anschluss an das Herrenessen hatte anspannen lassen und erst im Morgengrauen zurückgekehrt war.

So hatte sie bei nächstpassender Gelegenheit vorsichtig bei Franz nachgehakt. Sie wusste, dass er ihr stets Auskunft gab, obwohl er sich seinem Herrn gegenüber absolut loyal verhielt. Aber er verehrte Marga schon seit langem, obgleich er inzwischen befürchtete, dass sie wohl keinen Mann mehr erhören würde.

»Die Herren haben allerlei Vergnügungen der gehobenen Kreise in einer Villa in Kleefeld genossen«, hatte seine brummelige Antwort gelautet. Das reichte Marga, um sich darauf den richtigen Reim zu machen.

Wie gut, dass die gnädige Frau das nicht mitbekommt, denn das würde sie gewiss nicht kalt lassen. Bisher bildete von Elßtorff eine rühmliche Ausnahme. Viele Herren der adeligen und großbürgerlichen Kreise sahen es als ihr verbrieftes Recht an, sich anderweitig zu amüsieren, sowohl mit den Dienstboten als auch im Bordell. Zumeist wussten es die Ehefrauen und blickten weg. Großes Unrecht entstand, wenn ein Dienstmädchen schwanger wurde. Denn nach dem Vater des Kindes fragte niemand, sondern man jagte das gefallene Frauenzimmer empört davon, meist ohne dass sich der Herr oder der Sohn des Hauses darum weiter kümmerten. Diese Ungerechtigkeit erbitterte nicht nur Marga. Außerdem waren die Gemahlinnen durchaus der Gefahr der Ansteckung ausgesetzt, was im Falle von Syphilis furchtbare Folgen haben konnte. Aber zurück zum gnädigen Herrn. Als Franz ihm den Backenbart komplett abnehmen und den Schnurrbart stutzen musste, was sein Aussehen stark veränderte, fand Marga ihren Verdacht bestätigt. So sieht er jünger aus, stellte sie fest, da steckt bestimmt eine Frau dahinter. Und das kann nicht die Gnädige sein, die in der Kur weilt. Mit Maximilian von Elßtorff ging ein Wandel vor. Seine Schultern wirkten gestraffter, der Schritt dynamischer. In der folgenden Zeit häuften sich auswärtige Termine, die vom späten Nachmittag bis in den frühen Morgen dauerten. Marga machte sich Sorgen, konnte die gnädige Frau jedoch nicht darauf ansprechen.

Nach den ganzen Aufregungen wunderte sich Sophie bei ihrer Rückkehr zwar über die Veränderungen ihres Mannes, schöpfte jedoch zunächst keinen Verdacht. Sie bemerkte hingegen bald, dass er sie in körperlicher Hinsicht nicht sehr vermisst zu haben schien. Seine geschäftlichen Termine, die ihn von zu Hause fernhielten, häuften sich stark.

Auch dass er des Öfteren weit nach Mitternacht heimkam, war sie nicht gewöhnt. Zwar hatten sie, wie in ihren Kreisen üblich, getrennte Schlafzimmer. Doch plauderten beide noch oft vor dem Zubettgehen einige Minuten miteinander. Dies geschah jetzt merklich seltener. Maximilian gab vor, besonders viel zu tun zu haben. Sophie kapselte sich immer mehr ab.

Am späteren Vormittag bat Sophie Marga zu sich.

»Haben Sie heute Abend Verpflichtungen?«

Marga blickte ihre Dienstherrin etwas verblüfft an. »Nein, gnädige Frau – was gibt es zu tun?«

»Lassen Sie bitte die Köchin einen exzellenten kleinen Imbiss herrichten und auf der Terrasse eindecken. Geben Sie Miene und Trine für heute Abend frei, die beiden können den Samstagabend mal genießen. Und Sie machen mir die Freude und speisen mit mir!«

»Gnädige Frau«, hub Marga an, »das schickt sich doch nicht. Ich kann Ihnen aber gewiss aufwarten.«

»Papperlapapp, manchmal muss man eigene Regeln aufstellen. Wir kennen uns jetzt zwanzig Jahre. Außerdem sind wir heute Abend allein. Unseren kleinen Ausbruch aus der Konvention wird niemand bemerken. Lassen Sie eine halbe Flasche Champagner kaltstellen. Und einen guten Chablis. Ich werde eines meiner wunderbaren neuen bequemen Sommerkleider anziehen, und wir machen es uns nett. Um halb acht.« Und damit rauschte Sophie hinaus.

Es kam Marga vor wie Gedankenübertragung. Hatte sie nicht gerade über die gnädige Frau und deren Ehe nachgedacht? Und sie ahnte, dass die Hausherrin ihr einige Fragen stellen würde. Was sollte sie dann sagen?

Gegen Abend war der von Elßtorffsche Haushalt bis auf die Dame des Hauses und die Haushälterin verwaist. Sophie kam pünktlich nach unten, duftete dezent nach Frangipani statt dem gewohnten Verthiver und sah in einem weiteren neuen Reformkleid hinreißend aus. Marga ließ sich schließlich überreden, gemeinsam mit ihr zu speisen. Die

Köchin hatte raffinierte Häppchen angerichtet. So gab es Artischockenböden mit Crevetten, Rehmedaillons mit Preiselbeeren garniert, einen Sommertrüffelsalat, kleine, mit Käsecreme gefüllte Brandteigschwäne.

»Da meinte es die Küchenmeisterin aber gut mit uns. Bitte greifen Sie zu!«

»Miene und Trine bedanken sich für die freien Abendstunden, gnädige Frau. Miene wird von Schutzmann Siebert ins Tivoli ausgeführt. Das bedeutet für die beiden ein Feiertag.«

»Das freut mich«, Sophie hob ihr Glas, »auf ein paar schöne Stunden auch für uns. Und für heute Abend lassen Sie die Gnädige weg. Wie Sie sich sicher schon gedacht haben, möchte ich ein vertrauliches Gespräch unter Frauen mit Ihnen führen. Es geht um das veränderte Verhalten meines Gemahls. Ihnen wird es ebenso aufgefallen sein wie mir.«

Marga nickte vorsichtig.

»Ich vermute, dass ein Frauenzimmer dahintersteckt. Und ich frage mich ernsthaft, was in meinen Gatten gefahren sein mag.«

»Gnädige Frau, was soll ich dazu sagen?«

»Hören Sie auf mit der Gnädigen und sagen Sie mir Ihre Meinung!«

Marga holte tief Luft. »Männer können meist das Kokettieren nicht lassen. Und ab einem gewissen Alter wollen sie sich unbedingt beweisen. Es handelt sich oft um dieselbe Entwicklung. Eine Frau möchte in jungen Jahren gern eine gutaussehende Mannsperson an ihrer Seite haben. Aber die halten sich meist besser als wir Ehefrauen, bringen keine Kinder zur Welt, bleiben mehr in Bewegung, ruinieren die Gesundheit nicht mit Stahlkorsetts und brauchen sich um ihren guten Ruf nicht zu sorgen. Also regt sich in ihnen immer mal wieder die Eroberungslust.«

»Marga, die Ehe ist schließlich heilig, das kann doch nicht nur für uns Frauen gelten.«

»Mag sein, dass die Ehe heilig ist, aber die meisten Männer sind es nicht. Und Herren im besten Alter suchen die Bestätigung ihrer Männlichkeit am liebsten in den Armen eines weiblichen Wesens, welches halb so viele Jahre zählt wie sie selbst.«

Sophie nickte traurig.

»Dafür besitzen Sie Ihre gesellschaftliche Stellung und Ihren alten Namen. Das wirkt wie ein Bollwerk, eine Festung, dazu erhalten die Damen, soweit es sich überhaupt um solche handelt, keinen Zutritt.«

»Was also soll ich tun?«

»Contenance bewahren, auch wenn es schwerfällt. Dieses Abenteuer wird vorbeigehen. Und erfahrungsgemäß sind reumütige Gatten mit schlechtem Gewissen großzügige Ehemänner.«

»Ach Marga, darauf könnte ich gut verzichten.«

»Frau von Elßtorff, bisher gab es für Sie doch kaum Grund zur Klage. Ihr Mann glich ja geradezu einem Mustergatten. Viele Ehen sehen völlig anders aus als die Ihrige. Da müssen die Ehefrauen oft schon kurz nach der Hochzeit Haltung zeigen.«

Sinnierend blickte Sophie Marga an. »Ich nahm das wohl als zu selbstverständlich. Und glaubte zu blauäugig, das würde ewig so weitergehen.«

»So verhalten sich die Männer leider meist nicht.«

Nachdenklich nickte Sophie. »Ich steckte den Kopf in den Sand wie der berühmte Vogel Strauß. Dabei müsste ich es besser wissen.«

Als vierzehnjähriges Mädchen hatte sie ihren Vater in einer eindeutigen Situation mit einem Dienstmädchen überrascht. Sie war entsetzt in ihre Räume geflohen. Ihr Vater jedoch suchte sie kurze Zeit später auf und befahl ihr, das Thema umgehend zu vergessen und auf keinen Fall mit der Mutter zu besprechen.

»Die meisten Mannspersonen setzen sich mit der Treue eigene Maßstäbe – sie beanspruchen für sich, mit anderen Frauenspersonen zusammenzusein, auch in meinen Kreisen«, unterbrach Marga die nachdenkliche Stille.

Sophie hatte aus dem äußerst unangenehmen Zwischenfall von damals beispielsweise den Schluss gezogen, weibliches Personal nur einzustellen, wenn es entweder von unansehnlichem Äußeren oder weit über das heiratsfähige Alter hinaus war. So bildeten die Dienstmädchen weder für den Hausherrn noch für den Sohn des Hauses eine Versuchung.

»Männer verhalten sich unberechenbar«, seufzte Sophie, »sei es, wie es sei, nach so vielen Jahren schmerzt mich dies alles dennoch sehr.«

»Glauben Sie mir, Frau von Elßtorff, darüber kommen Sie hinweg. Das dauert nicht ewig. Wie Sie schon selbst sagten, gab es überwiegend glückliche Zeiten. Und Ihr Gatte wird Sie nicht verlassen. Sie werden nie ganz allein in der Welt stehen.«

»Ach Marga, ich verhalte mich selbstbezogen und wenig einfühlsam. Sie leben bereits so lange als Witwe. Es war rücksichtslos von mir, mich bei Ihnen auszuweinen.«

»Das ist schon in Ordnung. Das Schicksal mischt eben seine Karten, und wir müssen das Blatt spielen, das wir in der Hand halten. Als mein Mann fiel, hat mir übrigens ein Gespräch mit Ihrer Schwiegermutter geholfen.«

»Ja, sie ist eine weise und gütige Frau. Darf ich dich fragen, was sie Ihnen damals sagte?«

»Sie schrieb mir einen Spruch von Marie von Ebner-Eschenbach auf. Der lautet wie folgt: ›Nicht was wir erleben, sondern wie wir empfinden, was wir erleben, macht unser Schicksal aus!‹ Damals war ich monatelang völlig zerstört und konnte kaum meinen Pflichten nachgehen. Nachdem sie mir lange Zeit zum Trauern gegeben hatte, erklärte mir Ihre Schwiegermutter, dass ich mich nicht weiterhin als hilfloses Opfer der Umstände sehen dürfte. Sondern den Faden des Lebens wieder aufnehmen und das Beste aus meinen Möglichkeiten machen müsse. Und ich begann einzusehen, dass sie recht hatte.«

»Welch ein Glück für mich und meine Familie, dass Sie zu uns gekommen sind.«

»Ohne die Worte Ihrer Schwiegermutter hätte ich mich manches nicht getraut. So zum Beispiel, dass ich auf meiner eigenen kleinen Wohnung bestand.«

Sophie nickte verstehend.

»Und die Planung des Gartens hier, das brachten wir schließlich gemeinsam dem Hausherrn näher.«

»Ja, wir haben schon einiges miteinander erlebt in der Königstraße. Aber sind Sie nie auf die Idee gekommen, sich erneut zu verheiraten?«

»Es gab Anträge. Damals konnte ich mir allerdings nicht vorstellen, mit einem anderen Mann zusammen zu sein als mit meinem Karl. Seit kurzem denke ich manchmal anders darüber.«

Sophie trank den letzten Schluck Champagner.

»Schenken Sie uns doch bitte ein Glas Chablis ein.«

Marga, der das ungewohnte Prickelwasser inzwischen auch etwas zu Kopf gestiegen war, goss ein und hob ebenfalls ihr Glas. Sie wollte den Gedankenaustausch gern in andere Bahnen lenken.

»Gnädige Frau, abgesehen davon, dass dieses Gespräch nie stattfand, beschert es mir das opulenteste Mahl, welches ich je genoss.« Sprach's und legte von den Rehmedallions und dem Trüffelsalat nach. Beide aßen eine Weile schweigend.

Im Gegensatz zu früher speiste Sophie mit Appetit. »Das ist übrigens ein weiterer Vorteil der Reformkleider – man bekommt nicht schon nach drei Bissen Magendrücken. Und ich konnte in der Kur problemlos etwas mehr essen als sonst, da ich mich ja auch viel häufiger bewegte. Die hautengen Knöpfstiefelchen ließ ich gleich in Salzuflen.«

»Ja, die Dinger sehen hochelegant aus. Aber abgesehen davon, dass sie für ein Dienstmädchen oder eine Arbeiterin absolut unerschwinglich wären – wer den ganzen Tag ununterbrochen auf den Beinen sein muss, kann so was gar nicht tragen.«

»Völlig richtig, Marga. Und wir fühlen uns erhaben über die Chinesinnen, denen die Füße durch Einbinden verkrüppelt werden. Dabei unterwerfen wir Frauen uns einer abstrusen Mode, die uns ebenfalls die Füße deformiert, mit Hühneraugen beglückt und längere Bewegung zur Qual macht.«

»Mir gefällt das Kleid, das Sie heute anhaben, besonders gut, ebenso die anderen, die Sie aus Salzuflen mitbrachten. Wie kam es dazu, dass Sie sich zu Reformkleidern entschlossen?«

»Der gute Dr. Petzold hatte mir schon erzählt, dass es ausgerechnet in Salzuflen eine Schneiderin gibt, die fabelhafte Reformroben kreiert. Ohne Roberta wäre ich jedoch nicht in deren Salon gegangen. Und siehe da, einige Modelle gefielen uns ausnehmend gut.«

»Wie kam diese Kleidermacherin in der Provinz denn auf die Idee, sich an Reformkleider zu wagen?«

»Sie war schon länger überzeugt, dass es unsinnig sei, eine Frau, die hier zu Kur weilt, in ein Korsett zu schnüren und in enge Knöpfstiefelchen zu stecken.«

»Wie wahr«, entgegnete Marga, »denn weitere Spaziergänge, vor allem im Sommer, sind in dem Aufzug eine Qual. Da muss man ja das Riechsalz dauernd griffbereit haben.«

»Auch die Badeärzte, die meist viel von Pfarrer Kneipp halten, verurteilen das Schnüren.«

»Ein Gottesmann, was hat er mit der Medizin zu tun?«

»Er erkrankte als junger Mensch schwer, und kein Arzt konnte ihm helfen. Da härtete er sich selbst ab, zum Beispiel badete er zwei- bis dreimal die Woche in der kalten Donau. Und er beschäftigte sich weiter mit der Materie. Er erzielte zahlreiche Erfolge, wurde aber auch viel angegriffen.«

»Nun, die Herren Mediziner ließen sich noch nie gern was von Außenstehenden sagen. Ob das früher die Hebammen waren oder heute so ein Pfarrer.«

»Vor vier Jahren erschien sein erstes Buch mit dem Titel ›Die Wasserkur‹, welches schon in viele Sprachen übersetzt wurde. Die verschiedenen Kuren von Kneipp setzen sich immer mehr durch. Und mir taten sie gut, obwohl ich mich an kalte Wassergüsse zunächst gewöhnen musste!«

Marga schüttelte sich und wechselte das Thema. »Wie kam denn die Schneiderin zu den Modellen? Dachte sie sich das ganz allein aus?«

»Zum Teil. Hinzu kam, dass ihre Schwester, ebenfalls eine Kleidermacherin, nach Amerika auswanderte und sich dort selbständig machte. Die Frauen in den Staaten wurden von den Pionierfrauen beeinflusst, die so manchen modischen Unfug schon aus reiner Überlebensnotwendigkeit abschafften.«

»Ja, das kann ich mir unschwer vorstellen. Auf den Trecks nach Westen oder gar beim Reiten braucht es praktische Kleidung.«

»Im Nachhinein frage ich mich, wieso ich diese Torheit so lange mitmachte, es ist so eine Wohltat, wenn nichts zwängt, kneift und drückt. Es würde mich reizen, selbst Kleider zu entwerfen. Für Einrichtungen besitze ich ja auch eine gute Hand. Nähen und alle möglichen Handarbeiten kann ich gut. Von Kleiderschnitten und Zuschneiden verstehe ich allerdings nichts.«

»Aber ich, das lernte ich von meiner Mutter. Die arbeitete nämlich als Hausschneiderin.«

Die beiden Frauen sahen sich an.

»Wollen wir das demnächst ohne großes Aufheben versuchen, Marga?«

»Ja, das würde mir Freude machen.«

»Wenn uns das gelingt, kaufe ich eine Nähmaschine. Mit Kleidern für Elsa und mich für die Ferien auf Norderney fangen wir an. Und was für ein Gewand möchten Sie?«

»Am liebsten ein Tageskleid für meine Fahrten nach Linden. Oder was immer Sie meinen, gnädige Frau, ich verlasse mich da völlig auf Ihren erstklassigen Geschmack.«

»Wenn wir die ersten Modelle haben, könnten wir diese Dr. Petzolds Gattin zeigen. Bestimmt wäre sie auch interessiert.«

»Eine gute Idee, wer weiß, was sich daraus noch machen lässt.« Margas Augen glänzten. Das verhieß doch eine Abwechslung zu den immer wiederkehrenden Fragen der Haushaltsführung.

»Prost, Marga, das war ein vielseitiger Abend.«

»Das fand ich auch, gnädige Frau.«

»Danke. Es wird Zeit, dass ich mich zurückziehe.«

»Ich räume noch schnell ab.«

Sophie begab sich betont sicheren Schrittes nach oben. Lena half ihr aus dem Reformkleid, obwohl dies nun eigentlich überflüssig war, denn das hätte sie bequem allein geschafft. Müde sank sie in ihr Bett, zufrieden schlief sie ein. Sie hatte wichtige, eigenständige Entschlüsse gefasst.

Der Sommerpause des Königlichen Schauspielhauses sah Oscar dieses Jahr mit einigem Unbehagen entgegen. Halb Hannover würde in die Sommerfrische fahren. Viel gravierender war für ihn jedoch, dass Roberta bald nach Amerika reiste. Weder Bitten noch Argumente konnten sie umstimmen.

Als ob sie ahnte, dass er kurz davor stand, ihr einen Heiratsantrag zu machen, hatte sie kategorisch erklärt: »Ich brauche nach all diesen Aufregungen Zeit, um zur Besinnung zu kommen. Deshalb fälle ich nur die unumgänglichen Entscheidungen. Erstens: Ich fahre nach Amerika. Zweitens: Ich nehme ein Jahr Bühnenurlaub. Das Weitere wird sich finden, vorläufig lasse ich alles auf mich zukommen.«

Mit ihr war eine Veränderung vorgegangen – und das galt nicht nur für die Reformkleider, die sie inzwischen ausschließlich trug. Zwar würde er sie vor ihrer Abreise noch etliche Male sehen, aber bereits jetzt beschlich ihn das bitter aufstoßende Gefühl, dass sie ihm entglitt. Nach allen Regeln der Kunst hätte ich Idiot um sie werben und sie heiraten sollen. Dann wäre sie auf diesen windigen Kölner Casanova nie hereingefallen. Oscar Leitner ging in seinem Salon hin und her wie der Tiger im Käfig. Dabei setzte er seine gedankliche Zwischenbilanz pragmatisch fort: Tempi passati! Da verpasste ich die Chance! Soweit also zu Roberta. Und nun zu Amalie! Diese sagte mir neulich bei einem Glas Wein in Feys Keller klipp und klar, dass sie mich sehr möge, aber das Risiko einer Schwangerschaft keinesfalls noch einmal eingehen werde. Jedenfalls nicht, solange ich anscheinend nur an einem lockeren Verhältnis interessiert sei. Dabei schüttelte sie so energisch mit dem Kopf, dass die roten Löckchen flogen. Im Übrigen kam sie mir auch irgendwie verändert vor. Vielleicht sind wir nach dem Mord alle nervlich überreizt. Er hatte sich eine Art Bedenkzeit erbeten, da er sich überfordert fühlte, dazu sofort Stellung zu nehmen. Ja, er mochte Amalie, die gemeinsame Nacht war ihm in bester Erinnerung – doch musste sie ihm gleich die Pistole auf die Brust setzen?

Scheinbar gelassen hatte Amalie konstatiert, dass sie eine ähnliche Reaktion erwartet habe. Er möge nicht zu lange nachdenken.

Bin ich dabei, den gleichen Fehler wie bei Roberta zu machen? Verliere ich auch Amalie, wenn ich nicht bald Farbe bekenne? Andererseits: Kenne ich sie denn genau genug, um sie zu heiraten?

Oscar unterbrach seine Durchwanderung des Salons, blieb abrupt stehen und tippte sich in einem Anfall plötzlicher Selbsterkenntnis an die eigene Stirn. Die Mehrheit der bürgerlichen Ehen wurde höchstwahrscheinlich in einem Stadium der Bekanntschaft geschlossen, wo man sich weitaus weniger kannte als Amalie und er.

Oscar Leitner blickte auf seinen Schreibtisch, wo immer noch unbeantwortet eine Anfrage für ein kleines Sommergastspiel auf Norderney lag. Das werde ich auf jeden Fall annehmen. Und bald einen Entschluss fassen, ob ich die Reise mit meiner Verlobten oder als Junggeselle antreten werde.

Maximilian freute sich auf die schöne Helena. Als gestandener Mann in den besten Jahren noch sozusagen eine Schule der körperlichen Liebe zu absolvieren, das fand er sehr wohl faszinierend. Mittlerweile waren sie beim gemeinsamen Studium des Kamasutra angelangt. Wenn er so an einige Empfehlungen dachte, den Penis zu behandeln, hatten die alten Inder jedoch Prozeduren auf sich genommen, die er keineswegs gewillt war, nachzumachen. Aber so manch andere Anregung führte zu äußerst zufriedenstellenden Ergebnissen. Der dezente Ruck der anhaltenden Kutsche riss ihn aus seinen Gedanken. Sein Kammerdiener öffnete die Tür.

»Danke, warte bitte auf mich.« Auch Franz kannte sich im Reich von Donna Isabella inzwischen bestens aus.

Maximilian wurde zu seiner Überraschung sofort zur Besitzerin des Etablissements geführt.

»Lieber Herr von Elßtorff«, empfing sie ihn in ihrem privaten Salon für bevorzugte Stammgäste, »bitte setzen Sie sich, ich möchte etwas mit Ihnen besprechen.«

Maximilian überkam plötzlich ein ungutes Gefühl. »Frank und frei, Donna Isabella, um was geht es?«

Panik befiel ihn – folgte jetzt ein Erpressungsversuch?

»Herr von Elßtorff, ich muss leider mitteilen, dass Helena nicht mehr hier arbeitet. Es gab einen Verehrer, der sie für sich allein besitzen wollte.«

Maximilian fühlte sich schlagartig am Boden zerstört. Ich werde sie nie wiedersehen! Da handelte jemand schlauer und schneller als ich und nahm sie mir weg!

Isabella beobachtete ihn mit gemäßigtem Mitleid – so eine Szene erlebte sie nicht zum ersten Mal. »Ich glaube, Herr von Elßtorff, dass Helena große Sympathien für Sie hegte, eine solche Chance jedoch muss eine Frau in ihrer Situation ohne Wenn und Aber ergreifen.«

Bevor Maximilian dies alles auch nur ansatzweise verarbeiten konnte, klopfte es an der Tür. »Oh, tut mir leid, Herr von Elßtorff, das wird meine neue Gesellschafterin sein, die sich außerdem um das Auftreten und die Sprachkenntnisse meiner Damen kümmert. Sie kommt aus

Königsberg, verlor kürzlich auf ausgesprochen tragische Weise ihre Eltern und steht nun völlig mittellos in der Welt. Herein, bitte!«

Maximilian, den bei dem Wort »Königsberg« schon eine böse Vorahnung ereilte, erstarrte bei dem Eintritt der jungen Dame innerlich in panischem Schrecken. Vor ihm stand ein frappierend ähnliches Abbild seiner Ziehtochter Elsa.

»Darf ich bekanntmachen, Fräulein Emilie, Herr von Elßtorff«, übernahm Donna Isabella die Vorstellung. Emilie – damit schien sich seine schlimmste Befürchtung zu bestätigen. Sicherheitshalber fragte er: »Es mag Ihnen ungewöhnlich erscheinen, aber würden Sie mir bitte Ihr Geburtsdatum nennen?«

Die junge Frau blickte ihn erstaunt an, entschloss sich jedoch, nach kurzem Blickwechsel mit der Besitzerin des Etablissements, zu antworten: »Mein Geburtstag ist der 7. Oktober.«

Maximilian spürte, wie ihm die Knie weich wurden, er setzte sich schnell. Damit besaß er Gewissheit: Elsas Geburtstag. Jetzt hatte ihn die Entscheidung von damals, deren Richtigkeit er so oft bezweifelt hatte, wieder eingeholt.

Sommerliches Finale

Währenddessen saßen Elsa und Isidora an einem schattigen Plätzchen vor dem Café Kröpcke und löffelten genüsslich ein Eis. »Zitrone ist köstlich und bei dieser Hitze besonders erfrischend«, meinte Elsa.

»Das Veilcheneis ist aber auch wunderbar«, antwortete Isidora, »am Wichtigsten ist aber, dass du dich langsam von all den Aufregungen erholst, liebe Freundin. Du bist immer noch blass und wirkst abgespannt. Wie gut, dass jetzt alles seinen normalen Gang geht, ihr bald nach Norderney fahrt und du dich weiterhin erholen kannst. Die gute Nordseeluft, Spaziergänge, vom Karren aus ein Bad im Meer werden ihr Übriges zu deiner völligen Wiederherstellung beitragen.«

»Ach, ich fühle mich bereits wieder recht gut – nur schlafen tue ich immer noch sehr unruhig«, entgegnete Elsa und ließ einen großen Löffel Apfelsineneis die Kehle hinuntergleiten. »Allerdings schlafe ich auch schlecht, weil ich nach wie vor nicht weiß, wie ich mein Leben weiter gestalten soll. Heinrich wird im Herbst weiterstudieren, Tante Sophie und Marga beschäftigen sich mit Reformkleidern, Cord schließt das Gymnasium ab, Roberta ist in Amerika, du schreibst an einer Detektivgeschichte, die sicherlich ein Erfolg wird. Aber ich?«

»Du hast immerhin einen Mordfall aufgeklärt!«

»Vieles von unserer Detektivarbeit kannst du gleich verwenden. Aber gib Acht, dass uns niemand wiedererkennt. Für mich jedoch ergeben sich daraus keine weiteren oder neuen Perspektiven.«

»Das geht nicht nur dir so, sondern vielen anderen der jungen bürgerlichen Frauen auch. Ich glaube, es wäre hilfreich für dich, die Schriften von Helene Lange und Hedwig Kettler zu lesen, um zu sehen, worum es im Ganzen geht. Außerdem könnte die Bewegung von Frauen, die gerade entsteht, einen scharfsinnigen Kopf wie dich gut gebrauchen.«

»Danke für die Blumen, solche Lektüre habe ich mir für Norderney vorgenommen. Eine kurzfristige Lösung meines Lebensweges wird sich so jedoch auch nicht finden – wahrscheinlich gibt es den für unsere Generation nur in Ausnahmefällen.«

»Unbeschadet all dessen könntest du dich durchaus mal mit unserem Juristen befassen. Er wäre nicht der schlechteste Kandidat für eine Ehe. Schließlich verbinden euch einige gemeinsame Interessen, und ihr seid euch durch die Aufklärung des Verbrechens nähergekommen.«

»Wir wissen doch gar nicht, ob er sich für mich interessiert. Ich glaube, er möchte eher eine brave höhere Tochter, die ihn anhimmelt und zu allem Ja und Amen sagt, was er, der promovierte Rechtsgelehrte, meint.«

»So, wie er dich manchmal ansieht, bin ich mir sicher, dass er dich auch deshalb anziehend findet.« Plötzlich senkte Isidora die Stimme: »Wenn man vom Teufel spricht … Da steuert dein Verehrer auf uns zu, fesch sieht er schon aus, dass muss ich ihm lassen.« Amüsiert beobachtete sie, wie Elsa zusammenzuckte und dann eine leise Röte ihr Gesicht überzog. Nicht zum ersten Mal fragte sich Isidora, ob aus den beiden nicht doch ein Paar werden würde.

Da verbeugte sich Victor auch schon formvollendet und bat, einen Augenblick Platz nehmen zu dürfen. Dies wurde gern gewährt – sein Handkuss stürzte Elsas Gefühlsleben wieder in zarte Verwirrung. Victor bemerkte davon nichts – er war froh, dieses Mal ein Thema für die Konversation dabeizuhaben.

Er schlug einen Hannoverschen Courier von Anfang August auf und las den beiden jungen Damen vor: »Der berühmte Kölner Sänger August Remmèrs musste seine Amerikatournee nach nur einer Vorstellung in New York komplett absagen, da er völlig die Stimme verloren hatte und kein Arzt ihm helfen konnte. Es ist fraglich, ob er jemals wieder singen kann. Er wird demnächst nach Deutschland zurückkehren.«

»Nun, ich werde keineswegs behaupten, dass er mir leid tut!«, kommentierte Elsa, in deren Stimme immer noch Wut und Verachtung mitschwangen. »Dazu hat er Roberta zu übel mitgespielt!« Sie betrachtete Victor versonnen und überlegte, ob er wohl gut küssen konnte. Ein Tritt unter dem Tisch von ihrer Freundin brachte sie rasch in die Realität zurück.

»Wie gut, dass Amerika so groß ist, es fehlte gerade noch, dass er zufällig Roberta trifft!«, versuchte Isidora abzulenken, die den Eindruck hatte, dass Victor Elsas zärtlich auf ihm ruhenden Blick nun sehr wohl bemerkte.

»Das ist recht unwahrscheinlich«, meinte der Jurist und wandte sich mit einem strahlenden Lächeln Elsa zu, deren Herz sofort anfing höher zu schlagen. »Obwohl wir ja gerade erlebt haben, verehrtes Fräulein Elsa, was es für Zufälle geben kann.«

Isidora warf Elsa einen blitzschnellen, triumphierenden Blick zu.

»Aber die Zeit der Aufregungen, der Sorgen, der detektivischen Spurensuche ist ja nun ein für alle Mal vorbei«, fuhr Victor fort. »Wir können uns alle darauf freuen, einen unbeschwerten Sommer zu verbringen.«

Das sollte sich sehr bald als Irrtum herausstellen.

Jedes Buch wirft am Ende
dem nächsten Buch den Ball zu.
Alfred Döblin

Historisches und Erdachtes

Dieser historische Roman dreht sich nicht um berühmte historische Figuren, beschreibt aber eine bestimmte historische Zeit und ebensolche Orte.

Das Königliche Schauspielhaus ist das heutige Opernhaus. Kastens Hotel stand nicht an der Stelle des heutigen Luisenhofes in der Luisenstraße (dieser wurde erst 1914 erworben), sondern ebenfalls hinter dem Königlichen Schauspielhaus in der Theaterstraße. Es wurde im Zweiten Weltkrieg komplett zerstört. Dass im Hotel kein Kastengeist herrschte, ist zitiert, dass viele Honoratioren und Schauspieler gern bei Kastens speisten, Tatsache; die Gärten in Herrenhausen zur eigenen Versorgung gab es; alles Weitere habe ich mir ausgedacht. Das Grand Hotel Hartmann, ab 1910 Mussmann, gegenüber dem Bahnhof, wurde im Zweiten Weltkrieg ebenfalls komplett zerstört, wobei auch die von Baumeister Hase gestaltete Bierkirche in Schutt und Asche unterging. Hase war für Hannover von großer Bedeutung – bis auf seine Teilnahme beim Herrenessen ist das über ihn Geschriebene recherchiert.

Einige wenige Personen haben mit echten historischen Personen zu tun.

Isidore (nicht Isidora) Kaulbach, die Tochter des Malers Friedrich Kaulbach, fing in der Tat an zu schreiben, unter anderem eine Kriminalgeschichte, die ich leider nicht gefunden habe. Ihren ›Erinnerungen an mein Vaterhaus‹ (1931) verdanke ich anschauliche Schilderungen sowohl des Kaulbachschen Familienlebens als auch des kulturellen Lebens in Hannover. Alles Weitere ist fabuliert!

Herrmann Bahlsen begann damals mit der Keksfabrikation und hat wohl das eingedeutschte cake, also den Keks erfunden. Auch die Umbenennung von Eilenriede-Cake zum weltberühmten Leibniz-Keks war aktuell. Bahlsen ist tatsächlich in London gewesen. Alles andere habe ich mir ausgedacht.

Wahlbrecht bzw. Wallbrecht war in der Tat ein bedeutender Bauunternehmer – bis heute ist eine Straße nach ihm benannt. Nur dies ist Fakt. Einige der genannten Baumeister und Architekten beim Herrenessen gab es. Die Figur Simons ist frei erfunden.

Das Pamphlet ›Über den physiologischen Schwachsinn des Weibes‹ von Paul Julius Möbius erschien erst 1900. Da Möbius von 1882 bis

1889 eine schließlich gescheiterte Universitätskarriere in Leipzig durch-lief, mag er sich bereits damals zu dem Thema pointiert geäußert haben.

Nicht umsonst beschreibe ich Roberta Stein und Sophie von Elßtorff als Pionierinnen bezüglich der Reformkleidung. Dieses Thema wurde erst einige Jahre später in größerem Umfang aktuell.

Das Café Kröpcke (heute Mövenpick) wurde erst 1893 von Wilhelm Kröpcke gepachtet und hieß bis dahin Café Robby. Kröpcke wird auch als Oberkellner, der er 1890 noch war, als Seele des Betriebes beschrie-ben. Gemeinsam mit seiner Frau sorgte er in den neunziger Jahren dafür, dass das Café zu einer Institution für die Hannoveraner wurde. Die Kärtchen, mit denen ›verdächtige‹ Frauenzimmer hinauskompli-mentiert wurden, gab es tatsächlich. Ob das Getränk ›Knickebein‹ be-reits 1890 beliebt war, habe ich nicht genau herausfinden können.

Die Marien-Apotheke stand an gleicher Stelle wie heute, den er-wähnten Condurango-Wein zur Stärkung gibt es noch oder wieder … Alles Übrige ist erdacht.

Viele namentlich genannte Geschäfte/Produkte gibt es in Hannover noch heute – die auswärtigen Leser mögen darüber hinweglesen –, die Einheimischen haben vielleicht einige erfreute Aha-Momente.

Dies gilt zum Beispiel für: die Bäckereien/Konditoreien Borchers, Fahrenhorst und Kreipe, die Buchhandlungen Schmorl und von See-feld (inzwischen Hugendubel) und Cruse, die Continentale Coutchuc AG, Horstmann und Sander Lederwaren, Leinenhaus I.G. von der Linde, Liebe – Parfümeriewaren und mehr, Marien-Apotheke, Seegers, die Weberei aus Steinhude, Sparkassenverband Hannover, Sprengel-Schokolade, die Pelikantinte von Günther Wagner.

Sich in die Geschichte meiner Heimatstadt einzuarbeiten, war für mich faszinierend, zumal ich viele Jahre an anderen Orten gelebt habe. Mir hat es Hannover viel näher gebracht. Über weitere Hinweise zum damaligen Zeitgeschehen würde ich mich freuen.

Vielen Dank …

Susanne Fritz gab mir bei einem Abendessen in Bissendorf den ausschlaggebenden Motivationsschub, mit dem Manuskript zu beginnen. Mit ersten historischen Hinweisen versorgte mich mein ehemaliger Kollege Prof. Dr. Carl-Hans Hauptmeyer, auch Dr. Catharina Colberg gab Tipps und machte Mut.

Bei der Recherche über Salzuflen als Bauernbad und über Hoffmanns Stärkefabriken unterstützten mich Franz Meyer, mit einem ausführlichen Rundgang im leider inzwischen geschlossenen Bädermuseum Arnold Beuke. Besonders danke ich Stefan Wiesekopsieker, der mir mit Rat, Tat und seinen Veröffentlichungen half und das Salzuflen-Kapitel gegengelesen hat. Viele Hinweise bekam ich von Karin Ehrich, Büro für Geschichte in Hannover, die auch das Manuskript sorgfältig durchgesehen hat.

Meine befreundeten Manuskript-Tester kommen aus unterschiedlichsten Berufszweigen, unter anderem Bank, Buchhandel, Personalentwicklung, Gesundheitsmanagement, Werbung.

Jeanne Schillings begleitete mich in allen Phasen der Textentstehung mit schnellen Rückmeldungen, dabei gnadenlos und mit Herzblut.

Mehrfach lasen Margo Ott-Siedentopf, Angelika Behrens und Christina Moers und brachten mich durch individuelle Sichtweisen weiter. Letzteres gilt auch für meinen Buchhändler Otto Stender, der das Manuskript als historischen Gesellschaftsroman eingruppierte. Angelika Busch, Bernie Patton, Antje Wintjes verdanke ich wichtige Anregungen.

Ich danke allen, gerade auch den Mehrfachlesenden, herzlich für die vielen Stunden, die sie mir geschenkt haben! Darüber hinaus kam aus meinem Freundeskreis viel Verständnis und Zuspruch, was mir als Roman-›Debütantin‹ guttat und was ich sehr zu würdigen weiß.

Cord Preuss, meinem edlen Ritter, und der Firma epc danke ich für die Unterstützung in allen Computerfragen.

Der Direktion und den Mitarbeitenden des Hotels Sol Melia in Puerto Naos/Insel La Palma danke ich für die freundliche Unterstützung – große Teile des Roman schrieb ich dort.

Den letzten Schliff erhielt mein erster Roman durch das Lektorat von Renée Repotente und Yasmin Ehlers vom inzwischen geschlossenen Schardt Verlag. Von beider Sachverstand und guten Vorschlägen auf gleicher Augenhöhe habe ich profitiert.

Handelnde Personen

Elsa Martin, lebt als Waise bei der Familie von Elßtorff
Sophie von Elßtorff, geborene von Gyldenberg
Maximilian von Elßtorff, ihr Mann, Architekt
Heinrich von Elßtorff, der einzige Sohn von Sophie und Maximilian
Edelgarde, Gräfin von Potocki, eine entfernte Cousine von Sophie
Marga Lheiß aus Linden, Witwe, Haushälterin bei den von Elßtorffs
Franz, Kammerdiener, Kutscher und Bursche für alles
Lena, Kammerzofe von Sophie
Miene, Köchin
Trine, Dienstmädchen
Ferdinand von Salzen, genannt der flotte Ferdi, Freund von Heinrich
Isidora Kaulbach, Tochter des Malers Friedrich Kaulbach, befreundet mit Elsa
Cord Breuer, Gymnasiast
Hannes Breuer, Vater von Cord, Volksschullehrer in Linden
Johann, sein Neffe, Kellner in Kastens Hotel
Roberta ›Bobby‹ Stein, Schauspielerin am Königlichen Schauspielhaus
Grete, ihre Garderobiere
Trude, ihr Mädchen
Oscar Leitner, Schauspieler am Königlichen Schauspielhaus
Amalie Röscher, 1. Solotänzerin am Königlichen Schauspielhaus
Sarah Amber, junge Schauspielerin, neu am Königlichen Schauspielhaus
Lizzy Little, ihre Gesellschafterin und Garderobiere
August Remmèrs, Sänger aus Köln
Theobald von Lensing, Chemiefabrikant
Dr. Victor Rehnhoff, Jurist, Rechtsanwalt und Strafverteidiger.
Dr. Friedhelm Petzold, Hausarzt der Familie Elßtorff, befreundet mit **Justus Hahn**, Kriminalinspektor

Weitere Bücher von Barbara Schlüter

Verheimlichte Liebe
ISBN 978-3-946751-81-6

Welch ein Schock! Kaum hat sich die junge Elsa von den Ereignissen am Königlichen Schauspielhaus erholt, wird ein Geheimnis im Haus der Familie von Elßtorff gelüftet, das alles ins Rollen bringt. Nach dem plötzlichen Auftauchen der Zwillingsschwester Emilie fährt die Familie zur Sommerfrische nach Norderney. Dort ergeben sich überraschende Hinweise zur Herkunft der Zwillinge. Elsa kann nicht anders, sie wird zur Detektivin in eigener Sache und reist gemeinsam mit ihrer Entourage auf Spurensuche an den Ort ihrer Geburt: die kanarische Insel La Palma …

Gerächter Zorn
ISBN 978-3-946751-80-9

›Lindener Blut ist keine Buttermilch!‹ Die Verhältnisse in Linden sind katastrophal – arm, dreckig und im Wohnraum völlig beengt. Es prallen Welten aufeinander, als die Zwillinge Elsa und Emilie aus dem behüteten Hause der von Elßtorffs beschließen, die Arbeit der Diakonisse zu unterstützen. Medizinstudent Heinrich und der ›rote Fuchs‹ Cord sind ebenfalls entsetzt über die gesundheitsgefährdenden Bedingungen in den Fabriken. Was können die jungen Leute tun, die die Menschen nicht einfach ihrem Schicksal überlassen wollen?

Verschaukelte Liebe
ISBN 978-3-946751-02-1

Hannover im Herbst 1891.

Die eigensinnige Elsa Martin, Ziehtochter in der Architektenfamilie von Elßtorff, ist verliebt. Allerdings stehen dem Glück der Zwanzigjährigen zahlreiche Hindernisse im Weg.

Dass auch andere junge Frauen große Probleme bewältigen müssen, erfährt sie hautnah durch Kontakte zum Magdalenium, dem Asyl für gefallene Mädchen.

Eine exklusive, ausgedehnte Lustreise zur See in den Orient im Januar 1892 verspricht erholsame und abwechslungsreiche Wochen. Familie von Elßtorff ist mit von der Partie, aber Schmuckdiebstähle, gefährliche Unfälle bei einem Mitglied ihrer Reisegruppe, vor allem aber Elsas ureigene heikle Situation, lässt die Familie nicht zur Ruhe kommen.

Verschacherte Leben
ISBN 978-3-946751-28-1

Hannover in den 1890er Jahren: die Moderne kündigt sich an.

Die Zwillinge Elsa und Emilie kehren 1892 gemeinsam mit ihrer Mutter Ernestine Jacob, deren Freundin Josefina und Elsas Tochter Elisabeth von La Palma nach Hannover zurück.

Sie ziehen alle auf den Lindener Berg, wo Großvater Wilhelm Jacob einen Flügel an seine Villa hat anbauen lassen. Es gibt viele Veränderungen: Die Zwillinge bereiten sich darauf vor, in die großväterliche Möbelfabrik einzutreten – ein für die Zeit ungewöhnlich fortschrittliches Vorhaben –, während ihr Großvater seine Hochzeit mit Marga Lheiß plant. Sophie von Elßtorff, Ziehmutter von Elsa, Johanna Seligmann und ein Kreis von engagierten Frauen wollen etwas für ledige Mütter tun, deren Lage meist desolat ist.

Dabei werden sie auf eine Problematik aufmerksam, die mehr und mehr die Gemüter der Zeitgenossen bewegt: der internationale Frauen- und Kinderhandel. Alle ahnen nicht, dass sich etwas zusammenbraut, was sie unmittelbar betreffen wird…

Ausgerechnet zum Feiertag
ISBN 978-3-946751-83-0

In Hannover und der weiten Welt ist man um 1900 nicht sicher vor ungewöhnlichen Mord(s)geschichten. Brenzlige Situationen häufen sich ausgerechnet zu den Feiertagen. Es trifft Ehepaare, Maler, Sucher nach einer heiligen Quelle, eine uneheliche Welfentochter - gerät selbst Kaiser Wilhelm II. in Gefahr? Schauplätze sind Berlin, Braunschweig, Gmunden in Österreich, Hannover, Konstantinopel, Kuba, La Palma, Linden, Norderney und St. Blasien. Barbara Schlüter, Schriftstellerin und Historikerin, recherchierte wie stets akribisch in unterschied-lichen Milieus und förderte so manch Überraschendes zutage ... Mit vielen historischen Aspekten und Beschreibungen zu Ortschaften und Gegenständen lässt sie das späte 19. und frühe 20. Jahrhundert leben-dig werden.